Mond über Sudeley Castle

INGRID KRETZ

BRUNNEN
Verlag GmbH · Giessen

MIX
Papier aus verantwortungsvollen Quellen
FSC® C083411

Lektorat: Eva-Maria Busch
Umschlagfoto: Lee Avison/Trevillion Images
Umschlaggestaltung: Daniela Sprenger
Satz: DTP Brunnen
Druck: CPI – Ebner & Spiegel, Ulm
ISBN Buch 978-3-7655-0605-5
ISBN E-Book 978-3-7655-7527-3
www.brunnen-verlag.de

1

1813 Sudeley Castle

„Grundgütiger!“ Ihr Schrei erstarb in den Seidenvorhängen des Salons. Schockiert starrte Louise auf das Papier. Wie konnte Lilian es wagen, ihr mit einer derartigen Bitte unter die Augen zu treten. Fassungslos schüttelte sie den Kopf. Die Begründung folgte unverzüglich.

„... hat mich Tante Rose-Ann, nachdem ich vor einem halben Jahr meinen geliebten Mann Hugh verloren habe, bei sich aufgenommen. Leider fühlt sie sich außerstande, mir auf Dauer eine Heimat anzubieten ...“

Die in steifer, befremdend höckeriger Schrift geschriebenen Zeilen fingen an zu tanzen. *Eine Heimat anzubieten!* Louise wiederholte den Satz bissig. Und die erwartete ihre Cousine offenbar bei ihr, dieses scheinheilige Biest! Sie stöhnte laut auf.

„Oh!“, entfuhr es ihr mit bebender Stimme. „Warum versucht sie jetzt auch noch mein Zuhause zu zerstören?“ Was, zum Teufel, plante sie auf Sudeley Castle? Es musste einen mehr als wichtigen Grund geben, dass sie sogar mit ihr zusammenleben wollte. Warum suchte sie ausgerechnet sie aus, wo es doch noch andere Verwandte gab?

Ihr Atem ging stoßweise, während ihr Kopf zu platzen drohte. Nein, Lilian wollte sie hier nicht haben. Sie hatte geglaubt, sie sei ihre Cousine für immer los. Bilder aus vergangenen Zeiten stiegen in ihr auf. Schöne, geheimnisvolle mischten sich mit dramatischen, beklemmenden Szenen, die ihr selbst jetzt wieder Herzrasen und Furchtsamkeit bescherten. Doch wie konnte sie mit Anstand aus der Sache herauskommen? Vielleicht den Brief einfach verschwinden lassen, wegwerfen und so tun, als habe Lilian sich nie gemeldet? Niemand würde es bemerken. Irgendwie musste sie sich von ihr befreien.

Voller Zorn zerknüllte sie den Brief und schleuderte ihn, Erziehung, Herkunft und Vorbild vergessend, durchs Zimmer, um ihn dann von weiteren Klagen begleitet und hin- und hergerissen von Gewissensbissen wieder aufzulesen. Sie entfaltete das Papierknäuel. Jetzt war es zerknittert, aber das war ihr egal.

Die Tür zum Salon schnappte hinter ihr ins Schloss. Sie fuhr herum. Gill hatte sie ganz vergessen, während sie das Siegel des Briefes brach und sich alles andere als damenhaft benahm. Wie dumm von ihr zu glauben, sie sei allein gewesen.

Für einen Moment schloss sie die Augen, holte tief Luft und seufzte, als müsse sie alle Last der Welt selbst tragen. Den Bogen Papier fest an sich pressend, grübelte sie, wer Einlass in ihre Welt begehrte und bald die Auffahrt für ihren Auftritt nutzen würde. Was sollte sie tun? Sollte sie überhaupt auf die Bitte reagieren? Eben noch war sie überzeugt gewesen, dass sie nicht antworten würde. Jetzt war sie sich nicht mehr sicher. Der mitleidige Teil ihres Herzens hatte erfolgreich protestiert. Unschlüssig blieb sie stehen, entschied sich dann aber doch, das Zimmer zu verlassen. Mit einer Hand den Brief umklammernd, mit der anderen ihren Rock raffend, verließ sie den Salon. Sie eilte zur Eingangstür und öffnete.

Ein federleichter Westwind empfing sie und wehte ihr die Abendwärme ins Gesicht. Sie blieb auf der obersten Stufe der Eingangstreppe stehen und versuchte, die düsteren Gefühle zu verscheuchen, den Blick nach vorn gerichtet, um die Weite des Anwesens in sich aufzunehmen. Friedlich und nur vom Summen der Insekten untermalt, tat sich der Garten vor ihr auf. Garten war maßlos untertrieben, waren es doch mindestens zehn in unterschiedliche Themen unterteilte und ineinander übergehende Anlagen, die sich um die Auffahrt und rings um das Herrenhaus verteilten. Mal streng und formal, dann wieder verträumt mit an verfallenen Mauern rankenden Rosenbüschen, duftend und überreich blühend. Sie verwoben sich mit Lavendelrabatten, Rittersporn und Stauden, die in eine Anlage mit Ornamenten aus Buchsbaum oder in eine mit Gewässern und Sumpfpflanzen wechselten. Als wolle der Zauber, der mit geordneter Unordnung einherging, nicht nur die Augen, sondern auch das Herz betäuben.

Sie sog die Sommerluft tief ein, als müsse sie den Duft von frisch gemähtem Gras und einem Hauch von Holunder und Jasmin für immer festhalten. Der Garten war bisher immer das beste Mittel gegen ihre Hirngespinste gewesen. So auch jetzt, obwohl sie heute noch keinen Schritt spazieren gegangen war. Normalerweise ging eine tiefe Ruhe von der Parkanlage aus und besänftigte ihre aufgeregte Seele. Nur heute nicht.

„Mylady", hörte sie eine Stimme hinter sich, „Jacob möchte Ihnen gute Nacht sagen."

Louise schreckte auf, als sei sie bei etwas Verbotenem erwischt worden, und drehte sich um.

„Sie sind ja ganz blass!" Ms Beecroft sah sie mit weit aufgerissenen Augen an und musterte sie abwägend, während sie völlig reglos dastand.

Als erwache sie aus einer anderen Welt, schüttelte Louise den Kopf und breitete die Arme aus. Was wusste Beecroft schon aus ihrer Vergangenheit? Nichts. Mit solchen Problemen hatte sie sich bestimmt noch nie auseinandersetzen müssen. Sie sah jedenfalls nicht aus wie eine Frau, die sich jemals verliebt hatte. Ihr Zeugnis zeichnete sie als pflichtbewusste und Kindern zugeneigte Person aus. Allerdings, das musste Louise zugeben, stand in solchen Papieren nichts, was auf verschmähte Liebe oder die Hauptperson eines Stadtgesprächs hindeutete.

Jacob entriss sich der Hand seiner Gouvernante und stürzte an das rüschenbesetzte Dekolleté seiner Mutter. Seine Körperwärme verdrängte alle dunklen Gedanken.

„Schlaf gut, mein Kleiner." Sie drückte ihm Küsse auf die Haare, die nach Seife dufteten und die gleichen Wellen wie die seines Vaters besaßen. „Und dass du nicht schon wieder versuchst, mit Durst und anderen unartigen Forderungen Ms Beecroft zu ärgern." Sie gackerte aufgekratzt, stopfte sich das Papier in den Ausschnitt und wirbelte ihn in der Luft herum. Atemlos stellte sie ihn ab. Dann hauchte sie ihm einen Kuss auf die Wange. „So, jetzt aber in die Federn."

Während er ihr noch einen verschmitzten Blick zuwarf, den sie so an ihm liebte, und an Ms Beecrofts Hand ins Haus zurückging, holte sie das Schreiben wieder hervor. Seit sie Lilian das letzte Mal gesehen hatte, waren mindestens sieben Jahre vergangen. Jacob war inzwischen fünf Jahre alt und nur einen Tag nach ihrem ersten Hochzeitstag mit Peter geboren worden. Leider war er bis heute ihr einziges Kind geblieben.

Was wusste Lilian von ihr? Wahrscheinlich mehr als sie über Lilian. Deren Name hatte sie aus ihrem Denken verbannt. Niemand der Verwandten hatte jemals wieder irgendetwas von damals erwähnt. Der Kontakt zu ihr war seit jenem unseligen Tag fast vollständig abgebrochen. Jetzt war Hugh tot. Und es schien ihrer Cousine alles andere als gut zu gehen.

Entschlossen ging Louise wieder ins Haus. In der Halle war es kühl, fast kalt, und sie beeilte sich, in den Rauchsalon zu kommen. Ein Zimmer, behaglich eingerichtet und mit einem Tisch voller Karaffen unterschiedlicher Cognacs, die Herrenabende gesellig machten. Peter liebte es, nach dem Abendessen eine Zigarre zu genießen und in der Stille über den vergangenen Tag zu sinnieren. Selten suchte sie ihn hier auf, nur wenn etwas Wichtiges anlag, wie etwa am Tag, als ihre Schwiegermutter starb. Ihr Tod kam überraschend, zu einem Zeitpunkt, als selbst Doktor Finister geglaubt hatte, das Schlimmste sei überstanden.

Heute musste sie ihn stören. „Peter", begann sie und versuchte, das Zittern in ihrer Stimme zu unterdrücken. Sie sah ihn eindringlich an. „Hast du einen Augenblick Zeit für mich?"

Er legte die Zeitung weg und nahm die Zigarre aus dem Mund. „Was fragst du?", schmunzelte er und streckte die Hand nach ihr aus. „Deshalb habe ich dich doch geheiratet."

Sie ignorierte seine Hand und ließ sich ihm gegenüber in den weichen dunkelroten Samt des Sessels fallen. Die alten Mahagonimöbel, mit denen der Salon möbliert war, gingen fast Ton in Ton in die Bezüge der Polster über. Manchmal hatte sie darüber nachgedacht, den Samt durch einen festen modernen geblümten Stoff zu ersetzen, doch ob das wirklich den Geschmack von Männern traf, bezweifelte sie. Die Idee hatte sie bald wieder verworfen und seit ihrem Einzug ins Haus vor über sechs Jahren nur kleine Änderungen vorgenommen. Zudem wollte sie nicht das Andenken an ihre verstorbene Schwiegermutter Lady Mary Cherleton schmälern. Sie hatte keine Eile, das Haus gänzlich zu modernisieren.

Ein Lächeln umspielte seine Lippen, während er sie mit einem Augenzwinkern betrachtete. „Was beschäftigt dich? Ist etwas mit Jacob?"

Mit Mühe gelang es ihr, ihre Stimme unter Kontrolle zu halten. Sie sollte möglichst wenig besorgt klingen. „Cousine Lilian hat geschrieben." Sie machte eine Pause und wartete auf seine Reaktion. Als keine kam, fuhr sie fort: „Sie sei seit einigen Monaten verwitwet und könne nicht mehr bei Tante Rose-Ann wohnen bleiben."

Peters Augenbrauen hoben sich. „Lilian?"

Sie presste die Lippen zusammen und nickte.

Es zuckte kaum merklich um seine Mundwinkel, doch dann zwinkerte er ihr zu. „Sie möchte also von uns eingeladen werden?"

„Ja. Ich weiß nicht, was sie alles erlebt hat, aber dass sie auf uns hofft, ist etwas befremdend, findest du nicht?"

Er vertiefte sich wieder in *The Times*, die ausgebreitet auf seinen Knien lag. „Von mir aus. Unser Haus ist groß genug."

Er war wohl nicht ganz bei der Sache. „Bist du sicher? Es ist *die* Lilian." Jetzt war es ausgesprochen und sie beobachtete die Mimik ihres Mannes.

„Aha." Langsam schien der Name zu ihm vorzudringen. „Lilian? Verheiratete Wilkinson?"

„Richtig." Sie warf einen Blick an die Decke. „Die Frau deines Gegenspielers."

Eine Weile war es still im Raum.

„Du sagtest, er sei tot?" Er zog kräftig an der Zigarre. „Dann ist er jetzt kein Rivale mehr."

„Du tust, als interessiert es dich gar nicht." Sie hob die Schultern und ihre Stimme wurde hitziger. „Sie war meine Konkurrentin!"

„Deine Cousine." Kringel stiegen aus einem Spalt zwischen seinen Lippen auf. „Ausgerechnet sie bittet um Aufnahme?!" Der letzte Satz hatte einen ironischen Unterton.

„Ja. Offensichtlich ist sie jetzt in einer Notlage."

„Hatte sie nicht noch Geschwister?"

„Zwei Brüder. Der jüngere hat den Kontakt zur Familie abgebrochen und der andere Bruder ist damals in dem Cottage wohnen geblieben. Soweit mir bekannt ist, ist er immer noch ohne Frau. Zudem glaube ich nicht, dass er Lilian unterhalten kann. Von was denn auch?"

Seine Brauen schnellten nach oben. „Was hindert uns also, ihr zu helfen? Zumal sie eine Verwandte ist."

„Ich denke nicht im Traum daran, sie herzubitten!"

Peter seufzte, zog erneut an seiner Zigarre und formte mit seinen Lippen kleine Wolken aus Rauch, die er nachdenklich beobachtete.

Sie strich ihren Rock glatt, einen leichten hellgrünen Baumwollstoff, zu dem sie eine Bluse aus Batist trug, die mit ihren Rüschen und knappen Ärmeln ihre ranke Gestalt betonte und sie wie ein Reh aussehen ließ. Minuten verstrichen, in denen beide kein Wort sprachen.

Irgendwann hielt sie es nicht mehr aus. „Warum sagst du nichts?" Männer konnten manchmal fürchterlich anstrengend sein, vor allem, wenn sie schwiegen.

„Bitte, was meinst du?" Er beugte sich vor, legte die Zigarre in den Ascher und blickte Louise an. In seinen Augen las sie Wärme und Zuneigung. Wie liebte sie diesen Blick an ihm, seit sie ihn an diesem verhängnisvollen Abend kennengelernt hatte.

Sein Mund kräuselte sich leicht, als er endlich antwortete: „Mein Herz, du bist jetzt fünfundzwanzig, die beste Ehefrau, die ich mir erträumen konnte und eine liebevolle Mutter. Als wir heirateten, war alles geklärt. Und die Zeit davor. Auch das fiese Spiel von Lilian. Du solltest nicht mehr daran denken."

Sie schüttelte den Kopf. „Wie könnte ich das vergessen!" In ihrem tiefsten Inneren rebellierte es. Der Stachel der Kränkung und die Schmach, das Mitleid der gesamten Grafschaft gehabt zu haben, ließ sie noch heute erzittern. Und sie hatte geglaubt, sie könne heute gelassen daran zurückdenken. Was so ein kleines

Blatt Papier bewirken konnte … Es beschwor die Vergangenheit schneller und gründlicher als jeder Illusionist.

Dieser eingebildeten Pute hatte sie damals die Pest an den Hals gewünscht. Selbst jetzt konnte sie nicht wohlwollend über sie reden. Das war alles andere als gottgefällig. Egal. Ihre Empörung über den Brief war immer noch gewaltig.

„Bitte, Louise. Der Ball und seine Folgen sind Geschichte!“

„Ihre Konversation mit den Gästen bestand einzig darin, sich von allen Männern bewundern zu lassen. Sie hat ihre Eleganz anstandslos ausgenutzt.“

„Sie ist eine von der Natur ausgestattete Schönheit.“

In seiner Stimme glaubte sie eine Spur Bewunderung zu entdecken. Sie rang nach Worten, um den Schmerz, den Peters Satz in ihr ausgelöst hatte, klein zu halten, und blinzelte aufsteigende Tränen fort.

„Ohne Anmut!“, stieß sie hervor. Über ihre eigene Missgunst erschrocken, biss sie sich auf die Lippen. Unwillkürlich beobachtete sie das Gesicht ihres Mannes. „Du findest sie also schön?“ Es klang heftiger als beabsichtigt.

„Loulou.“ So nannte er sie immer zärtlich, wenn sie allein waren. Mit vollem Namen hieß sie Louise Elizabeth. Er liebte es, Loulou zu sagen. Jetzt sagte er es mit einem beruhigenden und zugleich belustigten Ton. „Sie hat … ach was! Nenn es schön oder was weiß ich! Jedenfalls musste man sie einfach immerzu anschauen.“

„Oh!“ Hatte sie sich getäuscht, oder gab er jetzt zu, dass er sie auch bezaubernd fand? In gewisser Weise waren alle Männer gleich. Sie hatte geglaubt, ihrer sei anders. Erschreckend, dass ihr das erst nach all den Jahren klar wurde.

„Nun beruhige dich, Liebes. Das Äußere eines Menschen ist relativ. Wer weiß, wie sie heute aussieht, nach Jahren mit Ärger oder wie auch immer? Dass sie ihn genommen hat, das war mein

Glück. Meines und deines." Er machte eine kurze Pause. „Ich weiß, Louise, er hat dich damals sehr verletzt. Er hätte standhaft bleiben müssen, ein Mann sein sollen. Dann hätte Lilian keine Chance gehabt. Es sollte so sein, dass wir uns dann begegneten."

„Ich weiß", bestätigte sie und verschränkte die Hände auf ihrem Schoß. „Du hast dich vorbildlich um mich gekümmert. Zuvorkommend, wie es deine Art ist." Sie hielt inne und ihre Stimme hob sich. „Ehrlich gesagt, ich wundere mich heute noch, dass du dich in mich verliebt hast. Mein Gesicht muss doch vom Heulen ganz rot und verquollen gewesen sein." Er hatte in ihre Augen geblickt und sie hatte ein Gefühl von Geborgenheit verspürt, das sich im Laufe ihres näheren Kennenlernens verstärkt hatte. Nicht einen einzigen Tag hatte sie seitdem daran gedacht, dass er es als Pflicht angesehen haben könnte, um sie zu werben. Jetzt war sie sich nicht mehr sicher.

Er schmunzelte. „Es hat dich nicht entstellt. Für mich bist du die schönste Frau und ich liebe dich täglich mehr. Was Lilian angeht, vergiss nicht, sie hat sich für ihr Benehmen entschuldigt. Ich glaube", er machte eine Pause und verdrehte die Augen, „das war, als sie die Einladung zur Hochzeit schickte …"

Für einen Mann hatte er ein bemerkenswertes Gedächtnis, was solche Dinge anging. „Ja", unterbrach ihn Louise und murmelte: „Ich habe ihr verziehen, auch wenn ich nicht in der Lage war, zur Hochzeit zu gehen. Meinst du nicht, es ist ein starkes Stück, dass sie jetzt, nach Jahren, so tut, als sei nichts geschehen?!"

Peter stand auf, setzte sich auf die Armlehne ihres Sessels und hob ihr Gesicht an, dass sie ihn ansehen musste. „Es ist, als ob nichts geschehen ist, nachdem du ihr verziehen hast. Das hatten wir ausgemacht."

Sie spürte seinen Atem an ihrer Wange und ein Schauder durchfuhr sie. Noch immer löste seine körperliche Nähe Verlangen in ihr aus. Sie drückte den Rücken durch und sah ihn verstohlen von der Seite an. „Was willst du damit sagen?“

„Wer Vergebung erfahren hat, ist in der Lage, selbst zu vergeben.“

Er spielte auf ihren Glauben an, der in der Bibel und in der Geschichte von Jesus Christus gründete. Aber war der Brief von Cousine Lilian nicht etwas anderes? Eine ganze Weile sagten sie nichts. Offenbar war es nicht so einfach, wie Peter tat. Sie wandte den Kopf und sah zum Kamin, auf dem ein Spiegel stand. Ihre Augenlider begannen zu flattern, als sie darin ihr Spiegelbild sah. Ein ovales Gesicht mit sonst rosigem, jetzt erhitztem Teint, der mit ihren braunen Haaren harmonierte. Ihre Augen, dunkel und mit bronzenen Sprenkeln durchsetzt, blickten sie gehetzt an. *Ich bin alles andere als ruhig über diese Geschichte,* gestand sie sich ein. Der Brief hatte alles wieder aufgewühlt, was sie ausgelöscht und vergeben geglaubt hatte.

„Ja, aber ich frage mich, ob das hier nicht etwas anderes ist“, sagte sie plötzlich kühl.

„Wie meinst du das?“ Er runzelte die Stirn.

Ihr fiel beim besten Willen nichts ein, was sie darauf sagen konnte. Wenn sie Peter ihre geheimsten Gedanken sagte, die sie beschlichen hatten, würde er ihr nicht glauben, dass sie es damals ernst gemeint hatte. Das mit der Vergebung. Sie spürte, dass ihr selbst nach Jahren noch ein scheußlicher Geschmack den Atem stahl. Wie konnte sie es zulassen, dass längst Vergessenes Besitz von ihr nahm und Furcht in ihr aufstieg? Wie sollte sie Lilian vertrauen können? Bedeutete es, sie auch nur eine Minute aus den Augen zu lassen und damit ständige Angst um ihren Liebsten haben zu müssen?

„Vergiss die unangenehme Geschichte einfach, Louise. Ich habe kein Problem damit, wenn sie unser Gast ist.“ Er hob besänftigend die Hände. „Es wird sicher nicht lange sein.“

Sie schluckte und war versucht, ihm zu glauben. „Du meinst, wir nehmen sie auf? Aus Mitleid?“

„Von mir aus.“ Er seufzte und stand auf.

„Begeisterung sieht anders aus.“

Er schwieg. Um seinen Mund zog sich eine verstörende Kontur, die sie genau fixierte. Sie hob die Augenbrauen, als er die Arme vor der Brust verschränkte.

„Und aus Nächstenliebe?“

„Auch aus Nächstenliebe.“

Sie rang sich zu einem Lächeln durch. „Oder weil sie eine Verwandte ist?“

„Auch deshalb.“ Er durchquerte das Zimmer und blieb vor einer Auswahl von Digestifs stehen. Dann entschied er sich für einen mit tiefdunkler Farbe, entfernte den Stöpsel und goss sich einen Schluck ins Glas. Er drehte sich zu ihr um, nippte und sah sie unverwandt an.

Sie wurde unsicher unter seinen Blicken. Ihr Herz pochte laut, als er das Glas abstellte und auf sie zukam. Wortlos legte er die Arme um sie und zog sie an sich. Er schien nicht die Bedenken zu teilen, die ihr Kopfzerbrechen bereiteten. Mit einem Mal begann ihr Widerstand zu zerbröckeln.

Hoffentlich erwartete Lilian nicht, dass die Cherletons mögliche Schulden ihres Mannes übernahmen. Es reichte, wenn sie ihr für ein paar Tage warmes Essen und ein Dach über dem Kopf bot. Ihr Mitleid hielt sich in Grenzen. In ziemlich engen Grenzen. Sie ließ den Kopf an seine Brust sinken und genoss die Wärme und den Rhythmus seines Herzschlags. Aber was sollte schon passieren? Mit dem liebevollsten Mann der Welt an ihrer Seite? Sie war sich bis heute sicher gewesen, die Vergangenheit könne ihr nichts mehr anhaben. Wenn da nicht dieser Zweifel wäre, der mit dem Brief emporgestiegen war.

Es klang nicht überzeugend, als sie antwortete: „Wenn du meinst … ja, dann … von mir aus.“

2

Lilian lehnte sich zurück. Bei ihrer letzten Rast hatte der Kutscher versichert, er könne Winchcombe schon von Weitem sehen und dann sei es nur noch ein paar Wegbiegungen bis Sudeley Castle. Zum Glück war es ein sonniger Tag, sodass sich die Cotswolds von ihrer schönsten Seite präsentierten. Die Wärme trug dazu bei, dass die Pferdehufe eine stetige Staubwolke aufwirbelten.

S-U-D-E-L-E-Y. Sie ließ das Wort nachhallen. Was würde sie erwarten? Wahrscheinlich ein ältliches Anwesen mit verstaubtem Personal. Dazu ihre Cousine, korrekt und unscheinbar wie damals, ohne jegliche Glut und an einen schwächlichen, wahrscheinlich kümmerlich aussehenden Gatten gekettet. Zwei bedauernswerte Blaublütige, in Förmlichkeit und Historie gefangen. Nur das konnte erklären, dass Louise ihr die Bitte nach einer Zuflucht gewährte. Sie zog einen Mundwinkel nach oben und lächelte vor sich hin. Sie wusste, dass Louise schon damals religiös gewesen war, aber wenn ihr, Lilian, das passiert wäre, hätte niemand mit Wohlwollen rechnen dürfen. Auch nicht nach sieben Jahren.

Die Kutsche holperte plötzlich, als sei die Erde mit Nägeln gepflastert. Tatsächlich war der Weg mit festgefahrenen Steinen übersät, wie Lilian mit einem Blick aus dem Fenster feststellte. Wer war denn auf diese Idee gekommen? Es musste ein merkwürdiger Erfinder gewesen sein, konnte doch bei Regen oder gar

Schnee alles leicht zu einer rutschigen Angelegenheit werden. Da war Erde noch das kleinere Übel, auch wenn man darin stecken bleiben konnte.

Von draußen drangen Stimmen herein. Sie drückte die Nase an die Scheibe und sah eine Häuserreihe, gebaut mit dem üblichen Sandstein der Cotswolds. Das musste das Dorf sein. Die Schlaglöcher in der Straße rüttelten am Wagen und Lilian tastete nach einem Griff, um sich festzuhalten. Kinder in dreckigen Kitteln sprangen zur Seite, während Frauen innehielten, um die Kutsche anzustarren. Als sei sie bei etwas Verbotenem erwischt worden, wich Lilian zurück.

Kurz darauf passierten sie die Kirche St. Peter, deren auffälligen Turm sie schon von Weitem gesehen hatten. Der Kutscher erläuterte, das Gotteshaus sei dem heiligen Petrus geweiht und der Turm überrage das Dorf seit Jahrhunderten. Als sie dazu schwieg, erzählte er noch ein paar Anekdoten aus der Gegend, was sie brav und ohne Erwiderung über sich ergehen ließ.

Lilian hatte wenig übrig für Geschichte. Was vorbei war, war vorbei. Die Zukunft machte ihr mehr Kopfzerbrechen. Zweifel, ob ihr Entschluss herzukommen richtig war, wechselten sich ab mit einem Gefühl von Stolz und Liebe. Manchmal war sie versucht, die Ungerechtigkeit, die durch Hugh entstanden war, laut herauszubrüllen. Nächtelang hatte sie wachgelegen und über ihre Gefühle für ihn nachgedacht. Wie das Schicksal sie aneinander gekettet hatte und was daraus entstanden war. Dann machte sich wieder Hoffnung breit, dass sie jetzt ein anständiges Leben führen könne. Selbst Tante Rose-Ann hatte sie ihren Kummer nicht gänzlich anvertraut. *Wir können gern zusammen essen, brauchen aber nicht alles übereinander zu wissen.* Mit diesem Gedanken war sie bisher ganz gut durchs Leben gekommen.

Sie griff nach ihrem Pompadour, nahm ein Batisttuch und

tupfte sich über die Stirn. Wie würde das Zusammenleben mit Louise und deren Familie werden? Was wusste sie überhaupt von ihr? Nichts Genaues. Nicht mehr als das, was ihr vor sieben Jahren anvertraut worden war. Man hatte sich zwar noch dann und wann auf Familienfesten getroffen und ein paar förmliche Worte gewechselt, doch Kennen war zu viel gesagt. Man war verwandt, wusste, woher man kam und wem man sich verpflichtet fühlte. Der Briefkontakt zwischen den Familien war eher kümmerlich, gegenseitige Besuche sowieso, seit sie nicht mehr auf Crawfill Manor lebten. Sie hatte keine Ahnung, warum das Anwesen eines Tages hochverschuldet an die Banken ging. Ihrem Vater hatte es das Herz gebrochen. Sein Erbe verschwand vor seinen Augen und insgeheim hatte sie gespürt, dass er sich wegen seiner miserablen Leitung schämte. Dutzende Landarbeiter hatten ihre Arbeit verloren. Ob sie bei dem jetzigen Besitzer wieder eingestellt worden waren, wusste sie nicht.

Das Cottage, das sie dank Mutters sparsamer Haushaltsführung in einem Nachbarort erwerben konnten, war zwar nicht so beengt wie die der Bauern, doch die Demütigung wog bei ihrem Vater mehr als alles andere. Als *Armenhaus* hatte er ihr neues Heim tituliert. Dass sie sich immer noch satt essen konnten und ab und zu ein neues Kleid möglich war, passte irgendwie nicht zu dem Titel, den ihnen niemand nehmen konnte – außer das Schicksal. Wer keinen männlichen Erben vorweisen konnte, verlor ihn an irgendeinen nahen Verwandten, ob das dem Rest der Familie passte oder nicht. Glücklicherweise hatte ihr Bruder nach dem Tod des Vaters das Adelsdiplom erben können. Es öffnete selbst heute noch die eine oder andere Tür, wenngleich die desaströse Geschichte ihrer Familie ringsum bekannt war.

Eine innige Beziehung zu ihrer Verwandtschaft hatten sie nicht wirklich gehabt. Ihre Eltern hatten nach dem Umzug keinen Besuch mehr empfangen wollen. Wahrscheinlich hatten sie auf Gegenbesuche auch keinen Wert gelegt. Bestimmt hatte die leidige Verwandtschaft wie die von Louises Familie die Kontakte auf das Notwendigste beschränkt.

Ihr Plan mit Louise war kühn und der Brief an sie ebenso verwegen. Es grenzte an ein Wunder, dass sie hier aufgenommen wurde. Auf ihr Drängen hatte Tante Rose-Ann noch einen Brief an den Lord geschrieben, falls man es sich inzwischen anders überlegt hatte.

Sie legte das Tuch zurück und vergewisserte sich, dass der Brief sich noch in ihrem Beutel befand. Während sie ihn wieder verschloss, blieb die Kutsche stehen. Die Tür wurde geöffnet und der Kutscher streckte die Hand aus, um ihr aus dem Wagen zu helfen. Sie hob ihren Rock an und stieg das Trittbrett hinunter. Jetzt wagte sie, das Gebäude anzusehen, und verspürte sofort aufsteigende Übelkeit. Mit offenem Mund starrte sie auf die breiten Stufen, die zur Eingangstür führten. Das Haus sah aus der Ferne schon würdevoll aus, aber aus der Nähe wirkte es noch majestätischer und außergewöhnlicher. Was erlaubte sich Louise, in diesem Prachtbau zu wohnen!

Als der Kutscher die Koffer entlud, ging die Tür auf und eine junge Lady erschien, an der Hand einen kleinen Jungen.

Ihre Cousine war auf dem Ball ein schüchternes, eher blasses Mädchen gewesen, doch die junge Frau, die ihr jetzt gegenüberstand, wirkte elegant und unglaublich zart. Louises Wangen waren schmaler geworden, ihre Augen glänzender. Sie strahlte eine innere Ruhe aus, die Lilian nicht erwartet hatte. Mit ihren entgegen der Mode toupierten und an den Seitenpartien glatt zurückgekämmten, aufgesteckten Haaren hatte sie fast etwas Heiliges an sich.

Überrascht von ihrem Anblick zögerte Lilian, ihr entgegenzugehen. Irgendwie hatte sie sich die Situation anders vorgestellt.

Etwa, dass das gesamte Hauspersonal aufgereiht wie ein Lattenzaun sie als Adlige erwartete, wie es üblich war? Eine Ehrenformation als Willkommensgruß? Wahrscheinlich hatte Louise selbst davon keine Ahnung. Aber was hatte sie denn erwartet? Eine graue Maus? Dass Louise mit ihrer Heirat gesellschaftlich noch eine Stufe nach oben gestiegen war, hatte sie bis jetzt wenig interessiert. Sie hatte es gekonnt ignoriert.

Als Hugh mit ihr flirtete, hatte sie seine Bewunderung wie einen Triumpf über Louise betrachtet. Vielleicht weil sie vom Leben verzweifelt war, nachdem ihre Eltern zwei Jahre vorher bei einem Kutschunfall ums Leben gekommen waren und sie ein Erfolgserlebnis brauchte. Vielleicht auch, weil sie Louise demütigen wollte. Oder ihre Überlegenheit präsentieren wollte. Schönheit schlägt Bescheidenheit. An Bewunderern hatte es ihr nie gefehlt. Hugh war nicht darunter gewesen, hatte er sich doch bereits in Louise verliebt.

Ursprünglich wollte sie ihn nur ein bisschen anlocken, ihn umgarnen, wie sie es begehrte, wenn ein Mann nur einen flüchtigen Blick für sie übrighatte. Sie hatte ein bisschen nachgeholfen. Leider war die Situation während des Balls eskaliert und es gab für ihn kein Zurück mehr. Hugh hatte sich damals als ein Gentleman erwiesen und das einzig Passende getan. Sie hatte seinen Antrag angenommen, obwohl sie nicht sicher war, ob sein Herz nicht doch dieser anderen gehörte. Ihrer Cousine Louise.

In der gesamten Grafschaft waren sie zum schrecklichen Mittelpunkt der Gespräche geworden. Der Form halber und auf Drängen ihrer Mutter hatten sie Louise eine Einladung zur Hochzeit geschickt. Seitdem hatte sie nichts mehr von ihr gehört. Ihr Name war tabu gewesen, ohne dass es abgesprochen gewesen wäre.

Hugh und sie hatten sich zusammengerauft und eine gute Zeit miteinander gehabt. Die Wilkinsons waren eine sehr wohlhabende

Familie gewesen und Hugh als ältester Sohn Alleinerbe. Noch vor Monaten hätte sie laut gelacht, wenn ihr jemand prophezeit hätte, sie stehe eines Tages mittellos da.

Erst nach dem Gespräch mit dem Anwalt war es wie ein grausiges Erwachen geworden. Die Hinterlassenschaft von Hugh mündete in eine katastrophale Zukunft. Die Wilkinsons konnten es nicht besser als ihr Vater. Wut und Verzweiflung wechselten sich ab, bis ihr Überlebenswille siegte. Dazu gehörte auch der Bittbrief an Louise. Eine Demütigung erster Klasse.

Jetzt war sie hier und das Herrenhaus hatte ihr nicht nur die Sprache verschlagen, sondern es hatte auch Sodbrennen verursacht. Seit Monaten war sie mit ihren Nerven am Ende und Tante Rose-Ann hatte da auch nicht viel bewirken können. Einzig ihr köstlicher Kaninchenbraten konnte für ein paar Stunden dunkle Gedanken vertreiben.

Sie tastete mit ihrer behandschuhten Hand über den Mund und schluckte den sauren Geschmack herunter. Einen Moment lang schloss sie die Augen und holte tief Luft. Es gab kein Zurück mehr.

„Guten Tag, Louise", sagte Lilian leise, froh, nicht mehr durchgerüttelt zu werden, während Louise die Stufen herunterstieg, „ich danke dir für die freundliche Aufnahme."

Louises Wangen waren blass, als habe sie sich erschreckt, während sie ihr die Hand zur Begrüßung gab. „Willkommen auf Sudeley Castle. Ich hoffe, du wirst dich wohlfühlen."

Es klang wie auswendig gelernt. Oder nur artig? Ein Diener ging zur Kutsche und nahm die Koffer entgegen. Während er das Gepäck ins Haus trug, beugte sich Lilian zu dem Jungen und lächelte. „Guten Tag, kleiner Mann. Ich bin Tante Lilian. Und wer bist du?"

Er zuckte zurück und schmiegte sich an Louises Rock. Sie ließ ihn los und schob ihn ein wenig vor. „Das ist unser Sohn Jacob." Zögernd reichte er Lilian die Hand.

Lilian spürte das Widerstreben des Jungen. Sie hatte keine Ahnung, wie man mit Kindern umging, und strich sich die blonde Mähne nach hinten, die der Wind ihr ins Gesicht blies. Ihr kleiner Hut konnte die Haare nicht bändigen. „Ich werde ein paar Tage mit euch verbringen und hoffe, dass wir eine lustige Zeit zusammen erleben, nicht wahr?"

Verlegen sah er nach unten. Louise machte eine einladende Bewegung und ging mit Jacob vorweg ins Haus. Sie bewegte sich wie eine Gazelle. Lilian biss sich auf die Lippen. War diese Idee wirklich auf ihrem Mist gewachsen? Sie spürte, dass sie Louise unterschätzt hatte. Alles hatte sie erwartet, nur keine souveräne Herrin.

Sie sah ehrfürchtig zur Seite. Lange schon hatte sie nicht mehr eine derart beeindruckende Eingangshalle von innen gesehen. Tante Rose-Anns Zuhause war weniger prächtig, aber durchaus gemütlich und geschmackvoll eingerichtet. Eine Eskorte von Bildern begleitete sie über die breite Treppe hinauf bis zur Galerie. Die Ahnen in dieser Halle wirkten wie eine Ansage, ausgesprochen durch Rahmen mit Echtgoldauflage. Sie schürzte die Lippen und Widerstand regte sich in ihr. Hitze stieg in ihr auf, als sie von mit gepuderten Perücken umrahmten Mienen und Damen in Brokatgewändern mit unverschämt tiefen Ausschnitten begleitet wurde. Wahrscheinlich sollten die Juwelen auf der weißen Haut richtig zur Geltung kommen. Ahnherren? Heiligenverehrung! In ihrem Kopf schwirrten wirre Gedanken. O diese Louise. Eine Wilkinson war ihr ebenbürtig! Was bildete sich ihre Cousine ein? Nur weil sie reich geheiratet hatte, war das kein Grund, sich hochnäsig zu benehmen.

„Möchtest du dich erst frisch machen? Gill zeigt dir dein Zimmer. Du findest uns im Salon. Ich habe Tee und Gebäck vorbereitet.“ Sie wies auf eine Tür am Ende der Halle. „Mein Mann und mein Schwiegervater werden erst zum Dinner hier sein. Ich hoffe, du bist nicht enttäuscht.“

Eins musste sie Louise lassen. Sie ließ sich in keinster Weise anmerken, ob sie noch an die unselige Ballnacht dachte. Hier wirkte sie überlegen und ausnehmend freundlich.

„Enttäuscht? Überhaupt nicht. Ich danke dir von Herzen, dass ich hier sein darf.“ Das war nicht ganz ehrlich und sie musste feststellen, dass sie sich nicht mehr daran erinnern konnte, dass Louise so schöne braune Augen hatte. Strahlend und von einer geheimnisvollen Tiefe, darüber schwungvolle Augenbrauen, die mit dem Braunton ihrer Haare harmonierten.

Louise legte den Kopf schief und sagte: „Ich hoffe, es gefällt dir hier. Das Haus stammt aus der Zeit, in der Elizabeth I., die Namensgeberin meines Zweitnamens, England regierte. Es steckt voller Geschichte. Sagt dir der Name Seymour was?“

Lilian hob zaghaft die Schultern und sah zu Jacob hinab, der sie mit großen Augen beobachtete. „Ich … ich weiß nicht.“

„Wahrscheinlich denkst du auch an ein Fallbeil, oder?“ Sie lachte und machte eine Bewegung mit der Hand. „Vergessen wir das. Danach gelangte es erst in den Besitz der Krone, bevor es der 1. Baron Chandos of Sudeley bewohnte …“

Lilian presste die Lippen aufeinander, als müsse sie Essig trinken. Ihre Cousine hatte im Unterricht aufgepasst. Oder ihr Mann hatte darauf bestanden, dass sie in Konversation und Geschichte glänzen konnte. Sudeley im Besitz eines Regenten? War lange her, aber nicht lang genug, um es Besuchern und Gästen beim Eintritt ins Haus nicht sofort unter die Nase zu reiben.

Louises Brauen schnellten nach oben. „Ich langweile dich hoffentlich nicht?“ Sie strich Jacob liebevoll über die Haare und gluckste. „Nur dich, nicht wahr?“

Konnte sie Gedanken lesen? Lilian fühlte sich ertappt und versuchte, ihre Bestürzung zu verbergen. „Wo denkst du hin? Erzähl ruhig weiter“, flötete sie.

„Nein?“ Ihre freie Hand wies nach oben. „Nun, hier wurde viel an- und umgebaut, gerade so, wie die jeweiligen Herrschaften es für erforderlich hielten. Jetzt ist es ein Schloss, das für mich immer noch ein Traum ist, findest du nicht?“

„Es ist wirklich beeindruckend.“ Am liebsten hätte sie hinzugefügt, dass es jetzt aber gut sei. Gut sei mit der Zurschaustellung von Haben und Sein. Das war ihr Part. Nicht Louises. Wie konnte sie sich erdreisten! Louise, die vom reizlosen Küken zur Anmut in Person wurde. Hätte, hätte … ja, wenn besagter Abend nicht … Sie griff sich mit den Händen an die Schläfen.

Aus einem der angrenzenden Räume kam ihnen eine Frau mittleren Alters entgegen. Ihr Gang erinnerte Lilian an eine Ente und ihr gesamter Körper schien einzig aus Hüfte zu bestehen. Sie lächelte, als sie Jacob bemerkte.

„Mama?“ Jacob schaute bittend auf. Er schien auf die Frau gewartet zu haben.

Louise wandte sich an Lilian. „Und das ist Abigail Beecroft, unsere Gouvernante.“ Lilian nickte flüchtig, während Louise weitersprach: „Ms Beecroft, darf ich Ihnen unseren Gast vorstellen? Meine Cousine Lady Lilian Wilkinson.“

Ms Beecroft zupfte mit einer Hand an einer ihrer akkurat gelegten grauen Locken, die unter der Spitzenhaube hervorquollen und die Stirn einrahmten. „Lady Louise Cherleton hat mir von Ihnen erzählt“, sagte sie mit ruhiger Stimme. Rock und Bluse waren aus dem gleichen dunklen, gestreiften Stoff gearbeitet, wobei ein weißer Spitzenkragen die Bluse zierte und ein wenig von der Strenge nahm. Eine goldene Brosche glänzte am Halsansatz.

Allein die Tatsache, dass sie irgendetwas aus der Vergangenheit wissen könnte, ließ Lilian die Luft anhalten. Unbehaglich knetete sie die Finger. Über diesen Aspekt hatte sie überhaupt nicht nachgedacht. Was wäre, wenn Louise ihr Personal nicht über Lilians Vergangenheit im Unklaren gelassen hatte? Zwar traute sie ihr das nicht zu, aber konnte sie sicher sein? Wo die Dienerschaft mit den Herrschaften unter einem Dach wohnte, ließen sich Geheimnisse schwerlich verbergen. Eine verarmte Cousine war in deren Augen nicht mehr wert als das Schwarze unterm Fingernagel.

Jacob ließ die Hand seiner Mutter los. „Darf ich bitte mit Ms Beecroft spielen?"

„Ja, mein Schatz." Sie überließ ihn der Gouvernante, die Louise zunickte und mit ihm in einem nahen Zimmer entschwand. Louise warf einen Blick zur Standuhr und lächelte Lilian zu. „Wir sehen uns gleich."

Lilian verstand es als Aufforderung, sich zurückzuziehen. Sie sah zum Aufgang, der mit einem weichen Läufer ausgelegt war. Das Dienstmädchen begleitete sie in den ersten Stock und zeigte ihr das Gästezimmer. Ein Himmelbett mit weichen Kissen, ein Kleiderschrank, dazu ein Sekretär aus poliertem Wurzelholz und eine kleine Sitzgruppe mit einem Tisch, auf dem frische Blumen und Gebäck standen.

Nachdem der Diener die Koffer heraufgeschleppt hatte, begann Gill Kleider und Wäsche zu verstauen. Mit sicheren Griffen faltete sie die Wäsche akkurat zusammen. Lilian griff nach einem Kleid, um es auf einen Bügel zu hängen.

„Bitte, Mylady, das ist meine Aufgabe", sagte Gill, die nebenbei erwähnte, bereits seit einigen Jahren im Dienst der Familie Cherleton zu stehen.

„Bist du gern hier?"

„Aber ja doch. Lady Louise ist eine würdige Herrin", erklärte sie mit Eifer und wollte Lilian das Kleid abnehmen, doch sie wehrte ab. „Ich helfe dir gern", meinte sie und beugte sich wieder über den Koffer, um ein weiteres Kleid herauszunehmen. Sie betrachtete den hellroten Traum aus Tüll und Spitze. Es war vielleicht für heute Abend nicht die erste Wahl, bedauerte sie, und hängte es in den Schrank. Sie hatte zum Glück noch genügend Gewänder dabei.

„Nicht doch! Verzeihen Sie, aber Sie sollten sich ausruhen. Die Reise war sicher anstrengend." Gill nahm Lilian ein grünes Batistkleid ab, das sie an die Brust angepresst hielt, während sie sich vor dem Spiegel betrachtete. Was für ein Kleid. „Darin werden Sie so schön aussehen, dass sämtliche Männer nach Luft schnappen. Von den Damen ganz zu schweigen." Sie lachte über ihren eigenen Scherz und bemerkte Lilians skeptischen Blick. „Ich verspreche, es wird bei meiner Pflege keinen Schaden leiden!"

Lilian lächelte und bedankte sich. Von der Dienerschaft würde sie schon ab heute Abend mit Aufmerksamkeiten bedacht werden. Sie kannte die Unterschicht. Man brauchte ihnen nur ein wenig entgegenzukommen und schon hatte man sie auf seiner Seite. Gill, das kleine Dummchen, würde nichts Eiligeres zu tun haben, als gleich im Dienstbotenzimmer, das sicher wie üblich im Untergeschoss neben der Küche zu finden war, über die neue Lady zu tratschen. Es gab keinen besseren Start, als mit einem Lob aufzutrumpfen.

Bereitwillig überließ sie dem Dienstmädchen die restliche Arbeit. Als Gill gegangen war, zog sich Lilian um. Zwar hatte Gill auch dazu ihre Hilfe angeboten, doch heute stand ihr nicht der Sinn danach. Inzwischen war sie es gewohnt, ohne Kammerdienerin in ein frisches Kleid zu schlüpfen. Sie öffnete das Fenster, um noch die Wärme der Nachmittagssonne ins Zimmer zu lassen. Vom Fenster hatte sie eine gute Aussicht auf die Auffahrt und den Eingangsbereich des Hauses. Eine Weile sah sie einem Gärtner bei der Arbeit zu, der Buchsbäume beschnitt. Der Ausblick hatte etwas Beruhigendes und Magisches zugleich. Allein die Harmonie in der Gestaltung der Auffahrt, eingefasst mit Linden, Rabatten und Buchsbäumen, bewirkte ein vielversprechendes Aufatmen.

Zufrieden mit sich selbst verließ sie das Zimmer und ging nach unten. Sie fand Louise im Salon. Jacob saß auf dem Teppich und spielte mit einem kleinen Holzpferd.

Louise griff nach der Teekanne und goss dampfenden Tee in eine zarte, mit Goldrand versehene Tasse. „Ich gönne Ms Beecroft eine Ruhepause. Jacob ist ein Schatz und spielt auch gern mal allein. Allerdings nur, wenn ich in der Nähe bin." Sie deutete auf einen Stuhl. „Komm, setz dich. Ich hoffe, du magst Tee."

„Wie schön, dass ich ihn hier genießen darf", seufzte Lilian, und dachte an die *Tea Gardens*, in denen man in der Öffentlichkeit seinen Tee zu trinken pflegte. Seit einem halben Jahr waren ihre Auftritte in der Gesellschaft auf ein Minimum gesunken. Auf Spießrutenlauf und argwöhnische oder mitleidige Blicke hatte sie überhaupt keine Lust. Noch immer saß der Schock tief, den der Rechtsanwalt bei ihr verursacht hatte.

„Wie war deine Reise?", fragte Louise und nippte an der Tasse.

„Ein wenig anstrengend, wie du dir denken kannst. Ich bin bereits heute Morgen von Bath weggefahren. Die Straßen sind eine einzige Katastrophe. Zum Glück hat der Kutscher eine Pause eingelegt. Sonst hätte ich das nicht durchgehalten."

„Du bist allein gereist?"

Lilian nickte und lächelte mühsam. „Eine Anstandsdame hatte ich nicht dabei." Wer hätte sie denn angesichts ihrer prekären Lage schon begleiten wollen? Ihre Tante war heilfroh, mit einer schriftlichen Empfehlung von dieser Bürde befreit zu sein.

Louises Brauen schnellten nach oben. „Tante Rose-Ann wohnt in Bath? Meine letzte Information reicht bis nach Bristol. Ich gebe zu, ich habe dem Absender deines Briefes keine Bedeutung beigemessen."

„Nachdem Onkel Charles verstorben war, verlangte sie Leben statt Stille. Sie waren ja kinderlos. Ihr Landsitz in Berkshire wird seit Jahren von ihrem Verwalter geleitet. Sie zog nach Bristol, aber in der Hafenstadt ist es ihr doch tatsächlich irgendwann zu laut geworden. Deshalb sehnte sie sich nach Bath, war sie doch dort mindestens einmal im Jahr zur Erholung gewesen. In Bath trifft sie sich laufend mit Freundinnen und scheint zufrieden. Wenn ihr das Rheuma zu schaffen macht, hat sie gleich die richtigen Heilkünstler an der Seite."

Beide lachten ein erleichterndes Lachen und sie hatte das Gefühl, dass auch Louise weniger angestrengt wirkte. Unter ihrer Höflichkeit verbarg sie sehr geschickt, was sie dachte. Ob das Haus und die Gegend diese Art verstärkten? Vielleicht beruhigte sich in Kombination mit der Landluft das Gemüt anstatt sie im mondänen Badeort Bath mit Tante Rose-Ann und weiteren dekadenten Ladys im Schlepptau zum Plaudern über alte Zeiten und andere Leute anzustacheln. „Sie bestand darauf, jeden Morgen einen kalten Tee zu trinken! Igitt! Tante Rose-Ann hatte schon immer einen Hang dazu, sich mit ihrem Verhalten von anderen Leuten abzugrenzen. Kalter Tee! Irgendwie schrullig, oder? Das Dienstmädchen durfte ihn aber nicht am Vorabend zubereiten. Das war nur eine ihrer vielen merkwürdigen Marotten."

Louise verdrehte die Augen. „Wenn ich ehrlich bin, weiß ich fast nichts über unsere Tante. Schade, dass ich Mutter nicht mehr fragen kann, warum sie mir so wenig über ihre Schwester erzählt hat. Vielleicht weil sie schon zeitlebens etwas absonderlich war?" Sie zeigte auf das Gebäck, das unberührt dalag. „Möchtest du nicht etwas von den Scones? Sie sind herzhaft, nicht süß."

Gehorsam nahm sich Lilian ein Stück und schob es in den

Mund. Es schmeckte ausgesprochen delikat. Die Küche schien auf höchstem Niveau zu sein. Ein Grund mehr, hier zu wohnen. Sie würde ihre Gefühle trotzdem unter Kontrolle halten und nicht gleich mit Lobsprüchen um sich werfen. Louises Mutter, Tante Scarlett, war vor vier Jahren gestorben. In Bath war sie über die neuesten familiären Entwicklungen aufgeklärt worden. Ihr Kontakt zur Verwandtschaft war seit ihrer Heirat mit Hugh auffällig erschlafft, nicht zuletzt durch ihre eigene Bequemlichkeit. Vorwürfe der ach so lieben Verwandten brauchte sie nicht. Dann lieber gar kein Zusammentreffen oder Briefwechsel.

„Tante Rose-Ann ist eine schrullige, aber liebenswerte Tante und ich danke ihr aufrichtig, dass sie mich aufgenommen hatte. Doch es war an der Zeit, mein Schicksal selbst in die Hände zu nehmen."

Louise wirkte mit einem Mal verstört. Ob sie etwas Falsches gesagt hatte? Aus den Augenwinkeln beobachtete Lilian ihre Cousine. Ihr Schweigen machte sie nervös. Sie zwang sich, ihr in die Augen zu schauen. Was ging in ihr vor? Ihr Herzschlag beschleunigte sich.

„Möglicherweise."

Lilian wusste nicht, wie das gemeint war. Sie schluckte und bemerkte ein Zucken an ihren Mundwinkeln.

Louise betrachtete sie mit nachdenklicher Miene. Wahrscheinlich mehr ihre hervorstehenden Wangenknochen, die ihrem Gesicht etwas Distinguiertes verliehen, wie ein früherer Verehrer es ausgedrückt hatte. Lilian war sich immer ihrer Wirkung sicher gewesen. Als kleines Mädchen hatte man ihr Bosheiten verziehen, bewundernd über ihre langen vollen Haare gestrichen und begriffen, dass sie es im Leben mal ganz nach oben schaffen würde. Viel höher, als es ihre Lehrerinnen je prophezeit hatten. Dass man runterfallen könnte, davon hatte ihr niemand erzählt.

„Hast du Kinder?"

Es war, als habe Louise ihr eine Ohrfeige verpasst. Was erlaubte sie sich, ihr diese Frage zu stellen. Allein der Gedanke daran tat weh. Dabei hieß es immer, was man nicht kenne, vermisse man nicht. Trotzdem hatte sie sogar mehr als eine Kur in Bath gemacht und verschiedene Ärzte konsultiert. Dennoch blieb der Kindersegen aus. Jetzt war es zu spät.

„Es hat sich leider nie ergeben", gab Lilian Auskunft. Sollte sie den Namen Hugh aussprechen oder würde es Louise nichts mehr ausmachen? Sie war verunsichert und entschied sich für die belanglose Form. „Mein Mann hatte sich Kinder gewünscht, aber ich konnte ihm diese Bitte nie erfüllen." Der Stachel des Wunsches trat immer wieder hervor. „Sei's drum. Es bedeutet ja nicht das Lebensglück", hauchte sie mit gespielter Leichtigkeit. Louise sollte ja nicht glauben, sie würde irgendetwas entbehren.

Sie glaubte, in ihren Augen einen wissenden Blick zu erkennen. „Das tut mir leid." Louise seufzte und blickte zur Kaminuhr. „Die Männer werden gleich bei Tisch erscheinen. Wir sollten uns für das Dinner umziehen."

3

„Lilian Wilkinson?", fragte Lord Cherleton und kniff sich das Monokel vors Auge. „Meine Nichte?" Er stand kerzengerade vor dem Kamin, sorgfältig mit einem weißen Hemd und einem dunkelgrauen Rock gekleidet. Seiner Stimme war nicht zu entnehmen, ob er sich freute oder nicht.

„Ja, Onkel John." Lilian warf einen Blick zu Louise, die neben einer Vitrine stand, in deren Glas sich das Licht der untergehenden Sonne spiegelte. „Die Tochter von Lord Michael Morris und Lady Scarlett. Ich bin sehr dankbar, hier zu sein."

„Wollen wir uns nicht setzen?", fragte Louise mit einem Anflug von Schwindel und wies mit einem schwachen Lächeln auf die Stühle. Lord Cherleton wusste sehr genau, wen er vor sich hatte. Er wollte Neuigkeiten aus Lilian rauskitzeln, alles von ihr selbst hören. Dazu stellte er sich gern unwissend. Wenn er das allerdings wie üblich noch ein Viertelstündchen weiterführte, würde sie umkippen. Heute war ihr Kreislauf alles andere als stabil.

„Ich glaube, unser Gast braucht ein vernünftiges Abendessen nach der Reise. Wie ich sehe, hat sich Mrs O'Donnell mal wieder selbst übertroffen."

„Was gibt's denn?", fragte Peter beiläufig. Mit hochgezogenen Augenbrauen forschte er in ihrem Gesicht. Sofort war er bei ihr, nahm sie am Arm und führte sie zum Tisch. Dankbar setzte sie sich und versuchte, Haltung zu bewahren. „Alles in Ordnung mit dir?", flüsterte er, was sie mit einem Nicken bejahte, obwohl das nur die halbe Wahrheit war.

Sie wusste nicht, ob das Unwohlsein durch Lilians Anwesenheit oder durch Hunger ausgelöst wurde. Zudem war sie ziemlich nervös. Ihre Aufregung verbarg sie hinter gespielter Gelassenheit. Wer sie nicht kannte, hielt sie für arrogant. Ihre Gedanken wanderten zu dem Brief von Tante Rose-Ann. Lilian habe Ferries House verlassen und sei bei ihr aufgetaucht. Sie habe um Aufnahme und Beistand gebeten, weil sie nach dem Verlust ihres Mannes nicht mehr in den alten Gemäuern leben könne. Weiter schrieb sie, dass Lilian den Tod ihres Mannes noch nicht überwunden habe und ihr ein Ortswechsel sicher guttue. In Bath wimmele es nur so von erholungs- und behandlungsbedürftigen Leuten. Die Gespräche würden eine junge Frau nicht auf freudigere Gedanken bringen. Sie selbst sei mit altersbedingten Mühen beschäftigt und sie vertraue ihnen Lilian an.

Ihr Schwiegervater starrte immer noch seine Nichte an. Louise registrierte es mit Verwirrung.

„Wir haben uns tatsächlich lange nicht gesehen. Beim letzten Mal, glaube ich, lebte Mary noch." Er seufzte und nahm das Glas vom Gesicht. „Wir sollten die Mühen und Köstlichkeiten der Köchin nicht missachten. Wer weiß, was sie uns sonst Grausiges zubereitet?" Er schmunzelte über seinen eigenen Witz, ohne den Blick von Lilian zu nehmen. „Meine liebe Lilian", wies er zum Tisch, „darf ich?" Er führte sie, ohne ihre Antwort abzuwarten, zu einem Stuhl und zog ihn ein wenig zu sich. „Bitte sehr."

Gehorsam nahm sie auf dem angebotenen Stuhl Platz, während er sich ihr gegenüber niederließ. „Ich habe mir heute Stargazy Pie gewünscht", erklärte er, „denn das habe ich mal bei einem Freund aus Cornwall vorgesetzt bekommen. Da ist eine echte Überraschung drin."

„Überraschung?" Lilians Augen sprühten, dass Louise ein dumpfes Unbehagen in sich aufsteigen spürte.

Während die Dienerschaft die Speisen auf der Tafel verteilte, setzte sich Peter gegenüber Louise an den Tisch. „Vater, möchtest du nicht auf deinen Stammplatz?" Ihn irritierte das Verhalten Lord Cherletons offensichtlich genauso wie sie.

Mit einem Wink war für ihren Schwiegervater die Frage beantwortet. „Heute nicht." Nachdem er in einem Tischgebet für das Essen gedankt hatte, fuhr er fort: „Und jetzt möchte ich unserem Gast erklären, was es mit der Pie auf sich hat."

Louise betrachtete ihren Schwiegervater, der eine nie gekannte Vitalität an den Tag legte. Fast schien es ihr, als wolle er seinen Bauchansatz einziehen. Für einen Moment huschte ihr bei diesem Gedanken ein Lächeln übers Gesicht. Er war immer noch ein stattlicher Mann in den Siebzigern, am Tagesgeschehen interessiert, der es liebte, mit Freunden aus dem Oberhaus die politische Lage zu diskutieren. Ein Whiskey, bevorzugt aus der irischen Heimat der Köchin, gehörte dazu. Lilian schien nicht verwundert, dass ihre Tante nicht mehr lebte. Möglicherweise hatte sie davon Kenntnis oder sie wollte das Thema nicht weiter verfolgen.

Ein Diener verteilte Portionen der Pastete, die auf der Tafel stand. Lilian starrte auf das seltsame Produkt aus Teig, das eine ausgefallene Füllung offenbarte.

Während die Hausdienerin ihr Wasserglas auffüllte, wurde Louise bewusst, dass Lilian kein schwarzes oder zumindest dunkles Kleid als Zeichen ihrer Trauer trug. Das Seidenkleid in einem vielversprechenden lichten Lila, verziert mit Organzaärmeln und Satinband, hatte einen tiefen Ausschnitt, den sie als viel zu tief empfand. Es passte zu Lilian, die sich schon früher selbstverliebt gab und auf Förmlichkeiten pfiff, wenn sie ihr nicht gefielen. Von ihren unsteten Stimmungen, unter denen die ganze Familie litt, ganz zu schweigen. Sie wusste gekonnt ihr charmantes Gesicht für eigene Vorhaben zu nutzen. Selbst jetzt, wo erst die Hälfte des Trauerjahres vorbei war, hielt sie sich nicht an die Tradition, die ihr auch einen sicheren Schutz bot.

„Ich wusste nicht, dass du überstürzt abgereist bist", flüsterte Louise und geriet ins Stottern. Wie sollte sie ihr auf gefällige Art und Weise klarmachen, dass sie völlig unpassend gekleidet war? Jeder hier im Haus wusste inzwischen, dass Cousine Lilian noch in Trauer war.

„Wieso?"

„Also … nun … dein Kleid …"

Lilian sah an sich herunter und fuhr mit der Hand über ihren

Ausschnitt. „Ist etwas nicht in Ordnung?“ Mit fragend hochgezogenen Augenbrauen warf sie ihr einen Blick zu.

Befremden ergriff Louise. Verstand sie denn nicht, was sie ihr durch die Blume sagen wollte? Sie trug keine Trauerkleidung und die Männer im Raum schien das alles nicht zu interessieren. Im Gegenteil, sie wirkten, als sei es normal, Traditionen zu missachten. „Du trägst ... ich meine, die Farbe ...“

„Oh ... ich ... die Eile, bitte entschuldige ...“ Lilians Gesicht färbte sich rot. Es war ihr sichtlich unangenehm.

Im Esszimmer war es bis auf Peters Geklirr mit dem Besteck mucksmäuschenstill. Lord Cherleton hörte auf zu kauen und sah von Lilian zu Louise. „Gibt es etwas, das ich verpasst habe?“

„Nein“, versicherte Louise und warf einen hilfesuchenden Blick zu ihrem Mann, der unbeirrt mit einigen Gräten kämpfte, „ich war lediglich mehr als überrascht angesichts der Farbwahl meiner lieben Cousine.“ Die Hitze, die ihr bis zur Stirn hochstieg, war ebenso dunkel wie die Glut in Lilians Gesicht. Sie wagte nicht, Lilian anzusehen, und senkte den Kopf, um die matten Fischaugen, die ihr aus den Teigresten auf ihrem Teller entgegenblickten, anzustarren.

„Ich kenne diese Art Pastete gar nicht“, schnurrte Lilian jetzt, sichtlich bemüht, die Stimmung zu beruhigen und ihr Würgen zu unterdrücken. „Ist das nicht eine merkwürdige Art des Kochens?“ Mit gekonntem Augenaufschlag und einem verzerrten Lächeln, das heitere Grübchen in ihre Wangen bohrte, sah sie Lord Cherleton an.

„Ein Spleen meines Vaters“, warf Peter ein. „Vielleicht möchte er dir das Rezept verraten?“ Louise beobachtete ihn aus den Augenwinkeln, während er fröhlich plauderte. „Du wirst hier auf Sudeley bestimmt noch manches kuriose Gericht vorgesetzt bekommen. Aber ich verspreche dir, alles aus besten Zutaten.“

„Tradition, nicht Spleen." Lord Cherleton griff über den Tisch und legte seine Hand auf Lilians, die es mit gesenktem Blick geschehen ließ. „In Cornwall ist dieses Essen seit dem 16. Jahrhundert Tradition, nachdem ein Fischer durch seinen furchtlosen Einsatz trotz stürmischer See rausfuhr und damit ein Dorf vor dem Hungertod rettete. Das typische Zeichen dieser Pastete sind die Fischköpfe, die aus dem Teig herausragen."

Ihre Stimme klang zögerlich. Sie kniff die Augen zusammen. „Hat es einen Grund, die Köpfe nicht vor dem Zubereiten zu entfernen? Seltsam, dass man sie dranlässt."

Die Männer schmunzelten, als hätten sie sich nie die Frage gestellt. Louise mochte die Pie, wenngleich sie die Fischköpfe einfach liegen ließ. Für sie waren sie Dekoration. Nicht mehr und nicht weniger.

„Selbstverständlich", donnerte Lord Cherleton und zeigte sich amüsiert, „nichts geschieht von ungefähr! Dieser Held, ein gewisser Tom Bawcock, hat sich damals unter Einsatz seines Lebens für seine Landsleute eingesetzt und ist raus auf die tosende See zum Fischen. Was er mitbrachte, reichte fürs ganze Dorf: Makrelen, Heringe, Aale und anderes Meeresgetier. Sieben verschiedene Sorten, heißt es der Überlieferung nach, seien unter dem Teig verborgen. Und damit alle satt wurden, backte man sie in einer Pie, aus der zum Beweis die Fischköpfe rausragten. Man nannte sie Sternengucker, weil sie zum Sternenhimmel sahen." Er lachte so laut, dass Peter und Louise ihn sprachlos ansahen. „So, und nun lass dir ordentlich auflegen!"

Lilian nickte kleinlaut, nicht wirklich überzeugt, dass ihr noch eine Portion bekommen würde, und warf ihm einen bedeutsamen Blick zu. „Eine fast unwirkliche Geschichte."

Louise staunte nur über das Beben, das Lilians Anwesenheit in ihrem Schwiegervater ausgelöst hatte. Aber eigentlich konnte sie nichts dafür, gestand sie sich. Dass er aus seiner Einsilbigkeit erwacht war, die ihn seit dem Tod seiner Frau wie eine Mauer umgab, war ein Phänomen, das sie sich nicht erklären konnte. Möglicherweise rief Lilians märchenhafte Erscheinung bei Männern eine Art Beschützerinstinkt hervor.

„Wie geht es meiner Schwägerin Rose-Ann? Ich habe seit Ewigkeiten nichts mehr von ihr gehört", wechselte er das Thema.

„Bis auf ein paar altersbedingte Beschwerden ist sie guter Dinge. Langeweile kennt sie nicht", erwiderte Lilian. „Sie trifft sich fast jeden Tag zum Kaffeeklatsch mit ihren Freundinnen."

„Habt ihr euch … Gab es Meinungsverschiedenheiten?" Er hielt demonstrativ die Gabel mit einem aufgespießten Fischkopf vor sich und sah Lilian eindringlich an. Sie errötete und griff sich verlegen an ihre Ohrringe. Eine lange, fast unerträgliche Stille entstand.

„Bitte, Vater, wir wollen sie doch nicht am ersten Abend bedrängen", warf Louise ein. Sie staunte selbst, dass sie für Lilian Partei ergriff. „Dass sie nicht mehr auf Ferries House leben konnte, ist sicher nicht ihr Verschulden. Ein Glück, dass Tante Rose-Ann ein großes Herz hatte."

Lilian senkte wie ein verängstigtes Kind den Kopf und Mitleid überkam Louise. „Du darfst dich hier wirklich willkommen fühlen", sagte sie leise und bemerkte, dass auch ihr Mann keine Sekunde den Blick von Lilian nahm. Sie musste dringend dem Gespräch eine andere Richtung geben.

Peter kam ihr zuvor. „Ferries House ist nahe der Küste, nicht wahr?" Er ließ sich von einem Diener Rotwein einschenken und hob das Glas. „Wir wünschen dir, dass du eine Zeit des Friedens bei uns findest."

Sie prosteten sich zu und Lord Cherleton kaute regelrecht den Schluck Wein. „Das hier ist ein richtig guter Tropfen. Wo hast du den aufgetrieben?", wandte er sich an Peter.

„Er stammt aus Portugal, aus der Region Colares nahe der Atlantikküste." Während Peter leidenschaftlich erklärte, dass seit Jahrhunderten Portugal ein wichtiger Weinexporteur sei und die Engländer ebenso lange deren sonnenverwöhnte Weine liebten, wandte sich Louise an Lilian.

„Deine Ohrringe sind wunderschön. Solche Perlen habe ich noch nie gesehen."

Lilian entspannte sich. „Sie sind aus Saatperlen gefertigt. Ein Einzelstück. Dazu gehört noch eine Brosche, die ich heute nicht trage. Es war mein Brautschmuck."

Verblüfft schwieg Louise. Sie zerbrach sich den Kopf, wie sie das Gespräch weiterführen konnte, ohne den Rest des Abends über Lilians Heirat oder Ehe sprechen zu müssen. Dabei hatte sie mit ihrem Kompliment selbst das Thema vorgegeben, wenn auch ungewollt.

„Wie geht es deinem Bruder?"

„Er hat sein Auskommen."

„Lebt er noch in dem Cottage?"

„Ja." Lilian schien an ihr vorbeizusehen. Ihr Blick wirkte plötzlich starr und ihre Unterlippe zitterte.

Sie hatte die Fragen falsch gestellt. Louise verdrehte die Augen. Trotzdem wollte sie es für heute dabei belassen. Wenn Lilian hier länger bleiben sollte, hoffentlich keine Wochen, kam sie an Antworten nicht vorbei.

„Was hältst du davon, wenn ich dir morgen das Anwesen zeige?", fragte sie und warf einen Blick auf die Männer, die sich immer noch über Rebsorten unterhielten. Sie fühlte, dass der Tag sie ziemlich angestrengt hatte. Noch immer war sie leicht benommen. Aber morgen würde sie darauf bestehen, mehr über Lilians Leben zu erfahren. Instinktiv spürte sie, dass ihre Cousine mehr verbarg, als sie zugab. Ganz abgesehen davon, dass sie ihren Kummer um Hugh mit noch keinem Wort erwähnt, geschweige denn Trauerkleidung angelegt hatte. Halb spöttisch, halb belustigt hob sie die Brauen. „Ich hoffe, du bist gut zu Fuß und bringst viel Zeit mit."

„Das ist wirklich nett von dir", erwiderte Lilian stockend. „Wenn es nicht unhöflich ist, würde ich mich jetzt gern zurückziehen. Der Tag war wirklich aufreibend."

Noch vor Tagesanbruch wurde Louise wach. Das Schlafzimmer war nur spärlich erhellt von der Morgendämmerung. Die schweren Vorhänge verbargen die zarten Farben des anbrechenden Tages und neben sich hörte sie Peters gleichmäßige Atemzüge. Es musste wohl spät geworden sein. Mitten in der Nacht war sie nach einem wirren Traum aufgewacht, in dem Lilian und Tante Rose-Ann merkwürdige Dinge sagten. Ängstlich wollte sie nach Peters Arm greifen, doch sie griff ins Leere. Eine Weile hatte sie sich noch im Bett herumgewälzt, bis sie endlich wieder eingeschlafen war. Jetzt lag er eingerollt wie eine Katze neben ihr.

Im Haus war alles still. Es musste noch sehr früh sein, sodass nicht mal ein Diener zu hören war. Sie sah zur Holzdecke, die mit ihren kunstvollen Intarsien viele Zeitstile überdauert hatte.

Als sie damals hier einzog, wurde sie von den Cherletons mit offenen Armen empfangen. Kein Wort fiel über den Ball auf Boughton House und das Geschwätz um die gelöste Verlobung. Lady Mary hatte sie als souveräne und charmante Frau kennengelernt, eine echte Dame mit Stil. Sie sprach nie schlecht über jemanden, sondern hob einzig die Vorzüge, wenn es denn welche zu benennen gab, hervor. „Es gibt keine Menschen, die nur schlecht sind, und keine, die nur gute Charaktereigenschaften haben. Wenn ich in mich reinhorche, muss ich gestehen, dass ich von mir das Schlechteste denke, und ich habe mich noch nie geirrt."

Der Satz hatte sie verwirrt, denn dass Lady Mary böse Seiten hatte, war kaum vorstellbar. Ein Funken Wahrheit war jedoch dran, wenn Louise ihn auf sich bezog. Gestern hatte ihr Gewissen es ihr auf nachdrückliche Weise vorgeführt. Lilian war zu ihr gekommen, geflüchtet, weil sie nicht wusste, wohin. Sie suchte Frieden, der hier auf Sudeley Castle selbstverständlich war. Aber war Frieden im Haus und in der Familie tatsächlich etwas Gewöhnliches? Mit Peter war es leicht, harmonisch zu leben, und Lord Cherleton hatte zwar seine Prinzipien, doch mit Herz und Verstand. *Meinen Frieden gebe ich euch.* Ein Bibelwort Jesu fiel ihr ein, eine Zusage, die inneren Frieden meinte. Nur wenn man den besaß, war äußere Harmonie möglich.

Der plötzliche Tod von Lady Mary hatte das Haus erschüttert. Irgendwann fand auch ihr Schwiegervater nach Monaten der Depression wieder neuen Mut, vielleicht auch, weil die Aufgaben als Herr über mehr als vierzig Landarbeiter und zahllose Gärtner seinem Leben Struktur gaben. Arbeit sorgte dafür, dass man auch in schweren, dunklen Tagen Dinge tun musste und man dadurch sogar von Unruhe und Trauer abgelenkt wurde.

Louise hätte sich damals nach dem Ball eine Aufgabe oder Arbeit gewünscht, die sie zerstreute. Nur Stickarbeiten anfertigen oder aus dem Fenster sehen und warten, bis der Regen aufhörte, waren ihr zu wenig. Stoffe für neue Kleider aussuchen war nur solange interessant, bis es keinen Platz mehr im Schrank gab. Selbst als ein paar Dienerinnen von ihren abgelegten Kleidern profitierten, begann es sie zu langweilen. Heimlich ließ sie sich von Mrs Molly das Backen beibringen. Wie viele Kuchen ihr misslangen, daran wollte sie lieber nicht mehr denken.

Heute lachte sie darüber und hatte seitdem Hochachtung für die schwierige Aufgabe der Köchin und deren Helferinnen, mit der richtigen Gluthitze und viel Fantasie und Geschick erstklassige

Torten herzustellen. Scones waren ihr nur zweimal nach Dutzenden Versuchen geglückt. Das war nochmals eine Herausforderung der anderen Art gewesen. Jedes Mal, wenn sie zum Tee vom Gebäck nahm, erinnerte sie sich an die amüsierten Augen von Mrs Molly, wenn sie schwarze Klumpen aus dem Feuer holen musste. Zart, weich und ohne Kruste sollten sie sein, aber ihre waren hart, schwarz und ungenießbar. Sie hätten eher als Kanonenkugeln getaugt, wie sie Arthur Wellesleys, der erste Duke of Wellington, als Oberbefehlshaber im gegenwärtigen Krieg gegen Frankreich brauchte. Als Mrs Molly ihr Backwerk aus dem Ofen holte, war sie froh, dass niemand die Misere sah.

„Wie kannst du dich entloben?!“ Mutters Bestürzung, ausgedrückt in Geheule und Gezeter, als könne man Hughs Zärtlichkeiten mit Lilian ungeschehen machen, hatte ein nagendes Gefühl in ihr hinterlassen. „Was werden die Leute sagen!?“

Als ob sie deren Meinung interessierte. Jeder musste sein Leben leben. Es hatte viele Worte und Tage gebraucht, um ihren Standpunkt zu Wahrhaftigkeit, die mit Liebe einhergehen musste, und Liebe, die von Wahrhaftigkeit geprägt war, ihren Eltern gegenüber zu vertreten. Vater hatte sich hinter seine Frau gestellt, sonst hätte es wahrscheinlich im Haus Hayn ein Erdbeben gegeben. Erst nach ein paar Wochen, in ihren Augen einer angemessenen Zeit, als Peter Cherleton um ihre Hand anhielt, beruhigten sie sich. Sein jährliches Auskommen überstieg ihre kühnsten Träume und sie fanden es nur recht und billig, dass ihre einzige Tochter in eine der geachtetsten Familien der Cotswolds einheiratete.

Louise schlug die Decke zurück und richtete sich auf. Sie verspürte Hunger und beschloss, sich etwas aus der Küche zu holen. Es war noch sehr früh, da musste sie nicht Gill oder eine andere Dienerin aus dem Bett klingeln. Sie stand auf und huschte zum Fenster, um einen Eindruck vom Wetter zu kriegen. Mit einer Hand schob sie den festen Brokat beiseite. Der Himmel war nur leicht bewölkt. Sie ließ den Vorhang los und drehte sich um. Nach drei, vier Schritten fühlte sie, wie ihr Kreislauf kapitulierte und es gelang ihr gerade noch, sich umzudrehen und ins Bett fallen zu lassen.

Sie musste nochmals tief eingeschlafen sein. Als sie aufstand, fühlte sie sich erholt. Nichts erinnerte mehr an die Schwäche im Morgengrauen. Das Frühstück mit der Familie verlief schweigend. Lilian staunte über die Ruhe im und rund ums Haus, die bei Tante Rose-Ann mitten in Bath sowohl nachts als auch tagsüber eine Seltenheit war. Die Männer brachen auf, um mit einem Pächter zu reden, der es für dringend angebracht hielt, die Umzäunung einer Wiese zu erneuern. Ms Beecroft war bereits mit Jacob im Garten unterwegs, um Schmetterlinge zu beobachten, und Louise erinnerte sich an ihren gestrigen Vorschlag.

„Wir können zu Fuß gehen oder den Wagen nehmen", plauderte sie, nachdem sie allein waren. „Was meinst du?"

„Den Wagen?" Lilian schien beeindruckt. „Ist es so groß?"

„Mmh." Sie musste sich ein Lachen verkneifen. Sollte Lilian doch selbst sehen.

Lilian zögerte und atmete tief ein. „Also, dann vielleicht doch mit der Kutsche."

Das passte zu ihr. Sich ja nicht bewegen. „Gut. Wir treffen uns in einer Viertelstunde am Eingang."

Louise wies den Stallmeister an, einzuschirren. Kurz darauf saßen die jungen Frauen in der offenen Kutsche. Die Luft war schwül, fast klamm.

„Es ist zwar warm, aber ich fürchte, das Wetter wird sich nicht halten", meinte Louise mit einem Blick zu den Federwolken am Himmel. Seit den frühen Morgenstunden waren es mehr geworden. In den nächsten ein, zwei Tagen war mit Regen zu rechnen. „Nutzen wir den Tag." Sie bat Kutscher Ward, zuerst in östlicher Richtung zu fahren, später gen Süden und zum Ende ihrer Besichtigungstour in Winchcombe haltzumachen.

„Ein Bummel durch das Dorf mit seinen Geschäften wird dir gefallen. Falls du mal was brauchst, weißt du, wo duhinmusst."

Lilian lachte. Der Gedanke schien ihr zu gefallen. Sie wirkte ausgeschlafen und hoffentlich bereit, etwas mehr von sich preiszugeben.

„Unser Haus kannst du dir bei jedem Wetter ansehen", erklärte Louise und betrachtete sie von der Seite. Lilian trug ein süßes dunkelblaues Kleid, das ihr gut stand, und einen Strohhut mit einem Ripsband in passender Farbe. Über ihrem Schoß lag ein Cape, falls es kühler wurde. Auch Louise hatte ihren Mantel auf ihren Knien ausgebreitet. Nachdenklich fuhr sie mit einem Finger die Konturen der Nähte nach.

Bald passierten sie das Torhaus. Zuerst lenkte der Kutscher die Allee entlang Richtung Norden, bevor er nach Osten abbog. Schweigend saßen sie nebeneinander. Louise sog die Luft in sich ein. Immer wieder aufs Neue füllte sich ihr Herz mit Dank, auf diesem wundervollen Flecken Erde leben zu dürfen. Sanfte Hügel, teils übersät mit Eschen, Tannen, Buchen und Eichen, zusammengefasst zu uralten Wäldern, waren durchflutet von einem magischen Licht. Dumpf drang das gleichmäßige Schlagen der Hufe an ihr Ohr. Einsilbig fuhren sie an einigen Gehöften vorbei. Ob Lilian ahnte, dass diese alle zu Sudeley Castle gehörten? Seit sie losgefahren waren, hatte sie keinen Ton gesagt.

„Nicht weit von hier steht ein riesiger außergewöhnlicher Baum", erklärte Louise. „Er muss uralt sein. Wirklich, ein ausgefallenes Exemplar. Um seinen Stamm zu umfassen, braucht es mehr als vier Leute, die ihn mit ausgebreiteten Armen umringen."

Lilians Augenbrauen schnellten nach oben. „Zeigst du ihn mir?“

Gab es tatsächlich etwas, für das sie sich interessierte? Louise nickte, blickte geradeaus und wies in die Ferne. „Es sei denn, Mr Ward vergisst es. Er weiß, dass wir Gästen gern Eigentümliches zeigen. Wie etwa die Stieleiche. Sie gehört zu einigen besonderen Bäumen hier in der Gegend.“ Sie sah Lilian wieder von der Seite an. Ihr Profil wurde von einem Sonnenstrahl, der sich durch die Wolken zwängte, hervorgehoben und Louise musste anerkennen, dass Gott ihrer Cousine kein makelloseres Gesicht hätte schenken können. Die Stirn, umweht von ein paar Haarsträhnen, die wie eine Liebkosung des aufkommenden Windes schienen, ging über in eine harmonische Linie der Nase. Während sie Lilian beobachtete, hatte sie den Eindruck, dass sie die Lippen fast ängstlich aufeinanderpresste.

Damals, als sie noch Kinder waren, hatten sie sich manchmal verkleidet, wenn die Familien einander besuchten. In Mutters alter Truhe fanden sie Kleider, die zu altmodisch zum Tragen, aber zu schade zum Wegwerfen waren. Hüte, Schals und Schuhe gab es in großen Mengen. Tagelang ahmten sie die Erwachsenen nach. An eines der Kleider konnte sie sich noch genau erinnern. Lilian wirkte zwar wie eine Königin in dieser perlenbestickten mattgrünen Robe, doch dass sie mal eine richtige Schönheit werden würde oder bereits war, das hatte sie in ihrem kindlichen Denken nicht erfasst. Ganz zu schweigen von dem, was ihr Aussehen mit ihr machte oder umgekehrt. Es hatte Lilians Leben bis zum heutigen Tag beeinflusst.

Während der Fahrt blieb ihr Blick an drei Männern hängen, die nicht weit des Wegs auf einem Acker standen. Einen davon erkannte sie sofort als Mr Eades, den Verwalter. Normalerweise war das nichts Ungewöhnliches, ihn und Arbeiter bei einer Debatte anzutreffen. Das hier waren jedoch der Kleidung nach zu urteilen Gentlemen. Es war noch nicht mal die Lautstärke, in der die Männer aneinandergerieten, sondern eher seine Haltung, die sie befremdete. Die beiden Herren redeten lautstark auf ihn ein, wobei er einen Schritt zurückwich, was sie als Aufforderung verstanden, auf ihn zuzugehen. Leider rumpelte ihre Kutsche gerade in dem Moment derart laut, dass sie nicht verstehen konnte, worum es ging. Jetzt hatten sie die drei Männer erreicht. Sie standen nur unweit des Wegs, die Fremden mit dem Rücken zu ihr. Aber das Gesicht ihres Verwalters spiegelte Panik wider. Einer der Fremden war etwas größer als der andere, doch beide trugen Hüte, sodass es schwer war, ihre Gesichter zu erkennen. Irgendetwas Bedrohliches ging von ihnen aus, was Eades Angst machte.

Als sich ihre Blicke trafen, wandte er sein Gesicht ab, als wolle er mit aller Macht verhindern, dass sie ihn hier sah. Für einen Moment war sie versucht anzuhalten, doch etwas in ihrem Inneren verbot ihr, sich einzumischen. War es ein verbotenes Geschäft, bei dem man sich jetzt um den Preis stritt? In einem der benachbarten Herrenhäuser hatte es das bereits gegeben, dass der Verwalter in die eigene Tasche gewirtschaftet und den Grundherrn betrogen hatte.

Louise schloss die Augen. Nein, sie wollte nicht, dass Peter und sie hintergangen wurden. Es gab bestimmt einen ganz banalen Grund, weshalb hier draußen, wo es niemand mitbekam, sich drei Männer lautstark stritten. Trotzdem fühlte sie eine innere Unruhe, die sie nicht deuten konnte. Etwas musste vorgefallen sein, was den alten Eades, den sie als routiniert und genügsam beschreiben würde, in Angst versetzte.

Lilian sah in die andere Richtung, als Louise sie gerade nach ihrem Eindruck dazu fragen wollte. Sie würde wetten, dass die beiden Männer nicht von hier stammten. Ihre Stimmen klangen fremd, wobei einer der beiden einen auffälligen Akzent hatte, wie man ihn an der Küste gewohnt war. Zwar trug der Größere einen grünen Mantel, wie ihn viele trugen, und der Kleinere einen für seine Verhältnisse viel zu eleganten Überwurf – falls er ein Bauer war. Doch was machte das schon? Er hatte bestimmt das Kleidungsstück geerbt. Oder auf einem Wohltätigkeitsbasar für kleines Geld erworben.

Louise seufzte und verwarf ihre Überlegungen. Nein, das mussten irgendwelche Arbeiter sein, die sich im Ton vergriffen hatten. Oder sie stammten aus dem nahegelegenen Dorf und hatten sich erst Mut angetrunken, um Eades, warum auch immer, einzuschüchtern. Mitleid und Furcht überkam sie und sie knetete die Finger, um das Zittern ihrer Hände zu vertuschen. Für einen Moment schloss sie die Augen. Es war ihr, als habe man sie selbst bedroht. Sie gab sich alle Mühe, tapfer zu sein. Vielleicht sollte sie aufhören, anderer Leute Probleme zu ihren zu machen.

Endlich wagte sie wieder, den Blick schweifen zu lassen. Sie fuhren an Wiesen vorbei, durchquerten ein kleines Waldstück, um wieder zwischen Feldern entlangzufahren. Das alles gehörte zu Sudeley Castle. Auf welch riesigem Stück Land wohnte sie! Eine große Anzahl Bauern und Handwerker fanden darauf ein Zuhause und ihr Auskommen. Alle ihre Tätigkeiten waren verwoben mit dem Landsitz, ob es nun Feldarbeiter, Sattler, Schmiede oder Hirten waren. Sie gingen ehrlicher Arbeit nach und die Familien wurden satt.

Strenge Winter hatten in den Städten stärkere Auswirkungen als hier auf dem Land. In London etwa kam es vor, dass Leute ihr Essen in Suppenküchen holen mussten, um nicht zu verhungern. Eine Armensuppe vom Festland aus dem Gebiet des bayerischen Kurfürsten hatte es sogar in England zu Ruhm geschafft, die Rumfordsuppe, benannt nach ihrem Erfinder Benjamin Thompson,

Reichsgraf von Rumford. Mit dieser einfachen, aber preiswerten und nahrhaften Suppe aus getrockneten Erbsen und Graupen wurden sowohl Soldaten als auch Bettler und Mittellose gesättigt. Wie schnell eine bis dahin sorglose Familie in echte Überlebenskämpfe gestürzt werden konnte, zeigte offenbar das Beispiel ihrer Cousine.

„Wie lange liegt Hughs Tod zurück?“, fragte Louise plötzlich, sodass Lilian zusammenzuckte. Sie wandte den Kopf und starrte sie mit weit aufgerissenen Augen an.

„Fünf Monate“, stieß sie hervor.

Konnte sie nicht mal von sich aus etwas erzählen? Louise kräuselte die Lippen. Sie sah ein paar Vögeln nach, die aufgeschreckt wegflogen, als sie Obstbäume passierten, unter denen sie an Früchten des Vorjahres pickten.

„Es tut manchmal gut, einfach darüber zu reden.“ Sie legte ihre Hand auf Lilians, die sie daraufhin wegzog. Ihre Cousine senkte den Kopf, als hätte sie einen Hieb bekommen. Ob sie verzweifelt oder dickköpfig war, konnte Louise nicht unterscheiden. Sie wollte schon weiter auf sie einreden, entschied sich dann aber doch zu schweigen.

Nach einer Weile begann Lilian plötzlich zu erzählen. „Vielleicht hast du recht. Es war für mich schon schwer genug, ihn nicht mehr an meiner Seite zu haben. Was ich jedoch nicht wusste, war, dass unsere finanzielle Situation desaströs war. Der Anwalt hat mich die ganze Zeit nur mitleidig angesehen. Erst hinterher wurde mir schlagartig klar, dass Hugh …“, sie stockte und presste eine Hand vor den Mund, „… Haus und Hof vernichtet hatte. Bitte, frag nicht weiter. Alles ging an die Bank und an die Gläubiger.“

„Hat er gespielt?“

Lilian schwieg.

Sie verbarg die Wahrheit. Louise spürte es, genauso wie sie die

Prinzessin in ihr bemerkte, ein Wesenszug, der verhinderte, dass sie ehrlich miteinander umgingen.

„In den letzten Jahren gab es aber keine Missernten", begehrte sie auf. „Davon hätte ich bestimmt etwas mitbekommen."

Lilian schüttelte den Kopf und griff an die Seite, um sich festzuhalten, als die Kutsche in einen schmalen Weg einbog.

„Hat er niemanden ins Vertrauen gezogen? Es hätte ihm sicher jemand geholfen." Sie verstand zwar nicht viel von Landwirtschaft und Verwaltung, aber dass man nicht nach Hilfe rief, wenn die finanzielle Lage dramatisch war, kam ihr töricht vor. Jedes Herrenhaus und jede Grafschaft hatte mit unterschiedlichen Schwierigkeiten zu kämpfen und nicht jede Familie war wohlhabend, obwohl das Haus den Eindruck vermittelte. Aber manchmal konnte mit Offenheit ein Ruin abgewendet werden. So hatte sie das bei einem Aristokraten erlebt, der nicht allzu weit entfernt wohnte, und in eine ähnliche Situation geraten war. Falscher Stolz dagegen hatte schon vieles vermasselt.

„Nein. Ich hatte keine Ahnung." Lilian sog die Luft tief ein, hob das Kinn ein wenig und sah stur geradeaus.

Der Kutscher rief: „Brr" und zog die Zügel an. Sie waren ganz in der Nähe der Eiche stehen geblieben, von der Louise gesprochen hatte. Vielleicht konnte sie das Gespräch vertiefen, wenn sie zurückfuhren. Wie brennend gern hätte sie erfahren, was da schiefgelaufen war.

„Siehst du?" Sie zeigte auf den Baum und ließ sich von Mr Ward aus der Kutsche helfen. Als Lilian neben ihr ausgestiegen war, nahm sie ihren Arm und führte sie zu dem exorbitanten Laubbaum. Louises Blick folgte dem Stamm nach oben, wo er sich zu einer dichten Krone verzweigte, die das Sonnenlicht fernhielt. Wie viele Liebespaare mochten sich hier ewige Treue geschworen haben? Schweigend blieben die beiden Frauen darunter stehen.

„Vor über dreihundert Jahren gab es in diesem Gebiet eine Schlacht“, versuchte Louise ein unverfängliches Gespräch anzufangen. „Na ja, eher bei Tewkesbury, aber das ist nur ein paar Meilen weit entfernt. Sie gehörte zu den sogenannten Rosenkriegen, die sich zwischen den Häusern Lancaster und York abspielten. Jedes Adelshaus erhob Anspruch auf den Thron und niemand wollte dem anderen den Vorrang geben.“

Während Louise über den schwächlichen König Heinrich VI. plauderte, den sein Erzrivale aus dem Haus Lancaster, Edward IV., sogar zweimal im Tower von London einkerkern ließ, und welche Rolle Heinrichs Ehefrau Margarete von Anjou darin spielte, entspannte sich Lilians Miene. Sie lachte sogar, als sie ihr erzählte, dass an einer Tür der Abtei zahlreiche Metallplättchen festgenagelt seien. Sie stammten aus den Resten der Brigantine-Rüstungen, die Soldaten in der Schlacht von Tewkesbury getragen hätten.

„Was genau ist eine Brigantine?“, fragte Lilian mit einem Interesse, als fürchte sie, dass Louise weiter in ihrer Familiengeschichte herumkrame. „So richtig weiß ich es nicht.“

„So nennt man einen Schuppenpanzer, der aus vielen einzelnen Plättchen besteht“, erklärte Louise und merkte, dass Lilian nun weniger nervös war, „aber frag mich nicht, wie mühselig es war, so ein Teil anzuziehen. Mich wundert immer, dass es bei solchen Gemetzeln noch Überlebende gab.“

„Mylady“, hörten sie die Stimme Wards vom Kutschbock herab, der mit dem Zügel die zunehmend unruhig werdenden Tiere kommandierte, „es zieht sich bedenklich zu.“

Louise blickte hoch und drehte sich dann zu Lilian. „Tatsächlich, es sieht aus, als würde es bald regnen. Es ist besser, wir kehren um und setzen unsere Erkundungstour ein andermal fort.“

4

„Seltsam", murmelte Louise und blieb am Fenster stehen. „Wer ist das denn?" Sie legte den Handrücken an die Stirn. Alles um sie herum drehte sich. Mit ihrem Appetit stand es auch nicht zum Besten. Ob sie etwas ausbrütete? Wahrscheinlich hatte sie sich gestern beim Ausflug verkühlt. Nach ihrer Rückkehr hatte Lilian bei Tee und Gebäck Belangloses geplaudert, aber Louises Vorschlag, sich die Zeit bis zum Dinner mit Stickarbeiten zu vertreiben, hatte sie hartnäckig abgelehnt. Noch bevor sie sich zum Abendessen umzogen, hatte starker Regen eingesetzt und zahlreiche Pfützen hinterlassen, die bis heute Morgen die Auffahrt markierten.

Jetzt stieg dort ein Mann aus der Kutsche und stiefelte mit großen Schritten um die Wasserlachen. Weil er konzentriert nach unten blickte, den Kopf unter einem Zylinder verborgen, kniff sie vergeblich die Augen zusammen, um zu erkennen, wer da angekommen war. Aufgrund seiner Kleidung schloss sie, dass es ein Gentleman mit Stilgefühl war. Er trug ein weißes Hemd mit dunklem Halstuch und eine Jacke aus perfekt geschneidertem Tweed.

Im Hintergrund hörte sie, wie eine Teetasse abgestellt wurde. „Erwarten wir jemand?", fragte Lord Cherleton. Er musste die Geräusche der ankommenden Kutsche ebenfalls gehört haben.

Louise wandte den Kopf. „Nein."

„Vielleicht Peter?"

Sie erinnerte sich nur vage daran, was er ihr heute Morgen erzählt hatte. Im Halbschlaf blieben nur Wortfetzen in ihrem Gedächtnis. Er hatte den Hilfspfarrer erwähnt, der ihn auf Mr May aufmerksam gemacht habe. „Er ist heute schon früh ins Dorf gefahren, um mit Mr May zu sprechen."

„Was will er denn bei dem alten schusseligen Viehhändler?“ Lord Cherleton schien nicht sonderlich an einer Antwort interessiert, denn er wandte sich Lilian zu, die sich die dritte Toastscheibe nahm.

„Na, ich freue mich, dass es wenigstens einer Dame im Haus schmeckt.“ Dabei zwinkerte er ihr zu. „Wir Männer könnten mit den wenigen Krümeln, die meine liebe Schwiegertochter neuerdings zu sich zu nehmen pflegt, noch nicht mal eine Viertelstunde überleben.“ Er lachte und bedeutete Archie, seinen Teller mit einer weiteren Portion Rührei mit Speck aufzufüllen. „Nicht wahr, liebe Louise, du hast dich von diesem Virus Diät anstecken lassen. Gib es ruhig zu. Aber ich kann dir nach wie vor versichern: Wir Männer mögen keine Klappergestelle.“

Sie konnte doch auch nichts dafür, dass ihr Magen rebellierte. Wie sollte sie das Lord Cherleton erklären? Manchmal war es besser, einfach den Mund zu halten. Das Thema war dann schneller und bequemer vom Tisch.

Diener Archie schien sichtlich irritiert, sodass ein gebratenes Stück Speck, mit dem er das Rührei von Lord Cherleton schmücken wollte, auf die Tischdecke fiel und einen hässlichen Fleck hinterließ. „Oh, Mylord“, entschuldigte er sich, fischte das Speckstück vom Damast und verließ das Esszimmer, um kurz danach mit einem Silbertablett vor Louise stehen zu bleiben.

„Für mich?“ Sie sah fragend zu ihm hoch. Mit seinen knapp zwei Metern Körperlänge und dem asketischen Körperbau erinnerte er an einen Strohmann. Er überragte sämtliche Bewohner von Sudeley Castle.

„Ja, Mylady. Wurde gerade abgegeben.“

Louise nahm den Brief, betrachtete einen Moment lang die Adresse, ohne wirklich darüber nachzudenken, und blickte zu Lilian, die verzweifelt mit dem Rührei kämpfte, das wiederholt von ihrer Gabel rutschte. „Bitte ihn herein.“

Er stand in der Tür und nach einem Augenblick des Erstaunens musste sie lächeln. „Bradley Morris, mein Cousin Bradley! Welch eine Überraschung!“ Sie ging ihm entgegen. „Wie lange haben wir uns nicht mehr gesehen.“

Bradley begrüßte sie formvollendet und sie musste an Lord Byron denken, der im ganzen Land für seine elegante Kleidung, allerdings auch wegen seiner Frauengeschichten und Skandale bekannt war. Es würde sie nicht wundern, wenn Bradley unter seinem Rock ein Korsett trug. Durch Lord Byron war so etwas auch unter Männern Mode geworden, zumindest unter den Dandys. Ein solches Exemplar Mann war gerade hier zu Besuch gekommen.

„Bruderherz!“ Lilian trat hinzu und ließ sich von Bradley auf die Wangen küssen. Er fasste ihre Hände und strahlte sie an.

Es fiel ein Schatten auf Lilians Gesicht. Ihre Mundwinkel waren zwar nach oben gezogen, sie versuchte zu lächeln, doch in ihren Augen spiegelte sich keine echte Freude. Louise wunderte sich über ihre Teilnahmslosigkeit, ja es glich eher einem Erschrecken. Sie hatte ein feines Gespür für die Missstimmung, die der Besuch verbreitete. Warum freute Lilian sich nicht?

Louise runzelte die Stirn und ihr Herz klopfte, als sie sagte: „Wir sind in der Tat ein wenig überrascht über deinen Besuch. Entschuldige, du hast dich nicht angekündigt.“

„Richtig, Cousine.“ Er warf den Kopf zurück und lachte. „Wir sind bei einem Turnier in der Nähe. Es wurde entgegen den üblichen Gepflogenheiten kurzfristig festgelegt. Ist das nicht eine Fügung des Schicksals, dass wir uns auf diese Weise wiedersehen?“

Sie nickte automatisch. Was sollte sie auch dazu sagen? Bradleys Hobbys waren ihr nicht geläufig. Ihre Gedanken waren zu sehr damit beschäftigt, wen er mit *wir* meinte. Sie konnte sich nicht vorstellen, dass Lilian sich irgendwelchen sportlichen Aktivitäten hingab. Solange sie sich erinnern konnte, war sie noch nie mehr

Schritte gegangen als notwendig. Immer stand eine Kutsche oder ein galanter Herr bereit, um ihre Wünsche zu erfüllen oder Lästigkeiten abzunehmen. Dass sie sich in den letzten Jahren geändert hatte, bezweifelte sie. Ein verzogenes Kind blieb verzogen, selbst wenn es erwachsen wurde. Der Leidtragende war in erster Linie der Ehemann.

„Was … was ist das für ein Turnier?“, stieß sie hervor.

„Ein Pferderennen. Dein Mann nimmt sicher an dem Rennen teil?“

Das war das Letzte, womit er sich die Zeit vertreiben würde. Zaghaft hob sie die Schultern. „Du, ich kümmere mich wenig …“

„In welcher Zeit lebst du denn?“, unterbrach er sie sofort, in einem Ton, dass sie sich wie ein gemaßregeltes Kind fühlte. „Der National Hunt Chase Challenge Cup von Cheltenham ist das wichtigste Turnier unserer Zeit, verstehst du?“

Natürlich kannte sie das Turnier. Jeder hier in der Gegend wusste davon. Was fiel ihm ein, sie derart zurechtzuweisen?! Er war noch nicht mal richtig im Haus und schon begann er sich unmöglich aufzuführen. War er nicht bei klarem Verstand?

„Bradley, das ist einzig Peters Sache.“ Es klang schärfer als beabsichtigt. Wenn sie an Lilians überdrüssigen Gesichtsausdruck dachte, war sie die unbequemste Begleitung, die er sich aussuchen konnte. „Meinst du nicht, es ist für Lilian ein wenig zu anstrengend, dich zu begleiten?“

„Lilian?“ Er lachte laut auf. „So ein Quatsch. Ich nehme Graham Cartwright und Richard Barr mit. Wo bleiben sie denn? Sie wollten längst da sein!“

Cartwright? Barr? Die Namen hatte sie noch nie gehört. Ganz in ihrer Nähe fiel etwas klirrend zu Boden. Louise wusste sofort, dass es die Henkelvase aus Griechenland war. Antik und von unschätzbarem Wert. Ein Gefühl der Wehmut überkam sie. Der Urgroßvater von Peter hatte sie von einer Reise mitgebracht und seitdem war sie Blickfang im Speisezimmer gewesen.

Ihr Blick blieb an ihrer Cousine hängen. Lilian sah gelangweilt drein und drehte an einer Haarlocke. Als ihre Augen Louises trafen, reckte sie den Hals, als habe sie nicht bemerkt, dass hinter ihr eine Kostbarkeit mit außergewöhnlichem geometrischem Dekor in Stücke zersprungen war. „Die hat Peters Urgroßmutter Sarah zur Hochzeit geschenkt bekommen", stammelte Louise und als sie ein Schmunzeln im Gesicht Lilians entdeckte, wandelte sich die Wehmut in Empörung. Kein Wort des Bedauerns oder einer Entschuldigung. Sofort wollte sie eine Bemerkung machen, doch da drang Bradleys Stimme an ihr Ohr.

„Thurgood, ja, der will auch kommen, wenn er die Sache mit seinem Vater geklärt hat." Er ließ offen, was zu klären sei, und sah sich um. „Wo bleiben sie denn?"

„Noch weitere Gäste?", stieß Louise hervor. Das ging nun wahrhaftig zu weit. Sie schluckte und tastete nach einer Stuhllehne, vergebens. Sie griff ins Leere und wäre fast gestürzt, als sich plötzlich ein Arm unter ihren schob. Es war Lilians. Louise runzelte die Stirn, schwieg, nickte aber zum Dank. Sie war froh, nicht umzukippen, und legte ihre freie Hand auf ihre Brust. Dabei atmete sie tief bis in den Bauch hinein und schloss für einen Moment die Augen. Ein Räuspern von Bradley ließ sie zusammenfahren.

Sofort hatte sie sich wieder gefangen und entzog Lilian ihren Arm. „Du sprichst in Rätseln!" Wenn er wüsste, wie aufgebracht sie war und was es sie kostete, ruhig und besonnen zu reden! Warum war Peter noch immer nicht zurück? In ihrer Verwirrung vergaß sie, ihren Gast hereinzubitten.

Eine längere Pause entstand. Sie standen sich wie bei einem Zweikampf gegenüber, mit dem Unterschied, dass Lilian jetzt einen Verbündeten mehr hatte. Von den anderen Gästen, die noch eintreffen würden, ganz zu schweigen. Eine Welle von Verzagtheit überkam sie. Dieser Wichtigtuer hier hatte nichts mehr mit dem Cousin gemeinsam, mit dem sie als kleines Mädchen, wenn sie bei Tante Scarlett und Onkel Michael zu Besuch war, im Wald Verstecken gespielt hatte.

Bereits damals war Lilian nicht wie andere Kinder gewesen, die draußen spielten und immer mit Flecken oder Rissen in den feinen Kleidern heimkehrten. Lilian hatte dafür wenig übriggehabt und sich lieber mit den Puderquasten und Cremedöschen ihrer Mutter die Zeit vertrieben. Diese sündhaft teuren, vom Apotheker extra für Tante Scarlett zum Schutz vor der Sonne gemixten Cremes probierte sie ganze Nachmittage lang an sich und ihrer Puppe aus.

Plötzlich stand Lord Cherleton hinter ihnen. „Junge, was machst du denn hier?“ Er reckte den Hals und starrte den Gast an. „Bist du nicht der kleine Bradley? Der immer die Mädchen geärgert hat?“ Schon umarmte er seinen Neffen und musterte ihn mit einer Mischung aus Bewunderung und Liebe. „Jetzt lass dich anschauen. Das müssen wir feiern“, rief er und schob ihn durch die Halle in den Salon.

Louise warf einen Blick Richtung Empfangszimmer und seufzte. „Wenn ich ein Mann wäre, bräuchte ich jetzt einen doppelten Whiskey!“

Lord Cherleton nahm den jungen Mann völlig in Beschlag. Er schien hocherfreut über die Abwechslung und zeigte ihm jeden noch so langweiligen Winkel des Hauses mit einer Begeisterung, als habe er gerade ein Rätsel gelüftet. Louise war es recht. Dieser arrogante Schnösel konnte ihr gestohlen bleiben.

Peter hatte nach seiner Rückkehr aus dem Dorf gleich wieder zu den Ställen gemusst, sodass sie ihn erst beim Abendessen wiedersah. Am Tisch konnte sie ihn nicht unter vier Augen sprechen. Aber sie würde ihm später über Bradleys Gebaren berichten.

Peter richtete seinen Blick auf Bradley. „Du sagtest, sie werden vielleicht heute noch eintreffen?“

Er nickte. „Ich denke schon. Spätestens morgen. Es ist doch wohl nicht unverschämt, meine Freunde hier aufzunehmen?“

„Unser Haus ist euer Haus“, verkündete Lord Cherleton mit geschwellter Brust und genoss die auf ihn gerichteten Blicke. „Es wird Zeit, dass Sudeley Castle wieder mit Leben gefüllt wird.“

Noch bevor sich Louise über die leichtsinnige Idee ihres Schwiegervaters aufregen konnte, setzte er noch eins drauf. „Was haltet ihr davon, wenn wir eine Gesellschaft geben? Ich finde, das ist eine hübsche Abwechslung.“ Er strahlte und blickte von Lilian zu Bradley. „Was meint ihr?“

„Wollen wir nicht warten, bis seine Reisegefährten da sind?“, fragte Peter.

„Selbstverständlich. Aber die Einladungen schicken wir schon mal raus. Die Gäste möchten doch Zeit haben, eine Antwort zu schreiben.“ Er wandte sich an Louise. „Meine Liebe, würdest du alles Notwendige veranlassen? Danke schön.“

So kannte sie ihn. Freundlich, aber bestimmend. Es blieb ihr nichts anderes übrig, als lächelnd zu nicken. „Gleich morgen werde ich mit den Vorbereitungen beginnen.“ Sie gab sich einen Ruck und blickte Lilian an. „Möchtest du mir dabei helfen?“

Lilian war ungewöhnlich schweigsam, fand Louise. Und dass ihr Bruder sich etwas zu forsch benahm, schien sie nicht zu stören. Offensichtlich war das seine Art.

Peter kaute seit mindestens einer Viertelstunde auf einem Stück Fleisch herum. Wahrscheinlich wollte er einen Grund haben, sich aus dem Gespräch, das eher aus einem Monolog Bradleys bestand, herauszuhalten. Er suchte öfters den Blickkontakt mit ihr, wobei sie dann nur ganz leicht die Schultern hob. Ihr Schwiegervater schien von seiner Idee, eine Festlichkeit zu Ehren der Gäste zu geben, derart begeistert, dass er bat, gleich am nächsten Morgen die Einladungen zu versenden. Die Freunde hätten dann noch genügend Zeit, anzureisen.

„Du bist so blass, Liebes." Peter warf ihr einen sorgenvollen Blick zu. „Ich werde Doktor Finister bitten, dich zu untersuchen."

Sie lächelte. „Du übertreibst. Ich werde doch jetzt nicht meine Gäste im Stich lassen und das Bett hüten. Nein, nein, vielleicht bin ich einfach nur ein wenig unpässlich. Mach dir bitte keine Sorgen." Es sollte leicht klingen, doch sie spürte, dass sie nicht krank, sondern eher in freudiger Erwartung sein könnte. Zu jedem anderen Zeitpunkt hätte sie der Gedanke an ein Geschwisterchen für Jacob in Hochstimmung versetzt. Doch seit ihre Cousine im Haus war, fühlte sie sich verstimmt. Sicher lag der Hauptgrund in der Person Lilians, aber ihre Verwirrung führte dazu, dass jegliche Freude verlorengegangen war. In Louise stieg der verzweifelte Wunsch auf, sie hätte Lilian niemals eingeladen.

Am nächsten Vormittag kündigte Archie zwei Männer an, die sich als Graham Cartwright und Richard Barr vorstellten. Genau genommen nannten sie nur ihre Namen und damit erschöpfte sich schon die Preisgabe ihrer Herkunft. Die Mäntel und Hüte, die beide trugen, kamen ihr sofort bekannt vor. Das mussten die Männer sein, die mit Eades aneinandergeraten waren, doch sie ließ sich nichts anmerken. Cartwright trug einen rotblonden Vollbart und wirkte mit seiner hochgewachsenen Statur noch größer, als sie ihn in Erinnerung hatte. Sollten sie länger als ein, zwei Tage bleiben, würde ein Zusammentreffen mit Eades kaum zu verhindern sein. Peter würde sich bestimmt darum kümmern, falls es zu irgendeinem Vorfall oder zu Unstimmigkeiten kommen sollte.

Kurz vor dem Mittagessen traf auch William Thurgood ein. Ein auf den ersten Blick gut aussehender Mann, dessen Charme nach den ersten Sätzen, die er sprach, verflog. Louise stand am Fenster und beobachtete seine Ankunft.

„Was für ein Wetter! Ich glaube, ich habe die falsche Kleidung mitgebracht." Mit hochgerecktem Kopf wischte er ein paar nicht sichtbare Flusen von seinem Rock. „Wo bleibt mein Gepäck?", rief er zu einem Diener gewandt und stolzierte ins Haus.

Irgendetwas gefiel ihr nicht an Bradleys Freunden. Sie konnte es nicht an etwas Genauem festmachen, aber ihr Gefühl sagte ihr, sie solle auf der Hut sein. War es Zufall, dass sie sie in einem Streitgespräch erlebt hatte? Eades hatte gegenüber Peter nichts erwähnt. Jedenfalls meinte Peter auf ihr vorsichtiges Nachfragen, wenn etwas vorgefallen wäre, hätte ihm der Verwalter Bericht erstattet. Sollte er allerdings bedroht worden sein – warum auch immer –, war es durchaus möglich, dass er eingeschüchtert war und niemand von dem Treffen erzählen wollte. Zudem sei es ja möglich, dass er Barr und Cartwright kannte.

„Hier in der Gegend sind jetzt viele junge Männer unterwegs, die extra für das Derby angereist sind. Weißt du, was sie für Schwierigkeiten haben? Oder gemacht bekommen? Nicht jeder hier in der Umgebung hat was für Pferderennen übrig. Da kann es leicht zu Spannungen kommen." Peter riet ihr, die Sache zu vergessen und den Gästen ihre volle Aufmerksamkeit zu widmen. Sicherlich würden sie am übernächsten Tag, wenn das Turnier beendet war, abreisen.

Beim Mittagessen saß Louise zwischen Thurgood und Cartwright. Thurgood musste sein Duftwasser großzügig verteilt haben, denn es überdeckte den Geruch des Rinderschmortopfes, den Mrs O'Donnell mit reichlich Knoblauch, Zwiebeln und Karotten zubereitet hatte. Louise beugte sich vor, um das herrliche Aroma von Thymian und Rosmarin einzufangen, mit dem das Rindfleisch gewürzt war.

„Wo sind denn eure Hottegäule?" Lord Cherleton legte sein Besteck auf den Teller, kniff sein Monokel vors Auge und schmunzelte. Offensichtlich zufrieden mit sich und dem Essen, verschränkte er die Arme vor der Brust und lehnte sich zurück. „Reitet jeder von euch mit?"

„Hotte... was?" Thurgood zog die Augenbrauen hoch und warf einen Blick auf Bradley, der mitten im Kauen innehielt und sich sofort kerzengerade hinsetzte.

„Onkel John", Bradley schluckte den Bissen hinunter, „du meinst die Zuchthengste? Die stehen in Cheltenham." Er blinzelte zu Lilian, die mit zusammengekniffenen Lippen auf den Tisch starrte.

„Mmh. Du hast meine Frage noch nicht beantwortet."

Bradleys Antwort kam zögernd. „Nur ich."

„Ja, das stimmt", pflichtete Lilian ihm bei. „Er ist ein begnadeter Reiter. Ich kenne niemand, der ihm das Wasser reichen kann."

„Darf man fragen, welche Mission die anderen Herren hier verfolgen? Vielleicht anfeuern?" Mit einem Augenzwinkern griff Lord Cherleton nach seinem Weinglas und nahm einen Schluck.

„Du sagst es", erklärte Bradley rasch. „Sie begleiten mich, weil sie sich für die Pferdezucht interessieren. Wer weiß, vielleicht sind sie eines Tages dort als Züchter zu finden."

Louises Augen wanderten von Thurgood über Barr zu Cartwright, dessen Mimik seine Zweifel offenbarten. Als er ihren Blick bemerkte, lächelte er zaghaft und löffelte schnell mit dem Dessertlöffel die verbliebene Fleischsoße von seinem Teller. Ihr Blick blieb auf ihm ruhen, bis er ihr das Gesicht erneut zuwandte und sie mit einem eisigen Grinsen bedachte. Es beunruhigte sie und bestärkte ihre Vermutung, dass zumindest Cartwright nicht das war, was er mit seiner Kleidung darzustellen versuchte.

„Darf ich fragen, wo Sie zu Hause sind?", wandte Louise sich an Cartwright und versuchte, ein Gespräch in Gang zu bringen.

„In Bath", sagte er knapp und widmete seine ganze Aufmerksamkeit dem Weinglas, das er hochhob, wobei er eingehend die Farbe des Weißweines musterte, als sei er ein Kenner, bevor er einen kräftigen Schluck nahm. Die Antwort genügte, um den Grund für seine Schweigsamkeit zu kennen. Er näselte stark, was ihm anscheinend peinlich war.

Sie wollte sich noch nicht geschlagen geben. „Ihre Familie, lebt sie auch dort?"

Es arbeitete in ihm. Die Höflichkeit siegte über den Widerwillen. Ohne sie anzusehen, nickte Cartwright. „Mein Vater ist Apotheker."

Ein Arzneikundiger. Dann würde er vermutlich in dessen Fußstapfen treten. Jedoch machte er nicht den Eindruck, als ob er wissbegierig sei. Ein kurzer Blick zu Barr bestätigte ihr, dass er sie beobachtete. Sein Grinsen verriet, wie er Cartwrights Unwohlsein genoss.

„Kenne ich den Besitzer des Stalls?", fragte Peter.

Auf diese Frage schien Bradley vorbereitet, denn seine Antwort kam sofort. „Der Züchter heißt Banks und stammt ebenfalls aus Bath. Allerdings ist er dort noch nicht lange ansässig." Damit hatte er gleich die Antwort auf eine mögliche nächste Frage vorweggenommen.

Er wandte sich an seine Schwester: „Dich interessieren Tiere nicht sonderlich. Du kannst dich dort aber auch auf andere Weise köstlich amüsieren, heilendes Wasser aus den Quellen trinken und bedeutende Familien treffen." Mit dieser Aufforderung, sie am nächsten Tag zu begleiten, fand die Unterhaltung ein Ende.

Die Stadt Cheltenham war über die Grenzen seit fast hundert Jahren für ihre mineralhaltigen Quellen bekannt und das hatte ihr Wohlstand und eine begüterte Bevölkerung beschert. Seit einigen Jahren, das wusste Louise, gab es Pferdezüchter, die für ihre Geschäfte mit interessierten Käufern die Rennbahn Notting Hill nutzten.

„Danke, Bradley, aber ich brauche keine Vorschläge, wie ich meine Zeit verbringen könnte", entgegnete Lilian mit hochrotem Kopf. „Ich bin nicht auf der Suche nach einem neuen Ehemann."

„Ich kann mir gar nicht vorstellen, dass sie noch schöner werden könnte", lachte Lord Cherleton, wohl um die peinliche Situation zu beschwichtigen, und richtete sich mit etwas wackeligen Beinen auf. „Ich fürchte, ich muss mich entschuldigen."

Als er das Speisezimmer verlassen hatte, gab es einen Moment des Schweigens. „Wie wäre es nun endlich mit den köstlichen Crumpets, die auf uns warten?", schlug Louise vor. „Mir schmecken sie am besten mit Butter bestrichen." Sie bedeutete der Hausdienerin, die Pfannkuchen zu reichen.

„Greift zu", ermunterte Peter seine Gäste. „Es reicht nicht, wenn nur Pferde gestärkt zur Leistungsschau kommen. Selbst Rennen sind nicht nur Vergnügen. Wann geht es los?"

Wieder entstand eine Pause und Louise seufzte innerlich. Ihre Gäste schienen alles andere als gesprächig zu sein. Für junge Männer, die am nächsten Tag eine ereignisreiche Zeit erleben würden, war das ziemlich ungewöhnlich. Sie sah zu Peter und kochte innerlich. Ihm musste doch auffallen, wie merkwürdig sich die Freunde benahmen.

„Gleich nach dem Frühstück. Wir brauchen ja nicht lange für die wenigen Meilen. Ich denke, dass ich an dem ersten Rennen am Vormittag an den Start gehen kann", erklärte Bradley und räusperte sich. Eine feine Falte bildete sich über seiner Nase und er sah Peter mit aufgerissenen Augen an.

Peter schien endlich zu begreifen, dass ihr Cousin und seine

Freunde das Lunch beendet hatten, und starrte sie konsterniert an. „Was halten die Herren von einem Whiskey?"

Barrs Zähne blitzten auf. „Eine fabelhafte Idee." Sofort standen die Männer auf, um Richtung Rauchsalon zu verschwinden.

„Denkst du tatsächlich daran, mit nach Cheltenham zu fahren?" Louise hatte das erste Mal Mitleid mit Lilian und hätte am liebsten beruhigend ihre Hand genommen, um den Anflug von Schmerz, den ihr Gesicht widerspiegelte, zu verscheuchen. Es würde ihr sicher guttun, die Ruhe hier auf Sudeley Castle zu genießen, anstatt sich ins elegante und viel zu schrille Cheltenham zu stürzen, mochte die Wirkung der legendären Quellen einen noch so guten Ruf haben.

Lilians Haar fiel wie ein Schleier über die Schultern. Mit einer ruckartigen Kopfbewegung warf sie die Haare zurück. Sie lächelte breit und ihre Mimik wechselte mit einem Anflug von Hochmut in Gleichgültigkeit, dabei flatterten ihre Lider wie der Flügelschlag einer Taube. „Tut mir leid, wenn ich dir nicht beim Briefeschreiben helfen kann. Ich bin fest entschlossen, meinen Bruder zu begleiten."

War es diese kleine Geste, die etwas in Louise auslöste, etwas Verborgenes wieder ans Tageslicht hervorholte? Einen Stachel aus der Vergangenheit? Sie wollte nett sein, aber einem plötzlichen Impuls folgend sagte Louise: „Beim Pferdekauf? Das ist doch kein salonfähiges Ereignis." Wenn sie sich überall Lilian vorstellen konnte, so doch nicht auf einem ackerähnlichen Feld inmitten von Pferdeäpfeln, verschwitzten Männern und ohne bequeme Sitzgelegenheit.

Lilian schien verunsichert, fing sich aber gleich wieder. „Du hast einfach keine Ahnung." Ihre Augen blitzten. „Das ist ein Pferderennen!"

Louise fiel ein, dass man in Eastcota Pferderennen auszurichten pflegte, in einem Waldstück bei Windsor, und man munkelte, dass sogar Wetten abgeschlossen wurden. Es hieß, es sei ein Ereignis, bei dem sich die Bauern von der Gesundheit ihres Königs überzeugen konnten. Für die Leute aus der Umgebung mochte das eine willkommene Abwechslung von ihrer schweren Feldarbeit sein. „Dass Königin Anne vor hundert Jahren ihre Jäger für ein paar goldene Guineen übers Feld jagen ließ, diente nur zu ihrer Unterhaltung. Außerdem hielt man sie für pferdeverrückt." Ihre Bemerkung klang schroffer als beabsichtigt und sie ärgerte sich sofort, aber ausgesprochen blieb ausgesprochen. Worte blieben manchmal unsichtbar, sie konnten aber auch wie eine Feuerwaffe eingesetzt werden. Sie trafen tiefer, als Kugeln es jemals vermochten.

Lilians Antwort klang spröde und herablassend. „Auch wenn es dich überrascht, ich verstehe mehr von Pferden, als du denkst."

5

Bereits kurz nach dem Frühstück bestiegen Bradley und seine Freunde die Kutsche. Louise stand am Fenster, während sie mit Ms Beecroft den Tagesablauf für Jacob besprach. Aus den Augenwinkeln nahm sie wahr, dass die Männer eine ganze Weile bei geöffneter Kutschentür warteten, bis Bradley seinen Kopf herausstreckte und nach seiner Schwester rief. Eine Hausdienerin, die gerade die Halle durchquerte, wurde von Louise angewiesen, nach Lilian zu sehen. Es vergingen nochmals einige Minuten, bis Lilian summend die Treppe vom Obergeschoss herunterstieg, ihren Pompadour am Handgelenk befestigt. Sie war in ein dunkelblaues elegantes Kleid gepresst, dessen Ärmel und Rocksaum mit Stickereien verziert waren, und warf Louise, die inzwischen an der offenen Eingangstür stand, einen merkwürdigen Blick zu.

„Bist du dir sicher, dass du den Tag in dieser Männergesellschaft verbringen willst?", fragte Louise vorsichtig. Sie ahnte, dass die kommenden Tage noch beängstigend lang werden würden. Das Letzte, was sie wollte, war ein Streit mit Lilian. Ihre gestrige Bemerkung tat ihr leid, doch es widerstrebte ihr, sich bei ihr zu entschuldigen. „Dann viel Spaß." Sie gab sich Mühe, dass es sorglos klang wie der leichte Wind, der ihr Batistkleid aufblähte und den Duft eines unbeschwerten Sommermorgens ins Haus trug.

Lilians Lächeln gefror zu einer Maske. Statt einer Antwort drehte sie den Kopf weg und schritt an ihr vorbei wie eine Gebieterin, die Hof halten wollte. Hinter ihr trippelte Gill, die einen Korb, vermutlich mit Proviant gefüllt, in der Hand trug.

Mit den Männern meinte sie nicht allein Bradley, Cartwright, Barr und Thurgood, sondern die Leute, die am Pferderennen beteiligt waren. Sie konnte sich beim besten Willen nicht vorstellen, dass Damen Gefallen daran hatten, Verhandlungen zuzuhören, bei denen Pferde zu Höchstpreisen verkauft wurden. Das Rennen diente dazu, die Leistung der Tiere zu vergleichen. Warum wollte Lilian unbedingt dabei sein? Dafür musste sie einen triftigen Grund haben. Hatte sie sich in einen der jungen Männer verliebt? Wenn ja, dann musste sie ihre Gefühle vollständig unter Kontrolle haben, denn es deutete nichts darauf hin. Umgekehrt ebenso, aber das hieß nichts. Vielleicht wollte Lilian ihre Naivität einfach nur hinter einer vornehmen Fassade verbergen. Louise seufzte. Sie würde so gern glauben, dass alles ganz harmlos war.

Sie sah der Kutsche hinterher, die bald hinter der ersten Baumgruppe verschwand. Nach kurzem Zögern beschloss sie die Zeit zu nutzen, um Nachbarn, Freunde und Verwandte zum Ball am kommenden Samstagabend einzuladen. Zu lange hatten sie bereits kein ähnliches Ereignis mehr gefeiert. Vielleicht war die Idee ihres Schwiegervaters doch nicht so übel, überlegte sie. Peter fand auch, dass ein Fest ein erfreulicher Abschluss für den Besuch sei. Er war heute ganz früh mit Eades nach Staverton aufgebrochen, um sich eine Steinbrücke anzusehen. Es gab irgendwo auf Sudeley ein Problem mit einer Brücke, das sie nicht lösen konnten. Wie Louise aus Gesprächsfetzen mitbekommen hatte, erhofften sie sich dort einen Impuls, wie sie vorgehen könnten.

Auf dem Weg ins Schreibzimmer im östlichen Bereich des Hauses, wo ein Nussbaumsekretär stand, den sie wegen seiner Intarsien aus verschiedenen Edelhölzern besonders gern benutzte, begegnete ihr Lord Cherleton. Er war in grünes Tuch gewandet und mit Schirmmütze und Stiefeln ausstaffiert, um zu seinem täglichen Spaziergang mit Scully und Gibbs, seinen Border Collies, aufzubrechen. Vielleicht war es wirklich höchste Zeit, mal wieder einen unbeschwerten Abend inmitten freundlicher Menschen zu erleben. Seit Lady Cherletons Tod hatten sie alle kein Bedürfnis verspürt, sich in der Gesellschaft zu zeigen oder Einladungen auszusprechen. Dass das Trauerjahr lange zurücklag, war ihr gar nicht bewusst geworden.

„Dein Vorschlag mit dem Ball ist wirklich fabelhaft“, lachte sie. „Es wird Zeit, dass wieder Leben in unsere alten Gemäuer kommt.“

Er blieb vor ihr stehen, die Hände in den Hosentaschen und eine Pfeife im Mundwinkel hängend. Überrascht von ihrem Sinneswandel nahm er die Pfeife aus dem Mund und seine Augen blitzten spitzbübisch. „Dann bitte doch Reverend Eltringham und Caspar Jones, den Friedensrichter, dazu. Sie werden ihre helle Freude haben.“

Der Schreibtisch stand direkt vor einem Fenster, dessen Glas fast auf den Boden reichte und einen herrlichen Blick nach draußen erlaubte. In ihrem direkten Blickfeld lag die zum Herrenhaus gehörige Kapelle St. Mary auf einer Erhebung, zu der eine breite Steintreppe führte. Die Sonne umfing die aus Sandsteinen errichtete Kirche mit einer Klarheit, dass die oberhalb des Portals jeweils links und rechts eines Mosaikfensters dargestellten Personen wie glanzvolle Wächter des Glaubens wirkten. Hier feierten sie Gottesdienste und die regelmäßigen Andachten.

Etwa eine Stunde war Louise bereits mit den Einladungen beschäftigt, als ein Hausdiener ihr eine Karte auf einem kleinen Silbertablett reichte. „Wurde gerade abgegeben."

Sie las den Namen. Matthew Skinner. Den Namen hatte sie noch nie gehört. Sie sah auf. „Möchte er zu mir?"

Der Diener druckste ein wenig herum. Er war noch nicht lange auf Sudeley Castle und hatte offenbar vergessen, was zu tun war. „Nein, nicht direkt."

„Was hast du gesagt?"

„Nichts. Ich habe ihn gebeten zu warten."

Möglich war, dass er ein Geschäft mit ihrem Mann vorschlagen wollte. „Bitte ihn in den Salon."

Der Mann, der ihr wenig später gegenübersaß, sprach mit einem Tonfall, wie man ihn an der Küste hörte. „Leider ist mein Mann heute unterwegs. Ich fürchte, es wird spät, bis er wieder zurückkehrt." Sie warf ihm einen Blick zu, um ihm verständlich zu machen, dass er besser wieder gehen sollte.

Er rieb seine Nasenspitze. „Vielleicht habe ich mich missverständlich ausgedrückt. Ich bin auf der Suche nach Bradley Morris. Es hieß, er sei Gast in Ihrem Haus."

„Ah." Louise musterte den Mittfünfziger, der freundlich, aber bestimmt weitersprach.

„Eine dringende Angelegenheit, Mylady. Wohnt er hier?" Er

stellte seine Aktenmappe ab und musterte sie mit leicht gesenktem Kopf.

Die konkrete Frage war ihr lieber als irgendwelche Nettigkeiten, die zu nichts führten. Dieser Besuch verstärkte die Zweifel, die Louise seit Bradleys Ankunft plagten. Dazu noch seine Freunde, deren Herkunft eher zweifelhaft als vornehm war. Was ging hier vor? Sie begriff, dass Mr Skinner kein Freund ihres Cousins war. Sollte sie Bradley schützen und lügen, er sei bereits abgereist, oder so tun, als habe sie den Namen Bradley Morris nie gehört? Beides verwarf sie sogleich. Sie war alles andere als begeistert von dem, was in den letzten Stunden hier auf Sudeley Castle passiert war. Warum sollte sie dem Mann nicht die Wahrheit sagen? Was, wenn er ein Kunde Bradleys war?

„Möchten Sie ein Pferd von ihm kaufen?"

„Kaufen?" Mit dem Brüllen des Mannes hatte sie nicht gerechnet. Sie zuckte unter seinem dröhnenden Bass zusammen. „Dann müsste ich ja mit Dummheit geschlagen sein! Ich suche ihn, weil er …" Abrupt hielt er inne und sein Gesicht geriet zur Maske. „Bitte entschuldigen Sie, Lady Cherleton", stotterte er plötzlich und die Nasenflügel seiner Knollennase bebten, „ich bitte Sie vielmals, mein Benehmen zu entschuldigen."

Louise nickte. Was war passiert, überlegte sie, dass man nicht abwarten konnte, bis er nach Ferries House zurückgekehrt war? Warum hatte dieser Mann sich bis Sudeley Castle durchgefragt, um Bradley zu finden? „Es ist doch hoffentlich niemand verstorben?"

Skinner schüttelte den Kopf. „Ich kann nur betonen, die Angelegenheit ist äußerst delikat."

Skinner. Ein alter Name, hergeleitet vom Begriff des Fellabziehens. Wenn hier der Name mal nicht Programm war! „Ich fürchte, ich kann Ihnen heute nicht weiterhelfen."

In seinem Gesicht las sie, dass er Bradley eine düstere Zukunft ankündigte. Skinner griff nach seiner Tasche, setzte seinen Hut wieder auf und stand auf. „Danke, dass Sie sich für mich Zeit genommen haben.“ Er deutete eine Verbeugung an. Sie erhob sich ebenfalls und berührte ihn einer plötzlichen Eingebung folgend am Arm, als er gehen wollte.

„Warten Sie, mir ist da ein Gedanke gekommen.“ Es würde zwar ungeheuerlich klingen, trotzdem musste sie Gewissheit haben, falls er überhaupt antworten würde. „Sind es … finan..., äh … wirtschaftliche Angelegenheiten, die Mr Morris betreffen?“

Er drehte den Kopf mit einem erstaunten Gesichtsausdruck, der in ein schmallippiges Lächeln überging. Sie bemerkte den inneren Kampf, den er focht, bevor er ein winziges Nicken andeutete.

Sie hatte ihm verraten, dass er heute nicht da war, und er, da war sie sich sicher, dass er Schulden eintrieb. *Bradley Morris kann sich warm anziehen*, dachte sie und fröstelte, als Skinner sagte: „Ich komme wieder!“

Nach dem Mittagessen beschäftigte sie sich weiter mit den Einladungen. Eigentlich hätte sie bei dem schönen Wetter auch einen Spaziergang machen können, entschied sich aber, die restlichen Schreiben heute noch zu erledigen. Die Sache mit Bradley ging sie nichts an und sie wollte sich nicht mit dessen Problemen befassen und genauso wenig damit belasten. Womöglich war Bradley bereits abgereist, bis Skinner wieder auftauchte, wenn er denn überhaupt wiederkam. Der Ball war sehr kurzfristig geplant und da würde sie heute noch einen der Diener mit der Zustellung beauftragen. Sie blickte auf. Draußen hatte sich der Himmel verändert. St. Marys hatte inzwischen einen tiefen rotgoldenen Ton angenommen und der sakrale Bau warf erste Schatten. Den Fünf-Uhr-Tee hatte sie am Schreibtisch eingenommen, jedoch ohne die legendären Scones. Irgendwie fehlte ihr in den letzten Tagen der rechte Appetit darauf.

Erst als sie Stimmen in der Halle hörte, schloss sie ihre Schreibarbeiten ab. Bestimmt waren Lilian und die Männer zurückgekehrt. Für einen Moment blieb sie noch am Schreibtisch sitzen, betrachtete den Stapel Briefe und genoss das wohlige Gefühl, ihre Aufgabe beendet zu haben. Sie hoffte, dass auch Peter und Eades wieder da waren. Von irgendwo hörte sie das helle Lachen Jacobs, das ihr sofort ein Lächeln ins Gesicht zauberte.

Beim Dinner waren die Männer bester Laune. Sie lachten und berichteten, wie das Zuchtpferd Blacky, das ursprünglich keine bedeutende Rolle unter den Pferden gespielt habe, plötzlich Sieger wurde.

„Stellt euch vor", prahlte Bradley, „ich habe gewagt, einen dicken Batzen Geld auf Blacky zu setzen. Einen Außenseiter. Kein Mensch hat gedacht, dass der Chancen hat! Meine Jungs ebenfalls." Er klopfte Thurgood auf die Schulter. „Lief gut, oder?"

Thurgood, Cartwright und Barr jaulten wie auf Kommando auf und schlugen sich vor Vergnügen auf die Schenkel. Der Tag musste ein voller Erfolg für sie geworden sein. Louise verdrängte den Gedanken, dass da bei diesem Challenge Cup etwas nicht mit rechten Dingen zugegangen war. Ihr Schwiegervater dagegen nickte begeistert, fuhr sich mit einer Hand durch die Haare und warf Peter einen fragenden Blick zu. Peter schien in Gedanken versunken, bis er bemerkte, dass sein Vater eine Antwort von ihm erwartete.

„Nicht schlecht", murmelte er und rang sich ein Lächeln ab. „Es war wohl euer Tag. Entschuldigt, ich habe mich noch nie ausführlich mit dem Turnier beschäftigt, obwohl es ganz in der Nähe ist. Wusste gar nicht, dass es derart gewinnbringend ist."

„So viel Geld!" Cartwright knetete seinen Bart und hob das Glas. „Auf uns. Auf Blacky!"

Barr nickte, als Peter dem Hausdiener winkte, ihm nochmals

Wein nachzuschenken. „Ein Whiskey wäre auch nicht schlecht", flüsterte Barr, worauf Cartwright beschwingt erklärte: „Das ist bei ihm so. Da kann man nichts machen."

„Und Lilian hat die anderen Besitzer derart verwirrt, dass denen gar nicht geheuer war." Thurgood nahm einen großen Schluck Wein und bedeutete dem Diener, sofort wieder aufzufüllen.

Lilian war merklich schweigsam, was Louise dem anstrengenden Tag zuschrieb. Trotzdem fiel ihr auf, dass sie öfters Blickkontakt zu Peter aufzunehmen suchte, der erst kurz vor dem Dinner zurückgekehrt war. Er schien es nicht zu bemerken und berichtete von der mittelalterlichen Brücke über den Dart, die seit ihrer Erbauung mit ihren stumpfen Spitzbögen die Zeit überdauert hatte. Lilian hörte ihm aufmerksam zu, lachte zwischendurch geziert, obwohl es gar kein heiterer Bericht war, sondern eher eine nüchterne Feststellung, was sie erörtert hatten. Es würde ihm und Eades helfen, eine Entscheidung für einen geplanten Brückenbau auf dem Gebiet von Sudeley zu treffen. Er lächelte Louise an, doch sie bemerkte sofort, dass es gequält wirkte und war gespannt, was er ihr unter vier Augen zu erzählen hatte.

„Morgen", sagte Bradley, „haben wir keine Zeit, uns zu erholen. Dann sind wir in anderer Mission unterwegs. Richard ist unser Joker im Kricketturnier in Evesham. Er ist ein begnadeter Spieler, auch wenn er mit seiner schmächtigen Figur nicht so recht dahinein passt."

Auf Barrs Stirnglatze perlten Schweißtropfen. Er strich sie sich mit dem Handrücken weg. Lord Cherleton musterte ihn unverhohlen und runzelte die Stirn. „Als Sportler – sollte man da vor einem großen Turnier nicht früh ins Bett?" Er sagte es ohne Vorwurf, doch verwundert angesichts des Weinkonsums von Barr.

„Mir macht das nichts", stieß er hervor. „Fragen Sie Mr Cartwright oder Mr Morris."

„Nichts für ungut." Ihr Schwiegervater stand auf und erklärte das Abendessen für beendet. Mit einer Handbewegung lud er die Männer ein. „Ich verspreche, es gibt jetzt keinen Tee."

Obwohl sie ziemlich müde war, blieb Louise wach, bis Peter ins Schlafzimmer kam. Die Diskussion im Herrenzimmer dauerte Stunden und als Peter zu ihr unter die Decke kroch und sich an sie schmiegte, roch sie noch den Rauch in seinen Haaren.

„Es scheint heute ein erfolgreicher Tag für Bradley und seine Jungs gewesen zu sein", meinte sie. „Wie kleine Kinder haben sie sich gefreut."

„Ja", sagte Peter nachdenklich, „das wundert mich nicht."

„Nicht?"

„Du weißt doch, dass ich heute mit unserem Verwalter in Staverton zu tun hatte. Da wir früher als geplant fertig waren, habe ich vorgeschlagen, den Heimweg über Cheltenham zu nehmen. Das liegt ja fast auf der Strecke."

Ein inneres Gefühl sagte ihr, dass Peter ebenso wie sie ihre Zweifel an Bradley hatte, auch wenn er das nicht laut sagen würde. Sie rückte ein wenig von ihm ab und sah ihn an. Schemenhaft hob sich sein Profil im Dämmerlicht ab. Die gerade Nase und das energische Kind hoben sich deutlich hervor. „Und?"

„Wie du dir denken kannst, war da allerhand los. Niemand hat Notiz von mir und Eades genommen. Wir haben uns unter die Pferdehändler und Käufer gemischt, natürlich mit gebührendem Abstand zu Bradley und Konsorten. Bei einem Züchter stand Lilian die ganze Zeit herum, nein, eher die Männer um sie."

„Wen wundert's?"

„Mir fiel auf, dass Thurgood sich bei den Pferden rumtrieb. Ausgerechnet bei dem Züchter, dessen Pferde ausnehmend schnell seien, wie mir ein Pferdeknecht zuflüsterte. Das habe ich nochmals gehört in Gesprächsfetzen anderer Züchter. Jeder hat auf deren Pferde gesetzt."

„Und haben sie gewonnen?"

„Nein. Allerdings das Pferd, auf das Bradley eine Unsumme gesetzt hatte. Er und seine Freunde. Es war mehr als verwunderlich, dass ausgerechnet deren Ross gewann."

„Auf einen Außenseiter?" Die Frage klang, als müsse sie sich von der Wahrheit überzeugen. Plötzlich fiel ihr wieder der Besuch ein. „Dann hat er hoffentlich genügend Geld, um seine Verbindlichkeiten zu begleichen."

„Was redest du da?" Peter setzte sich auf und sah sie an. „Verbindlichkeiten sagst du? Was weißt du von ihm?"

„Ehrlich gesagt, gar nichts. Heute tauchte ein Mr Skinner auf. Er war auf der Suche nach Bradley. Erst dachte ich, er wolle ein Geschäft mit Pferden machen."

„Und?"

„Nein. Ich fürchte, Bradley hat Schulden. Irgendwie komisch, findest du nicht?"

„Mmh. Hast du ihm davon erzählt?"

„Nein. Was geht es mich an?"

Eine Weile schwiegen beide. „Ich weiß gar nicht, wo Barr herkommt", meinte Louise.

„Aus North Yorkshire. Wenleydale. Dagegen lebt William Thurgood auf Bamburgh Castle, das ist in Northumberland, und arbeitet als Verwalter für Lord Crewe."

Was machte er hier, als habe er alle Zeit der Welt? Warum war er abkömmlich? Peter würde seinem Verwalter nicht einfach auf unbestimmte Zeit freigeben, es sei denn, es gäbe wichtige familiäre Dinge zu regeln, wie etwa ein Sterbefall in der Familie, was aber nicht erklärte, warum er in ihrem Haus wohnte. „Hast du seine Narbe an der Wange gesehen? Sieht nach einem Duell aus."

Peter grinste. „Das könnte auch von einer studentischen Verbindung stammen. Er hat Philosophie studiert, jedoch das Studium abgebrochen. Hätte er doch mal auf seinen Vater gehört. Er hatte eine theologische Laufbahn für ihn vorgesehen, doch stattdessen hat er seinen Kopf durchgesetzt. Mit miserablem Ergebnis."

„Eine Verwaltertätigkeit ist doch keine Schande."

„Natürlich nicht. Da stimme ich dir zu. Vater hat ihn in die Mangel genommen, nachdem er das erzählt hat."

„Bei einem Whiskey oder zwei oder drei", ergänzte sie spöttisch und schaute zum Fenster. Die Sprossen teilten das Mondlicht in acht Teile. „Der Alkohol hat seine Zunge gelockert. Ich wette, er hat mehr erzählt, als ihm lieb ist."

Peter lachte laut, griff nach ihrer Hand und drückte einen Kuss darauf. „Du Süße. Stell dir vor, er hat ein uneheliches Kind."

Sie erschrak und wollte nicht zu Ende denken, in welchem Dilemma sich die junge Frau befand. „Das passt zu ihm. Zu gern wüsste ich, warum sie jetzt alle vier durch die Lande ziehen. Vielleicht erhoffen sie sich gute Geschäfte mit ihren Turnieren." Sie runzelte die Stirn. „Welche Funktion meine Cousine da einnimmt, ist mir allerdings nicht klar. Zufällig ist ihr Mann verstorben, zufällig kann Tante Rose-Ann sie nicht mehr beherbergen."

„Louise", sagte er warm, „nun geh nicht so mit ihr ins Gericht. Dafür kann sie nun wirklich nichts. Welcher Mann schmückt sich nicht gern mit einer schönen Frau?"

Sie schluckte. Warum war sie nur so wahnsinnig empfindlich geworden? „Tut mir leid", flüsterte sie, „nach allem, was man hört, sind Bradley und seine Freunde ein Kleeblatt. Ein ganz besonderes mit vier Blättern. Das soll ja Glück bringen."

Peter legte sich wieder hin und schob seine Hände hinter den Kopf. An die Zimmerdecke starrend meinte er: „Allerdings erscheint ihr geplantes Kricketturnier jetzt in einem anderen Licht.

Heute ein Pferderennen, morgen ein Kricketturnier und ich bin gespannt, was danach kommt."

Sie lächelte in die Dunkelheit und strich ihm zärtlich die Haare aus der Stirn. „Beim Kricket kann man nicht mauscheln. Entweder man kann gut spielen oder nicht." Sie sah Barr vor sich mit seiner schmalen, eher schmächtigen Figur. Leider hielt er nicht allzu viel vom Rasieren. Ob das mit seinem bevorzugten Getränk zusammenhing? Manchmal blickten seine braunen Augen wie die eines gehetzten Bocks. Er machte gar keinen Hehl daraus, Whiskey zu jeder Tageszeit zu genießen.

„Richtig. Dieser Richard Barr scheint ein sehr guter Spieler zu sein. Das Einzige, was mich stört, ist Bradleys Funktion."

„Warum?"

„Er amtiert als Schiedsrichter."

6

Flach lag der Bodennebel über den Feldern, als Lilian aufwachte. Sie wunderte sich, dass bereits im August Nebel über der Erde schwebte, schwerelos, wie sie sich die Tage auf Sudeley Castle erhofft hatte. Unwillkürlich seufzte sie und überlegte, warum sie sich auf diesen Handel mit Bradley eingelassen hatte. Der gestrige Tag lag auf ihrer Seele wie ein scheußlicher Nachgeschmack auf der Zunge. Aber was hätte sie tun sollen? Sie schob die Gedanken beiseite. Das Letzte, was sie jetzt brauchte, war ein moralischer Zeigefinger, der sich in ihren Gedanken erhob. Das Leben hatte ihr in den letzten Jahren übel mitgespielt. Es war an der Zeit, dass sich das Schicksal wendete und ihr Geld und eine stilvolle Zukunft bot.

Das heutige Spiel in Winchcombe würde für Zerstreuung sorgen. Richard war ein Kricketspieler vor dem Herrn ... Das ließ auf einen genialen Sieg hoffen. Natürlich war es ein Mannschaftssport, aber Richard ragte mit seinem Können heraus. Er war durchtrainiert, auch wenn man das bei seiner schlanken Figur nicht auf Anhieb vermutete. Wenn er verschwitzt dastand, waren ihm die bewundernden und ungläubigen Blicke der Ladys sicher. Seine Stirnglatze erschien für seine sechsundzwanzig Jahre verfrüht. Nicht dass er hässlich war, aber wenn man ihn nicht auf dem Spielfeld erlebte, machten ihn seine oft in Falten gezogene Stirn und seine Abneigung gegen regelmäßiges Rasieren zu einem Mann ohne besonderen Reiz. Das konnte man von Bradley allerdings nicht behaupten. Sie hoffte, mit ihm und seiner Funktion als Schiedsrichter würden die Würfel in die richtige Richtung fallen, damit es ein Gewinn für sie alle würde.

Ihr Schlafzimmer lag im ersten Stock und sie hatte wegen der herrlichen Sicht nach draußen die Gardinen nicht zugezogen. Vom Bett aus beobachtete sie den breiten Nebelstreifen, der sich innerhalb kurzer Zeit verflüchtigte. Die Sonne erschien hinter einem Waldstück am Horizont und kündete einen warmen Sommertag an. Bestimmt würde es ein perfekter Tag werden.

Zwei Stunden später saß Lilian auf einem Stuhl unter den Zuschauern. Das Turnier war gut besucht und viele Ladys und selbst alte Herren säumten das Sportfeld. Sie hatte den idealen Platz, um das Spiel zu beobachten; gleichzeitig hatte sie die Umgebung im Blick.

Überrascht von der Menge der Zuschauer glich dieses Schauspiel eher einer Wallfahrt als einem Turnier. Insgeheim wunderte sie sich, dass Louise nicht mitgekommen war. Warum musste sie jetzt ausgerechnet an sie denken? Gab es denn keinen Tag, der nicht mit ihr begann oder endete? Beim Frühstück hatte sie ungewöhnlich blass, beinahe fahl ausgesehen und außer etwas Tee hatte sie nichts zu sich genommen. War sie krank? Warum nahm sie nicht das Frühstück im Bett ein, wie es unter Damen gehobenen Standes üblich war? Davon hielt Louise wohl wenig, denn sie hatte einmal erwähnt, nur ein Morgen im Kreis ihrer Liebsten und mit Morgenandacht in St. Mary sei ein guter Morgen.

Ein paar Männer hatten weitere Tische und Stühle herangeschafft. Neben ihr ließen sich ein paar Frauen nieder, die ihre besten Kleider und bemerkenswerte Hüte trugen. Es mussten Freundinnen oder Schwestern sein, denn sie kicherten und schwatzten ununterbrochen, obwohl das Spiel bereits begonnen hatte. Während sie mit den Augen auf dem Spielfeld nach Richard und Bradley suchte, nahm sie einen Schatten wahr. Sie drehte sich um und für einen Moment blieb ihr Blick an einem Mann hängen. Es war Peter. Dann konnte Louise wahrscheinlich auch nicht weit sein.

„Du … ?“ Sie stockte und sah zu ihm hoch. Er erwiderte ihr Lächeln. Schnell fand sie die Sprache wieder. „Du hast gar nicht gesagt, dass du dir das Spiel ansehen willst.“

Irgendetwas an ihm war besonders, ein Charme, der erst beim zweiten Blick offenbar wurde. Es fiel ihr schwer, sich vorzustellen, dass es ausgerechnet Louises Ehemann war. Wie er hier stand und sie ansah! In seinen Augen las sie Bewunderung und Freude, sie zu sehen. Sie sah sich suchend um, konnte Louise aber nirgends entdecken.

„Louise? Wo ist sie?“

Er schluckte, als durchbreche er einen Zauber. „Sie fühlte sich heute Morgen nicht wohl.“

Das musste selbst einem Blinden aufgefallen sein. Es fiel ihr schwer, Interesse zu zeigen, aber sie fragte brav: „Etwas Ernstes?“

Er schüttelte den Kopf. Eine wissende Freude lag in seinen Augen. „Ich bin allein hier."

Am liebsten hätte sie „Wunderbar!" gerufen. Ihr Herz machte einen Sprung. „Möchtest du dich setzen?" Sie konnte den Blick nicht von ihm wenden. Was hatte er für gleichmäßige Gesichtszüge. Ein markantes Gesicht, das von dunkelblonden Haaren umrahmt wurde. Und diese Augen! Ihr Leuchten war faszinierend. Er war im Gegensatz zu Richard makellos gepflegt. Zwar traf dies auch auf William und Graham zu, aber beide reizten sie nicht.

Wenn Louise ihre Gedanken wüsste, würde sie jetzt bestimmt sagen, dass es sich nicht gehörte, schon gar nicht für Leute ihres Standes, darüber nachzudenken. Das sei der Anfang allen Übels, wobei Vergnügungen und Indiskretionen zu guter Letzt für Klatsch sorgten. Das Personal war immer da, wo man es am wenigsten vermutete, und beobachtete alles. Dennoch gab es hier und da Techtelmechtel – meistens mit Dienstboten und weniger mit Damen des eigenen Adelsstandes. Wenn es im Geheimen geschah, wurde es vielleicht sogar toleriert. Aber selbst dann würde Louise es als töricht bezeichnen. Insgeheim musste Lilian schmunzeln. Ihre Cousine hatte keine Ahnung, wie berauschend es sein konnte, Grenzen zu überschreiten.

Sie sahen sich noch immer an. Endlich hatte sie ihn mal für sich und Louise war weit weg. Sie genoss seine Augen, die die ihren suchten. Wie lange war sie sich nicht mehr begehrenswert vorgekommen? Zu sehr hatten die letzten Monate an ihr genagt. Verwirrt deutete sie auf das Spielfeld. „Es ist bereits in vollem Gange."

Er blinzelte irritiert, wandte sich dem Spiel zu und mit einem Mal fieberten sie wie die Menschen um sie herum mit ihrer Mannschaft. Der Zauber des Augenblicks erstarb im Gemurmel der Leute um sie herum.

„So ganz verstehe ich die Regeln bis heute nicht", meinte Lilian, mehr und mehr gelangweilt. Sie war erst einmal bei einem Spiel dabei gewesen und das war mindestens drei, vier Jahre her. Alles, was sie vom Kricketspiel und den Sportlern wusste, kannte sie vom Hörensagen. Ihr Bruder hatte schon oft von Richard gesprochen, er selbst spielte ja ebenfalls. Eines Tages hatte er die Idee mit dem Kampfrichter gehabt. Damit kann man gut Geld verdienen, hatte er kürzlich gemeint und gleich mit seinen Freunden stundenlang zusammengehockt und Spielzüge besprochen. Dann war Richard in den Kricketklub hier in Winchcombe eingetreten. Warum ausgerechnet hier, wusste der Himmel!

Bis heute hatte sie sich absolut nicht für das Spiel interessiert. Was machten die hell gekleideten Männer auf dem Feld? Warum gab es zwei Schiedsrichter? Bradley hätte doch vollkommen genügt. Die Sonne stand inzwischen hoch am Himmel und sie wünschte, sie könnte unter einem der drei Pavillons sitzen, die sie auf der gegenüberliegenden Seite entdeckt hatte. Ihr war schrecklich heiß und ihr kleines Hütchen war nicht dafür geeignet, ihren Teint zu schützen. Hoffentlich blieb sie vor einer Rötung verschont. Zum Glück war gleich Zeit für Lunch.

Ihr Hinweis schien ihn zu amüsieren. Peter wies mit der Hand in Richtung Rasen. „Das ganze Spiel zu erklären, ist zu viel auf einmal. Das Feld wird unterteilt in ein Außenfeld, ein Innenfeld und da“, er sah sie von der Seite an, ob sie der Beschreibung folgte, „dieser helle Streifen in der Mitte wird als Pitch bezeichnet. Das Seil ums Feld herum nennt man Boundary.“ Sie hatte seinen Blick bemerkt und widmete ihm ihre ganze Aufmerksamkeit. „Und dann gibt es zwei Mannschaften, die gegeneinander antreten.“

Bradley hatte irgendwann mal versucht, ihr die Regeln zu erklären. Entscheidend war, dass Peter jetzt hier war. Er zeigte Interesse an diesem Turnier. Das konnte sie für ihre Unterhaltung nutzen. Sie hielt länger Augenkontakt, als es schicklich war. Bei der Vorstellung, was er mit seinen seegrünen Augen ausdrücken könnte, brandete ihr die Röte ins Gesicht.

Er ließ nicht erkennen, ob er es bemerkte, sondern strahlte sie an und fuhr ruhig fort: „Was fehlt noch? Natürlich ein Kricketball und ein Kricketschläger und …?“

Sie hatte den Eindruck, seine Augen bohrten sich in ihre, während er den Kopf leicht schräg neigte und ihre Antwort abwartete. Der Gedanke, dass sie ihn bezauberte, verlieh ihr ein Gefühl von Macht, die sie über Louise gewann.

Die Unruhe, die unter den Zuschauern entstand, erreichte sie wie durch eine Nebelwand. Sie spürte nur, wie Gesprächsfetzen immer näher kamen, als er ihren Arm ergriff. „Zeit fürs Mittagessen! Komm, wir gehen rüber.“

Bei den Pavillons ließen sie sich gebratenes Huhn, Toast, Apfelcrumble, Tee und Limonade schmecken. Was er ihr auch reichte, es geschah jedes Mal mit einem winzigen Blick, den sie als Anziehung deutete.

Überall wimmelte es von Zuschauern, die ihre Teller mit Köstlichkeiten balancierten, während sie mit vollem Mund schwatzten. In einiger Entfernung entdeckte sie Bradley, der sie ebenfalls bemerkt hatte und süffisant grinste. Sie wusste sofort, dass etwas zu seinem Vorteil geschah. Er trug einen Gesichtsausdruck zur Schau, den sie von klein auf an ihm kannte, wenn er eine List angewandt hatte oder etwas zu seinem Vorteil ausgegangen war. Das Turnier schien ihm richtig Spaß zu machen.

Sie biss in einen Schinkentoast. „Ich wusste gar nicht, wie hungrig Zuschauen machen kann.“

Peter nahm einen Schluck Tee. „Die Mannschaften müssen sich umso mehr stärken. Wo waren wir stehen geblieben? Was fehlte noch?“ Er lachte und flüsterte: „Ich meine natürlich keinen Picknickkorb.“

Am liebsten hätte sie seine blonden, leicht gewellten Haare berührt, sein volles Haar, das wie Seide im Sonnenlicht glänzte. Er führte ein eintöniges Leben, und doch hatte sie das Gefühl, dass er zufrieden wirkte. Sie dagegen empfand ihre letzten Jahre als schrecklich langweilig. Lilian kicherte und plauderte munter drauflos.

„Wie konnte ich das vergessen? Tore, ja natürlich, Tore, oder?" Sie gluckste ausgelassen. „Ja, ich erinnere mich jetzt genau, was mir mein Vater mal als kleines Kind erzählt hat. Er hat immer von zwölf Dingen gesprochen, die man sich behalten muss. Vier Bails, sechs Stumps und ein Tor."

„Zwei Tore", berichtigte er sie und musste lachen. „Ich glaube, du verstehst mehr davon, als du zugibst."

„Tragen sie nicht auch Handschuhe?" Sie berührte ihn wie zufällig am Arm. „Glaub mir, das ist mir nur gerade eingefallen", stammelte sie, „verstehen tu ich es ohnehin nicht." Sie machte einen Schritt zur Seite, doch schon beim Auftreten spürte sie, dass die Unebenheit des Bodens sie ins Straucheln brachte. Mit hochgerissenen Armen versuchte sie, die Balance zu halten, und wäre hingeschlagen, hätten nicht zwei kräftige Arme sie aufgefangen. Sie drehte den Kopf, sah Peters direkt vor sich und ihr Blut pulsierte im Hals.

„Danke", hauchte sie und genoss den Moment der Nähe. Obwohl sie inmitten vieler Menschen standen, die sich unterhielten und mit sich selbst beschäftigt waren, spürte sie instinktiv, dass sie beobachtet wurde. Sie sah zur Seite und erstarrte. Louise stand nicht weit von ihnen entfernt und blickte voller Bestürzung in ihre Richtung.

Sie befreite sich aus seinen Armen. Die Magie des Moments hatte sich schlagartig verflüchtigt. Sie musste hier weg. „Bitte entschuldige", stotterte sie, raffte ihr Kleid und drängte sich an plaudernden Damen und fachsimpelnden Männern vorbei. In sicherer Entfernung blieb sie schwer atmend stehen. Sie prüfte, ob jemand der Umstehenden sie erkannt hatte. Nein, offensichtlich nicht. Was machte Louise denn hier? Sie war doch unpässlich. Was fiel ihr ein?

Neugierig stellte Lilian sich auf die Zehenspitzen und suchte die Menge ab. Da hinten stand Louise, aber nicht bei Peter, sondern immer noch da, wo sie sie eben entdeckt hatte. Neben ihr stützte sich Lord Cherleton auf einen Stock. Wie lange mochte sie dort bereits gestanden haben? Hatte sie sie die ganze Zeit beobachtet oder nur jetzt in diesem kurzen Moment? Ausgerechnet da, wo sie sich unbeobachtet gefühlt hatte. Aber wo war Peter? Ihn konnte sie nicht mehr entdecken. Ob er es mitbekommen hatte? Sie beschloss, wieder auf die andere Seite des Spielfeldes zu gehen. Das Geschehen lag wie ein dicker Kloß in ihrem Magen. Sie hatte doch nichts Böses im Sinn gehabt.

Lilian hielt Ausschau nach einem schattigen Plätzchen und entdeckte am oberen Spielfeldrand eine Baumgruppe, unter der schon einige Leute saßen, die die gleiche Idee gehabt hatten. Noch immer war sie aufgewühlt. Sie hatte ihr selbst auferlegtes Versprechen gebrochen, verheiratete Männer nicht mehr zu beachten. Wie konnte sie so etwas tun? Schon einmal hatte sie einen Skandal ausgelöst und dafür gebüßt. Danach hatte sie sich fest vorgenommen, das Schicksal nicht noch einmal herauszufordern.

„Wirfst du dich jetzt auch noch meinem Mann an den Hals?"

Das saß wie eine Ohrfeige. Lilian zuckte zusammen. Nur langsam wagte sie, den Kopf zu heben. Louise trat vor sie und starrte sie mit zusammengezogenen Augenbrauen an. Ihre Lippen waren wie ein Federstrich und ihre Miene spiegelte eine tiefe Traurigkeit.

„Ist das deine Art, mich zu quälen?"

„Was redest du? Da war nichts!" Ihr Magen war hart wie ein unreifer Apfel.

„Da war nichts?" Louises Stimme nahm an Schärfe zu und wurde schriller. „Peter hat dich nicht im Arm gehalten? Du hast ihn nicht angehimmelt? Was glaubst du, wer du bist? Schäm dich! Du weißt ganz genau, was ich meine. Hör auf zu lügen." Es machte ihr nichts aus, dass ein paar Leute neugierig herübersahen und den Kopf schüttelten.

„Nicht, was du denkst. Bitte, Louise, glaube mir!" Das war ein neuer Wesenszug an ihrer Cousine, den sie bisher noch nicht wahrgenommen hatte. Louise traute sich, sie direkt anzusprechen. Vielleicht hatte sie aus ihrem Leben gelernt. Sie glaubte, ihren Mann genau zu kennen. Wenn sie sich da mal nicht täuschte! Dieser Blick eben von Peter, der war ein anderer als sonst gewesen.

Sie, Lilian, kannte die Männer. Es waren zwar nicht viele, aber die, mit denen sie bekannt gewesen war, waren wie ein offenes Buch. Die meisten Frauen verstanden nicht die Gedanken ihrer Liebsten. Sie müssten ihnen nur mal richtig in die Augen sehen. Das Feuer, das dort loderte, konnte man lesen oder nicht. Louise konnte es offenbar nicht.

Sie bemerkte, dass sich Louise mit einem Tuch über die Augen tupfte. Der Schock und die Enttäuschung saßen offenbar tief. Trotzdem wollte Lilian den Vorwurf nicht auf sich sitzen lassen.

„Louise", begann sie, „es war ganz anders, als du denkst. Ich bin fast mit dem Fuß …"

Weiter kam sie nicht, denn im Hintergrund schien ein Tumult im Gang zu sein. Stimmen wurden immer lauter und übertönten den Rest des Satzes. Das Spiel war wohl beendet, denn die Spieler verließen das Feld, einige gestikulierten wild, andere schimpften und zwei weitere Spieler redeten auf einen der Schiedsrichter ein. Der andere Schiedsrichter gesellte sich zu ihnen, während sie sich lautstark empörten.

Lilian sah Bradley zwischen den beiden Spielern, er machte eine abwehrende Bewegung und sie hörte an seinem Tonfall, dass er dementierte. Um was es ging, konnte sie nicht verstehen.

Louise schüttelte den Kopf und beobachtete die Sportler. Ihre Stimme klang belegt. „Verstehst du das?", blinzelte sie, die Hand schützend über die Augen haltend.

Sie hatte da ihre eigene Vermutung und hob die Schultern. „Sie erkennen die Entscheidung des Schiedsrichters nicht an."

Bradley stapfte einfach davon und blieb nicht weit von ihnen stehen. Der andere Schiedsrichter war an ihn herangetreten und jetzt wurde die Debatte zwischen den beiden weiter ausgeführt, während die Spieler an den Spielfeldrand gingen. Schließlich ließ Bradley seinen Kollegen einfach stehen und kam auf sie zu.

„Bradley, was war los?", fragte Lilian und umarmte ihn. „Was haben sie gegen dich?" Noch immer schmerzte es im Oberbauch. Sie fuhr sich mit der Hand an dem Gürtel aus Spitze entlang.

Er verzog den Mund an einer Seite, als wollte er lächeln, doch sein Blick blieb ernst. „Stümper! Kennen keine Regeln und wollen mir sagen, wie ich zu entscheiden hätte."

„Was machen sie dir für einen Vorwurf?"

„Ich hätte zum Vorteil der hiesigen Mannschaft entschieden."

Für die war Richard angetreten. „Und? Hast du?" Tief in ihrem Inneren nagte der Zweifel.

„Was soll denn diese blöde Frage?" Er hob abwehrend die Hände. „Natürlich nicht. Sie sind einfach besser. Schüchtern ihre Gegner ein und haben eine bessere Schlagtechnik. Die anderen machen einen Fehler nach dem anderen." Er sah sich suchend um. „Gibt's hier keinen Tee?"

Erleichtert, dass sich alles als aus der Luft gegriffen entpuppte, hakte sie sich bei ihm unter. Sie wollte ihm wegen seiner abfälligen Bemerkung nicht böse sein. So war er eben. Manchmal ein bisschen empfindlich, zugegeben, manchmal cholerisch, was er alle sofort spüren ließ. Zudem waren ja zwei Schiedsrichter auf dem Feld gewesen. „Ich wollte sowieso auch einen. Komm, ich weiß, wo wir welchen bekommen." Mit einem Seitenblick, bei dem sie Louises verwirrten Blick gewahrte, sagte sie zu ihr: „Du entschuldigst uns? Danke."

Während sie ihren Tee tranken, wollte sie ihn aufmuntern. „Du hast noch nicht viele Spiele geleitet. Nimm es nicht so ernst. Wer verliert schon gern?"

Er brummelte etwas vor sich hin und sie ärgerte sich darüber, sodass sie nachhakte. Es klirrte, als er seine Tasse abstellte. „War wirklich alles in Ordnung?"

Bei seiner erschrockenen Miene hielt sie inne. Wollte sie tatsächlich hören, dass er zugab, ungerecht geurteilt zu haben? Nein, das traute sie ihm nicht zu. Man musste immer an das Gute in einem Menschen glauben. Und an die überparteiliche Entscheidung eines Schiedsrichters. Bradley hatte nur manchmal Pech im Leben gehabt, das erklärte seinen Hang zum Drama.

„Ich muss los. Es stehen noch Spiele an." Ohne sie weiter zu beachten, ging er Richtung Spielfeld. Ein paar Spiele würden noch folgen. Sie beschloss, im Schatten bei Gebäck auf den Ausgang des Turniers zu warten.

Das Turnier und die Unruhe über Bradleys Entscheidungen auf dem Spielfeld waren beim Abendessen das Gesprächsthema. Louise stocherte in ihrem Yorkshire Pudding, ohne einen Bissen davon zu nehmen. In ihrer Miene konnte man nicht lesen, was sie dachte. Sie wirkte verschlossen und in Gedanken versunken.

Lilian mutmaßte, dass sie ihr das Erlebnis vom Spielfeldrand nachtrug. Was konnte sie Belangloses sagen, um mit ihr ins Gespräch zu kommen? Sie blickte zum Fenster, als sei von draußen Hilfe zu erwarten, doch ihr fiel nichts ein. Sie redete sich ein, es sei doch nur ein Spaß gewesen. Die Abendsonne warf ein warmes Licht ins Speisezimmer.

Ihr Onkel freute sich. „Am Ende des Tages steht fest: Unsere Spieler von Winchcombe haben das Turnier gewonnen." Er rieb sich die Hände. „Man sollte allerdings über die Wetten nicht laut nachdenken. Geschweige denn sprechen. Das ist nicht gut."

Was war daran verwerflich? Schon im Altertum hatte es Wetten und Wettkämpfe gegeben. Nur hier war es ein offenes Geheimnis, über das man aber nicht laut sprach. Bradley hatte ihr erklärt, dass Wetten eine Möglichkeit war, Turniere zu finanzieren. Ganz abgesehen davon, dass es einen besonderen Reiz hatte, auf ein Pferd oder eine Mannschaft zu setzen in der Hoffnung, dass genau die Mannschaft oder das Pferd gewinnen würde. Je nach Einsatz war im Falle eines Sieges ein großer oder kleiner Geldregen zu erwarten.

Ein gesellschaftliches Ereignis war so ein Wettkampf allemal, wenn man an die vielen Zuschauerinnen und Zuschauer dachte. Sich zeigen, plaudern und dabei noch interessante Leute kennenlernen – das war einfach reizvoll, fand Lilian. Es brachte einen auf andere Gedanken. Louises vertrocknete Ansicht, das Trauerjahr sei noch nicht vorbei, ließ sie schmunzeln. Typisch Louise.

„Ich bin froh, dass endlich nicht nur Pferde im Mittelpunkt stehen", bemerkte Bradley. „Höchste Zeit, dass andere Sportarten anerkannt werden. Glaubt mir, ich bin da Spezialist."

„Jaaa." Peter beugte sich vor und fixierte Bradley. „Ich hab gehört, wie die gegnerische Mannschaft etwas von einem gestreckten Arm von Miller, dem Bowler, gerufen hat. Der Arm sei erst gestreckt worden, nachdem er die Schulter erreicht hatte."

„Ich hab mich schon gewundert, was das da für ein Geschreie auf dem Feld war", warf Lilian ein. „Wo, bitte, ist das Problem? Gestreckter Arm?!"

Niemand schien ihren Einwurf zu beachten. „Die Runs zu geben, ist eine Fehlentscheidung." Peter legte das Besteck hin. „Das verunsichert die Spieler. Es zermürbt, wenn einseitig beurteilt wird."

„Nein, nein", tat Bradley den Einwand heftig ab, „so ein Blödsinn! Ich habe genau gesehen, dass dem nicht so war." Er trank einen Schluck Wein. „Hast du schon mal gehört, dass es unsportlich ist, die Entscheidung eines Schiedsrichters anzuzweifeln?"

Möglicherweise war das der Grund, warum William, Graham und Richard heute Abend ausgesprochen still waren und sich nicht am Gespräch beteiligten.

„Man sagte, bei Barr hättest du es auch durchgehen lassen." Peter ließ nicht locker und sah ihn mit gekräuselter Stirn an.

Bradley warf einen Blick zu Richard. „Die Spieler hier aus Winchcombe haben sich intensiv auf das Turnier vorbereitet, nicht wahr? Mit Durchsetzungskraft und genauer Überlegung haben sie geschickt die Partien für sich entschieden."

„Und wie war das mit dem Striker? Du hast sechs statt vier Runs gegeben."

„Es war alles einwandfrei!" Bradley schien sich keiner Schuld bewusst, mögliche Fehlentscheidungen getroffen zu haben. Auch die Einwände von Peter und ihrem Onkel, das habe es noch nie gegeben, schienen ihn und die Freunde nicht zu beeindrucken. Sie wirkten wie eine verschworene Gemeinschaft. Und wenn man bedachte, dass es nicht zu ihrem finanziellen Nachteil gewesen war, wollte sie zufrieden sein. Die Pechsträhne musste ein für alle Mal ein Ende haben. Gestern war der Auftakt gewesen. Sie hatte dafür vollstes Verständnis. Wenn sie eines nicht mehr wollte, dann war es arm zu sein.

7

Gleich nach dem Dinner ging sie nach oben. Louise wollte nur noch allein sein. Sie fühlte sich erschöpft und hoffte, ihre Gedanken unter Kontrolle bringen zu können.

Es war schon schlimm genug gewesen, mit Peter gemeinsam am Tisch zu sitzen. Das Gerede über das Turnier, das Zerpflücken von Schiedsrichterentscheidungen – es erschien ihr so sinnlos. Lilian schien sich keiner Schuld bewusst und Peter suchte noch nicht mal Blickkontakt zu ihr. Merkte er denn nicht, dass sie sich brüskiert, von ihm im Stich gelassen fühlte?

Er, der sie damals aus dieser unerträglichen Situation gerettet hatte, er wollte nur nett zu Lilian sein. Das glaubte ihm niemand … sie am wenigsten. Das hier war alles kein Zufall. Lilian, Bradley, die Freunde. Diese Turniere. Mal Pferderennen, mal Kricket. Peter, der die Kontrolle über sich verlor. Den sie aufrichtig liebte, zumindest bis heute … bis erste Zweifel auftauchten. Ausgerechnet jetzt, wo es Anzeichen gab, dass sie Familienzuwachs erwarteten.

Wie konnte sie so dumm sein, einem Ball zuzustimmen? Es würde in einem Fiasko enden – wie damals. Sie als Verliererin. Ihr ganzer Lebenstraum schien zusammenzustürzen. Sie konnte nicht wegrennen, nicht aus dem Haus fliehen. Angekettet in diesem Palast mit einem Mann, der einigen anderen Gutsherren auf fragwürdige Weise plötzlich ähnelte. Sogenannte Ehrenmänner, die eine Affäre mit Angestellten hatten, was sie als geheim zu sein glaubten, doch jeder aus der Dienerschaft wusste darüber Bescheid. Wollte sich Peter auf diese niedere Stufe begeben und den Segen seiner Familie aufs Spiel setzen? Wofür? Für ein kurzes Abenteuer?

Die Stimme in ihrem Inneren mahnte sie, ihre Zweifel Gott zu sagen. Zu beten, dass er die Zügel ihres Lebens in der Hand behalten solle, ihren Mann bewahren und ihrem Herzen Frieden schenken möge. In ihrem Schmerz über Peters Verhalten schob sie das beiseite, was ihr im Leben viel Kraft gab. Ihren Glauben an Jesus Christus, der ihr Leben mit Frieden und Freude erfüllte. Bis heute. Sie wollte sich nicht trösten lassen. Der Schmerz saß zu tief.

Am liebsten wäre sie weggelaufen, nein, besser noch, sie würde sich eine Brücke hinunterstürzen. Dann wäre alles vorbei. Irgendwie würde das Leben schon weitergehen für die, die ihr bisher alles bedeutet hatten. Jacob. Ihr kleiner Jacob. Er würde nach seiner Mama fragen, weinen und eines Tages hätte er sie vergessen. Dann würde eine neue Ehefrau ihren Platz einnehmen und ihn großziehen. Peter wüsste dann endlich, was er ihr angetan hatte. Erst wäre sie verschwunden und dann würde man sie unter einer Brücke leblos finden. Man würde mutmaßen, ihr sei schwindlig geworden und sie habe das Gleichgewicht verloren. So etwas gab es in den ersten Monaten einer Schwangerschaft, wenn der Kreislauf Kopf stand.

Gab es überhaupt eine Brücke in der Nähe, die ausreichend hoch für einen Sprung war? Nein, ihr fiel keine ein. Alle waren viel zu niedrig und ungeeignet. In London würde sie bestimmt eine finden. Den Gedanken verwarf sie. London war zu weit weg. Und ausgerechnet jetzt kam sie auf mörderische Gedanken, wo sie ein Kind erwartete ... Sie war sich ganz sicher. Es würde auch seinen Tod bedeuten. Dann würde sie in der Tragödie auch noch zur ... Nein, nein! Solche Gedanken durften keinen Raum in ihr einnehmen. Was sollte sie denn tun?

Sie wälzte sich im Bett und fand keinen Schlaf. Manchmal, wenn sie gerade wieder am Einschlafen war, schreckte sie hoch, weil wirre Gedanken sie beherrschten. Dann wünschte sie, dass Peter etwas Schreckliches widerfahren möge. Als Strafe für sein Techtelmechtel mit Lilian.

Die Stille der Nacht ließ Gedanken in ihr aufsteigen, gegen die sie sich nicht wehren konnte. Sie machten sich breit und ließen keine Erholung zu. Wie damals nach dem Ball. Nur dass die Folgen am neuen Tag ihr Leben weiterhin bestimmten. Warum hatte sie nur Lilians Besuch zugestimmt? Hätte sie doch gleich den Brief verbrannt!

Als sie erwachte, war es hell. Die Schreckgespenster der Nacht verschwanden mit dem anbrechenden Morgenlicht, aber Louise fühlte sich wie zerschlagen. Wie konnte sie nur so furchtbare Fantasien zulassen, fragte sie sich. Sie hatte die Drohungen und Verwünschungen zwar nicht ausgesprochen, aber doch gedacht! Bisher hatte sie es nicht für möglich gehalten, dass die in der Bibel beschriebenen bösen Gedanken, die jedes Herz beherrschten, auch sie selbst einmal überfallen würden. Es war eine bittere Erkenntnis. In ihrem Morgengebet bat sie Gott, er möge ihr verzeihen.

Sie läutete nach einem Dienstmädchen, ihr das Frühstück ans Bett zu bringen. Sie erfuhr, dass Peter bereits gefrühstückt habe und mit ihrem Schwiegervater aufgebrochen sei. Sie seien mit den Pferden unterwegs, wohin wisse sie nicht. Obwohl sie kaum Appetit hatte und im Magen ein flaues Gefühl verspürte, zwang Louise sich, etwas zu essen: eine Scheibe Toast, etwas Rührei und ein kleines Stück Kuchen.

Plötzlich fiel ihr ein, dass Bradley und seine Freunde heute wieder außer Haus sein würden. Sie hatten auch erwähnt, wohin sie reiten wollten, doch es fiel ihr beim besten Willen nicht mehr ein.

Draußen hörte sie den Gärtner reden, der den Arbeitern Anweisungen gab. Sie trank ihren Tee aus, huschte aus dem Bett und schaute erwartungsvoll zum Fenster hinaus. Arbeiter jäteten Unkraut in den Rabatten und entfernten verblühte Stängel, während Archie und der Gärtner sich unterhielten. Der Tag versprach wie gestern sonnig und warm zu werden.

Sie läutete nach Gill, die ihr beim Ankleiden helfen sollte. Als sie in das hellblaue Batistkleid schlüpfte, das am Rocksaum mit französischer Spitze eingefasst und einem Gürtel aus dunkelblauer Seide geschmückt war, spürte sie die Unruhe, die das Mädchen erfasst hatte.

„Ma'am", begann Gill und die Hände zitterten, während sie die Schleifen an den Ärmeln band, „Sie finden es vielleicht etwas belanglos … vielleicht sogar unüberlegt, aber …" Mit zusammengezogenen Schultern, als müsse sie ein Missgeschick beichten, ließ sie den Stoff los, trat einen Schritt zurück und knetete die Finger.

„Was aber?" Louise sah sie an. „Möchtest du tratschen?" Gill war ein gutes Mädchen, aber leider wie viele im Haus schnell mit der Zunge. Es gab fast nichts, was man vor den Hausangestellten geheim halten konnte. Sie hörten und sahen alles. Wie sie es schafften, so umfassend informiert zu sein – es war ihr unbegreiflich. Als würde die Familie auf Schritt und Tritt belauert.

Die Wangen des Mädchens leuchteten flammendrot. „Nein, bitte, es war nur …"

„Dann sag es mir." Sie verdrehte die Augen.

„Lady Wilkinson ist seit bestimmt einer Stunde hinten im Westflügel." Sie senkte die Stimme. „Es geht mich ja nichts an, aber als ich nach der Morgenandacht dorthin ging, um die Zimmer zu reinigen, sah ich sie. Sie kam aus einem der Zimmer, ging ins nächste, um sogleich im angrenzenden Raum zu verschwinden. Ich fragte mich, ob sie etwas sucht."

„Und? Hat sie es?"

„Ich hab sie nicht gefragt."

„Das hättest du tun können. Vielleicht brauchte sie Hilfe."

„Das glaube ich nicht."

Sie fröstelte und ihr Inneres geriet in Aufruhr. „Warum erzählst du mir das?"

Gill schaute sie wie ein Hündchen an, das erwartungsvoll darauf wartet, an den Ohren gekrault zu werden. „Ich fand es komisch, wo sie doch hier zu Gast ist."

„Hat sie dich gesehen?"

„Nein. Ich hab mich in die Ecke gedrückt. Dann bin ich schnell zu Ihnen."

Nur mit Mühe unterdrückte Louise das Bedürfnis, sie anzufauchen. „Danke, Gill. Sie hat sicher was vergessen."

„Vergessen? Im Westflügel? Da ist nicht ihr Gästezimmer."

Louise legte die Hand auf Gills Arm. „Danke, du bist sehr aufmerksam. Geh jetzt wieder an die Arbeit."

Als Gill gegangen war, blieb Louise nachdenklich stehen. Was schnüffelte Lilian im Haus herum? Je eher sie ein Gespräch mit ihr suchte, umso besser. Dabei ging es ihr nicht in erster Linie um das, was Gill beobachtet hatte, sondern um den gestrigen Tag.

Nach dem Lunch bat Louise Lilian um ein Gespräch unter vier Augen. Sie wählte den Garten, damit sie weitgehend ungestört blieben. Beim Gehen fiel das Sprechen leichter, auch ihr. Man konnte geradeaus sehen oder nach Belieben das Gesicht seines Gegenübers beobachten, musste es aber nicht. Schwierige Sätze, die Erfahrung hatte sie gemacht, ließen sich besser aussprechen, wenn man das Gefühl hatte, man sage es nur für sich selbst laut daher. Nichts würde ablenken. Es war einfacher, beim Thema zu bleiben. Ihre Freundin Elfreda ging regelmäßig mit ihrem Mann spazieren. Er war oft beruflich unterwegs und beim Gehen erzählten sie sich, was sie erlebt hatten und was ihnen wichtig war. Sie meinte, das funktioniere erfreulich gut.

Lilian sah auch heute großartig aus. Sie trug ein dunkelgraues Kleid, das sie vielleicht bewusst gewählt hatte, um die Stimmung nicht zusätzlich aufzuheizen. Ob sie etwas ahnte? Sie hatte nicht nachgefragt. Louise wartete unterhalb der Treppe, die in den ersten Bereich des Gartens führte. Ihre Cousine sprang wie eine Gazelle die Stufen herunter, grinste verlegen und blieb bei ihr stehen.

„Wollen wir ein wenig spazieren gehen? Es ist ein wunderschöner Tag und ich finde, du sollst die verschiedenen Gärten nach und nach kennenlernen", schlug Louise vor. „An einem einzigen Tag ist das unmöglich."

Ein Duft hing über dem Garten, wie er nur im Sommer vorkam, wenn alles überreich blühte. Mücken und Schmetterlinge ließen sich vom Wind treiben und glitzerten in den Sonnenstrahlen. Angesichts der Leichtigkeit, die von den Blüten und Pflanzen ausging, kam es Louise fast lächerlich vor, was sie mit ihrer Cousine besprechen wollte. Sie mahnte sich zur Vernunft.

Als sie in den Terrassengarten abbogen, kamen ihnen Ms Beecroft mit Jacob entgegen. Sie lachten und Jacob zeigte den Käfer, den er auf einem Blatt entdeckt hatte und jetzt in den Händen trug. „Er hat ganz viele schwarze Punkte", erklärte er stolz und hielt ihr seine nur leicht geöffnete Hand entgegen.

Louise beugte sich darüber, als könne sie das Insekt sehen. „Es ist ein wertvolles Tierchen. Sei vorsichtig", mahnte sie ihn und gab ihm einen Kuss auf die Wange.

„Ich würde Sie gern später mal sprechen", hörte sie Ms Beecroft flüstern, die ebenfalls den Kopf ein wenig nach vorn gebeugt hatte, um eine unsichtbare Fluse von ihrem Rock abzustreifen. Sie roch nach dem penetranten Scheuerpulver der Waschfrauen.

Louise ignorierte es und nickte, wobei sie ihr zulächelte. „Ich möchte mit Lady Wilkinson einen Spaziergang machen. Der Garten ist dafür geradezu wie geschaffen. Bis später." Es war sonst nicht die Art der Gouvernante, ein Thema nicht gleich anzusprechen. Sie mochte ihre Art, etwas frei heraus zu sagen. Das machte sie allerdings nur, wenn sie beide allein waren. Was mochte Ms Beecroft ihr später sagen wollen?

Als die beiden außer Sichtweite waren, ergriff Louise das Wort. „Erinnerst du dich noch an Boughton House?" Sie machte eine kurze Pause, ohne Lilian dabei anzusehen. Lilian schwieg. „Damals hatte ich das Gefühl, sämtliche heiratsfähigen jungen Leute aus den umliegenden Grafschaften und darüber hinaus seien in Boughton House zusammengekommen, ja selbst aus London, um das Debüt der jungen Maeve mit einem Ball zu feiern. Wie es sich in unseren Kreisen gehört, lud man nur Töchter und Söhne von Stand und vom Landadel ein. Ich erinnere mich genau, Maeve stand, umringt von Freundinnen, mit erhitzten Wangen und einem Glas Punsch in der Hand, an der Seite der Tanzfläche, um ein wenig Atem zu schöpfen. Was sah sie hinreißend aus in ihrem Kleid aus Seidensatin mit Schleppe, ich glaube, es war hellgrün, dazu die Seidenhandschuhe und ein mehrreihiges Perlenhalsband."

Die Erinnerung kam vollends zurück. Kein Detail dieses Abends war verloren gegangen. Der Garten verflüchtigte sich und das Gezwitscher der Vögel hörte sie wie aus der Ferne. Sie befand sich in Boughton House in einem Meer von Lichtern und Gästen …

Die Lichtstrahlen der Kronleuchter brachen sich in den glitzernden Steinchen an Maeves Kleid. Louise befand sich im Pulk der Freundinnen und freute sich mit der ein Jahr jüngeren Debütantin über ihren Erfolg. Nicht immer konnte man die Würde eines solch großen Festes beeinflussen, obwohl sich jedes Haus, das eine

Gesellschaft gab, mit Akribie darauf vorbereitete. Doch an diesem Abend war die Stimmung besonders fröhlich und ausgelassen.

„Darf ich um den nächsten Tanz bitten?“ Die Stimme hinter ihr war ihr vertraut und mit einem Lächeln im Gesicht drehte sich Louise um. Immer wenn sie den sonoren Klang seiner Stimme hörte, durchflutete sie ein Hochgefühl voller Wärme und Aufregung.

„… Miss Morris?“ Hugh stand kaum einen Meter entfernt, doch er hatte nicht sie gemeint, sondern jemand anderes. Ihre Augen folgten seinem Blick, der auf ihrer Cousine Lilian ruhte, die mit Maeve kicherte. Lilian musste verspürt haben, dass sie gemeint war, und wandte den Kopf. Louise bemerkte die zarte Röte auf Lilians Wangen und eine hochgezogene Braue, die ihr bestätigten, dass es nicht der erste Tanz war, den die beiden miteinander tanzten. Verwirrt trat sie zur Seite und ließ Hugh durch, der sich gar nicht um sie scherte, sondern formvollendet vor ihre Cousine trat, um mit ihr auf der Tanzfläche zu verschwinden.

„Ein schönes Paar, nicht wahr?“ Die junge Frau neben ihr mit den furchtbar gebogenen Locken kannte Louise nicht. Doch die Bemerkung, unbedacht dahingesagt, tat ihr weh und sie lächelte nur zögerlich.

„Ich bitte um Verzeihung, ich bin ziemlich durstig“, presste sie wohlerzogen hervor und stürzte aus dem Saal. Warum musste Hugh schon wieder mit Lilian tanzen? Sie hatte nicht gewusst, dass ihre Cousine ebenfalls eingeladen war. Jahre waren vergangen, seit sie sich das letzte Mal gesehen hatten. Lilians Einführung in die Gesellschaft im letzten Jahr hatte sie wegen eines verstauchten Fußes absagen müssen. Umso erstaunter war sie gewesen, als sie Lilian zu Beginn des Festes begegnete. Sie hatten sich begrüßt und Höflichkeiten ausgetauscht. Bradley, ihr Cousin und Lilians Bruder, befand sich auf einer Auslandsreise und war deshalb nicht unter den Gästen. Da die verwandtschaftlichen Besuche in den letzten Jahren mehr als spärlich ausgefallen waren, fühlte sie sich emotional nicht besonders mit ihr verbunden.

Lilian war zu einer wirklichen Schönheit herangewachsen, stellte sie fest. Sie bewunderte ihre ebenmäßigen Gesichtszüge, den makellosen Teint und ihren goldblonden Haarschopf, der mit Perlen durchwoben am Hinterkopf aufgetürmt war. Lilians Augenfarbe spiegelte sich im blauen Samtkleid mit Goldfadenstickerei wider. Sie hatte eine Ausstrahlung, mit der sie Männer und Frauen gleichermaßen verwirrte. Bereits in dem Augenblick, als sie Lilian ihrem Verlobten Hugh Wilkinson vorstellte, hatte er Lilians schmale Hände nicht mehr loslassen wollen, was sie überrascht und wortlos zur Kenntnis nahm.

„Du hast mir gar nichts von Lilian erzählt", meinte er wenig später, als sie mit ihm eine Ecossaise tanzte, als wolle er sich für seine Tänze mit ihr rechtfertigen.

„Tut mir leid, aber ich wusste nicht, dass du dich für meine weit verstreut wohnende Verwandtschaft interessierst", bemerkte sie und versuchte, ihre Stimme gleichgültig klingen zu lassen. „Ich habe sie das letzte Mal auf Tante Scarletts Beerdigung gesehen. Und das ist ziemlich lange her." Ihre Tante hatte eine sanfte Stimme gehabt und überhaupt war sie eine liebenswerte Person gewesen. Als Onkel Michael zwei Jahre später verstarb, hatte sich Tante Rose-Ann, die Schwester von Tante Scarlett und ihrer Mutter, ihrer angenommen.

Obwohl Onkel Charles damals bereits wegen eines Schlaganfalls bettlägerig war, hatte er die Vormundschaft bekommen, die Erziehung aber seiner Frau überlassen. Bradley war da bereits erwachsen und blieb in dem Cottage, das nach dem verheerenden Ruin den Wilkinsons eine Bleibe bot, wenn auch keine standesgemäße. Tante Rose-Ann hatte es für sittsamer gehalten, dass ihre

Nichte in ihrem Haushalt wohnte. Möglicherweise hatte sie sich dadurch Gesellschaft erhofft, weil durch Onkel Charles' Sprachstörungen eine normale Unterhaltung fast unmöglich war.

„Sei doch nicht gleich beleidigt."

„Bin ich nicht. Du weißt, wie man von dir sprechen wird, weil du mehrmals mit ihr getanzt hast." Sie versuchte, in seine Augen zu blicken, doch er starrte geradewegs an ihr vorbei.

„Was schert mich das Gerede!" Er hob die Hände, als müsste er sich verteidigen. Noch nie hatte sie ihn derart ungehobelt erlebt. Was war nur mit ihm geschehen?

Sie ließ den Kopf sinken. Enttäuscht versuchte sie sich auf die Tanzschritte zu konzentrieren. Ihr Kopf war auf einmal ganz leer. Während sie sich im Kreis drehte, spürte sie, wie eine Ohnmacht von ihr Besitz ergreifen wollte. Zum Glück endete in diesem Moment die Musik. Sie fühlte ihre Stirn, die eigenartig kühl war. Hugh schien mit seinen Gedanken ganz woanders, als sie ihm mitteilte, dass sie sich erst mal ausruhen müsse.

„Soll ich mitgehen?", fragte er achtlos, doch sie schüttelte den Kopf. Daraufhin wandte er sich gleich einer anderen Tanzpartnerin zu.

Louise flüchtete nach draußen unter den sternenübersäten Nachthimmel. Der Mond schien seinen Auftritt vergessen zu haben. Die frische Luft tat ihr gut. Eine Weile blieb sie auf der Terrasse stehen, unbeachtet und inmitten etlicher Paare, die sich unterhielten. Der weitläufige Garten war mit Fackeln geschmückt, weiter hinten verlor sich das Gelände in der Dunkelheit.

Was war denn heute in Hugh gefahren, dass er sich derart merkwürdig benahm? Oder vielleicht war sie momentan nicht in der richtigen Stimmung. Schuldgefühle stiegen in ihr hoch. Hatte sie Hugh Unrecht getan? Bestimmt hatte sie etwas in eine harmlose Situation hineininterpretiert und ihn in Bedrängnis gebracht.

Was sollte an einem weiteren Tanz mit der gleichen Tanzpartnerin unerlaubt sein? Nur weil Lilian ein entzückendes Wesen war, verfolgt von vielen männlichen Tanzpartnern, durfte sie ihre Erziehung nicht vergessen.

Hugh war ein aufmerksamer und liebenswerter, dazu ausgesprochen gut aussehender Mann, den sie lieben und achten wollte. Er war der Mann, mit dem sie gemeinsam in die Zukunft blicken wollte. Er war zu Besuch auf Cirenester Park gewesen und sie war ihm dort bei einem Dinner begegnet. Dann hatte er unverkennbar um sie geworben.

Bisher pflegte sie wichtige Entscheidungen im Gebet vor Gott zu bringen. Meistens war ihr dann auch irgendwie klargeworden, wie sie in unterschiedlichen Situationen reagieren sollte. War er der Mann ihrer Zukunft? Der, den sie heiraten und mit dem sie Kinder haben würde? Seine Beharrlichkeit hatte sie beeindruckt, was sie als einen Wink von oben verstand, sich mit ihm zu verloben. Die gleiche Zielstrebigkeit legte Hugh leider jetzt in einer bedrückenden Art und Weise an den Tag, die ihr ziemlich unverfroren erschien.

Wie sollte sie denn reagieren, wenn wirklich mal Probleme auftauchten? Im Stillen bat sie Gott um Vergebung wegen ihrer Hirngespinste. Sie sollte Hugh einfach vertrauen, wie sie es bis heute immer getan hatte. Doch irgendetwas war eben anders gewesen. Was, konnte sie nicht benennen. Ihre Mutter hatte ihr mal erklärt, dass es Dinge zwischen Himmel und Erde gebe, die man nicht erklären, nur erspüren könne.

Während sie dastand und ihren Gedanken nachhing, fühlte sie, wie die Kühle des Abends ihr zartes Seidenkleid durchdrang. Sie beschloss, in den Saal zurückzukehren und sich bei Hugh für ihr preziöses Benehmen zu entschuldigen. Bisher war sie immer stolz auf ihren gesunden Menschenverstand gewesen, aber heute war irgendetwas anders. War sie vielleicht eifersüchtig? Davon hatte sie sich bisher völlig frei gefühlt.

In der Halle kam ihr Claire, eine Freundin, entgegen. „Gut, dass ich dich treffe, Louise, Maeve hat eben nach dir gefragt."

„War ich so lange draußen? Wo finde ich sie?" Sie biss sich auf die Lippen.

„Im Ballsaal."

Verwundert sah Louise sie an. „Sie hat dich extra losgeschickt, mich zu suchen?"

Claire runzelte die Stirn, brach dann in lautes Gelächter aus. „Nein, wo denkst du hin. Sie wollte dich was fragen. Ich glaube, es ging um den Haarreif, den du trägst. Entschuldige, ich bin im Aufbruch. Meiner Mutter geht es nicht gut."

Louise seufzte. Ihre Nerven schienen gerade nicht die besten zu sein und sie schalt sich, hinter allem ein ernstes Problem zu vermuten. „Dann grüß sie von mir. Ich wünsche gute Besserung."

Im Ballsaal wurde immer noch munter getanzt. Louise sah fröhliche Gesichter, beflissene Männer und aufgeregt glucksende junge Frauen. In kleinen Gruppen stand man beisammen, diskutierte den letzten Modeschrei oder die politische Lage. Nachdem Preußen seine Häfen für die englische Flotte gesperrt hatte, antwortete England mit einer Kriegserklärung. Es war nicht die einzige kriegerische Auseinandersetzung in dieser Zeit. Noch kein Jahr zuvor hatten sich alle darüber aufgeregt, dass die britische Flotte in den Vereinigten Staaten von Amerika in der Schlacht am Eriesee unter der Führung eines jungen Amerikaners mit Namen Oliver Hazard Perry besiegt worden war. Der Name war ihr deshalb so im Gedächtnis geblieben, weil sie mitbekommen hatte, wie die Männer hitzköpfig debattierten, dass ein erst siebenundzwanzigjähriger Marineoffizier das Los über ihre Flotte warf.

Erstaunlicherweise bekam man auf dem Land nur wenig vom

Krieg mit. Hier und da gab es Offiziere aus befreundeten Herrenhäusern, die einberufen worden waren und deshalb bei Gesellschaften fehlten. Ansonsten ging das Leben in gewohnter Weise weiter. Bis jetzt hatte sie zum Glück noch nicht gehört, dass einer der Söhne der Lords unter den Toten zu beklagen sei.

Louise stand in der Tür und schaute sich im Saal um. Hugh war nicht unter den Tänzern. Sie tat gelangweilt und nickte freundlich vorübergehenden Bekannten zu, obwohl es in ihrem Inneren zu toben begann. Ihr Blick wanderte zu den einzelnen Gruppen, aber auch dort konnte sie ihn nicht ausmachen. Wahrscheinlich hatte er sich mit ein paar Männern in den Rauchsalon zurückgezogen, um eine Zigarre zu qualmen und womöglich noch einen der erlesenen Brandys zu kosten, für die Maeves Vater Lord Coxon bekannt war.

Immer noch unentschlossen, ob sie zu ihren Freundinnen gehen oder Hugh suchen sollte, trat sie zur Seite und hielt Ausschau nach Lilian. Trotz ihrer auffälligen Erscheinung war ihre Cousine nirgends zu entdecken. Louise spürte, wie die Erkenntnis, dass Hugh *und* Lilian verschwunden waren, ihr Blut durch die Adern jagte und jeden vernünftigen Gedanken blockierte.

Einem Impuls folgend entriss sie einem Diener, der mit einem Tablett voller gefüllter Gläser an ihr vorbeiging, ein Glas und stürzte den Punsch wenig damenhaft herunter. Ohne die Wirkung des Getränks abzuwarten, entschied sie sich, ihr Cape zu holen und nochmals nach draußen zu gehen – in der Hoffnung, dort ihr aufgewühltes Gemüt beruhigen zu können. Vielleicht war es Hugh auch einfach zu heiß im Saal geworden und er war in den Garten gegangen, während sie hier herumstand. Die vielen Menschen und die unzähligen Kerzen hatten innerhalb weniger Stunden die Raumtemperatur deutlich angehoben, wobei das eine oder andere alkoholische Getränk die gefühlte Temperatur noch förderte.

Die Mäntel und Umhänge der Gäste wurden in einem Nebenraum des Ballsaals aufbewahrt. Louise bat einen Diener, ihr Cape zu holen. „Es ist ein dunkelblaues mit bestickten farbigen Rändern und einer Kapuze“, erklärte sie und folgte ihm, als er die Tür zu dem Zimmer öffnete. Sie blieb in der offenen Tür stehen und wartete, während der Diener in einem geräumigen Schrank nach ihrem Umhang suchte.

Ein leises Geräusch veranlasste sie, zum hinteren Teil des Zimmers zu sehen. Sie erstarrte, als sie das Profil des Mannes erkannte. Auf einem Sofa saß Hugh, halb mit dem Rücken zu ihr, und hielt Lilian im Arm. Ihre skandalöse Pose war eindeutig. Sie küssten sich voller Leidenschaft, ohne mitzubekommen, dass sie nicht mehr allein im Raum waren. Just in diesem Moment schlug Lilian die Augen auf und erblickte Louise. Erschrocken sprang sie auf und kreuzte die Arme vor der Brust, als wolle sie das Desaster abwehren.

Louise fühlte sich wie in Trance, sah aber noch, wie Hugh den Kopf wandte. Er musste sie auch erkannt haben, denn er erhob sich wie ein Schlafwandler und starrte sie an. Mit einem Aufschrei drehte Louise sich um und eilte in die Halle zurück, wobei sie sich in ihrem Kleid verfing und hingefallen wäre, hätten nicht starke Männerarme sie aufgefangen.

„Boughton House?“ Die Frage ließ Louise in die Gegenwart zurückkehren. Lilian hob die Schultern. „Ich dachte, das wäre geklärt. Es liegt ja jetzt lange genug zurück, findest du nicht?“

„Nach dem gestrigen Tag sollten wir darüber sprechen. Natürlich hast du recht, ich habe dir verziehen, aber unter diesen Umständen müssen wir darüber reden! Ich will es aussprechen, verstehst du?“ Ihre Erinnerung holte sie wieder ein …

Sie musste damals ziemlich dämlich dreingesehen haben, denn ein Schmunzeln glitt über das Gesicht des jungen Mannes, während er sie immer noch im Arm hielt. Das wiederum löste eine Flut von Tränen bei ihr aus. Sie machte gar keine Anstalten, sich von ihm zu lösen, so schockiert war sie. Wortlos drückte er ihren Kopf an seine Schulter. Die Gäste in der Halle, die mit schaulustigen Mienen zu ihnen herübersahen, schienen ihn nicht zu stören. Zum Glück führte er sie durch einen Seiteneingang nach draußen. Wie lange sie sich in seinen Armen ausgeheult hatte, wusste sie später nicht mehr.

„Es wird alles gut", flüsterte er nah an ihrem Ohr.

„Nichts ist gut", schluchzte sie und versuchte, sich zu beruhigen. „Es wird nie mehr … nie …" Als sie sich ihrer Situation bewusst wurde, wollte sie sich befreien, aber er ließ nicht locker.

„Sssch …" Seine Arme hielten sie fest. „Du brauchst dich nicht zu entschuldigen." Er duzte sie, obwohl sie gar nicht wusste, mit wem sie es zu tun hatte. Nachdem sie sich derart nahe gekommen waren, wäre Siezen unsinnig gewesen.

Als endlich ihre Tränen versiegt waren, zwang sie sich, den Kopf zu heben. Sie konnte nicht ewig in dieser peinlichen Situation verharren, obwohl sie sein maskulines Parfüm in sich aufsog, als sei es eine Verheißung.

„Ich …" Mehr brachte sie nicht heraus. Wie peinlich! Wieder musste sie losschluchzen.

Er hob mit einer Hand ihr Kinn. „Ich bin Peter Cherleton", sagte er mit weicher Stimme, „und wenn ich eins und eins zusammenzähle, hat er jetzt ein großes Problem."

„Du liebe Güte", stöhnte sie, noch immer nicht fähig, ihm in die Augen zu sehen. „Wer hat das alles mitgekriegt? Und wieso hat *er* das Problem? Er hat doch …" Sie wollte sagen: *mich betrogen,* doch es hätte eher heißen müssen: *mir die Augen geöffnet.* Resigniert ließ sie die Arme sinken und kaute auf ihrer Unterlippe. Aus dem Saal drang fröhliche Tanzmusik und Stimmengewirr.

„Ich will ihn nicht mehr wiedersehen“, sagte sie plötzlich mit entschlossener Stimme. „Und ich fühle mich nicht mehr an mein Versprechen gebunden.“ Sie sah Peter endlich in die Augen, in denen sie Feuer und Ehrenhaftigkeit las. Sein Blick ging ihr durch und durch, als wolle er in ihr ertrinken. Eine unendliche Stille breitete sich in ihr aus, jedoch pulsierte ihr Herz, als würde ein Schmied auf den Amboss schlagen.

„Danke“, hauchte sie und das war sowohl an Peter gerichtet als auch an Gott als ein kleines Gebet. „Könntest du mich nach Hause bringen?“

Lilian bückte sich nach einer Rabatte und brach einen Stängel Lavendel ab. Sie hob ihn an die Nase, bevor sie die Blüten zwischen den Händen zerrieb. „Ich wusste nicht, dass er dein Verlobter war. Sollte ich ihn abweisen? Er hat mir den Hof gemacht, na und? Bin ich jetzt schuld?“

„Du lügst. Wir sind verwandt, du musst es erfahren haben. Außerdem kannst du mir nicht erzählen, dass du nicht mitbekommen hattest, dass ich in Begleitung gekommen war.“ Lilian hatte unzählige Verehrer. Selbst in London, hatte sie gehört, öffneten sich wie von Geisterhand die Türen elitärer Klubs für sie.

„Es wollten alle mit mir tanzen.“ Lilian warf den Stängel weg.

Louise lachte bitter auf. „Ja, alle Junggesellen, dass es schon peinlich war. Du hättest dir den reichsten aussuchen können, doch ausgerechnet meinen Hugh hast du nach allen Regeln der Kunst umgarnt.“

„Deinen Hugh“, spöttelte Lilian und klimperte mit den Lidern, „kein Mensch gehört einem anderen.“

Sie hatten den zweiten Garten mit den Rosenbeeten und Buchsbaumornamenten verlassen und durchquerten einen Obstgarten, in dem Arbeiter Brombeeren und Himbeeren ernteten.

„Wie eine Spinne hast du dich benommen, die in ihrem Netz auf eine fette Fliege wartet. Nur dass es statt einer Spinne eine Achtzehnjährige war, mit blonden Locken, Schmollmund und beherrschendem Auftreten. Die Wilkinsons waren vermögend, doch das mag vielleicht noch nicht mal der wahre Grund gewesen sein. Es muss dir Spaß gemacht haben, auszuloten, wie du auf Männer wirkst. Du wolltest mir wehtun. Du wolltest ihn wie eine Trophäe präsentieren: „Sieh an, was ich gemacht habe. Er kann dir noch so heilig versprochen sein – wenn ich komme, ist nichts mehr heilig."

„Das muss ich mir nicht mehr anhören!" Lilian gestikulierte wild und kehrte Richtung Haus um.

„Was mich maßlos ärgert, ist dein Benehmen hier", schrie Louise hinter ihr her. „Peter ist mein Mann, verstehst du das? Mein Mann! Lass die Finger von ihm."

Die Arbeiter hielten inne und sahen interessiert herüber. Das schien zu wirken. „Ist ja schon gut." Lilian hob die Hände in unschuldiger Manier, doch sie blieb trotzdem nicht stehen.

Louise wäre am liebsten hinter ihr hergelaufen, doch sie hielt es für klüger, jetzt den Mund zu halten.

Ja, Hugh bemerkte erst reichlich spät, was er angerichtet hatte. Sie gab ihm den Laufpass und widersetzte sich den Einwänden ihrer Eltern, die trotz allem auf eine Heirat drängten. Natürlich fürchteten sie das Gerede der Leute. Außerdem waren die Einladungen bereits verschickt und das Brautkleid in Auftrag gegeben.

Zutiefst erschrocken über ihre eigenen Worte und Gedanken, bemerkte Louise, dass Lilian verschwunden war. Ihr Blick wanderte in die Ferne. Alles, was sie längst vergeben und vergessen geglaubt hatte, war aus den Tiefen ihres Gedächtnisses emporgestiegen. Vor allem ärgerte sie sich über sich selbst. Jetzt war genau das eingetreten, was sie nicht gewollt hatte: Streit und Unfrieden wegen der unseligen Geschichte von damals. Was sollte sie jetzt tun?

8

„Wie viele Rückmeldungen gibt es?" Lord Cherleton stand hinter ihr und sie spürte seinen Blick auf ihren Händen ruhen.

Verwirrt sah Louise hoch. Sie stand noch im Salon mit den Briefen in der Hand, die ein Bote vorhin abgegeben hatte. Ihr Schwiegervater ahnte nicht, was in ihr vorging. Die Nacht war schrecklich gewesen, ähnlich wie die vorige … voll wirrer Gedanken und Fragmenten aus der Vergangenheit. Sie war trostlos über ihr Verhalten Lilian gegenüber und ratlos, wie es mit Peter weitergehen sollte. Und dass sie vermutete, wieder schwanger zu sein, wollte sie ihm gar nicht erst erzählen.

Heute Morgen hatte sie sich schlafend gestellt, als er aufwachte. Sie hatte so lange mit dem Frühstück gewartet, bis sie sicher wusste, dass er aus dem Haus war. Im Moment hatte er oft draußen mit den Schäfern oder Pächtern zu tun und sie war froh, ihm nicht zu begegnen. Der Schatten, der auf ihr Herz gefallen war, ließ sich nicht einfach beiseiteschieben. Sie drehte sich zu ihrem Schwiegervater um.

„Du liebe Güte, du siehst ja ganz blass aus." Er runzelte die Stirn.

Sie lächelte bedrückt und schüttelte den Kopf. „Mir fehlt nichts." Scheußliche Galle stieg in ihr hoch.

„Du musst mehr an die frische Luft, glaube ich." Er schmunzelte flüchtig.

Sie wollte jetzt nicht über sich sprechen und strich mit einer Hand über die Briefe. „Gill hat mir gerade diese Antworten gebracht. Wie du siehst, ist es eine ganze Menge. Ich werde sie sofort lesen."

Seine Augen weiteten sich. „Es sind bestimmt alles Zusagen. Hast du schon Vorbereitungen für den Ball getroffen?"

Louise berichtete von ihren Gesprächen mit der Köchin und der Dienerschaft. „Mrs O'Donnell hat zwei Leute ins Dorf geschickt, beim Krämer allerhand zu besorgen. Angesichts der ellenlangen Liste hat sie laut gestöhnt." Louise musste über Mrs O'Donnells verzweifelte Miene schmunzeln. „Übrigens, da fiel mir ein Perlhühnerrezept von unserer alten Köchin Mrs Molly ein, das sie oft bei uns zu Hause gekocht hat. Ich habe es ihr gegeben und sie war sichtlich froh. Es schmeckt fast wie Fasan und ist nicht annähernd so teuer."

Er sah sie voller Staunen an. „Peter kann sich glücklich schätzen." Er schob die Hände in die Hosentaschen. „Und Jacob entwickelt sich wirklich gut, seit du Ms Beecroft eingestellt hast. Seit diese schrullige Juneman fort ist, blüht er auf." Er wies mit dem Kinn Richtung Garten. „Ich beobachte die beiden gern. Sie langweilt ihn wohl nicht mit Erzählungen über den Krieg. Ich hatte mir immer vorgenommen, meine Enkel vor dem Grauen zu bewahren. Wenn sich das mal im Kopf festgesetzt hat, lässt es sich nicht mehr abschütteln."

Er sprach von Enkeln, obwohl er nur einen einzigen hatte. Bis jetzt. Er konnte nicht ahnen, dass da vielleicht ein neues Leben in ihr heranwuchs. Den Besuch von Doktor Finister hatte sie bisher hinausgeschoben. Sie blinzelte.

„Du sprichst aus Erfahrung", pflichtete sie ihm bei. Er war

bis heute Peter ein wunderbarer Vater und ihr ein ehrenhafter Schwiegervater. Sie schätzte seinen Humor und sein gutes Gespür für Menschen. Nur in Bezug auf Bradley und seine Freunde ließ ihn seine Gabe offenbar im Stich. Er hofierte sie mit einer Hingabe, dass ihr übel wurde. Freundlichkeit hätte auch gereicht.

„Die Musiker sind bestellt und die Dienerschaft ist bereits dabei, das Haus auf Hochglanz zu bringen. Dann lese ich jetzt die Briefe, bevor ich zu Jacob gehe."

Lord Cherleton hatte recht gehabt, denn bis auf zwei Familien, die Simsons und die Steels, gab es nur Zusagen. Das Haus würde am nächsten Samstag also voll werden. Wenn der Tag überstanden war, würden hoffentlich ihre Besucher abreisen und Ruhe würde einkehren. Wer weiß, vielleicht fand sich sogar noch ein brauchbarer Verehrer für Lilian? Obwohl das ja verfrüht war, denn vor der Jahreswende wäre ein Bruch des Trauerjahres keine gute Idee.

Nachdem ihr Schwiegervater und Mrs O'Donnell die Anzahl der erwarteten Gäste erfahren hatten, verschob Louise das Gespräch mit der Haushälterin auf den Nachmittag. Sie fand Jacob und Ms Beecroft draußen, wo sie es sich im Schatten der großen Eiche auf einer Decke bequem gemacht hatten. Sie spielten mit kleinen aus Holz geschnitzten Tieren. Manchmal nahm Jacob auch Zinnsoldaten, doch solange Ms Beecroft keine Horrorgeschichten dazu erzählte, fand sie das völlig in Ordnung. Jacob liebte auch die kleinen Karten, auf denen Gegenstände oder Tiere in unterschiedlicher Anzahl abgebildet waren. Die Gouvernante wollte damit seine Beobachtungsgabe schulen.

„Mama, ich habe eine ganze Herde", rief Jacob und zeigte begeistert auf seine Holztiere. „Sie grasen jeden Tag auf einer anderen Weide."

Louise lachte und setzte sich zu ihnen. „Ms Beecroft hat dir anscheinend gut erklärt, was ein Schäfer tun muss."

Die Gouvernante dankte und lächelte unsicher. „Wo Sie gerade hier sind … Wahrscheinlich ist es Einbildung, aber es lässt mir keine Ruhe …" Sie wurde rot.

„Sprechen Sie einfach, Ms Beecroft. Wir sind hier unter uns."

Sie antwortete nicht sofort. „Es ist wegen Lady Wilkinson."

„Ist mit ihr etwas nicht in Ordnung?" Louise war sich ganz sicher, dass niemand etwas von der Auseinandersetzung im Garten mitbekommen hatte, abgesehen von den Arbeitern. Aber Männer tratschten normalerweise nicht.

„Tut mir leid, wenn ich Sie beunruhige. Es ist … Heute Vormittag hielt Lady Wilkinson sich in St. Mary auf. Aber nicht wie bei uns üblich zur Morgenandacht, nein, es war später. Sie schien etwas zu suchen."

Eigentlich hat sie ein schönes Profil, dachte Louise. Weshalb ist sie überhaupt Gouvernante geworden? Wenn sie mit mehr Geschick frisiert wäre, würde ihre vermeintliche Strenge, die ihr die Frisur verlieh, ganz anders wirken. Aber sie war ja bereits weit über das heiratsfähige Alter hinaus. Bestimmt war sie Mitte oder Ende vierzig. Zum Glück für Jacob, denn eine bessere Erzieherin konnte sie sich nicht vorstellen.

Louise runzelte die Stirn. „Kann ja sein."

„Wissen Sie, sie kommt ja ganz selten zur Andacht. Hätte sie auf den Bänken oder darunter nachgesehen, könnte ich es verstehen. Aber sie suchte etwas, was sie wohl nicht fand. Mich hat sie offenbar nicht bemerkt. Ich hatte tatsächlich mein Tuch vergessen. Es lag noch auf der Bank. Einen Moment bin ich stehen geblieben, weil ich warten wollte, ob sie mich um Hilfe bittet. Aber sie war zu beschäftigt. Ich bin dann gegangen."

„Was mag sie gesucht haben? Gibt es da etwas Besonderes?"

„Nicht, dass ich wüsste."

Louise strich Jacob über den Kopf. „Man muss nicht alles verstehen."

Beecrofts Blick wurde ernst. „Sie hat am Sarkophag gestanden und versucht, ihn aufzubekommen." Sie lächelte schmallippig. „Der ist zum Glück richtig verschlossen."

„Am Grab der Königin? Ja, ist sie denn von allen guten Geistern verlassen?"

Die kleine Kirche St. Mary wies in der Tat eine Besonderheit auf. In ihr war Catherine, die letzte Frau von König Henry VIII. begraben worden. Sie hatte ihren Mann sogar überlebt, was ein Wunder angesichts der Schicksale ihrer fünf Vorgängerinnen war. Henry VIII. war für seine Art, wie er mit ungeliebten oder überdrüssigen Ehefrauen verfuhr, berüchtigt. Zwei Ehen ließ er annullieren, zwei Ehefrauen sogar umbringen. Wenn man von seinen Liebschaften und den daraus gezeugten Kindern absah, war es erstaunlich, dass seine Witwe Catherine Parr auch noch hier begraben lag. Wenn Louise sich recht erinnerte, war Königin Catherine kurz nach der Geburt einer Tochter gestorben. Das war nichts Ungewöhnliches, allerdings war das Mädchen nicht Henrys Kind, sondern stammte aus der Ehe mit Thomas Seymour, den sie kurz nach dem Tod Henrys geheiratet hatte.

Catherine war als aufrichtige und gottesfürchtige Frau bekannt. Bevor ihr Mann vor fast dreihundert Jahren in den Krieg zog, um mit Kaiser Karl V. gegen Frankreich zu kämpfen, hatte er sogar die Staatsgeschäfte in die Hände seiner Frau gelegt. Auch die Kinder aus seinen vorherigen Ehen ließ er von Catherine erziehen. Ein Beweis, dass er von ihrer Lebenshaltung überzeugt war und ihr vertraute.

„Lilian muss verwirrt gewesen sein." Louise schüttelte den Kopf. „Anders kann ich es mir nicht erklären."

Einen Moment zögerte Beecroft und sah sie zweifelnd an. „Es tut mir schrecklich leid, dass ich Sie damit überhaupt behelligt habe", murmelte sie.

„Danke." Louise stand auf und für einen Moment hatte sie das Gefühl, der Sommer raube ihr die Kraft. Es war noch nicht Mittag und trotz des Schattens spürte sie, dass es schwül und stickig werden würde. Wie gut, dass sie bei Bedarf den Arzt rufen lassen konnte. Aber so weit war es noch nicht. Die einfachen Leute mussten sich auch anderweitig behelfen. Sie hatten kaum die finanziellen Möglichkeiten, einen Mediziner zu bezahlen. Mit einem Taschentuch wischte sie sich über die Stirn. Ihr war heiß und sie schwankte kurz. „Ich muss mich noch um das Fest kümmern."

Sie kehrte ins Haus zurück und war froh, dass Beecroft ihre Schwindelattacke nicht mitbekommen hatte. Die Kühle der Halle tat gut und Louise ging in ihr Schlafzimmer, um sich ein wenig auszuruhen. Gill brachte ihr eine Erfrischung.

Als es Zeit für den Lunch war, überlegte sie, ob sie Lilian auf ihre Schnüffelei in St. Mary ansprechen sollte, verwarf es dann aber. Sicher gab es einen banalen Grund. Sie musste nicht alles wissen, vor allem nichts Unbedeutendes. Sie brauchte alle ihre Kräfte, um mit den Verwirrungen klarzukommen, die Lilians Besuch auslöste.

In gewisser Weise fühlte Louise sich Königin Catherine verbunden. Sie genoss wie sie das Vertrauen ihres Mannes. Umgekehrt war es bei ihr seit gestern anders. Hatte Peter Lilians Besuch deshalb zugestimmt, damit er sie besser kennenlernen konnte? Er hatte sich sofort an sie erinnert. Allerdings würde das wahrscheinlich jeder Mann tun, wenn er ihr einmal begegnet war. Lilians Charme war einfach zu mitreißend.

Hätte sie Mut, würde sie Peter zur Rede stellen. Es tat so unendlich weh. Die Zweifel an Peter nahmen ihr alle Kraft, versetzten sie in einen Zustand der Betäubung und Leere. Sie sehnte sich danach, einfach abzutauchen in eine eigene unerreichbare Welt. Selbst das Beten fiel ihr schwer. Sah Gott denn nicht, wie schlecht es ihr ging?

Louise verließ ihr Schlafzimmer. Unschlüssig blieb sie am Treppenabgang stehen, doch dann sog sie tief Luft ein und ging nach unten. Sie betrat das Speisezimmer, fest entschlossen, das jetzt durchzustehen. Beecroft und Jacob waren nicht da. Sie nahmen wie üblich das Mittagessen im oberen Wohnbereich beim Kinderzimmer ein. Lord Cherleton, Bradley und seine Freunde saßen am oberen Ende der Tafel, Lilian neben Bradley. Ein freier Platz war noch neben Cartwright, leider genau gegenüber ihrer Cousine. Sie schluckte und atmete tief ein, bevor sie sich setzte.

Während ein Dienstmädchen die Gemüsesuppe verteilte, ergriff ihr Schwiegervater das Wort. „Ist das nicht herrlich?" Er fuchtelte mit den Händen und wies zu den Fenstern. „Nein, nicht nur das Wetter, meine Lieben, sondern die Aussicht, am Samstag auf Sudeley ein großes Fest zu geben." Während die Gäste die Suppe löffelten, fuhr er fort: „Ich bin froh, dass Louise die Organisation in der Hand hat. Wir werden ein volles Haus haben!"

Alle sahen sie an und sie errötete. Sie warf einen Blick zu ihrem Schwiegervater. „Bitte, das ist doch selbstverständlich. Ich durfte von Lady Mary lernen, wie man ein großes Haus führt." Sie war ihr wie eine Mutter gewesen und hatte sie in Entscheidungen mit einbezogen. Auch den Umgang mit Bediensteten hatte sie von ihr gelernt. Sudeley Castle gab vielen Menschen Arbeit, sowohl im Haus als auch auf den Ländereien, die zum Herrenhaus gehörten. Als ihre Schwiegermutter starb, waren viele von ihnen verzweifelt gewesen, da sie sich vertrauensvoll mit ihr verbunden gefühlt hatten.

„Lasst das Essen nicht kalt werden. Mrs O'Donnell hat eine köstliche Apfelsauce zum Rollbraten gemacht", versuchte Louise das Gespräch in eine andere Richtung zu lenken und schob einen Löffel Suppe in den Mund. „Das macht sie sehr selten."

„Hast du Lilian unsere Feigenbäume gezeigt?", fragte ihr Schwiegervater. Sein Besteck lag noch immer unberührt neben dem Teller. Er wandte sich zu einer Dienerin. „Was tischst du den Rollbraten schon auf, obwohl wir noch nicht mit der Vorsuppe fertig sind?"

„Sie ist neu", wisperte Louise, „das lernt sie noch."

Es schien ihm bewusst zu werden, dass sein Teller noch unberührt vor ihm stand. Er begann zu essen. „Und?" Er hielt inne.

Louise schüttelte den Kopf. Bleischwer lag der Streit auf ihrer Seele. In ihrer Enttäuschung über Lilian hatte sie keinen Blick mehr für den wunderbaren Obstgarten gehabt. Sie sah Lilian an, die den Kopf wendete und ein Bild auf der gegenüberliegenden Wand fixierte.

„Du hast ja noch Zeit dazu", erklärte er und sah in die Runde. „Meine Frau hat vor vielen Jahren Schutzwände aus Holz aufstellen lassen, um die jungen Feigenbäume vor kaltem Wind zu schützen und die Wärme der Sonne einzufangen. Jetzt können wir die süßen Früchte jedes Jahr genießen und wenn wir Glück haben, sogar zweimal."

Barrs erstauntes Gesicht brachte Lord Cherleton zum Schmunzeln. „Ja, meinen Sie, das gäbe es nur in südlichen Ländern? Wir verstehen hier mehr vom Gärtnern, als uns zugetraut wird."

Bradley stieß Thurgood mit dem Arm an. „Es wird Zeit, dass wir uns alles genau ansehen."

Die weitere Unterhaltung hörte Louise nur noch wie aus weiter Ferne. Sie musste irgendwie mit Lilian wieder ins Reine kommen. Aber wie? Ihr war die momentane Situation unerträglich. Sie wollte ihren Gästen freundlich begegnen, doch wie sollte sie Unterhaltungen führen angesichts der Uneinigkeit mit Lilian? Jeder würde ihren Schmerz im Gesicht lesen können. Hatte Peter überhaupt bemerkt, dass sie sich innerlich vor ihm verschlossen hatte? Er ließ sie morgens schlafen, wenn er in der Frühe aufstand, wie er es bisher auch getan hatte. Mittags war er nicht immer da, wenn er irgendwo auf dem Anwesen zu tun hatte. Und abends schob sie Müdigkeit vor, um schnell ins Bett zu gehen … nur um dann stundenlang wach zu liegen, zu grübeln oder unruhige Träume zu haben.

„Manche halten ihn für langweilig oder fade. Ich finde, es ist der beste Nachtisch, den die Köchin je zubereitet hat." Die Stimme ihres Schwiegervaters kam immer näher. Sie sah verwirrt auf ihren Teller, auf dem noch immer das Fleischstück inmitten von Apfelstücken schwamm. Diener hatten längst die anderen Teller abgeräumt und warteten, dass sie zu Ende aß, um das Dessert zu servieren.

„Sag mal, Louise, was ist los?" Ihr Schwiegervater griff über den Tisch und tätschelte ihre Hand. „Langsam mache ich mir Sorgen."

Sie gab einem Bediensteten einen Wink, den Teller abzuräumen. Der Duft des Bratens hing noch in der Luft. „Es ist wirklich nichts", log sie und stand auf. „Bitte entschuldigt mich." Sie hörte noch, wie ihr Schwiegervater die Schlichtheit des Rezepts für den Brombeerpudding beschrieb, als habe er sein Lebtag in der Küche verbracht. „Es ist die unerhörte Kombination von Whiskey, Honig und Brombeeren. Auf jeden Fall gehören da noch Orangen rein. Probiert selbst. Er ist unwiderstehlich."

Beim letzten Satz überkam sie plötzlich das Gefühl von Schwärze, bevor es polterte und sie in rettende Arme fiel.

Als sie erwachte, waren die Vorhänge ihres Schlafzimmers zugezogen. Warum lag sie am helllichten Tag im Bett? Warum im Nachtkleid? Sie fühlte ihre Stirn, aber die war nicht heiß. Ein Gedanke an das Mittagessen blitzte auf, danach verlor sie jegliche Erinnerung.

Es klopfte und Gill trat ein. „Ma'am, Doktor Finister ist jetzt da." Sie öffnete die Tür vollständig und der Arzt trat ein.

„Kannst du mir bitte erklären, was das hier soll?"

„Lord Cherleton hat Doktor Finister beauftragt, nach Ihnen zu sehen." Sie schloss die Tür von außen. Der Arzt trat an ihr Bett und stellte seine Tasche auf einen Beistelltisch.

„Mylady, wie geht es Ihnen? Man erzählte mir, Sie seien am Tisch in Ohnmacht gefallen." Er nahm ihre Hand und fühlte ihren Puls.

„Ich kann mich nicht erinnern. Wahrscheinlich habe ich einfach zu wenig gegessen oder mir zu viele Sorgen gemacht." Sie zog die Decke bis zum Kinn hoch. „Ich glaube, die Hitze ist schuld."

„Sie sind sehr blass." Sein intensiver Blick beunruhigte sie. Er räusperte sich, bevor er zur Waschschüssel ging und sich die Hände wusch. „Wenn Sie einverstanden sind, untersuche ich Sie jetzt. Dann wissen wir mehr."

Je eher sie es hinter sich hatte, umso besser. Seit sie Jacob bekommen hatte, war ihr der eigene Körper vertrauter denn je und sie verstand, warum manche Untersuchung notwendig war. Trotzdem empfand sie es als Unannehmlichkeit, der sich die Männer nicht unterziehen mussten. Sie schloss die Augen und nickte.

Der Arzt hüstelte. „Herzlichen Glückwunsch!" Er verschloss seine Arzttasche.

Sie lächelte schief und prüfte ihr Nachtkleid. Bilder ihrer Entbindung tauchten auf. Sie berührte seine Hand. „Wann, meinen Sie, ist es soweit?"

Er lächelte. „Im Winter, ich schätze, Anfang nächsten Jahres werden Sie zu viert sein. Und Ihre Ohnmacht ist nichts Weiteres als ein Kreislaufkollaps gewesen. Sie sollten sich schonen."

Der Vorschlag gefiel ihr gar nicht. „Sie meinen im Bett bleiben?“, fragte sie besorgt.

„Ach was. Nur heute. Ansonsten gehen Sie viel an die frische Luft.“

Sie richtete sich auf. „Wir haben am Samstag ein großes Fest geplant, das wissen Sie. Sie sind ebenfalls eingeladen.“

„Ja, ich weiß. Ich komme gern. Sie müssen mir aber versprechen, nichts zu heben und öfters Pausen einzulegen.“

Sie nickte brav wie ein Kind, dem man als Belohnung eine Süßigkeit versprochen hat. „Ich danke Ihnen, Doktor. Falls Ihnen mein Mann unten begegnet, bitte sagen Sie ihm noch nichts. Das möchte ich gern selbst tun.“

„Wie Sie wünschen.“ Er verabschiedete sich und sah sie freundlich an. „Sie können mich jederzeit rufen lassen, sollten Fragen oder Beschwerden auftreten. Wie Sie wissen, ist eine Schwangerschaft keine Krankheit. Das Unwohlsein ist nichts anderes, als dass sich Ihr Körper an den neuen Zustand gewöhnen muss.“

Bis zum Abendessen blieb sie im Bett. Als sie nach unten ging, fand sie Peter im Salon.

„Liebes“, nahm er sie in die Arme, „was ist los? Doktor Finister hat was von Hitzebeschwerden geredet. Ich mache mir Sorgen um dich.“ Sein Hals duftete nach Lavendel, Zedernholz und Amber, einem Duftwasser, das sie besonders mochte.

Ich auch um dich, hätte sie am liebsten geschrien und sich am allerliebsten aus seinen Armen befreit. Trotzdem ließ sie geschehen, dass er sie festhielt. Wären nicht diese fürchterlichen Zweifel gewesen, sie hätte ihn als den besten Ehemann von allen betitelt. So blieb nur ein fauler Geschmack übrig, der nicht weichen wollte. Noch wollte sie ihr Geheimnis nicht preisgeben. Nicht, bevor die Sache mit Lilian geklärt war.

„Ich habe wahrscheinlich einfach zu wenig getrunken“, versuchte sie, ihn zu beschwichtigen. „Das vergesse ich manchmal. Du weißt, ich bin mit dem Ball ziemlich beschäftigt.“

„Lilian kann dir helfen. Sie hat doch nichts zu tun.“

Sie riss sich aus seinen Armen. „Lilian?“, entsetzte sie sich, „das hätte mir gerade noch gefehlt.“ Sie rannte zur Tür.

Er reagierte gekränkt. „Aber … Warum bist du so komisch?“

Ihr Kummer überwältigte sie. Tränen liefen ihr übers Gesicht. Sie riss die Tür auf.

„Nun warte doch! Louise!“

Sie hielt den Kopf gesenkt und wischte sich über die Augen. Als er auf sie zuging und sie am Arm festhielt, hob sie den Blick. Bei seinen erschrockenen Augen wurde sie ganz unsicher. „Was ist los?“ Sein Gesicht war ganz nah.

„Nichts!“, fuhr sie ihn an. „Und jetzt lass mich in Ruhe. Ich habe Hunger!“

Nach dem Abendessen, bei dem sie beharrlich geschwiegen hatte, gingen die Männer in den Rauchsalon. Allerdings blieben Bradley und seine Freunde nicht lange dort. Sie wollten noch einen Spaziergang machen, verkündeten sie, und Lilian schloss sich ihnen an. Zwar fragte Bradley der Höflichkeit wegen, ob sie mitkommen wolle, doch Louise lehnte mit dem Hinweis auf ihren heutigen Schwächeanfall ab. Stattdessen beschloss sie, nach oben zu gehen. Als sie am Rauchsalon vorbeikam, hörte sie die Stimme ihres Schwiegervaters. Sie klang beunruhigt.

„Ich habe Erkundigungen eingezogen.“

„Über wen?“ Das war Peter.

„Über Lilian. Und ihren angeblich toten Ehemann.“

Lilian? Hugh? Sie blieb stehen und lauschte. Verstohlen sah sie sich um. Sie war allein.

„Warum das? Bitte, Vater, das verstehe ich nicht."

„Ich schenke dir noch einen ein."

Sie hörte, wie Glas klirrte.

„Ich glaube, dass Hugh noch lebt."

„Heiliger Sankt Martin." Der Schrecken war unüberhörbar.

Sie schlug sich auf den Mund, um nicht aufzuschreien. In ihrem Kopf brandete es. Was musste sie auch lauschen! Neugier taugte einfach nichts. Der Gedanke, von Lilian benutzt zu werden, trieb ihr die Tränen in die Augen. Sollte das alles stimmen, wäre es ungeheuerlich. Zutrauen würde sie es ihr, aber wozu? Warum sollte man einen toten Ehemann erfinden? Wer wusste überhaupt davon? Irgendwer hatte es doch bestätigen müssen – oder hatte Lilian es tatsächlich nur erzählt? Tante Rose-Ann, ihr, Peter und ihrem Schwiegervater? Bradley, Cartwright, Barr und Thurgood mussten eingeweiht sein. Ohne sie würde es nicht funktionieren.

Allmählich begann sie zu begreifen, dass sie sich in einem Irrenhaus aufhielt. Sie presste eine Hand an die Brust, mit der anderen stützte sie sich am Türrahmen ab. Das Letzte, was sie jetzt brauchte, war, hier ohnmächtig zu werden. Sie zwang sich, tief einzuatmen und sich zu konzentrieren. In den Zehen kribbelte es bereits. Sie musste den Weg ins Schlafzimmer schaffen. Der heutige Tag war einfach zu viel für sie. Das hatte sie nun davon, dass sie lauschte.

9

„Liebe Tante Rose-Ann!“

Louise saß über das Büttenpapier gebeugt und versuchte nun zum vierten Mal, den Brief zu verfassen. Drei Versuche lagen zerrissen zu einem kleinen Haufen geschichtet und beim jetzigen kam sie erst gar nicht über die Anrede hinaus. Im Geist sah sie ihre Tante den Brief öffnen, seufzen und bedauern, aus Altersgründen nicht mehr nach Sudeley reisen zu können. Doch es war gar nicht ihre Absicht, Tante Rose-Ann einzuladen. Bereits zu ihrer Hochzeit hatte sie sich nicht mehr imstande gefühlt, stundenlang in der Kutsche zu sitzen. Überhaupt war es erstaunlich, dass sie die Kraft gehabt hatte, ein halbes Jahr lang Lilian zu umsorgen.

„Ich hoffe, du konntest dich inzwischen erholen. Lilian, Bradley und seine Freunde sind für ein paar Tage hier auf Sudeley Castle unsere Gäste. Die Männer sind mit Kricketwettkämpfen und Pferderennen beschäftigt, während Lilian sich hoffentlich von ihrer Tragödie erholen kann. Sie ist nicht sehr gesprächig, was ihre Vergangenheit angeht. Ich hoffe, ich trete dir nicht zu nahe, wenn ich dich bitte, mir ein wenig von Lilian und ihrer Zeit bei dir und davor, soweit sie dir bekannt ist, zu berichten …“

Heute war Louise frisch und mutig genug, diesen verwegenen Brief an Tante Rose-Ann zu verfassen. Anders als in den vorangegangenen Nächte hatte sie gut geschlafen, auch wenn die Bemerkung ihres Schwiegervaters sie am Vorabend zutiefst bestürzt hatte. Heute Morgen erschien ihr sein Verdacht jedoch fremd und unglaubwürdig. Wahrscheinlich war er einem Gerücht aufgesessen, wie es nun mal passieren konnte.

Nach dem Frühstück beschloss sie, ihren Vorsatz, den sie beim

Zubettgehen gefasst hatte, umzusetzen. Sie musste unbedingt herausfinden, ob an dem, was ihr Schwiegervater behauptet hatte, etwas dran war. Nicht auszudenken, wenn er dubiosen Berichten glaubte. Es wurde so viel getratscht! Wie schnell waren Halbwahrheiten und Vermutungen zur Wahrheit erhoben – und ein ausgestreutes Gerücht konnte man nicht zurückholen.

Erstaunlich, dass er Erkundigungen eingeholt hatte. Dabei hatte sie immer den Eindruck, dass er den Gästen vollends vertraute und sich bestens mit ihnen verstand. Was hatte ihn veranlasst, an ihrer Ehrenhaftigkeit zu zweifeln? Sollte sie ihn direkt darauf ansprechen? Allerdings könnte das ein schlechtes Licht auf sie selbst werfen. Sie müsste zugeben, gelauscht zu haben. Peter würde ihr gegenüber sicher nichts erwähnen – aus Rücksicht auf ihre Gemütsverfassung.

Während Louise schrieb, kam ihr eine neue Idee. Sie könnte Tante Rose-Ann in Bath besuchen. Am besten ohne Lilian. Aber könnte sie hier weg, während sie Besuch hatte? Es würde schwierig werden, das zu erklären und ohne Lilian zu reisen. Hatte nicht Cartwright erwähnt, er stamme aus Bath? Was für ein Zufall! Doch ob das allein genügte, um Näheres zu erfahren?

Was war mit Mr Jones? Er war zum Ball eingeladen. Sie musste lächeln. Was für eine Eingebung! Natürlich, dann konnte sie ihn fragen, ob er eine Idee hätte, wie sie das herausfinden könnte. Außerdem könnte sie einen Besuch bei Elfreda machen, ihrer Freundin aus dem Dorf. Ein Gespräch würde vielleicht helfen, ihre wirren Gedanken zu sortieren. Als Ehefrau des Zuckergroßhändlers Luke Nicols konnte sie sicherlich ihre Bedenken verstehen.

Lilian nahm einen neuen Bogen, schrieb ein paar Zeilen an Elfreda, versiegelte das Schreiben und packte ihre Schreibutensilien weg. Auf ihr Läuten erschien Gill, der sie den Brief übergab. „Archie soll ihn gleich wegbringen."

Als sie nach unten ging, kam ihr Peter entgegen. „Louise", freute er sich und wollte sie küssen, doch sie wich zurück. „Was ist? Bist du krank?"

Sie öffnete leicht panisch den Mund. „Ich? Nein. Wie kommst du darauf?"

Er griff nach ihrer Hand und zog sie an sich. „Ich mache mir Sorgen." Seine vertraute Wärme verwirrte sie. Warum wühlte es sie so auf? Wie schön könnte das Leben sein, wäre da nicht dieses Misstrauen. Sie würde sich nicht klaglos in das Schicksal einer betrogenen Ehefrau fügen.

„Ich auch." Sie löste sich von seiner Hand und ließ ihn stehen, um in die Küche zu gehen. Mrs O'Donnell brauchte noch ein paar Anweisungen für das Fest. Sie hörte noch, wie Peter nach ihr rief. Aber wenn sie gehofft hatte, ihr ginge es jetzt besser, täuschte sie sich. Sie war alles andere als erleichtert und fragte sich im Stillen, was sie denn jetzt wirklich tun sollte. Großer Gott, betete sie, ich habe alles nur noch schlimmer gemacht. Bitte, bitte hilf mir.

Später bat ihr Schwiegervater sie, noch vor dem Abendessen in die Bibliothek zu kommen. Das war völlig unüblich, doch sein leicht gereizter Tonfall ließ sie aufmerken. Sie nahm den Fünf-Uhr-Tee allein ein, denn Lilian hatte sich entschuldigen lassen. Danach ging sie in die Bibliothek. Als sie die Tür hinter sich geschlossen hatte, erschrak sie. Neben ihrem Schwiegervater stand Peter mit dem gleichen Gesichtsausdruck, den sein Vater vorhin aufgesetzt hatte. Wollten sie ihr etwa schonend beibringen, was sie bereits wusste? War Lilian deshalb unabkömmlich zum Tee gewesen?

„Komm, setz dich." Peter führte sie zu einem bequemen Sessel.

„Ich kann sehr wohl gut stehen."

„Bitte." Es klang wie ein Befehl. Sie gehorchte und sah von einem zum anderen. Lord Cherleton ließ sich ihr gegenüber nieder, Peter setzte sich ihr zur Rechten auf eine Armlehne.

Peter ergriff das Wort. Sein Gesicht war erhitzt. „Vater hat bezüglich Lilian Erkundigungen eingeholt. Bitte, Louise, reg dich nicht auf. Das ist wirklich nicht seine Art."

Es ging um Lilian, nicht um sie. Ihr fiel ein Stein vom Herzen. Allerdings nur ein kleiner, denn sie hatte sich töricht benommen. Diese Unterhaltung hier verwirrte sie, hatte es doch dergleichen noch nie gegeben.

Peter sah seinen Vater an. „Willst du berichten?"

Lord Cherleton blickte nachdenklich drein. Sein Kinn bebte, etwas, das sie noch nie an ihm gesehen hatte. „Es ist das erste Mal, dass ich überhaupt so etwas veranlasst habe, bitte glaube mir, Louise. Dazu noch unter Verwandten. Doch beim Pferderennen in Cheltenham ist etwas vorgefallen, das mich stutzig machte." Er sah sie mit traurigen Augen an. „Es betrifft Lilian. Zuerst Lilian." Er räusperte sich. „Sie muss die Pferdeknechte und den Stallbesitzer derart abgelenkt haben, dass dessen Pferde plötzlich eine merkwürdige Krankheit hatten und nur mit Mühe und Not das Ziel erreichten. Eines seiner Pferde konnte überhaupt nicht starten."

„Das kann ich nicht glauben. Wie soll sie das gemacht haben? Sie hat doch keine Ahnung von Pferden." Sie sah ihren Schwiegervater an, in dessen Gesicht die Falten um die Mundwinkel heute besonders tief eingegraben waren. Gewöhnlich machte er seinem Missfallen Luft, um sich gleich darauf wieder gut gelaunt einer anderen Sache zu widmen. Heute war das anders. Er wirkte plötzlich grau.

„Nicht, dass ich diese Rennen verdamme, sind doch die Züchter selbst daran schuld … Aber da muss etwas Folgenschweres passiert sein." Seine Stimme hob sich und beschwor seinen Kampfgeist herauf. „Peter hat Thurgood bei dem Züchter gesehen, dessen Pferde dann in ihrer Leistung massiv einbrachen."

Sie hob den Kopf. „Peter, andere Kaufinteressenten sehen sich doch auch die Tiere genauer an.“ Sie machte keinen Hehl daraus, dass für sie diese Geschichte an den Haaren herbeigezogen war. Mochte Lilian mit allen Wassern gewaschen sein, was Männer betraf. Aber Pferde am Laufen hindern?

Er suchte nach Worten. „Richtig. Sie hat auch nichts gemacht. Nichts an den Pferden.“

Louise schluckte. Glaubte sie denn im Ernst, er würde ihr Täuschung oder Heuchelei unterstellen? Seine Beobachtungen gründeten einzig darauf, dass er am liebsten in ihrer Nähe gewesen wäre statt der Pferdebesitzer.

„Ihr Benehmen war alles andere als damenhaft“, wandte ihr Schwiegervater ein und seufzte tief. „Das hat mich gekränkt. Gast in unserem Haus sein und sich nicht schicklich verhalten ist katastrophal.“ Er straffte die Schultern und breitete die Arme weit aus. „Ihr wisst, ich habe einen alten Freund in Küstennähe wohnen. Den habe ich um ein paar Informationen gebeten. Die Antwort ließ nicht lange auf sich warten. Er hat sich umgehört.“

Er griff nach einem Brief, der auf dem Tisch lag. „Hier heißt es“, er schwenkte den Bogen vor ihren Augen, „Hugh Wilkinson sei nicht gestorben, sondern zum Militär gegangen. Nicht aus Vaterlandsliebe, nein, sondern wegen seiner Schulden. Keiner weiß, wo er zurzeit kämpft. Und Lilian hat dann herausgefunden, dass sie vollends mittellos sind. Aus Wut hat sie ihn für sich als gestorben erklärt und ihren Wunsch als Tatsache gesehen.“ Der letzte Satz klang verächtlich.

Das war schlimmer als gedacht. Louise wollte ihm gern glauben, dass das alles wahr war. Ihre Augenlider flatterten. Übelkeit stieg in ihr hoch und zum ersten Mal hätte sie sich fast übergeben. Sie schlug die Hand vor den Mund und rutschte auf die Stuhlkante, um notfalls gleich aufspringen zu können.

„Und um nicht im Armenhaus zu enden, hat sie sich erst bei

Tante Rose-Ann eingeschlichen und ist jetzt hier aufgetaucht", stellte Louise verstört fest. Sie sah zum Fenster hinaus. Die Dämmerung kündete sich mit leuchtend roten Streifen der untergegangenen Sonne an.

„Sie weiß nichts von Vaters Erkundigungen. Bitte behalte es für dich." Peter griff nach ihrer Hand und diesmal ließ sie es geschehen.

„Was soll nun werden?", fragte sie. Ihr Kopf dröhnte. Hugh lebte noch. In den Krieg gezogen, um sich seiner Verantwortung zu Hause zu entziehen. Ließ seine Frau mittellos zurück, ohne sich Gedanken zu machen, was aus ihr würde. Was hatte das Leben mit ihm gemacht? Oder er mit dem Leben? Sie drehte an ihrem Ring mit dem Aquamarin, der im tanzenden Licht einer Öllampe leuchtete.

Lord Cherleton sah sie grimmig an. So hatte sie ihn noch nie erlebt. Er musste richtig zornig sein. „Ich werde sie bitten, abzureisen."

„Das kannst du nicht tun!" Peter schüttelte den Kopf. „Nein, lass mal. Wir feiern eine rauschende Ballnacht und danach werden sie alle abfahren."

„Ich bin kein Schauspieler. Wie soll das gehen?"

„Behalte einfach Contenance. Das, was du und Mutter uns von klein auf beigebracht habt."

Eine Weile schwiegen sie, bis in der Halle Stimmen erklangen. Es war Zeit, ins Speisezimmer zu gehen. In Gedanken versunken fuhr sich Louise über den Bauch. Hunger machte sich breit. Oder war es Übelkeit? Langsam fiel es ihr schwer zu unterscheiden, warum ihr Magen rebellierte.

„Vertrau mir." Peter sprach mit ruhiger Stimme. Wenn alles so leicht wäre, wie ihm noch zu vertrauen. Nein, sie konnte ihm keine hehren Ziele unterstellen. Er hatte sich im Spinnennetz verfangen.

„Wir wollen sie im Unklaren lassen?“ Lord Cherleton hatte sein Lächeln wiedergefunden. Er hob die Hände. „Du machst Scherze.“

„Ja.“

Draußen vor den Fenstern hörte sie Pferdegetrappel und Befehle. Die Geräusche verloren sich. Jemand war vom Ausritt zurückgekehrt. Aus den Augenwinkeln sah sie zu Peter. Er wollte sie noch hierbehalten. Warum? Galt es einzig, die Form zu wahren?

Allmählich stieg ihr das Blut in die Wangen. Mit diesem Wissen zu leben, würde ihr sämtliche Kraft rauben. Was für eine Atmosphäre würde jetzt im Haus herrschen? Würde sich etwas ändern? Könnte sie tatsächlich darüber schweigen und so tun, als sei alles in Ordnung? Sie verdrehte die Augen und spöttelte in Gedanken. Um seinen Ruf zu wahren!? Warum stellte er Ehrgeiz über sein Gewissen? Während er schwieg, fragte sie sich, ob er sie immer noch unwiderstehlich fand nach dieser Offenbarung. „Bist du dir sicher, dass deine Entscheidung richtig ist?“

Am nächsten Vormittag kam ein Brief von Elfreda. Sie lud Louise zum Tee ein. Aber was sollte sie mit Lilian machen? Sie konnte sie unmöglich mitnehmen. Nach dem Mittagessen kam ihr der Zufall in Gestalt von Gill zu Hilfe. Sie wies Lilian auf einen Riss in ihrem Ballkleid hin, worauf Lilian erblasste. „Wie konnte das passieren?“, fuhr sie das Mädchen an, das zusammenzuckte. „Du hast es beim Auspacken zerrissen.“

Gill rang nach Worten. „Mylady, sie haben selbst darauf bestanden, es aus dem Koffer zu nehmen. Kann die Schneiderin im Dorf es nicht reparieren?“

Lilian runzelte die Stirn. „Für ein neues Kleid ist es zu spät.“

„Ich kann dich begleiten“, freute sich Louise über Gills Vorschlag. „Während du bei der Schneiderin bist, besuche ich eine

Freundin." So konnte sie sicher sein, in Ruhe mit Elfreda zu reden.

Der überraschende Vorschlag schien Lilian zu besänftigen. „Gut. Es ist mir sowieso zu weit geworden. Sie soll es gleich ändern. So machen wir's."

Winchcombe lag nur eine gute Meile von Sudeley Castle entfernt. Eigentlich hätten sie auch zu Fuß gehen können, es wäre ein schöner Spaziergang geworden. Sie verwarf die Idee angesichts ihres schwankenden Kreislaufs. Zudem war es draußen ziemlich warm und sie befürchtete, dass es sie zu sehr anstrengen würde. Am frühen Nachmittag stiegen sie gemeinsam in die Kutsche.

Die Fahrt verlief schweigend. Lilian blickte teilnahmslos auf die Landschaft. Als sie in die Gloucester Street einbogen, wies Louise in östliche Richtung. „Dort hinten liegt Hailes Abbey, eine uralte Abtei. Doch viel interessanter ist die kleine Kirche, die dazugehört."

Schon bei dem Wort Kirche stöhnte Lilian auf. Louise sah sie von der Seite an. Wie konnte man derart unhöflich sein? Dann brauchte sie auch nichts von Belas Knap, einer alten Grabstätte oben auf einem der Hügel ein paar Meilen südlich, zu erzählen. Von dort oben hatte man zudem einen fantastischen Blick übers Land.

„Man muss sich ja nicht für Geschichte interessieren", versuchte sie ihre Cousine zu beschwichtigen, „doch es gibt eine Besonderheit, nein, gleich zwei. Wandmalereien aus vergangenen Zeiten, wunderbar erhalten. Die andere ist ein kleiner Schatz. Dort wird nämlich das Altartuch von Catherine von Aragon aufbewahrt."

Es dauerte nicht mal drei Sekunden, bis Lilian auffuhr. „Der Königin?"

„Ja." Warum war diese Tatsache plötzlich interessant?

„Erzähl mir mehr davon!"

Sie hob die Schultern. „Später. Sieh es dir an, wenn du Zeit hast. Aber jetzt sind wir da, hier wohnt Mrs Rushley, die Schneiderin. In zwei Stunden komme ich wieder vorbei. Ich denke, das wird reichen."

Der Kutscher zog die Zügel straff an. Mit einem Ruck blieb die Kutsche stehen. Lilian warf ihr einen enttäuschten Blick zu, bevor sie ausstieg. Das Haus von Elfreda befand sich eine Straße weiter, gleich an der belebten Hailes Street. Louise genoss den Blick auf die Steinhäuser, die die Straße nahtlos säumten, unterbrochen von einzelnen Bauten aus Fachwerk. Ein schöner Kontrast zu den sandfarbenen Gebäuden. Elfredas Mann hatte seinen Großhandel an die vielbefahrene Straße verlegt. Dort war sein Geschäft leicht zu finden. Noch vor ein paar Jahren verkaufte er von einer Scheune am Dorfrand aus, doch als die Firma gut lief, hatte er ein Haus an der Hailes Street erworben. Er erhoffte sich dadurch weitere Kunden, die mehr oder minder zufällig vorbeikamen.

Elfreda hatte bereits den Tisch gedeckt. Sie wusste, wie sehr Louise ihre *Black and Whites* liebte. Nirgendwo schmeckte das Gebäck süßer und weicher. Sie besaß einen unerschütterlichen Glauben, was ihr in ihrer Kinderlosigkeit Halt gab, dazu die erstaunliche Gabe, auch in den verzwicktesten Angelegenheiten eine Lösung zu finden. Hier konnte Louise aussprechen, was sie bewegte. Sie wusste, dass es bei Elfreda gut aufgehoben war. Ihre Freundin würde niemals ausplaudern, was ihr anvertraut wurde. Umgekehrt natürlich auch.

Louise nahm ihren Hut ab und setzte sich. Nachdem sie Tee getrunken und Kuchen gegessen hatten, hakte Elfreda nach. „Du hast was auf dem Herzen, stimmt's? In deinem Brief stand nichts Genaues, aber eben darin konnte ich erkennen, dass du ein Problem hast." Sie lächelte und sah Louise mit ihren blauen Augen prüfend an.

Elfredas schmales, ebenmäßiges Gesicht mit einer Haut wie Porzellan musste Luke begeistert haben, dass er sich damals sofort in sie verliebte. Ihre Mutter stammte aus adligem Haus aus der Nähe von Ilminster und hatte sich einst in einen Geschäftsmann verliebt, womit sie ihre Adelstitel verlor. Genau wie ihre Mutter legte Elfreda jedoch mehr Wert auf Herzenshaltung, die sie bei Luke fand. Sein Geschäft führte er mehr als erfolgreich, was Elfreda ein sorgloses Leben bescherte. Seit vier Jahren waren sie verheiratet und ein Kind war der einzige Wunsch, der bisher unerfüllt blieb. Doch Elfreda war zuversichtlich. „Schließlich hat Sara ihrem Abraham auch erst in hohem Alter einen Erben geschenkt", tröstete sie sich.

Als Louise ihr von Lilians Besuch und ihrer eigenen Schwangerschaft erzählt hatte, blieb Elfreda still sitzen. Für einen Moment flog ein Schatten über ihr Gesicht. Dann ergriff sie Louises Hände. „Ich freue mich aufrichtig für dich, du hast ja lange auf ein Geschwisterchen für Jacob gewartet." Sie dachte kurz nach. „Was du von deiner Cousine und Bradley erzählt hast, ist eine heikle Geschichte. Ich würde ihnen gegenüber erst mal nichts erwähnen. Um die Frage nach Hugh zu klären und herauszufinden, ob die Informationen über ihn tatsächlich stimmen, kann ich meinen Mann bitten, Erkundigungen einzuholen … natürlich, ohne ihm den wahren Grund zu nennen. Er ist geschäftlich viel unterwegs und hat oft in Bristol zu tun. Wie du weißt, ist das ein Umschlagplatz für Zucker. Es wird ihm ein Leichtes sein, Auskünfte zu Hugh Wilkinson zu bekommen. Er kennt sehr viele Leute, die wiederum andere kennen. Was meinst du?"

Louise überlegte. Bristol lag nicht weit von Bath. Nein, selbst würde sie nicht dorthin reisen können. Das war zu gefährlich und auch unangebracht. „Ja, eine wirklich gute Idee! Bitte schweig, auch wenn dein Mann Näheres wissen möchte. Es ist zu heikel."

„Übrigens, kennst du den alten Brauch, was man mit bösen Frauen und Hexen macht?“

Louise riss die Augen auf. Diese Seite kannte sie noch gar nicht an ihrer Freundin. Sie kniff die Lippen zusammen, um nicht loszuprusten und schüttelte den Kopf.

„Der Überlieferung nach hat man sie einfach in den Dorfteich geworfen.“

„Du meine Güte!“ Beide lachten.

Louise hatte eine Idee. „Meinst du, wir könnten zusammen zu Tante Rose-Ann fahren? Ihr einen Besuch abstatten?“

Elfreda schmunzelte. „So kenne ich dich: praktisch veranlagt und doch immer zielbewusst, stimmt's? Von mir aus gern. Du musst nur sagen, wann.“

Beim Abschied umarmte Louise ihre Freundin. „Ich melde mich bald. Was ich immer noch nicht an der ganzen Geschichte verstehe: Was hat Thurgood bei den Pferden gemacht?“

„Ich kann es mir denken. Cartwright ist doch der Sohn des Apothekers in Bath, oder? Na, nun zähl mal zwei und zwei zusammen.“ Sie legte den Zeigefinger an die Lippen. „Hast du Zeit, morgen mit mir den Jahrmarkt hier zu besuchen? Dann wäre ich nicht so allein.“

„Gern. Ich hab mich schon gewundert, warum überall so viele Leute sind. Dann lernst du Lilian kennen, falls sie mitmöchte.“

Lilian fand lobende Worte für die Schneiderin. „Ich bin überrascht, dass sie den Riss tadellos ausgebessert hat, er ist gar nicht mehr zu sehen. Durch die Aufregung der letzten Monate ist mir das Kleid zu weit geworden. Jetzt sitzt es wieder perfekt. Und ich dachte, gute Schneiderinnen gäbe es nur in London.“ Sie tupfte sich den Schweiß von der Stirn. Ihr kleiner Hut warf keinen Schatten und die tief stehende Nachmittagssonne schien ihr voll ins Gesicht.

Louise lächelte. Als ob es nur in der Hauptstadt wahre Künstler gäbe. Hier auf dem Land standen die Frauen ihnen in Sachen Fingerfertigkeit in nichts nach. Der neueste Schrei, wen interessierte das hier? Was modern war, sollten die Londoner ruhig bestimmen. Wie elegant oder mondän man auf einem Ball hier aussah, das wurde in Magazinen oder Unterhaltungen weitergegeben. Es war nicht allzu schwer, solche Kleider nachzuarbeiten.

10

Der Himmel war wolkenverhangen und die Luft fühlte sich drückend und stickig an. Möglichweise gab es heute noch ein Gewitter. Lilian stand unschlüssig am Kleiderschrank. Eigentlich brauchte sie gar nicht überlegen. Dunkel, ja am besten schwarz musste es sein, wenn es nach Louise ginge. Wie gern würde sie zum Ball das rote Kleid anziehen mit dem Spitzengürtel und dem Tüll am Rock. Seufzend hängte sie es wieder zurück. Heute ging es zum Jahrmarkt und da musste das dunkelblaue Tageskleid reichen. Wehe, wenn Louise wieder etwas zur Farbe sagte!

Sie verzog das Gesicht. Sie hatte das Spiel begonnen und nun musste sie es zu Ende spielen. Dass in ihrer Kehle ein scheußlicher Geschmack hochstieg – auch schon bei ganz banalen Dingen wie dem Aussuchen der Kleidung –, damit hatte sie nicht gerechnet. Zum ersten Mal wünschte sie sich, ihr Leben wäre anders verlaufen.

Die Schranktür knarzte beim Schließen. Nein, schalt sie sich, nur keinen tief greifenden Gedanken nachhängen. Das machte es auch nicht besser. Sie klingelte nach Gill, die ins Zimmer huschte und ihr schweigsam das Korsett schnürte, bevor sie ihr ins Kleid half.

Seit sie die Bemerkung mit dem kaputten Stoff gemacht hatte, war Gill verstummt. Ein dummes Ding! War beleidigt, nur weil ihr etwas rausgerutscht war. Wen kümmerte es? Wären die anderen Dienerinnen auch so geschickt wie Gill, hätte sie eine andere verlangt. Leider konnte es keine mit ihr aufnehmen.

Als Lilian die Halle betrat, wartete Louise bereits auf sie. „Zurück wird er uns mit der geschlossenen Kutsche abholen“, versicherte sie und wies auf die offen stehende Tür. Draußen stand der Kutscher mit dem Landauer. „Heute ist ein merkwürdiges Wetter, findest du nicht? Ich befürchte, dass es noch regnet. Zur Not können wir ja bei Elfreda unterkommen.“

Die Fahrt verlief schweigend. Bradley, William, Richard und Graham hatten eigentlich zu einem weiteren Kricketspiel gewollt, aber Richard war überraschend erkrankt. Nichts Ernstes, hatte Bradley ihr versichert, und da das Turnier ausnahmsweise nicht nur am Sonntag, sondern über zwei Tage ging, war er voller Zuversicht, dass sie morgen gemeinsam starten konnten. Lilian sollte dann wieder mitkommen. Heute würde er mit William und Graham teilnehmen. Das war vielleicht besser so. Kein Mensch würde irgendwelche Zusammenhänge erkennen, wenn morgen Richard wieder auf den Beinen war und das Turnier für sich entschied. Zwei Tage hintereinander mit einer Glückssträhne gaben dem einen oder anderen zu denken.

Lilian war überrascht, wie viele Stände und Händler es im Dorf gab. Es war natürlich nicht mit London oder Bath zu vergleichen. Wie könnte es auch! Sie schüttelte sich innerlich. Hier waren die Straßen eng, eingepfercht zwischen schiefen Häusern mit dunklen Balken und Gebäuden aus Sandstein, die sich beängstigend nah aneinanderreihten.

Zwischen Eier- und Gemüsehändlern, Korbflechtern und Stempelschneidern jonglierten zwei junge Männer mit Bällen. Ein zerlumpter alter Mann ließ sein Äffchen, das er an einer Kette hielt, allerlei alberne Dinge tun. Kinder standen im Kreis um ihn herum und lachten, wenn das Tier sie an den Zöpfen zog oder ihnen ein Stück Apfel aus der Hand riss.

Louise lief in Gedanken versunken die Straße entlang, als eine junge Frau auf sie zutrat. „Hey", lachte sie und umarmte Louise, „ich habe euch schon gesucht." Sie begrüßte Lilian und stellte sich vor. „Ich bin Elfreda Nicols." Sie wies mit der Hand nach hinten. „Habt ihr schon den Guckkasten gesehen? Es muss was Besonderes zu sehen sein, da ist der reinste Menschenauflauf."

Sie hakte sich bei Louise unter und gemeinsam schlenderten sie die Straße entlang, ohne sich um den Staub an ihren Schuhen zu kümmern. „Seid ihr jemals in der Vineyard Street gewesen?", plauderte Elfreda und sah Lilian mit ihren strahlenden himmelblauen Augen an. „Nein? Dann holen wir das später nach, falls ihr nicht zu müde seid." Sie lachte wieder, dass die kleine Feder an ihrem Hut hin und her hüpfte. „Glaubst du nicht? Hier wurde mal Wein angebaut. Ist aber schon lange her."

Sah man ihr am Gesicht an, wie wenig sie darüber wusste und dass sie am liebsten widersprechen würde? So ein unsinniges Zeug. Das war was für Louise. Ein Wunder, dass sie das nicht gesagt hatte. Heute tat ihre Cousine, als sei alles in Ordnung zwischen ihnen. Lilian verdrehte die Augen. Diese falsche Schlange. Sie musste ja unbedingt alles rauskramen, was in ihrem vorigen Leben passiert war. Wie konnte sie sich nur so in ihr täuschen. Und alles nur, weil Peter freundlich zu ihr war. Sie grinste vor sich hin. Das tat er bestimmt nicht ohne Grund.

Elfreda zog Lilian am Ärmel und holte sie aus ihren Gedanken mitten ins Geschehen, wo es nach Ausdünstungen von Menschen und Tieren roch. Sie deutete auf einen schwarzen Mann, der auf einem Bierfass stand. Er war merkwürdig gekrümmt und sein Kopf hing schief, als ob er an der Schulter angewachsen sei. Sonnenstrahlen brachen sich in den Schweißperlen auf seiner Stirn. Er machte merkwürdige Bewegungen mit seinem Gesicht, um die Fliege auf seiner Nase zu vertreiben. Seine Hände waren gebunden, was es ihm unmöglich machte, sich zu kratzen.

„Schrecklich, Menschen so auszustellen!“ Louise machte ein angewidertes Gesicht. „Ich dachte, der Sklavenhandel wäre 1807 verboten worden“, wunderte sie sich.

„Womöglich ist das ein Überbleibsel aus Bristol“, entgegnete Elfreda und fixierte einen dicken grinsenden Mann, der mit einem Hut herumging. Er blieb vor ihr stehen und hielt ihn ihr unter die Nase. „Na? Kein Mitleid?“ Sein Atem roch faulig.

„Was macht er hier?“

„Fragst du das im Ernst?“, fuhr er sie an. „Wir beide haben ein Geschäft“, spöttelte er und grinste, dass seine Tränensäcke unter den Augen hervorquollen. „Sieht man das nicht?“

Sie schluckte und zögerte, bevor sie in ihren Pompadour griff und eine Münze in den Hut warf. Zufrieden bleckte er seine Zahnstummel und schlenderte weiter.

„Leider hat das Verbot die Zuckerpreise in die Höhe getrieben“, meinte Elfreda. „Luke spürt die Auswirkungen, da das Fehlen der Sklaven auf den Zuckerrohrplantagen zu immensen Kosten führt. Die Kolonien, besonders in Westindien, Trinidad und Tobago und die vielen anderen, wie sie auch alle heißen, haben unser Land zu einer führenden Handelsmacht in der Welt gemacht. Was hat man sich dabei gedacht? Das Gesetz kostet unser Land viel Geld und wirtschaftlichen Einfluss.“ Sie schüttelte den Kopf. „Du magst doch auch Zucker in deinen Tee rühren, oder?“

Louise sah sie von der Seite an und Lilian spürte ihre Verwirrung. „Natürlich, aber doch nicht, indem ich Menschen versklave."

Elfreda bemühte sich, den Vorwurf zu entkräften. „Wir leben alle ganz gut davon, oder?" Sie hakte sich bei ihr unter.

Hilfesuchend sah Louise sie an. „Aber in vielen Teilen des British Empire ist die Sklaverei immer noch erlaubt. Elfreda, du bist meine beste Freundin, aber ich bin trotzdem nicht immer deiner Meinung. Und was unser Land im Moment erlebt, ist die Folge des Sklavenhandels."

„Beruhige dich, das Gesetz wird ja eingehalten. Aber was Jahrhunderte gang und gäbe ist, kann nicht in ein, zwei Jahren gänzlich verändert werden. Nicht, wenn der Wohlstand ganzer Länder gefährdet ist."

„Du siehst das Halten von Sklaven als eine von Gott gegebene Ordnung?" Sie schüttelte verwundert den Kopf.

„Warum nicht? Sogar in vielen Kirchen wird das gepredigt."

Lilian spürte förmlich, wie Louise sich versteifte. „Es gibt aber auch Christen, die eine Bewegung ins Leben gerufen haben, um die Sklaverei verbieten zu lassen", presste Louise hervor. „Mir geht es hier nicht um Schuldzuweisung, auch nicht um die Frage, welche christliche Kirche gegen den Sklavenhandel tätig geworden ist, sondern um etwas Grundsätzliches." Louise blieb stehen und ließ den Arm von Elfreda los. Sie wirkte aufgeregt. „Kennst du Newtons Lied *Amazing Grace?*"

Als Elfreda sich ein Nicken abrang und die Lippen zusammenpresste, empörte sich Louise: „Das hat er aus tiefster Überzeugung geschrieben. Er fühlte sich nicht geliebt. Nicht von der Stiefmutter und auch nicht von der Kriegsmarine, in die er gewaltsam eingezogen wurde. Er geriet in große Not auf dem Meer. Seine ganze Schuld, die Misshandlung von Sklavinnen, die Gewalt, die er ausübte, weil er sie selbst erfahren hatte, sie wurde ihm da bewusst ..."

„Ist ja gut", fiel ihr Elfreda ins Wort und stemmte die Hände in die Hüften. „Wir sind doch hier, um uns zu vergnügen."

„Ich bin noch nicht ganz fertig", erklärte Louise und hob eine Braue. „Gott redete zu ihm, dem ehemaligen Sklavenhändler. Und Newton ließ sich von ihm finden. Seitdem hatte er Frieden mit Gott."

„Ich kenne das Lied." Es sollte leicht klingen, aber Lilian bemerkte Elfredas verhärtetes Gesicht. Eine Meinung, eine Lebenseinstellung ließ sich nicht von wenigen Sätzen einer Freundin verändern.

Bevor sie weitergingen, warf Lilian noch aufgewühlt einen Blick auf den Mann. Sein melancholisches Gesicht verfolgte sie. Gleich darauf blieben sie bei einem Guckkasten stehen.

„Kommt zum Raritätenkasten!", dröhnte es von der Seite in ihr Ohr. „Hier sehen Sie, was Sie noch nie gesehen haben!", rief der Guckkästner und wies mit einer Handbewegung auf ein Gestell, auf dem ein Holzkasten mit einem Guckloch thronte. Kinder hüpften herum, in der Hoffnung, ohne zu zahlen einen Blick hineinwerfen zu können. Während Louise sich ein Bild von London ansah, bemerkte Lilian einen jungen Mann, der ganz in ihrer Nähe stand. Es war ein Diener von Sudeley Castle. Als sich ihre Blicke trafen, trat er nah an sie heran.

„Was machst du hier?" Sie hob kühn den Blick. Was erlaubte er sich, näherzukommen.

„Ich habe meinen freien halben Tag", erwiderte er. „Ich bin noch ganz fasziniert von dem Bild da." Er zeigte auf den Guckkasten. „Es ist sein Geld wert. Ich komme ja doch nicht in die Hauptstadt oder sonst wo hin."

Lilian lächelte, was er zum Anlass nahm, weiterzureden. „Gestern waren die Männer auch hier", plauderte er weiter und sah sie abwartend an.

„Welche Männer?"

„Na, Ihr Bruder und die anderen."

Als sie nichts sagte, fuhr er fort: „Sie haben sich lange mit dem Guckkästner unterhalten. Ich hab das Gespräch mitgekriegt. Der Guckkästner hat ihn beschimpft, hat ihn einen Dreckskerl genannt." Seine Augen blitzten prahlerisch auf. „Es ging um das Rennen von …"

Den Rest des Satzes bekam sie nicht mehr mit. Im selben Augenblick hörte Lilian, wie Elfreda aufschrie und auf Louise wies, die zu Boden gesunken war. Sie ließ den Diener stehen und beugte sich über Louise. „Hat jemand Riechsalz?", rief sie.

Elfreda griff sich an den Kopf und schrie um Hilfe. Innerhalb weniger Sekunden waren sie von einer Menschentraube umgeben.

„Platz da!", drängte sich der Diener vor und hob Louise auf. Sie hing wie ein Püppchen in seinen kräftigen Armen. „Ich bringe sie zur Kutsche, wenn Sie mir sagen, wo sie steht." Louise schlug die Augen auf und sah verwirrt drein.

Elfreda nannte den Platz gleich hinter der Postkutschenstation. Ein Marktweib hielt einen feuchten Lappen in der Hand und tupfte Louise über die Stirn.

Inzwischen konnte sie sogar wieder lächeln. „Bitte macht euch keine Sorgen um mich. Es ist nichts. Nur eine kleine Schwäche." Sie stellte sich hin und hielt sich noch am Arm des Dieners fest.

„Bei der Schwüle kein Wunder", meinte Elfreda. „Ich finde, du solltest zuerst etwas bei mir trinken. Einverstanden?"

Wenig später saßen sie zu dritt bei einer Erfrischung und Gebäck in Elfredas Salon. Der Diener hatte sie bis dahin begleitet und nur weil Louise darauf bestand, ging er zurück zum Markt. Lilian nahm wenig von der Unterhaltung wahr. Sie beschäftigte sich mehr mit dem, was der Diener ihr hatte sagen wollen. Leider waren sie ja unterbrochen worden.

Sie nippte an ihrem Getränk. Dann verspürte sie ein dringendes Bedürfnis und verließ den Raum. Als sie zurückkehrte, war die Zimmertür nur angelehnt. Sie konnte jedes Wort, das gesprochen wurde, verstehen. Das Gespräch von Elfreda und Louise drehte sich jetzt um Tante Rose-Ann. Es hörte sich an, als planten sie einen Besuch. Warum? Seit wann interessierte sich Louise für die Alte? In dem halben Jahr, als sie bei ihr gewohnt hatte, war nicht ein einziger Brief von Louise gekommen. Warum wollten sie ausgerechnet jetzt zu ihr? Und was war mit ihr? Der Gedanke beunruhigte sie mehr, als sie sich eingestehen wollte. Was hatte der Diener mitbekommen? Sie wusste noch nicht mal, wie er hieß. Seinem Gesicht nach zu urteilen war es mehr als sonderbar gewesen. Sie musste wissen, was hier vorging. Entschlossen betrat sie den Salon.

„Ich möchte gern nochmals zum Markt", fing sie an und rechnete damit, dass Louise wieder auf Anstand und Begleitung pochte, doch sie lächelte und nickte. „Findest du wieder zurück?"

Lilian beteuerte, nichts sei leichter als das, und hob die Hand. „In einer Stunde bin ich zurück."

Sie hoffte, den Diener zu finden. Sicher war das in Sudeley Castle einfacher, aber dort würden ihre Fragen bestimmt von mehr Leuten belauscht, als ihr lieb war. Wüsste sie doch nur seinen Namen!

Die Straßen mit den Marktständen hatten sich gefüllt. Mit Mühe zwängte sich Lilian an Bäuerinnen und Hausfrauen vorbei, wäre fast über den kleinen Karren eines Kindes gestolpert und ignorierte die anzüglichen Blicke einiger Männer, denen sie gefährlich nah kam. An anderen Tagen hätte sie es genossen, aber heute war es anders.

„... im Herzen sind sie nicht rechtschaffen. Denn Gott, so sagt die Heilige Schrift, widersteht den Hochmütigen, aber den Demütigen gibt er Gnade."

Die Stimme eines Mannes prallte an ihr Ohr. Er schrie, dass es fast wehtat. Lilian wandte den Kopf zur Seite und ihre Blicke trafen sich. Der Mann in einem abgewetzten Rock und gräulichen Hemd ragte über die Menge hinaus, vermutlich stand er auf einem Schemel oder Holzklotz. Seine Stimme klang fast zornig, als er weitersprach, ohne die Augen von ihr abzuwenden.

„Jona verachtete den Befehl Gottes. Aber wer denkt, unser allmächtiger Herr sorge sich nicht um uns Menschen, dem hält die Bibel einen Spiegel vor. Jona erlebte einen Fisch von innen und selbst das Wunder eines Rizinusbaumes konnte ihn nicht davon überzeugen, dass unser Herrgott eine ganze Stadt voller Sünder wegen eines einzigen gerechten Mannes vor seinem Zorn verschonte …"

Lilian blieb stehen. Das war einer jener berüchtigten Erweckungsprediger, die durchs Land zogen und an jeder möglichen und unmöglichen Stelle predigten. Sie schaute ihn immer noch an, doch er rief seine mahnende Predigt jetzt in die andere Richtung. Kaum älter als sie selbst, stand er da, mit fester Stimme und einer Gewissheit, die sie beunruhigte.

„Leute hört, Gott benutzt einen Wurm als Lehrstunde für seinen Mann Jona. Den Mann, den er in den stinkenden, dunklen Bauch eines großen Fisches steckt, um ihn zum Retter einer großen Stadt zu machen. Gott möchte den Menschen seine Gnade zeigen. Der halsstarrige Jona …"

Lilian seufzte. Gottes Gnade … Warum hörte sie jedes Mal, wenn sie im Gottesdienst war, die gleichen Gedanken? Gnade. Gott. Barmherzigkeit. In den letzten Wochen in Bath und nun hier ging es in einem fort um Gnade. Die Bibel bestand doch aus mehr Geschichten … Sie fühlte sich innerlich aufgewühlt. Die Erinnerung an früher drückte wie eine schwere Bürde. Tante und Onkel Mattok in Wales. Sie beteten immerzu und machten sich lächerlich. Doch irgendetwas hatten sie, was ihr fremd war. War es Frieden? Ihr Vater hatte es als Schwärmerei und ihre Mutter als Abgründe des Temperamentes bezeichnet. Das geistliche Leben ihrer Familie beschränkte sich auf Pflichtbesuche in der Kirche. Dieser Mann hier folgte jedoch seinem Gewissen. Sie bewunderte ihn insgeheim, dass er seine Überzeugung lebte, so wie sie ihre. Das bedeutete noch lange nicht, dass sie seine Lehren gut fand, wohl aber seine Lebenshaltung. Geld verdiente er wohl kaum, wahrscheinlich wurde er sogar öfters fortgejagt und musste sehen, wie er satt wurde und ein Bett für die Nacht fand.

Während sie dastand und über sich und ihn sinnierte, erschien eine vertraute Silhouette hinter dem Prediger. Der Diener! Die Stimme des Missionars verflüchtigte sich zu einem Hauch, als sei er weggegangen. Eilig raffte Lilian ihren Rock und drängte sich alles andere als damenhaft zwischen den Leuten durch.

„Langsam, langsam, Lady!", flüsterte ihr jemand ins Ohr und hob ihren Kopf am Kinn hoch. Sie nahm sich keine Zeit, ihn zu schelten, sondern schüttelte den Mann ab und gelangte an die Stelle, an der sie den Diener ausgemacht hatte. Er war weg. Enttäuscht sah sie sich um. Allerdings bezweifelte sie, dass er bereits auf dem Heimweg war. Es war noch Nachmittag und wie sie die Dienerschaft kannte, nutzte sie jede Möglichkeit, sich in der Freizeit abzulenken und zu vergnügen. Ein Jahrmarkt war dazu wie geschaffen. Sie musste ihn finden!

Doch solange sie auch verzweifelt nach ihm suchte – sie konnte ihn nirgends entdecken. Womöglich war er in eine Gastwirtschaft eingekehrt. Dort konnte sie unmöglich hineingehen. Verzagt ließ sie den Kopf sinken. Mit ihrer behandschuhten Hand fuhr sie sich über die Augen. Sie versuchte sich an sein Gesicht zu erinnern, aber auch da war sie sich nicht mehr ganz sicher. Als einziger Trost blieb ihr die Aussicht, dass sie ihm zufällig auf Sudeley Castle begegnen konnte.

Wenige Minuten später klopfte sie atemlos an Elfredas Haustür. Als Elfreda öffnete, sie prüfend ansah und nach ihren Einkäufen fragte, blieb Lilian die Antwort schuldig. Sollte sie doch denken, was sie wollte!

11

Die Vorbereitungen für den Ball waren am Samstagnachmittag bis auf wenige Kleinigkeiten abgeschlossen. Das Hauspersonal dekorierte noch unter Louises Aufsicht die Halle und schmückte den großen Salon mit Blumen. Sie hatte sich in der Küche bei Mrs O'Donnell und ihren Küchenmägden persönlich überzeugt, dass Pasteten, Kuchen und mit Delikatessen belegte Toasts in ausreichender Anzahl vorhanden waren.

Bradley, Barr, Thurgood und Cartwright standen im Salon beisammen und fachsimpelten über Kricketschläger. „Holz auf Leder", riefen sie im Chor, klatschten sich die Hände und lachten laut, während Louise kurz hereinkam, um letzte Inspektionen im Saal und am Büfett vorzunehmen. Heute fühlte sie sich seit Tagen erstmals wieder voller Kraft und die Kreislaufbeschwerden waren verschwunden. Noch bei Elfreda hatte sie ihr und Lilian das Versprechen abgerungen, niemandem etwas von ihrem Schwächeanfall zu sagen.

Louise wartete bereits in der Halle auf die ersten Gäste, als ihr Schwiegervater und ihr Mann elegant gekleidet die Treppe herunterkamen. Meist war es umgekehrt und sie selbst erschien als Letzte in ihrer Festkleidung.

„Wie schön du bist!“, sagte Peter und sah sie mit leuchtenden Augen an. Ihr Kleid, das sie sich extra für diesen Abend hatte umändern lassen, war aus altweißer Seide gefertigt. Den vormals taupefarbenen Besatz hatte die Schneiderin durch eine dunkelblaue Bordüre mit doppeltem Mäandermuster ersetzt, die Ausschnitt, Saum und Ärmel einfasste. Auf Louises Wunsch hin waren die Längsnähte ebenfalls mit einer schmalen Bordüre verziert. „Du siehst aus wie eine Königin.“ Peter griff nach ihrer Hand und hauchte einen Kuss darauf.

Für den Bruchteil einer Sekunde genoss sie das Kompliment. Aber dann rief sie sich ins Gedächtnis, dass er das sicher gleich auch zu Lilian sagen würde. Sollte er sich seine Komplimente doch an sein elegant gebundenes Tuch schnüren! Im Eingangsbereich hörte sie Stimmen. Sie entzog ihm die Hand, die er noch immer festhielt. Mit einem Nicken drehte sie sich weg, um die Ankömmlinge zu begrüßen.

Innerhalb kurzer Zeit füllte sich das Haus. Der Zeremonienmeister stand im Eingang zum großen Salon und verkündete laut die Namen der Gäste. Louise, die neben ihm und Peter wartete, war das eine große Hilfe, hatte sie doch viele der Geladenen lange nicht mehr gesehen.

„Stuart!“ Peter klopfte Reverend Eltringham auf die Schulter. Beide Männer pflegten ebenso wie Lord Cherleton ein freundschaftliches Verhältnis. „Heute hast du die Gelegenheit, Verwandte meiner Frau kennenzulernen.“ Er lachte gelöst, ebenso wie der Reverend, und wies auf die Besucher. „Du wirst entzückt sein.“

Neben den zahlreichen Ladies und Lords war auch Caspar Jones der Einladung gefolgt. Der Friedensrichter nahm mit seiner Frau am vorderen Teil der Tafel Platz. Wenig später bestand der Salon aus einem einzigen Stimmengewirr, das über den festlich gekleideten Damen und Herren schwebte. Lord Cherletons Rede kam bei den Gästen gut an. Es machte ihm Spaß, das spürte Louise, und er hob mit einem launigen Spruch die Vorzüge seines Sohnes samt Schwiegertochter hervor, die es ihm leicht machten, den Abend zu genießen.

Die Musiker spielten eine Scotch Reel auf und dann eröffneten Louise und Peter den Ball. Frauen und Männer standen sich in zwei langen Reihen gegenüber und zugleich begannen die Paare sich in genau einstudierten Schrittfolgen, ähnlich einer Achterfigur, im Saal auf und ab zu bewegen. Louise spürte, wie sich alle Anspannung der vergangenen Tage verflüchtigte. Sie fühlte sich plötzlich federleicht. Entgegen der allgemeinen Sitte folgte auf ihren Wunsch der Cotillon, der normalerweise gegen Ende eines Balles getanzt wurde. Sie liebte diesen Gesellschaftstanz und genoss die Figuren und die Melodie, die in ihrem Innern ein lange verborgenes Verlangen nach Tanzen weckte. Wie aus dem Nichts war plötzlich Bradley an ihrer Seite, der für ein paar Schrittfolgen ihr Tanzpartner war. Sie ignorierte seinen eindringlichen Blick. Er bewegte sich leichtfüßig, was sie ihm gar nicht zugetraut hätte.

„Welch ein Wagnis", zog er sie auf, „einen Schlusstanz in die Mitte des Abends zu platzieren." Er lachte gekünstelt. „Fehlt nur noch ein Walzer. Dann hast du alle gegen dich aufgebracht."

Sie funkelte ihn zornig an. „Was willst du eigentlich? Du hast …" Den Rest des Satzes würgte sie herunter, weil Bradley jetzt mit einer anderen Dame und sie mit einem anderen Herrn die Schrittfolgen einer Figur tanzten. Am liebsten hätte sie ihm noch an den Kopf geworfen, dass es ihr egal sei, ob ein Lord Byron sich über den Walzer mokiert habe oder nicht. Wenn er ihr gefalle, müsse das Orchester ihn spielen, selbst wenn dieser neumodische Rhythmus noch so verpönt sei.

Wenig später führten die Tanzschritte Peter wieder zu ihr. Ihr Herz klopfte und sie hoffte, dass er nichts von ihrem Gespräch mit Bradley mitbekommen hatte. Er sah sie mit hochgezogenen Brauen an.

„Mir ist heiß“, log sie, „ich glaube, wir lassen die Fenster öffnen.“

„Wie du willst, Liebes.“

Der Saal war sehr voll. Louise bemerkte, dass nicht nur die Damen erhitzte Gesichter hatten. Die prickelnde Stimmung und das eine oder andere alkoholische Getränk ließen auch die Wangen vieler Männer erglühen. Wenn sie nicht gerade tanzten, standen sie in Grüppchen beisammen oder debattierten trotz der Musik an den Tischen.

Der Cotillon dauerte noch eine Weile, bis er beendet war. Sie ließ sich vom Friedensrichter, der die letzte Figur mit ihr getanzt hatte und ihr den Arm bot, zurück an den Tisch bringen.

„Ihre Verwandten fühlen sich wohl auf Sudeley Castle“, bemerkte er und sah sie aufmerksam an. Louise wich seinem Blick aus. Stattdessen beobachtete sie Mrs Jones, die einem Herrn auf die Tanzfläche folgte, um den angesagten Comicow Fellow zu tanzen.

Sie errötete, als seien ihre Gedanken sichtbar. „Nun, mein Cousin Bradley möchte Kricketturniere spielen und verbindet dies mit der Möglichkeit, Pferde zu kaufen.“

„Aha.“ Er straffte sich. „Er ist ein vielbeschäftigter Mann.“

Sie lächelte verbindlich. „Unser Haus ist groß. Und ob nun Bradley und seine Schwester Lilian oder noch ein paar Freunde mehr hier wohnen – was macht das schon?“

Sein Blick wanderte zur Tanzfläche. „Wo sind denn seine Freunde? Ich habe sie seit geraumer Zeit nicht mehr gesehen.“

„In diesem Gewusel ist das kein Wunder.“ Es sollte leicht klingen, aber sie fürchtete, dass Jones recht hatte. Seit dem Cotillon, und das war ein endlos langer Tanz, war sie ihnen nicht mehr begegnet. Nur Bradley war bis eben noch auf dem Parkett zu sehen gewesen. Und Lilian? Sie konnte sie nirgends entdecken. Wahrscheinlich hatte ein Verehrer sie in Beschlag genommen.

Er machte den Mund auf, als wolle er etwas sagen, schwieg jedoch. In diesem Moment trat Peter an den Tisch und hob lachend die Hände. „Ich bin überrascht, dass man hier nicht merkt, dass ich die Fenster habe öffnen lassen." Er beugte sich zu ihr und raunte ihr zu: „Louise, du hast ja einen ganz roten Kopf!"

Das hätte er nun wirklich nicht sagen müssen. Noch tiefere Röte überzog ihr Gesicht. „Mir … mir ist immer noch heiß", stotterte sie und stand auf. „Ich gehe mal nach draußen."

„Möchtest du, dass ich dich begleite?"

„Nicht nötig. Ich bin gleich zurück."

Er nickte ihr aufmunternd zu und wandte sich an Jones. „Dann werde ich währenddessen meine Aufgabe als Gastgeber wahrnehmen, und die reizende Cousine meiner Frau um einen Tanz bitten."

Louise hatte den Satz noch gehört. Er traf sie mitten ins Herz und sie beeilte sich, aus dem Saal zu kommen. Ohne nach rechts und links zu sehen, durchquerte sie die Halle, in der Gäste zusammenstanden, lachten und plauderten. Sie öffnete eine Seitentür, die nicht von den Gästen genutzt wurde, und trat in den Garten. Dunkelheit hatte sich über das Land gebreitet und die kühle Abendluft streifte ihre Schultern.

War sie vorhin noch der Meinung gewesen, der Ball bringe ihr Zerstreuung, so musste sie ihre Einschätzung jetzt ändern. Die Liebenswürdigkeit ihres Mannes ihr gegenüber war doch nichts als reine Höflichkeit gewesen. Peter hatte Floskeln gesprochen, um sich mit Lilian zu amüsieren. Louise stellte sich vor, wie er sie mit leuchtenden Augen um einen Tanz bat, den sie ihm bereitwillig gestattete. Sie und Hugh waren ja damals einander versprochen gewesen und dieses Band, wenn auch zerschnitten, war einmal ein Band der Zuneigung und Versprechen gewesen. Lilian war eine falsche Schlange! Sie würde Peter umgarnen, ihn reizen und aus der Fassung bringen. Genau wie damals bei Hugh. Louise schluckte und unterdrückte aufsteigende Tränen. Konnte denn Gott nicht einfach mal eingreifen – oder der Zufall – und ihr Lilian vom Hals oder besser gesagt aus dem Haus schaffen?

Während sich Louise ihrem Selbstmitleid hingab, schweifte ihr Blick in die Ferne. Besser gesagt, er fiel auf die Kapelle St. Mary, die in einem Teil des Gartengeländes stand. Die Mauern des Gotteshauses lagen in vollständiger Finsternis. Lediglich die vielen Schornsteine und Türmchen auf dem Dach und der Glockenturm fingen das matte Mondlicht auf und schimmerten silbrig im Nachthimmel. Im Vergleich zur Kirche im Dorf war St. Mary verhältnismäßig groß, wahrscheinlich kaum kleiner als St. Peter.

Der Wind war aufgefrischt. Louise rieb sich die nackten Arme. Hätte sie sich doch ein Tuch um die Schultern gelegt. Plötzlich meinte sie, ein Licht in der Kirche zu erkennen. Warum flackerte es hinter einem der Seitenfenster? Spiegelte sich der Mond? Nein, der Mond war jetzt vollständig von Wolken verdeckt. Kam es aus dem Inneren der Kapelle? Sie kniff die Augen zusammen, als könne sie sich damit besser ans Dunkel gewöhnen. Da, jetzt wieder! Was war das? Hinter den hohen, gotischen Fenstern schien ab und zu etwas aufzuleuchten.

Jetzt war wieder alles finster. Ob sie sich das nur eingebildet hatte? Sollte irgendwer der Gäste das Bedürfnis nach einer Andacht verspürt haben? Aber wurde die Kirchentür nicht abends abgeschlossen? Sie wusste es nicht. Der Reverend konnte auch nicht in der Kirche sein, sie hatte ihn eben noch auf der Tanzfläche gesehen. Wenn er hier entlanggegangen wäre, hätte sie es bemerkt.

Louise lauschte in die Stille, die ab und zu von Gelächter unterbrochen wurde. Die Musik war verstummt. Sicher stürmten die Gäste jetzt zu den bereitstehenden Köstlichkeiten und plünderten das Büfett. Louise lächelte bei dem Gedanken. Ein paar junge Mädchen aus der Grafschaft waren heute ebenfalls zu Gast. Tanzen machte hungrig und was gab es Schöneres, als mit einem Punsch in der Hand sich von einem Verehrer ein Sandwich reichen zu lassen. Auf diese Weise hatte sich schon manches Paar gefunden, wenn aus harmlosem Geplauder eine Verabredung wurde.

Da – wieder ein leichtes Leuchten hinter den Fenstern ... Es musste jemand in St. Mary sein! Sollte sie einen Diener bitten nachzusehen? Nein, sie würde damit nur die heitere Atmosphäre im Haus stören. Sie konnte auch selbst nach dem Rechten sehen!

Als sie den Weg entlangging, knirschte der Kies unter ihren Schuhen. Ihr Herz klopfte laut. Richtig wohl war ihr nicht bei der Sache. Aber warum sollte sie sich fürchten? Einen Moment lang blieb sie stehen. Es rauschte in ihren Ohren, als stünde sie am Meer.

St. Mary war von uralten Eichen und gestutzten Gehölzen umgeben. Der Wind raschelte in den Blättern, es schien ihr wie ein Flüstern zwischen den Bäumen. Sie zuckte zusammen: Da war ein Geräusch neben ihr! Die Arme fest an den Oberkörper gepresst, drehte sie den Kopf zum Gebüsch. Ein Gesicht schob sich durch die Blätter. Ein Schattenriss, nur wenig größer als sie. Unverkennbar die tief liegenden Augen, aufgerissen, die kleine Nase zwischen den kantigen Wangenknochen. Alles schmaler, als sie es in Erinnerung hatte.

„Aaah ..." Ihr Schrei gellte durch die Nacht. Im selben Augenblick war das Gesicht verschwunden. Nur die Blätter rauschten immer noch. Sie raffte ihr Kleid zusammen und rannte zu St. Mary.

Die Kirchentür war geschlossen. Sie zitterte am ganzen Körper. War sie durchgedreht, dass sie Hughs Gesicht im Schatten der Bäume zu sehen glaubte? Für einen Moment schloss sie die Augen und holte tief Luft. Allen Mut zusammennehmend, drückte sie den Griff herunter. Zaghaft zog sie an der Tür. Diese gab nach und schwang mit einem Quietschen auf.

Allmächtiger Gott, betete sie im Stillen, *steh mir bei!* Die Angst, die sie erfasst hatte, presste sich wie eine Würgeschlange um sie. Noch immer dröhnte ihr Pulsschlag bis unter die Haarwurzeln. Sie blieb in der Tür stehen und starrte in das dunkle Kirchenschiff. Was hatte ihr Hirn nur für wirre Gespinste entfacht und Panik in ihr ausgelöst, dass sie diesen vertrauten Raum mit Angst in Verbindung brachte? Sie seufzte und trat einen Schritt vor.

In dem Moment, als sie das Licht kurz vor dem Chorraum entdeckte, fiel die Tür krachend ins Schloss. Sie erschrak dermaßen, dass sie wieder aufschrie, als sei der Leibhaftige hinter ihr. Dann stand sie da, umgeben von Stille und einem kleinen flackernden Licht an der gegenüberliegenden Seite. Sie wagte nicht, sich zu bewegen. Was ging hier vor sich? War es auch ein Trugbild? Was hatte das Licht da zu suchen?

Vielleicht spielte ihr Kopf verrückt? Ihre Gedanken verhöhnten sie. Angst, das hatte sie mal gelesen, konnte Illusionen auslösen, Bilder, die sich präsentierten, als seien sie echt.

„Ist da jemand?" Ihre Stimme klang seltsam fremd. Die Frage hallte bis in den hintersten Winkel, doch niemand antwortete.

Wie lange sie da gestanden hatte, wusste sie nicht. Sie musste herausfinden, was da vorn los war. Geräuschlos schlich sie an den Bänken vorbei, immer einen Blick nach rechts und links werfend, als lauere im Gestühl eine Gefahr. Sie wagte kaum zu atmen. Ob ihr das Gesicht wieder auflauerte? Sie griff nach einem Pfeiler. Er war kalt und fremd. Vorsichtig spähte sie dahinter. Niemand war da.

Alles hier war vertraut und trotzdem seltsam fremd … dieser

Raum, der nicht nur für die Abendandacht, sondern auch für das Morgengebet genutzt wurde. In dieser Kirche hatte sie Peter am Tag ihrer Hochzeit Treue und Gehorsam gelobt und ebenso hatte Jacob hier die Taufe empfangen. Für Familie und Dienerschaft gleichermaßen war St. Mary ein Ort der Stille und des Gebets. Gemeinsam lauschten sie hier sonntags den Predigten von Reverend Eltringham. Doch jetzt, in der Schwärze der Nacht, fand sie den Raum einfach nur unheimlich.

Je weiter sie zum Chor kam, umso mehr war sie überzeugt, dass sie einem Irrtum aufgesessen war. Jemand hatte vielleicht am Abend noch ein Gebet gesprochen und sich eine Lampe oder Kerze mitgebracht, die er dann vergessen hatte. Ein ganz banaler Grund. Nur noch wenige Meter trennten sie vom Altar. Alles sah aus wie immer. Von links nach rechts trennten kunstvoll geschnitzte Holzornamente das Kirchenschiff vom Chor, die in der Dunkelheit jedoch gespenstisch wirkten.

Auf dem Altar stand die Kerze am üblichen Platz, das goldene Kreuz ebenfalls. Die dicke Bibel lag aufgeschlagen, als habe der Reverend eben erst die Predigt beendet. Auf dem Boden nahe der Wand brannte eine weitere Kerze, die durch einen Luftzug immer wieder flackerte. Louise schluckte und drehte sich um. Die Stille bedrückte sie zwar, aber zum Glück war sie allein.

Die Anspannung wollte gerade von ihr abfallen, da blickte sie zur Seite. Links an der Wand befand sich der Sarkophag von Königin Catherine Parr, der letzten Gattin des berüchtigten Königs Henry VIII. In dieser Kirche, weit ab von London, hatte sie ihre letzte Ruhestätte gefunden. Seit fast dreihundert Jahren lag sie nun schon hier begraben und niemand nahm mehr Notiz von dem Sarkophag aus hellgrauem Marmor. Äußerlich war er schlicht gehalten, aber am Rand stilvoll verziert.

Catharine Parr war jung gestorben, und wenn Louise sich richtig erinnerte, war sie nur sechsunddreißig Jahre alt geworden. Das Kindbettfieber suchte auch adlige Frauen heim, ja sogar Königinnen. Dieses Schicksal verband alle Frauen, ob reich, ob arm, die ein Kind bekamen. Ob sie die Geburt und das Wochenbett überlebten, wusste einzig der Himmel.

Louise zog die Stirn in Falten. Irgendetwas sah verändert aus. Aber was? Richtig: Der Steindeckel war beschädigt. Sie nahm allen Mut zusammen, trat noch näher heran und beugte sich über das Marmorgrab. Das war ja widerwärtig! Im Deckel klaffte ein Loch, als habe es jemand auf die Gebeine der Königin abgesehen.

Ihre helle Stimme gellte durch die Nacht, bevor ihre Beine nachgaben.

„Ihre Ladyschaft! Was tun Sie hier?"

Louise blinzelte und starrte auf die Petroleumlampe, die dicht vor ihr Gesicht gehalten wurde.

„Ich hab Sie überall gesucht!"

„Gill?" Louise ignorierte den Vorwurf und versucht sich zu erinnern, warum sie auf dem feuchtkalten Boden der Kirche kauerte. Sie griff nach der Hand der Dienerin und ließ sich aufhelfen. Langsam kehrte die Erinnerung zurück. Ihr Kreislauf schien wieder mal instabil geworden zu sein. „War … war ich lange weg?"

„Ich weiß nicht. Ihr Mann hat Sie vermisst und mich gebeten nachzusehen, wo Sie sind. Fragen Sie nicht, in wie viele Zimmer ich geguckt habe." Sie kicherte, als habe sie dabei eine kuriose Entdeckung gemacht, und stellte die Lampe hin. „Es muss eine Eingebung gewesen sein. Wer sucht schon nachts in einer Kirche nach Vermissten?"

„Gill!" Sie rang nach Worten. „Wir müssen seiner Lordschaft Bescheid geben. Ohne Aufsehen, hörst du? Hier ist eingebrochen worden!"

Die Dienerin nahm Louises Arm und schob sie zu einer Kirchenbank. „Eingebrochen? Die Tür ging doch auf!"

Louise setzte sich und malte sich aus, wie verdutzt Gill, deren Gesicht nur schattenhaft erkennbar war, jetzt dreinsah. Trotz allem musste sie lächeln. „Der Sarkophag, weißt du."

Als Gill nur ein merkwürdiges Seufzen von sich gab, wusste sie, dass sie nichts begriff. „Wir gehen jetzt wieder zurück ins Haus. Ich bleibe in der Halle und du holst Friedensrichter Jones und meinen Mann. Es muss ja nicht jeder mitkriegen, was hier passiert ist. Ich werde es ihnen selbst sagen."

„Du bleibst hier!" Peter warf ihr einen aufmunternden und zugleich besorgten Blick zu, als sie ihren Bericht beendet hatte. „Jones und ich werden uns selbst ein Bild von dem Grabfrevel machen und dann entscheiden, was zu tun ist."

Wenig später saß Louise brav neben Mrs Jones im Saal. Sie war von kräftiger Gestalt, hatte einen gebräunten Teint und schwarzes Haar, das sie streng zurückgekämmt trug. Wie immer, wenn sie ihr begegnete, war sie gut gelaunt. Jetzt plauderte sie über die neuesten Stoffe, die im Dorfladen zu finden seien. Die Jones' waren kinderlos. Mrs Jones schien ihr Schicksal mit Würde zu tragen. Niemals jammerte sie, sondern kümmerte sich mit der Mutter des Reverends um arme Familien und organisierte jährlich einen Wohltätigkeitsbasar. Lady Mary hatte sie bis zu ihrem Tod dabei unterstützt. Louise hatte danach ihre Hilfe angeboten, doch sie hatten gemeint, wenn sie in ihren Kreisen dafür werben würde, sei es Unterstützung genug.

Louise nickte hin und wieder, als lausche sie gebannt den Schilderungen über Modejournale, in denen auch für Puppenmütter Schnittbogen zu finden waren.

„Ich nähe den Mädchen Kleider und ihren Puppen das Gleiche." Mrs Jones lachte, wobei ihre Wangengrübchen deutlich sichtbar wurden. „Ich kann Ihnen gar nicht sagen, was das für Verwirrungen in den Familien stiftet. Die meisten Mütter reagieren mit Unverständnis, aber ich finde, ein Kind soll glücklich sein. Und wenn ein Mädchen keine Puppe besitzt, was ja meist leider so ist, dann kriegt es von mir eine. Wissen Sie …“

Glücklicherweise saß Louise so, dass sie sowohl die Gäste als auch den Eingang zum Ballsaal im Blick hatte. Wo war Lilian? Bradley schien jetzt ebenfalls weg zu sein. Ganz abgesehen von Cartwright, Barr und Thurgood. Wahrscheinlich amüsierten sie sich auf der Terrasse mit weiblichen Gästen. Louise nippte an ihrer Erfrischung und ließ Mrs Jones reden. Wenn sie lachte, stimmte sie mit ein, ohne richtig zuzuhören. Ihr war immer noch leicht schwindlig. Sie hatte Peter verschwiegen, dass ihr Kreislauf wieder Probleme machte. In den nächsten Tagen würde sie doch noch mal den Arzt herbitten müssen. Wahrscheinlich war es an der Zeit, Peter einzuweihen.

Ihre Gedanken kreisten um den aufgebrochenen Sarg. Immer wieder blickte sie zur Tür. Die beiden Männer machten es wirklich spannend. Oder sie hatten bereits eine einfache Erklärung gefunden, weshalb der Deckel kaputt gegangen war.

Nach einer gefühlten Ewigkeit kamen Peter und Jones wieder in den Ballsaal. Jones hatte ein gleichmütiges Gesicht aufgesetzt. Aber das war sein Markenzeichen; er ließ sich niemals anmerken, was er gesehen oder gehört hatte. Bei Peter war das anders. Seine Ohren glühten regelrecht und die Augen wanderten ruhelos umher. Also war es doch nicht so harmlos, wie es Jones' Gesicht glauben machte.

„Morgen bei Tagesanbruch“, Peter beugte sich zu ihr herab, „noch vor der Morgenandacht sehen wir uns die Kirche genau an, Mr Jones und ich.“ Als sie den Kopf drehte und ihn fragend ansah, flüsterte er weiter: „Das Licht, weißt du. Außerdem möchte ich alles, nur keinen Tumult!“

12

Als Louise am nächsten Morgen erwachte, war sie allein im Zimmer. Langsam kehrte die Erinnerung an den Ball zurück. Das Erlebnis in der Kirche kam ihr vor wie ein schlechter Traum. Hatte sie übertrieben reagiert? Dann fiel ihr ein, dass Peter und der Friedensrichter ihre Entdeckung bestätigt hatten.

Sie schwang die Beine aus dem Bett und beeilte sich mit der Morgentoilette. Es gelang ihr nicht, die aufsteigende Übelkeit zu ignorieren. In ihrem Nacken spürte sie zunehmend Hitze, aber sie schaffte es nicht mehr, das Fenster aufzureißen. Nach Luft schnappend suchte sie verzweifelt nach einem Gefäß. In letzter Sekunde erwischte sie eine Schale, in die sie sich übergab. Dieser widerliche Geschmack in ihrem Mund! Sie wusste nicht, ob sie sich wirklich freuen konnte.

Das kleine Wesen, das in ihr heranwuchs, konnte ja nichts für ihre schlimmen Gedanken. Auf der einen Seite war sie endlich schwanger – andererseits schlugen ihre Gedanken Kapriolen. Sie fühlte sich hin- und hergerissen zwischen Entrüstung über ihren Mann und Zorn auf ihre affige Cousine. Hatte sie damals mit Peter wirklich die richtige Wahl getroffen? Warum hatte sie sich aus Höflichkeit und Entgegenkommen beeinflussen lassen, ihrer Cousine Gastfreundschaft anzubieten?

Wenig später half ihr eine Dienerin ins Kleid. Dem fragenden Blick der jungen Frau begegnete sie mit hochgezogenen Brauen und gab ihr zu verstehen, dass sie über das Gesehene schweigen solle. Hoffentlich kapierte sie, dass sie nicht gleich unten im Dienstbotenzimmer alles ausplaudern durfte, wenn sie ihre Stelle nicht riskieren wollte.

Als Louise die Treppe hinunterging, griff sie nach dem Geländer. Wer wusste schon, ob nicht gerade jetzt der Taumel wiederkehrte? Doch nichts geschah; ihr Kreislauf hatte sich offenbar stabilisiert. Geräusche und Stimmen drangen aus dem großen Saal. Dort schienen die Aufräumarbeiten in vollem Gang zu sein. Sie trat ins Speisezimmer und bemerkte, wie ein paar Dienerinnen abrupt ihr Getuschel unterbrachen, als sie im Türrahmen erschien. Louise tat, als habe sie es nicht gesehen. Sie nahm Platz und ließ sich Tee einschenken.

„Hat Lilian bereits gefrühstückt?", fragte sie.

„Lady Wilkinson ist noch in ihrem Zimmer", erklärte ein Hausmädchen. „Soll ich nachsehen?"

„Natürlich nicht." Sie biss in eine Toastscheibe und lächelte angestrengt. Draußen vor dem Fenster bewegten sich die Zweige des mächtigen Ahornbaums sanft hin und her. Es versprach ein warmer, sonniger Tag zu werden. „Ist das nicht ein herrlicher Morgen?"

„Ja", meinte die Dienerin und legte den Kopf schief. „Seine Lordschaft ist mit dem Friedensrichter und dem Reverend weggegangen. Sie waren ziemlich aufgeregt."

„Sie werden ihren Grund haben", entgegnete Louise knapp und entschied, noch nichts von ihrer Entdeckung zu erzählen. Die Dienerschaft würde es wie immer viel schneller erfahren, als ihr lieb war.

Nach dem Frühstück ging Louise hinüber zur Kirche St. Mary. Als sie die Tür öffnete, erblickte sie die drei Männer im Chorraum. Sie unterbrachen ihre Diskussion und schauten in ihre Richtung. Jones bedeutete ihr mit einer Handbewegung, näherzutreten.

„Grabschändung", fuhr der Friedensrichter nach der Begrüßung fort. „Genau genommen Störung der Totenruhe! Aber warum? Und was hat er gesucht?“ Seine Stimme donnerte bis in die hintersten Winkel des Gotteshauses.

„Er?“, fragte Peter und legte Louise den Arm um die Schulter. „Wir wissen noch nicht, ob es ein oder mehrere Männer waren.“ Er sah sie besorgt an. „Ich will mir nicht ausmalen, was passiert wäre, wenn du sie überrascht hättest.“

Sie nickte und erwiderte seinen Blick ernst. „Gibt es schon einen Verdächtigen?“ Kurzzeitig genoss sie seine Nähe. Er war wie ein guter Freund, konnte gut zuhören und hatte etwas Sanftes in seinem Wesen, das sie immer wieder aufs Neue anrührte. Dann fiel ihr wieder ihre Cousine Lilian ein und sie machte sich steif. Glaubte er tatsächlich, sie habe seine Bemerkung gestern nicht gehört? Sie hob das Kinn und kniff den Mund zusammen.

Peters Blick lag noch immer auf ihr. „Hübsches Kleid“, raunte er ihr zu und wandte den Kopf. Louise griff sich verlegen an den geflochtenen Haarknoten, den das Mädchen ihr am Hinterkopf festgesteckt hatte. Was war denn nur los mit ihrem Mann? Hatte er ein schlechtes Gewissen?

„Von den elegant ausstaffierten Gästen wird es wohl niemand gewesen sein. Mit einem schmutzigen Rock wäre man sicherlich sofort aufgefallen.“ Reverend Eltringham hatte eine stattliche Statur und mit seinem dunklen Bart eine sehr männliche Ausstrahlung. Manchmal fragte sich Louise, warum er noch keine Frau gefunden hatte. Er besaß markante Wangenknochen und für einen Mann fast sinnliche Lippen. „Und viel Kraft war notwendig. Ein Jüngling scheidet ebenso als Täter aus.“

Jones sah sich prüfend um. „Was suchte er im Sarg? Reverend, was meinen Sie?“

„Sie haben ihn ja eben genauestens inspiziert.“

„Mmh“, Jones kratzte sich am Kopf. „Wie sah es damals mit Grabbeigaben aus?“

„Königin Catherine Parr ist meines Wissens 1648 gestorben. Noch im Kindbett.“ Der Reverend schüttelte den Kopf und warf die Hände hoch. „Nein. Da war Henry VIII. schon tot und sie bereits Ehefrau von Seymour. Da hatte man andere Sorgen, als Gold und Juwelen beizulegen. Man war ja nicht im alten Ägypten.“ In seinen Augen blitzte es für einen Augenblick schelmisch auf. Dann wurde er wieder ernst. „Es gab ja auch Jahre zuvor einen Streit mit Jane Seymour, der Ehefrau des Lord Protectors wegen Juwelen, den Catherine verlor. Überliefert ist, dass sie sich rührend um Henrys Kinder aus vorangegangenen Ehen gekümmert hat. Grabbeigaben würden nicht zu ihrem Wesen passen. Wir hatten ja damals Bürgerkrieg.“

„Sind Sie sicher? Nicht doch ein paar Schmuckstücke?“ Diese Frau hatte vier Sprachen beherrscht und sich durch ihr gütiges Wesen ins Gedächtnis der nachfolgenden Generation eingeprägt. Jane Seymour war einst ihre Hofdame gewesen, doch das war durch die Auseinandersetzung bedeutungslos geworden. Eine Freundschaft konnte fragil sein. Selbst Familien zerbrachen, wenn Streit nicht beigelegt wurde, dachte Louise.

Der Reverend schüttelte den Kopf. „Das hätte man gewusst. So etwas bleibt nicht verborgen, jedenfalls nicht bei Regenten.“

„Und sie war auch nur ein Mensch“, meinte Peter. Sein Blick wanderte an den Wänden entlang. „Es gab das Gerücht, ihr Mann habe sie vergiftet.“

Eltringham zuckte die Schultern. „Ein Gerücht eben. Ihr Lebensmotto hatte sie in einem Satz beschrieben: „To be useful in all that I do.“

„In allem, was ich tue, nützlich zu sein.“ Der Friedensrichter sog tief Luft durch die Nase ein. „Gibt es hier im Gotteshaus etwas Wertvolles, das sich verkaufen lässt? Welchen Grund sollte diese Geschichte sonst haben?“

Eltringham nickte. „Die Gebeine sehen unversehrt aus. Daraus schließe ich, man hat nicht gefunden, was man suchte."

„Wie kommen Sie denn darauf? Ich würde das Gegenteil vermuten."

Der Reverend schmunzelte. „Grabbeigaben liegen in der Regel nicht unter der Leiche."

Jones ließ den Blick durch das Gotteshaus schweifen. „Gibt es etwas Besonderes hier in der Kirche? Etwas, was einzigartig ist?"

Louise spürte eine Schwäche in den Beinen. Sie löste sich aus Peters Arm und setzte sich auf die vorderste Kirchenbank. Von dort fiel ihr Blick auf die bunten Glasfenster im hinteren Teil des Chorraums, die von der Morgensonne eindrucksvoll in Szene gesetzt wurden. Der Künstler hatte die Heilsgeschichte über Jesus und den christlichen Glauben dargestellt. In der unteren Reihe sah man die Kreuzigung, darüber Maria und Josef mit dem neugeborenen Kind, umrahmt von den Aposteln. Erhaben über allen anderen Personen der Bibel war Gott auf dem Thron zu sehen. Das Gesicht des Allmächtigen war als eine einzige weiße Fläche dargestellt. Ob der Künstler damit das Geheimnis des unbegreiflichen, sich schenkenden Gottes ausdrücken wollte?

Wie oft hatte sie dort schon hingesehen. Heute jedoch wurde ihr die Gnade Gottes ganz neu bewusst. Sie galt nicht nur einem Grabfrevler oder Dieb, sondern auch ihr, die sie mit Zweifel und Entsetzen und Sorge kämpfte. Sie seufzte und plötzlich war ihr eiskalt. Hätte sie doch ihren Seelenfrieden wieder, der vor Lilians Ankunft unantastbar schien.

„Wenn ein Räuber etwas verscherbeln wollte", hörte sie Peters Stimme, „hätte er den goldenen Kerzenständer oder das Abendmahlsgeschirr aus der Sakristei geraubt."

„Genau, die Teile kann man einschmelzen", warf Eltringham dazwischen.

Peter nickte und ergänzte: „Ich lebe ja nun schon von Kind auf hier, aber mir fällt beim besten Willen nichts ein."

Der Friedensrichter trat von einem Fuß auf den anderen. „Möglicherweise ist der Grund ganz banal. Oder es hat tatsächlich mit Königin Catherine zu tun. In Geschichte bin ich nicht sonderlich bewandert. Was meinen Sie, Mylord?"

„Ich verstehe das nicht", erwiderte Peter und fuhr sich mit der Hand durch die Haare. „Allerdings erinnere ich mich an eine Geschichte, die mein Großvater mir als Kind erzählt hat. Darin kam ein Gebetbuch vor, für das diese Catherine Parr berühmt war. In ihrer Zeit war es nicht üblich, so etwas zu verfassen und dann noch darüber zu reden. Das war nicht üblich."

„In der Tat ein besonderer Aspekt." Jones Gesicht hellte sich auf. „Reverend, sagt Ihnen das etwas?"

Für einen Moment herrschte Totenstille in der Kirche. Das Licht zerteilte sich in den Fensterkreuzen und verbreitete eine feierliche Stimmung. Eltringham schritt wortlos hinter den Altar und bückte sich. Als er sich aufrichtete, schlug er mit der flachen Hand auf das Holz, sodass Louise zusammenzuckte. So kannte sie ihn überhaupt nicht. Normalerweise war er die Geduld in Person.

„Es hat seit ewigen Zeiten hier drunter gelegen. Jetzt ist es weg!"

„Was?"

„Das Gebetbuch der Königin."

„Das lag hier? Wie kommen Sie in den Besitz?" Jones Augen weiteten sich.

„Was heißt denn hier Besitz!? Es war schon immer hier."

„Das Erste, was ich höre. Wer wusste davon?"

Die Fragen prasselten auf den Geistlichen herab. „Jeder hier im Dorf, nehme ich an." Er riss die Arme hoch. „Es war einfach bekannt. Aber auch kein Thema. Man erzählte es sich von Generation zu Generation. Mein Vorgänger hat es mal erwähnt und damit war es gut. Seit ewigen Zeiten wurde es offenbar hier aufbewahrt. Was, bitte, sollen die Leute damit anfangen? Sie sind glücklich, wenn sie überhaupt lesen können. Und wenn, dann wird es die Bibel sein … falls sie überhaupt eine haben!"

Friedensrichter Jones zog die Schultern straff und rang sich ein Lächeln ab. „Ich fürchte, es wurde gestohlen. Ich fühle das. Mein Magenbrennen meldet sich wieder. Reverend, suchen Sie zur Sicherheit nochmals das Gotteshaus ab. Wenn ich bis heute Nachmittag nichts anderes von Ihnen höre, werden wir alle Männer befragen, die gestern Gäste gewesen oder auf dem Gelände und im Haus gearbeitet haben. Wer weiß, vielleicht hat jemand eine Beobachtung gemacht … und sei sie auch noch so unbedeutend."

Ein verwegenes Lächeln huschte über Eltringhams Gesicht. „Es wurde sicher nicht gestohlen, um die Gebete der Königin nachzusprechen."

„Richtig", meinte Jones mit einem Augenzwinkern und wurde sofort wieder ernst. „Ich wette, es wird einem Hehler zum Verkauf angeboten."

Peter trat einen Schritt vor. „Ich werde Erkundigungen einholen, was das Buch wert ist. Ein Freund von mir ist Antiquitätenhändler in Bath." Er verschränkte die Arme vor der Brust und grinste. „Er schuldet mir noch einen Gefallen."

„Einen Augenblick", bat Jones und schlug die Hacken zusammen, dass Louise dachte, er wolle jetzt den Herren den Abmarsch befehlen. „Ich wünsche, dass wir alle", jetzt sah er sie freimütig an, „auch Sie, Mylady, nichts von dem Gebetbuch erwähnen. Wir halten uns bedeckt, was das Gestohlene angeht. Zumal noch alles vage ist."

„Welches Ziel verfolgen Sie damit, Jones?"

Jones rieb sich die Hände. „Sollte der Dieb etwas mit den Beschäftigten des Hauses Sudeley zu tun haben, wollen wir ihn in

Sicherheit wiegen. Oder wer es auch immer gewesen sein könnte. Ansonsten würde es sofort in der ganzen Grafschaft rausposaunt."

Beim Mittagessen, an dem auch Jones und Eltringham teilnahmen, war das aufgebrochene Grab das beherrschende Thema. Lilian, Bradley und die Freunde hörten aufmerksam zu. Peter berichtete von dem Einbruch in St. Mary. Lord Cherleton stocherte auf seinem Teller herum, in dem Schottische Eier in einer Bratensauce badeten, und schüttelte den Kopf. „Was für eine Schande."

„Und man hat niemanden beobachtet?", fragte Lilian und klimperte kokett mit den Lidern. „Es wimmelte doch überall nur so von Gästen und Dienern." Ihr Blick huschte kurz zu Bradley und Graham.

„Das hat sich der Dieb zunutze gemacht", erklärte Jones mit vollem Mund. „Alle waren beschäftigt: die Gäste mit Tanzen, Essen und Trinken und die Diener mit vielen Handreichungen."

Louise sah Lilian aufmerksam an. Wenn sie jetzt nicht mit den Männern zusammensäße, würde sie ihre Cousine fragen, wo sie gewesen sei. Mit Sicherheit war sie über eine Stunde unauffindbar gewesen. Aber einen Diebstahl? Nein, schalt sie sich, das traute sie ihr nicht zu. Sie musste aufpassen, dass sie aufgrund ihrer misslichen Gemütslage nicht ungerecht gegen ihre Cousine wurde. Trotzdem fand sie den Blickwechsel zwischen Lilian und ihrem Bruder und Graham merkwürdig.

Sie spann ihre Gedanken weiter und überlegte, wer von den vieren die Kraft besäße, den Steinsarg aufzubrechen. Bradley sowieso. Richard Barr mit seiner hageren Erscheinung eher nicht. Aber wer wusste, wie viel Kraft in ihm steckte? Und William, der jedem Rock hinterherlief? Einigen Dienerinnen schien das zu gefallen. Er hatte zwar einen lädierten linken Arm, doch sollte er kein Linkshänder sein, bliebe noch der rechte. Der schien ziemlich muskulös. Er besaß sicherlich enorme Kraft in dem Arm. Und was war mit Graham?

„Ich hoffe, dass der Dieb ein schlechtes Gewissen bekommt", unterbrach Eltringham Louises Gedanken.

„Was wurde denn gestohlen?" Bradley sah in die Runde. „Ein Einbruch hat doch nur Sinn, wenn man etwas stiehlt, oder?" Er lachte gekünstelt. „Kaputter Marmor ist doch nichts wert."

Friedensrichter Jones wischte sich mit einer Serviette über den Mund und blickte ihn besorgt und überrascht zugleich an. „Das ist richtig. Und genau das macht uns Kopfzerbrechen. Was suchte der Einbrecher?"

„Ach, es ist nichts verschwunden?"

William Thurgood runzelte die Stirn und scherzte: „Der Klingelbeutel. Das Geld kann man sofort ausgeben."

„Wenn man wie du veranlagt bist", warf Bradley ein und grinste. Louise sah zu ihm hinüber.

„Ausgerechnet du sagst so etwas", konterte William. „Du bist doch der Fuchs unter uns. Immer am Handeln." Die Männer lachten.

Louise erinnerte sich, dass sie die vier heute Morgen aus dem Fenster beobachtet hatte, wie sie auf dem Reitplatz ein Araberpferd Galopp ausführen ließen. Von Peter hatte sie gehört, dass diese besonderen Reitpferde früher nur auf dem Kontinent gezüchtet wurden. Aber mittlerweile begeisterten sie auch die englischen Züchter. Liebe zum Pferd war bei ihren Gästen sehr wahrscheinlich nicht der Grund. Sie waren bestimmt nur an hohen Gewinnen interessiert.

„Konnten Sie inzwischen herausfinden, ob etwas fehlt?", fragte Jones mit Blick auf Reverend Eltringham und kratzte sich an der Glatze. Wenn das mal kein Zeichen war.

„Gentlemen", meinte Peter mit rauer Stimme, die sie nur zu genau kannte. Diese Tonlage hatte er selten und nur in peinlichen Momenten. Er hatte eine heikle Mission zu erledigen, nämlich etwas zu sagen und doch nichts zu verraten. Vielleicht wollte er dem Reverend eine Lüge ersparen. „Es ist uns unerklärlich. Wir tappen im Dunkeln."

Er wollte Zeit gewinnen. Zeit für die Befragungen. „Sollte jemand hier eine Idee haben, möge er sie Mr Jones oder mir sagen. Unseren verehrten Reverend entbinden wir von den Ermittlungen, nicht wahr Mr Jones? Er hat genug damit zu tun, einen Steinmetz zu beauftragen, den Schaden zu reparieren."

Das Kleeblatt, wie Louise Bradley und seine Männer insgeheim nannte, grinste. Derweil hielt Lilian ihren Kopf gesenkt und übergoss den Marmeladenpudding auf ihrem Teller mit warmer Vanillesauce. Ohne auf die anderen zu achten, begann sie die Sauce zu löffeln. Die Männer schienen nicht zu bemerken, welche Brisanz in Peters Worten lag. Er bewegte sich auf gefährlichem Terrain.

Lord Cherleton nippte an seinem Weinglas und rutschte auf dem Stuhl hin und her. Er hatte genug von Dieben und Steinsärgen gehört. „Ich bin gespannt, wie es ausgeht. Die Inquisition wird die Dienerschaft in die Mangel nehmen." Sein Lachen dröhnte durch das Speisezimmer. „Bis jetzt hat unser guter Jones noch jeden Bösewicht eingefangen. Kommt, jetzt genehmigen wir uns auf den Schreck einen exzellenten französischen Cognac."

Er genoss die erfreuten Blicke der Männer. „Eine Schande, dass es niemand auf der Insel gibt, der die Kunst des Brennens versteht. Ich finde, es ist an der Zeit, unsere Leute mal rüberzuschicken und das Handwerk des Weinbrenners erlernen zu lassen. Sie müssen es endlich auf die Insel bringen!"

Nach dem Mittagessen und dem Cognac begann Jones mit den Befragungen. Peter hatte ihm einen Raum im Erdgeschoss zugewiesen, den er früher als Büro genutzt hatte, bevor er ihm zu klein geworden war. Jetzt diente er mehr als Abstellkammer. Diener räumten Stühle und Hausrat weg, wischten kurzerhand über Schreibtisch und Boden, bevor Jones sich erst einmal das Hauspersonal vornahm. Archie, Gill, Mauve, Kathi, Mrs O'Donnell, der Kutscher, die Wäschefrauen und Küchen- und Spülmädchen, Pferdeknechte und selbst Ms Beecroft und der alte Eades wurden befragt. Das Hauspersonal erzählte übereinstimmend, viele Gäste hätten an dem Abend ihre eigenen Diener und Zofen dabeigehabt, wodurch es noch schwieriger gewesen sei, den Überblick zu behalten.

Am Abend berichtete Jones erschöpft, niemand habe eine sachdienliche Beobachtung gemacht. Einzig Gill sei etwas aufgefallen. Weil ein Gast im Foyer von rätselhafter Übelkeit übermannt worden sei, habe sie ihn zum Seitenausgang gezerrt und nach draußen gebracht. Dabei sei ihr aufgefallen, dass zwei dunkle Gestalten um die Kirche huschten. Sie habe sie für ein Liebespärchen gehalten und diskret weggeschaut.

„Ich bitte Eure Lordschaft, mir eine Liste der Gäste zu erstellen. Ich komme nicht umhin, auch die mitgebrachten Diener zu befragen." Jones' Augen sprühten Funken. „Ich habe das Gefühl, meine Arbeit wird größer statt kleiner. Dabei wartet in meiner Apfelmühle alles andere als Langeweile auf mich." Jones betrieb im Dorf eine Mosterei und übte nebenbei das Amt als Friedensrichter aus. Nachdem er gegangen war und sich noch über entgangene Geschäfte beschwert hatte, atmeten die Männer auf. Der Steinsarg hing wie ein bleierner Klotz über ihnen.

Als die Männer nach dem Dinner im Rauchsalon verschwanden, setzte sich Louise mit ihrem Stickrahmen zu Lilian, die in *Gallery of Fashion* blätterte. Sie wunderte sich nicht darüber. Gestern Abend hatte neben dem üblichen Klatsch, welcher junge

Mann welcher vermögenden Erbin den Hof mache, wer wessen flirtende Blicke erwidert habe oder wer unablässig miteinander tanze, vor allem das Thema Mode im Mittelpunkt gestanden. Lady Ada Hayn, ihre Mutter, hätte sich sicherlich über das nichtssagende Geplänkel aufgeregt. Wie alle Frauen hatte sie sich gern angemessen gekleidet, aber Modejournale hatte sie nie gekauft, und wenn sie sich für etwas Bestimmtes interessierte, dann warf sie bei einer Bekannten mal einen Blick hinein. Vielleicht hatte Louise diese Eigenart von ihrer Mutter geerbt. Auch sie verbrachte ihre Zeit lieber mit Zeichnen oder mit Sticken. Was Lilian als nervtötend empfand, war doch eine wunderbare Gelegenheit, über Dinge nachzudenken oder sich zu unterhalten.

Als junges Mädchen hatte Louise ihre Mutter nicht verstehen können, aber seit sie mit Peter verheiratet war, hatte manche Äußerlichkeit an Bedeutung verloren.

„Wie hat dir das Fest gefallen?", fragte Louise und sah von ihrer Stickerei auf.

Lilian wendete den Kopf hin und her mit einem teils amüsierten, teils argwöhnischen Blick. „Ach", stieß sie hervor und ließ das Heft sinken, „es war ganz nett."

„Nett?"

Nichts am Teint ihrer Cousine deutete darauf hin, dass sie spät zu Bett gegangen war. Lange, blonde Locken umspielten ihr Gesicht, das sie ihr zugewendet hatte. Noch nicht mal ein Pickel störte die Tadellosigkeit, wohl aber ihr Tonfall, der ziemlich arrogant klang. Was bildete sie sich überhaupt ein?

„Na ja, wenn du nicht mit deinem Aufruhr, in den ich heute leider mit einbezogen wurde, alles kaputt gemacht hättest. Wozu der Aufstand? Ein kaputter alter Steinsarg. Und ein paar uralte Knochen drin. Kein Mensch interessiert sich dafür. Nur du!"

Louise schluckte. Sollte sie ihr etwas Beißendes entgegenschleudern? Sie rang mit sich. „Schon gut“, presste sie hervor, dann schrie sie auf. Der Stich war danebengegangen. Ein Blutstropfen quoll aus ihrem Finger und erschrocken ließ sie die Stickarbeit sinken. Sie saugte am Finger. „Du warst eine Weile gestern nicht da. Auch andere Gäste haben dich vermisst.“

Lilians Blässe wechselte in ein dunkles Rot. „Ich habe mich vom Tanzen ein wenig ausgeruht.“ Ihr Ton wurde schärfer. „Reicht das?“

Louise sagte nichts, sondern betrachtete ihre Cousine nachdenklich und fühlte, wie augenblicklich ein Frösteln in ihr hochstieg. Ihr fiel ein, was Ms Beecroft ihr vorhin anvertraut hatte. Wegen ihrer Migräne hatte die Gouvernante sich den ganzen gestrigen Tag in ihrem abgeschirmten Zimmer aufgehalten. Am Abend jedoch, als die pochenden Schmerzen nach der Einnahme von Laudanum etwas nachließen, hatte sie sich ans weit geöffnete Fenster gestellt und tief die frische Luft eingeatmet. Ihr Zimmer lag im zweiten Stock und ging nach Osten, sodass sie einen Teil des Gartens mit St. Mary im Blick hatte.

Bei der Befragung durch den Friedensrichter hatte Ms Beecroft gesagt, sei ihr in der Aufregung ein Detail entfallen. Noch nie sei sie verhört worden und sie entschuldige sich für ihre Vergesslichkeit. Jedenfalls habe sie sich nichts dabei gedacht, dass eine weibliche Person, sie habe es unzweifelhaft am Kleid festgestellt, durch den Garten gegangen und an der Kirchentür stehen geblieben sei. Was sie genau da gemacht habe, wisse sie nicht, es sei zu finster gewesen. Sie sei wieder umgekehrt und Richtung Haus gegangen. Beim Näherkommen habe sie eindeutig Lady Wilkinson erkannt.

Zum ersten Mal, dachte Louise, *hatte das leidige Kopfweh, von dem die Gouvernante fast jeden Monat gepeinigt wurde, etwas Gutes.* Die Beobachtung musste sie Jones berichten.

Mit einem Schlag fühlte sich Louise um Jahre zurückversetzt.

Sie schüttelte die Erinnerung ab. Nein, sie wollte sich nicht ständig von der Vergangenheit bedrücken lassen. Das hier war etwas anderes und sie würde lieber wissen, wie Lilian sich ihre Zukunft – oder besser gesagt: die nächsten Tage – vorstellte. Wann sie, gütiger Himmel, endlich abreisen würde samt Bruder und den Freunden …

„Dich habe ich übrigens nach draußen stürzen sehen. Was war denn?“, sagte Lilian schnippisch.

Jetzt war es Louise, die einen roten Kopf bekam. „Du … du hast das mitgekriegt?“

Lilian zog die Schultern hoch und grinste dämlich.

Sie senkte den Blick.

„War nur ein Witz!“, meinte Lilian und stand auf. „Ich gehe zu Bett.“

Verunsichert starrte Louise zur Standuhr. „Was, jetzt schon?“

Als Lilian zur Tür ging, hörte sie im Flur die Männer lachen. Vielleicht sollte sie ebenfalls nach oben gehen. Sie musste Peter endlich sagen, dass er wieder Vater würde, bevor es die Hausangestellten wussten.

„Äh, Lilian“, beeilte sie sich zu fragen, bevor sie die Türklinke herunterdrückte, „wie viele Kricketturniere stehen bei Bradley eigentlich noch an?“

Lilian wandte den Kopf. Ihr Blick hätte nicht eisiger sein können. „Danach musst du ihn schon selber fragen!“

13

„Du bist noch wach?“ Er schloss leise die Tür hinter sich. Wahrscheinlich hatte er erwartet, sie wie in den letzten Tagen schlafend vorzufinden, die Bettdecke bis zu den Ohren hochgezogen. Er ging zu einem Stuhl und begann, sich auszukleiden.

Sie sah ihm aus den Augenwinkeln zu, wie er sein Jabot löste, das Hemd aufknöpfte, auszog und beides sorgfältig über die Stuhllehne legte. Er ging zur Waschschüssel und wusch sich, bevor er die Hose ablegte und sein Nachthemd überstreifte. Er warf einen kurzen Blick zum Fenster. Die Gardinen flatterten sacht im Abendwind.

Tränen der Verzweiflung überkamen Louise, während sie krampfhaft überlegte, wie sie es ihm sagen sollte. Wäre nicht Lilian ins Haus gekommen, hätte sie für ihn ein besonderes Abendessen zubereiten lassen und sich mit ihrem schönsten Lächeln auf seinen Schoß gesetzt. Sie würde sich an ihn schmiegen und ihm das Wunder ins Ohr flüstern.

Jetzt war die Sache anders. Er war mit seinen Gedanken eher bei ihrer Cousine, vermutete sie, und kümmerte sich in keinster Weise um ihre Gefühle. Wann hatte er ihr das letzte Mal gesagt, dass er sie liebte? Wo waren ihre gemeinsamen Spaziergänge geblieben? Ihre vertrauten Gespräche? Ihre verstohlenen zärtlichen Blicke?

„Von mir aus kann es aufbleiben. Die Nacht ist klar.“ Er schlüpfte unter die Decke.

Das Fenster hatte sie vorhin weit geöffnet. Über dem Garten lag der Duft der Rosenblüten, der mit einem sanften Wind ins Schlafzimmer hereinwehte. Was hätte das für eine wundervolle Nacht werden können. Mit Grillen auf Hecken, die einen Green Sleeves tanzten.

„Ich muss dir was sagen!“ Sie bewegte den Kopf und starrte zum Betthimmel. Ein Rascheln sagte ihr, dass er das Gesicht zu ihr drehte.

„Ja?“

Stille. Ihr Herzschlag pulsierte im Hals. Sie verbat sich das Atmen. Als es nicht mehr ging, entließ sie die angestaute Luft mit einem Seufzer.

„So schwer?“ Seine Hand griff nach ihr.

Sie schob sie zurück. „Ich bin schwanger.“

„Oh!“ Es klang überrascht und freudig. Er rollte sich auf die Seite und sie fühlte seinen Blick auf ihrem Gesicht. „Louise, wie schön!“ Er rückte näher. Sie konnte seinen Atem am Hals verspüren. Nein, sie brauchte keine Heuchelei und drehte sich weg.

„Ich bin müde.“

„Aber Louise?! Was ist denn los?“

„Nichts.“ Ihre Stimme überschlug sich in einem Schluchzer. „Ich will jetzt schlafen.“ Sollte er doch denken, was er wollte. Ihr war jetzt nicht nach Heuchelei oder falschen Liebeserklärungen. Insgeheim hoffte sie auf Widerspruch oder zumindest, dass er um sie kämpfte, ihr aufrichtig seine Liebe beteuerte und sich für seinen Flirt mit Lilian entschuldigte. Sie wartete ab und bemerkte, wie ihre Finger zitterten.

„Loulou.“

Seine leise Stimme durchbohrte sie. Es war ein Schmerz, der ganz tief ging. Sie gab keine Antwort und starrte zur Wand.

Noch einmal hörte sie ihren Namen. „Louise.“

Sie biss sich auf die Lippen. Ein Rascheln verriet, dass er aufstand. Wahrscheinlich warf er sich den Nachtmantel über. Die Tür knarrte und wurde wieder geschlossen. Im Flur hörte sie Schritte, die sich verloren. Dann war es erschreckend still. Sie begann hemmungslos zu schluchzen. Wie ein Unwetter brachen die Tränen aus ihr heraus. Alles, was sich in letzter Zeit an Enttäuschung und Wut angestaut hatte, entlud sich in diesem Moment. Ihre zu einem Zopf geflochtenen bronzenen Haare hatten sich gelöst und klebten an Gesicht und Hals. Ihr war egal, dass das Kopfkissen nasse Flecken bekam. Für ein Abendgebet fehlten ihr die Worte. Verstand Gott sie denn gar nicht? Würde sich doch der Boden unter ihr auftun, sie verschlingen und ihr ganzes blödes Leben vergessen machen.

Bei der Morgentoilette erschrak Louise über ihr verquollenes, immer noch gerötetes Gesicht. Mühsam versuchte sie, sich an den gestrigen Abend zu erinnern. Sie musste irgendwann eingeschlafen sein. Peters Bettdecke lag aufgeschlagen da. Ob er hier oder in einem der Gästezimmer genächtigt hatte? Sie hatte nichts mitbekommen.

Sie blinzelte in die Morgensonne, die durch die Vorhänge schimmerte. Vermutlich hatte sie die Morgenandacht wieder mal verpasst. Entschlossen klingelte sie nach einem der Mädchen und ließ sich das Frühstück ins Zimmer bringen. Zumindest rebellierte ihr Magen heute ausnahmsweise nicht, trotzdem ließ ihr Appetit zu wünschen übrig. Gedankenverloren strich sie sich über den Bauch, der immer noch ganz flach war. Es würde noch ein wenig dauern, bis die erste Wölbung richtig zu sehen war.

Ein Lächeln überflog ihr Gesicht, als sie an die Schwangerschaft mit Jacob dachte. Damals hatte die Glückseligkeit sie vollends erfasst. Ob es ein Stammhalter und Erbe oder eine Tochter würde, das war ihr eigentlich egal gewesen, auch wenn alle insgeheim hofften, dass die Linie der Cherletons und damit der Titel in direkter Linie weitervererbt werden konnte. Als Jacob geboren wurde, war das Glück auf ihrer Seite.

Im Moment konnte sie ihre Gefühle nicht benennen. Einerseits überglücklich, wieder ein Kind unterm Herzen zu tragen, andererseits der Gedanke an Lilian, die dabei war, ihr Glück zu zerstören. Hatte sie tatsächlich Anlass zur Sorge gegeben? Ja. Ihre Cousine spielte durch Blicke und koketten Augenaufschlag mit den Gefühlen der Männer, wenn sie sich von Louise unbeobachtet fühlte. Zwar konnte sie ihr nichts Genaues nachweisen, aber da war eben dieses komische Bauchgefühl, dass etwas im Argen lag. Mal verwirrte sie ihren Schwiegervater, mal Peter. Und den Männern gefiel ihre Schäkerei offensichtlich.

Als Louise nach unten ging, kam ihr Peter mit langen, festen Schritten in der Halle entgegen. Was machte er zu dieser Uhrzeit im Haus? Sonst hatte er doch immer in seinem Büro zu tun oder irgendwo draußen auf den Ländereien. Er trug einen älteren Rock, den er gewöhnlich anzog, wenn er zu den Stallungen oder in eine Tischlerwerkstatt musste.

Ihm wollte sie gerade nicht begegnen. Sie zögerte, doch es war zu spät, um umzukehren. Er hatte sie gesehen und blieb vor ihr stehen. Er wirkte seltsam verloren.

„Guten Morgen", sagte er förmlich und seine Augen blickten ernst. Ohne ihren Gruß abzuwarten, sprach er weiter: „Weißt du, wo Vater ist? Ich finde ihn nirgends."

„Nein."

„Um diese Zeit pflegt er sonst immer die *Times* zu lesen."

Die Art, wie er mit ihr redete, tat ihr fast körperlich weh. Sein Tonfall, der seltsam fremd klang, hätte auch der des Postmeisters oder Sensenschmieds sein können. Sie schluckte und murmelte nur: „Vielleicht ist er ausgeritten?"

„Im Stall war ich schon. Sein Pferd ist da. Aber es fehlt eine Kutsche."

„Merkwürdig." Jetzt bemerkte sie, dass sein Überrock nach Stall roch. „Das ist nicht seine Art, sich nicht abzumelden. Was sagt der Pferdeknecht?“

„Er hat keine Ahnung, wo Vater hinwollte. Jammerte, Vater habe ihn aus dem Schlaf gerissen, kaum dass es hell wurde, und dann habe er anschirren müssen.“ Peter hob die Schultern und runzelte die Stirn. „Er hat noch nicht mal gefrühstückt! Nun gut. Ihm wird ja hoffentlich nichts passiert sein.“

Sie nickte. „Wenn ich ihn sehe, sag ich Bescheid.“

„Danke.“ Als er sich abwandte und zur Haustür ging, fiel ihr plötzlich etwas ein.

„Vorgestern saß er in der Bibliothek und schrieb einen Brief“, überlegte sie. „Ich meine, ich fand es …“, sie suchte nach dem richtigen Wort, „... ungewöhnlich. Ja, ungewöhnlich.“

Peter blieb stehen. Anscheinend deckte sich ihr Eindruck mit seinem. Sein Blick wechselte von befangen zu verblüfft. „Na so was, ist er krank? Das hat er ja seit Jahren nicht mehr gemacht!“ Er setzte seinen Weg fort und Louise beschloss, nach Lilian zu sehen. Wenn ihr Mann so verschlossen war, wäre es gut, sich um sie zu kümmern und sie ein wenig auszuforschen.

Nach dem Mittagessen, bei dem Peter erklärte, er habe noch etwas Dringendes zu erledigen und sei hoffentlich bis zum Abend zurück, schlug sie Lilian vor, einen Spaziergang zu machen. Das Kleeblatt war erst gar nicht zum Essen erschienen. Peter wusste, dass sie sich morgens verabschiedet hatten, um auf irgendeinem Platz in der Grafschaft für den kommenden Sonntag zu trainieren. Er selbst hatte sich umgezogen und Louise rätselte, warum er sich sonntäglich angezogen hatte. Es musste ein wichtiger Termin sein.

Als er gegangen war, saßen sie noch am Esstisch. „Können wir nicht nach Winchcombe gehen? Ich würde gern bei Mrs Rushley ein Kleid ändern lassen“, fragte Lilian.

Der Satz zauberte Louise ein Grinsen ins Gesicht, das sie nur mit Mühe unterdrückte. Sie fragte ganz gelassen: „Meinst du, es wird noch fertig, bis du abreist? Sie ist ja nicht gerade die Schnellste."

Lilian legte den Kopf schief und riss die Augen auf, als habe Louise in einer unbekannten Sprache geredet.

„Äh, ist auch kein Problem, es dir nachzusenden. Die Postkutschen gehen täglich von Winchcombe ab und ..."

„Nein", fuhr Lilian dazwischen, „keine Sorge. Ich habe verstanden. Ich hole es selbst ab."

Leider wollte sie es missverstehen. Sie war schon früher ein kleines affektiertes Kind gewesen, das sich gern im Mittelpunkt sah. Ohne Taktgefühl, wenn es um ihre eigenen Belange ging. Sie erinnerte sich an einen Aufenthalt im Schloss von Tante Gemma und Onkel Phil. Damals waren die Familien Hayn und Morris tagelang zu Gast gewesen. Die Mattocks hatten die Taufe eines ihrer neun Kinder gefeiert. Und Feste zu veranstalten, war das Steckenpferd ihrer Tante. Sie nahm das Thema Gastfreundschaft wörtlich.

Tante Gemma stammte aus Spanien. Der Liebe wegen war sie zum evangelischen Glauben gewechselt. Deshalb war die Bibel und wie sie zu verstehen sei ein ständiges Thema zwischen ihr und Onkel Phil. Vor Jahren war Onkel Phil der Geschäfte wegen nach Madrid gereist – und wie es das Schicksal wollte, hatte er sich unsterblich in die schöne glutäugige Gemma verliebt. Ihrem Katzenblick und dem tiefschwarzen Haar verfiel er gänzlich.

Wenn auf ihr Kennenlernen die Rede kam, verdrehten beide die Augen und stießen einen tiefen Seufzer aus, als durchlebten sie das Drama wieder neu, ohne den Segen ihrer Familie zu überleben. Es musste wohl ein massiver Konflikt daraus entstanden sein. Zu guter Letzt hatte Gemma ihren Kopf durchgesetzt und sich für Phil – und damit gegen ihre Familie – entschieden. Ein Entschluss mit schmerzhaften Folgen. Erst viele Jahre später hatte ein Bruder den Bann gebrochen und war nach England gereist. Es grenzte an ein Wunder, dass Conde Abelardo zur Taufe gekommen war. Bei dieser Tauffeier war es zu einem Zwischenfall gekommen, an den sich Louise erst jetzt wieder erinnerte.

Außer einem wunderschönen ziselierten goldenen Löffel für den Täufling brachte der Graf für seine Schwester ein außergewöhnliches Gastgeschenk mit. Er hatte es in Madrid erworben, wo er es in einem Laden entdeckt hatte. Eine gerahmte Stickarbeit, die bei Tante Gemma Begeisterung und zugleich einen Strom von Tränen hervorrief.

„Sie hat es als Siebenjährige gestickt", erklärte Conde Abelardo, „und schon damals wussten alle, dass es ein Meisterwerk war."

„Atemberaubend!", hatte Tante Gemmas Schwiegermutter gerufen, als sie das Bild genauer betrachtete, und Gemmas Wangen links und rechts mit Küssen bedeckt. „Was für ein Talent! Du hast uns nie davon erzählt."

Während Conde Abelardo seine schluchzende Schwester im Arm hielt, standen Louise und Lilian zwischen den vielen Verwandten und starrten auf das Stickbild, das in verschiedenen Farben das Alphabet darstellte. Alle Schriftzeichen in Groß- und Kleinbuchstaben wechselten sich mit kleinen gestickten Blüten oder Herzen ab, die dazwischen platziert waren.

„So was kann ich auch", hatte Lilian gezischt. „Als ob das was Besonderes ist …"

Louise dachte an die schon damals bestehende Abneigung ihrer Cousine gegen das Sticken. Hauptsache, Tante Gemma war glücklich über das ausgefallene Geschenk. Die wundersame Heimkehr eines verloren geglaubten Schatzes.

„Unser Vater hat dieses Bild weggegeben", hatte der Conde erklärt. „Nachdem Gemma gegen den Beschluss der Familie geheiratet hatte, durfte nichts mehr an sie erinnern. Mutter konnte sich nicht gegen das Machtwort ihres Mannes wehren und grämte sich fürchterlich. Sogar eine Haarsträhne ist ihr über Nacht ergraut." Als alle Gäste nach Luft schnappten, fuhr er fort: „Durch einen glücklichen Zufall habe ich es entdeckt. Es ist unverwechselbar und der Verkäufer hat mir versichert, es sei eine exzellente Arbeit, Seide auf Leinen. Wie es in seine Hände gekommen war, wusste er nicht mehr genau. Ein umherziehender Händler hat es ihm wahrscheinlich angeboten. Natürlich habe ich nicht verraten, dass ich die Handarbeit kenne und dass meine Schwester noch so jung war … Und so ist das gute Stück jetzt nach England gelangt."

Später lag das Bild zwischen den vielen Geschenken, den Blumen und Münzen auf einem Tisch an der Seite des Salons. Irgendwann am Nachmittag war die Stickerei voller Flecken. Tante Gemma brach in Tränen aus, als sie das Malheur entdeckte. Das Bild war ruiniert. Louise hatte als Einzige mitbekommen, dass Lilian sich am Geschenketisch zu schaffen machte, während die Festgesellschaft aß und trank. Ob die Flecken jemals wieder rausgegangen waren, wusste Louise nicht. Niemand wollte es gewesen sein.

„Warum gibst du es nicht zu?", fragte Louise später, als sie im Garten spielten.

„Was denn?", schleuderte ihr Lilian entgegen. „Ich war das nicht!"

„Ich habe dich beobachtet. Warum hast du das getan?"

Lilian machte eine verachtende Handbewegung. „So ein blödes Bild. Stickerei! Alle haben nur noch Tante Gemma bewundert."

„Und nicht dich."

„Was willst du überhaupt?", fragte sie spitz und drehte sich um. Sie ließ Louise einfach im Garten stehen und rannte zurück ins Haus. Louise hatte sie nicht verraten, aber jetzt wusste sie, dass

Lilian es nicht ertragen konnte, wenn ein anderer im Mittelpunkt stand.

Louise ging in die Bibliothek. Manchmal musste sie einfach den Geruch der alten und neuen Bücher einatmen, wenn sie einen Brief schrieb. Zwar hatte sie ein Schreibzimmer, aber heute wollte sie nach Bath schreiben. Dazu brauchte sie Inspiration. Hier, inmitten Millionen von Buchstaben, fiel es ihr leichter, die richtigen Worte zu wählen.

„Liebste Tante Rose-Ann", schrieb sie und dann flossen ihre Gedanken nur so aus ihr heraus. Es dauerte nicht lange, da hatte sie drei Seiten vollgeschrieben. Wie oft sie die Feder ins Tintenfass tauchen musste, hatte sie aufgehört zu zählen. Es war fast leer, Gill musste dringend mit Galläpfeln neue Tinte herstellen. Jedenfalls wusste sie ihre geheimen Gedanken bei Tante Rose-Ann sicher verwahrt. Kaum dass sie geendet hatte, betrat Lilian den Raum und spähte ihr über die Schulter.

„Na, wem schreibst du denn? Ich dachte, wir wollten ins Dorf gehen?"

Energisch faltete sie die Blätter zusammen und steckte sie in einen Umschlag. Bevor sie ihn adressierte, wandte sie den Kopf. Lilian zeigte eine boshafte Miene. Ein Zeichen, dass sie nicht erkannt hatte, an wen der Brief gerichtet war. Dass sie es nicht erfuhr, machte sie erst richtig wütend.

Lilian hob die Brauen. „Was ist jetzt? Gehen wir?"

„Geh doch bitte schon mal runter. Sag Gill, sie soll dringend Tinte herstellen. Ich muss nur noch die Adresse draufschreiben."

Lilian schnaubte und ging tatsächlich. Ihre Schritte tönten im Flur, als falle eine Armee in England ein. Louise musste grinsen. Schnell adressierte sie den Brief und übergab ihn Archie. Natürlich hätte sie ihn auch selbst im Dorf aufgeben können, aber die

Gefahr war zu groß, dass Lilian die Anschrift von Tante Rose-Ann las. Das hätte sie argwöhnisch gemacht. Kurz darauf war der Brief unterwegs. Louise schnappte sich zufrieden ihren Strohhut, bevor sie nach unten eilte.

Der Spaziergang nach Winchcombe verlief schweigend. Es roch nach abgeernteten Getreidefeldern und in der Ferne stieg Qualm auf. Jemand verbrannte etwas, obwohl das in den Sommermonaten riskant war. Lilian trug das Kleid zusammengerollt unterm Arm. „Wo ist Peter hingefahren? Er hat gar nichts erzählt!“, stellte sie fest.

„Ich weiß es nicht.“ Es wäre ja ungeheuerlich, wenn Lilian es wüsste und nicht sie. „Wahrscheinlich was Geschäftliches. Er hat ja viel um die Ohren, mal mit den Pächtern und mal mit Händlern oder Anwälten.“

„Anwälte?“

Louise bemerkte das Zittern in Lilians Stimme. Sie ließ sich nichts anmerken, als sie antwortete: „Was bleibt ihm übrig, wenn ein Pächter nicht zahlt? Peter ist wirklich geduldig und stundet die Pacht, wenn jemand knapp bei Kasse ist oder die Ernte oder was auch immer schwach ausfällt. Der Gang zum Anwalt oder Friedensrichter ist da wirklich die Ausnahme und letztes Mittel, wenn du verstehst?“

Sie staunte über sich selbst, dass sie Peter über die Maßen gelobt hatte und ihren kleinen Krieg, wie sie ihn insgeheim nannte, für einen Moment vergessen hatte.

Winchcombe lag jetzt unmittelbar vor ihnen und sie schlenderten die High Street entlang, die von vielen alten Häusern gesäumt wurde. „Hier wohnt Friedensrichter Jones“, erklärte Louise und deutete auf ein Steinhaus im typischen Cotswolds-Stil mit einem Obergeschoss, gewölbtem Eingang und vielen Flügelfenstern.

Der efeuberankte Giebel auf dem mit Kalksteinplatten gedeckten Dach ragte hervor. „Seine Apfelmühle hat er weiter draußen vor dem Dorf."

An der nächsten Straßenecke befand sich das Haus der Schneiderin. Louise wartete draußen, bis ihre Cousine wieder herauskam.

„Und was machen wir jetzt?", frage Lilian zappelig.

Louise hatte in der Nacht eine Weile wachgelegen. Dabei war ihr eine Idee gekommen. „Wenn du möchtest, können wir mal Bogenschießen üben. Die Pfeile sind allerdings schon seit Monaten kaputt. Aber ich kenne hier ein Geschäft, wo ich neue kaufen kann."

Erstaunlicherweise hellte sich Lilians Miene sofort auf. „Gern."

Tatsächlich hatte Mr Badmor in seinem kleinen Laden noch fünf Pfeile, die Louise alle mitnahm. Als sie zurückgekehrt waren, ließ Louise die Zielscheibe vom Boden holen und im Garten neben einer gewaltig alten Eibe aufstellen. Interessanterweise landeten zahlreiche Pfeile von Lilian nahe der schwarzen Mitte und ein paar trafen sogar direkt ins Schwarze.

Louise hatte lange nicht mehr geübt. Ihre Bilanz fiel ziemlich kläglich aus. „Erstaunlich", sagte sie voller Bewunderung, „wo hast du das gelernt?"

„Auf Ferries House. Ich hatte viel Zeit. Spaß macht es mir immer noch."

„Wie machst du das nur?"

„Ganz einfach. Du musst dir jemand vorstellen, der da hinten steht und den du hasst."

Louise schnappte nach Luft und sah sie verständnislos an. Sie zogen die Pfeile wieder aus der Scheibe und verstauten sie im Köcher. Louise dachte an Peter. *Nein, richtig verabscheuen tu ich ihn nicht.* Sie legte den Pfeil an, spannte die Sehne, während sie den schwarzen Punkt fixierte. Lilian. Sie ließ das Pfeilende los und der Pfeil schoss durch die Luft. Er traf ins Schwarze.

„Was habe ich gesagt! An wen hast du gedacht?"

Louise presste die Lippen aufeinander und schwieg. „Du bist dran." Der Zauber des Spiels war verflogen.

Schweigend schossen sie die restlichen Pfeile ab, die sich noch im Köcher befanden. Irgendwie war Louise die Lust vergangen. Ihr war, als habe sie sich selbst bei etwas Verbotenem ertappt. Dabei war es doch nur ein Spiel. Sogar ein sehr vergnügliches.

„Ich denke, es ist Zeit, sich fürs Dinner umzuziehen", beendete sie das Bogenschießen und sammelte ihre Pfeile ein. „Wir sehen uns bei Tisch."

Erst zum Dinner saßen alle wieder vereint um den Tisch. Cartwright, Thurgood und Barr hatten außer dem üblichen Kricket diesmal Thurgoods heißgeliebte geräucherte Bücklinge zum Thema. „Kippers", philosophierte er, „sind nicht nur eine Speise. Sie stellen ein Stück Lebensart der Küste dar. Ohne Kopf und gebraten sind sie wie ein Boot, das von Piraten gekapert wurde. Letzten Endes wird es vernichtet." Thurgoods Lachen dröhnte, dass Louise meinte, der Kronleuchter beginne zu schwanken.

Barr wischte sich mit dem Handrücken über die Stirnglatze und konterte, die Zeit an Harvard hätte er sinnvoller verbringen können, als solchen Unsinn zu lernen. Da sei Theologie tatsächlich erträglicher gewesen. „Nur weil es heute Abend Fish-Stew gibt, ist das noch längst kein Grund, uns zu langweilen!", feixte er und biss in das knusprige Weißbrot, das man in der Küche nach dem von Louises Familie überlieferten Rezept ihrer Köchin Mrs Molly gebacken hatte.

Lord Cherleton und Peter hüllten sich in Schweigen darüber, wo und wie sie den Tag verbracht hatten. Sie folgten dem Geschwätz der Gäste, ohne es zu kommentieren. Ihr Schwiegervater war normalerweise ziemlich redselig, im Gegensatz zu ihrem Mann. Sie schnappte einen vielsagenden Blick ihres Schwiegervaters auf, konnte sich aber keinen Reim darauf machen. Aus den Augenwinkeln sah sie, dass Peter mit einem Achselzucken reagierte. Erst als die Männer in den Rauchsalon gingen, raunte Lord Cherleton ihr zu: „Ich möchte dich und Peter jetzt sprechen. Sofort. Peter weiß Bescheid. Wir sehen uns in meinem Arbeitszimmer."

Das war noch nie vorgekommen, dass ihr Schwiegervater sie beide abends noch zu einem Gespräch bat. Befahl. Ob er etwas von Peters und Lilians Verhalten mitbekommen hatte? Aber das würde immer noch nicht erklären, wo er heute den ganzen Tag gewesen war.

„Setzt euch." Lord Cherletons Gesicht blickte ernst von ihr zu Peter. „Ihr habt sicher bemerkt, dass ich Bedenken gegen unseren Besuch habe." Er ließ die Worte nachhallen, bevor er sich räusperte.

Louise wollte schon etwas dazwischenwerfen, als er fortfuhr. „Je länger sie zu Gast sind, umso mehr hat sich mein Eindruck verstärkt. Wie soll ich es benennen? Mysteriös? Ja, nebulös, undurchsichtig. Ich habe Erkundigungen eingeholt." Seine Mimik war zu einer Maske erstarrt, als erfasse er erst beim Aussprechen die Tragweite seiner Worte. Seine Finger griffen nach der Tischkante, an der sie sich festkrallten.

Leise und mit zitternder Stimme sagte er: „Alle bislang unbestätigten Gerüchte und Vermutungen haben sich bewahrheitet: Hugh Wilkinson ist nicht tot!"

14

Die Standuhr schlug zehn. Es war still im Zimmer und Peter war die Farbe aus dem Gesicht gewichen. Louise vergaß zu atmen und saß stocksteif im Sessel. *Nicht tot,* hallte es in ihrem Kopf. *Ich wusste, da ist was faul mit Lilian.*

Peter sprang auf und schnappte nach Luft. „Dieses Gesindel!“, stieß er hervor. „Ich gehe rüber und werfe sie alle aus dem Haus. Mit dem Whiskey, den sie in Mengen hier trinken!“

„Du wirfst sie raus? Dass ich nicht lache.“ Jetzt tat er so, als interessiere ihn Lilian überhaupt nicht mehr. Samt Bruder und Konsorten.

„Halt dich da raus!“ Es klang scharf und sie zuckte zusammen. Verschreckt presste sie die Arme an sich und faltete die Hände.

„Moment mal. Was ist denn hier los? Seid einfach mal still.“ Ihr Schwiegervater sprach mit einem Ernst in der Stimme, dass Louise angst und bange wurde. Seine Wortwahl war seltsam fremd. Eine graue Strähne hatte sich aus dem sorgfältig zurückgekämmten Haar gelöst und fiel ihm in die Stirn. Er bedeutete mit der Hand, Peter möge sich wieder hinsetzen. „Ihr schweigt. Genauso wie ich. Wir müssen sie in Sicherheit wiegen, um herauszubekommen, was sie im Schilde führen. Sowohl Lilian als auch die Männer. Habt ihr mich verstanden?“

Peter kräuselte die Lippen und zog die Augenbrauen zusammen. „Woher weißt du das? Ist die Quelle sicher?“ Er nestelte nervös an seiner Weste und rückte seine Schleife zurecht.

„Vielleicht ist es euch aufgefallen, dass ich den ganzen Tag nicht da war?“ Seine Augen wanderten von Peter zu Louise. „Ja? Ich war in Oxford. Dort habe ich mich mit Lord Boden getroffen. Er lebt ja schon lange in London, hat aber dann und wann in Oxford an der Universität eine Vorlesung zu halten. Nun, wer glaubt, ich hätte nicht von Mr Skinner gewusst und dass er als Schuldeneintreiber verschrien ist, der irrt gewaltig.

Kurz nach der Ankunft unserer Gäste wurde mir bewusst, dass nicht alles wahr ist, was sie uns glauben machen wollen. Zuerst haben mich Kleinigkeiten gestört und dann ihre oberflächliche Art. Man stumpft leider im Alltagsleben ab. Ich schließe mich mit ein. Das Leben gaukelt uns eine heuchlerische Gewissheit vor. Trotzdem begann ich, Erkundigungen einzuholen. Vor allem über Bradley und seine Freunde. Zuerst habe ich auch Lilian als einer hilfsbedürftigen Witwe vertraut."

Er verzog den Mund und blickte Louise bedauernd an. „Männer sind nun mal einfältig. Manchmal zumindest, gebe ich zu. Mir fiel mein Freund Boden ein, den ich seit Jahrzehnten kenne und schätze. Normalerweise hätte ich nach London reisen müssen. Doch ihr wisst ja, wie marode die Straßen sind und wie schrecklich lang und anstrengend die Reise mit der Kutsche sein kann. Ich schrieb ihm also und teilte ihm unter strengster Auflage der Verschwiegenheit meine Zweifel mit. So konnte er seine Fühlarme", und jetzt begann sein Humor wieder durchzubrechen und ein Lächeln lag in seinen Augen, „nach der Wahrheit ausstrecken. London ist in dieser Hinsicht ein Dorf. Jeder kennt jeden und weiß, was man tut oder auch nicht." Er räusperte sich. „Tatsache ist, dass Bradley irgendetwas im Schilde führt. Er hatte schon früher keinen Sinn für die Aufsicht eines Landguts, geschweige denn für Arbeit. Ich schließe nicht aus, dass die Idee, sich mit seiner Schwester Lilian hier einzunisten, von ihm stammt."

„Woher willst du wissen, dass Lilian daran beteiligt ist?", empörte sich Peter und sprang auf wie ein wund geschossener Rehbock. Louise wunderte sich, warum Schweißtropfen von den

Schläfen an seinem Ohr vorbeirollten, obwohl es im Zimmer nicht besonders warm war.

„Beruhige dich, Peter." Sein Vater legte ihm eine Hand auf die Schulter und drückte ihn zurück in den Sessel. „Lass die Schultern mal unten, du bist ja ganz verspannt!" Mit den Augen bedeutete er ihm, still zu sein, als sei er sein Komplize. Mit den Händen auf dem Rücken schritt er im Zimmer auf und ab. Louise lauschte, ob etwas von draußen zu hören war, aber im Flur war alles still. Hier im Zimmer ihres Schwiegervaters war man vor Geräuschen des Haushalts gut abgeschirmt.

Außer dem peinlich aufgeräumten Schreibtisch gab es ein Stehpult aus dem gleichen polierten Mahagoniholz. Der aus weißem Marmor gefertigte Kamin teilte eine Regalwand – bestückt mit Büchern und Exponaten seiner Fernreisen – in zwei Teile. Über dem Kamin hing Lady Marys Portrait in Öl. Es musste zu Beginn ihrer Ehe gemalt worden sein. Ihre Augen blickten neugierig und fröhlich in die Welt, die Wangen mit leichten Pausbacken und einer Frisur, die man als Mähne aus dunklen Locken beschreiben konnte. Ihren leicht geöffneten Mund umspielte ein Lächeln. Das bestickte Kleid war züchtig hochgeschlossen. Um den Hals trug sie vier lange Perlenreihen, die bis an den unteren Bildrand reichten. Die Sitzgruppe umrahmte eine Schreibtischseite und Louise stellte begeistert fest, dass selbst die Seite mit Schubladen versehen war. Hier hatte ein Künstler praktisch gedacht.

Mit durchgedrücktem Kreuz blieb Lord Cherleton vor Peter stehen. Er blickte streng, die Stirnfalte war steil wie das Matterhorn, sein Kinn zitterte. Louise hatte Angst, dass er einen Herzanfall erleiden könnte. Sie konnte sich nicht erinnern, ihren Schwiegervater jemals derart außer sich gesehen zu haben.

„Lord Boden ist Rechtsgelehrter und kein Waschweib, mein Sohn", wies er ihn zurecht. „Ich kann mich auf sein Ansehen und seine Wahrhaftigkeit verlassen. Bis jetzt ergeben die Hinweise, dass Lilians Mann untergetaucht ist."

Peter schien noch nicht überzeugt. „Warum sollte er das tun? Bei diesem … äh … dieser wundervollen Frau."

„Engel wolltest du wohl sagen?", konterte Louise gekränkt, was er mit einem eisigen Blick kommentierte.

Peter räusperte sich. „Was ist mit Ferries House? Da haben die beiden gelebt."

Ihr Schwiegervater antwortete: „Wenn man der Meinung ist, das Leben bestehe nur aus Vergnügungen und Gesellschaften, so irrt man gewaltig. Wer in einer Position wie wir groß geworden ist, und dazu gehört auch Hugh Wilkinson, der hat eine soziale Verpflichtung. Nicht nur für Haus und Land als Erbe, sondern auch gegenüber den Pächtern und dem Dienstpersonal. Kümmert man sich nicht und zieht die Damenwelt der Arbeitswelt vor, kommt es unter Umständen zu finanziellen Problemen. Ich merke nur an, dass unser Land gerade eine schwierige Zeit durchmacht." Nach einer kurzen Pause fuhr er ruhig und betont fort: „Bei den Wilkinsons kam es zum Desaster!"

„Das heißt?", fragte Peter. Er wollte es wohl nicht begreifen.

„Ferries House ging mitsamt den Liegenschaften an die Bank."

„Oh!" Jetzt wirkte auch Peter erschüttert.

„Lilian wusste möglicherweise nichts davon, das ist aber nur eine Vermutung. Es stellte sich heraus, dass Hugh viel zu spät reagierte. Anstatt Gespräche mit der Bank zu führen oder Rat einzuholen, entschied er sich für die arrogante Methode. Als das Spiel ausgereizt war, versuchte er es mit Betrügereien." Lord Cherleton holte tief Luft und sah sich um. Nein, hier stand weder Cognac noch Tee. Ernüchtert redete er weiter. „Es laufen Strafverfahren gegen ihn …"

Peter unterbrach ihn: „Dann soll er sich wie ein Mann benehmen und die Sache aus der Welt schaffen!"

Die Augen ihres Schwiegervaters wurden schmal und er starrte zum Fenster. „… und seitdem ist er verschwunden."

Louise stieß einen erstickten Schrei aus. „Muss er ins Gefängnis?"

„Schlimmer. Seine Taten wiegen schwer und möglichweise droht ihm die Strafkolonie in Australien. In Portsmouth stechen nachts die überfüllten Schiffe in See. Überwiegend mit Frauen, Männern und Kindern sowie Matrosen und Soldaten."

Peter sah mit unbehaglichem Gesichtsausdruck von ihm zu ihr und wieder zu ihm. „Da kommen doch nur Schwerverbrecher hin."

Lord Cherleton wandte sich wieder seinem Sohn zu. „Du irrst. Selbst für Diebstähle sind schon Leute verschifft worden. Auf Nimmerwiedersehen. Tja, das ist eher eine Strafe für die Unterschicht. Doch es gibt immer wieder Ausnahmen. Frag mich bitte nicht, wie diese zustande kommen. Und dieser Vogel Hugh Wilkinson hat alles dafür getan, dass er nur noch einen Ausweg sah: untertauchen, bevor er eingesperrt wird."

Ihr Schwiegervater klatschte in die Hände und riss die Augen auf. „Jetzt seht mich nicht an, als hätte ich ihn schon verschifft! Wir gehen jetzt rüber und genehmigen uns einen doppelten Cognac." Er fand sein Lächeln wieder. „Wir Männer. Und nochmals: kein Wort zu niemandem! Habt ihr mich verstanden?"

Peter wandte seinen Kopf jäh in Louises Richtung. „Was … was machen wir mit unserem Besuch?"

„Natürlich hegen und pflegen. Was sonst?", antwortete sein Vater an ihrer Stelle. „Lass sie in keiner Weise spüren, dass wir ihnen auf der Spur sind. Wohin auch immer diese führt."

Louise dachte in diesem Moment an Ms Beecroft und ihren Bericht über Lilian am Sarkophag. Eine scheußliche Befürchtung nagte plötzlich an ihr. Sie betrachtete den dicken Teppich unter ihren Füßen. Mit einem Fuß fuhr sie die Kontur des Musters nach, das der florentinischen Lilie nachempfunden war. Mit Lord Cherletons Lieblingsfarben Gold auf Blau.

Peter stand auf und reichte ihr die Hand, die sie zwar mit Widerwillen, aber doch dankbar ergriff. Irgendwie war ihr ziemlich flau im Magen. Sie sah ihn mit großen Augen an. Plötzlich fiel ihr ein, was sie ihn die ganze Zeit hatte fragen wollen. Wo war er eigentlich den ganzen Tag gewesen?

„Nach Bath? Was, bitte schön, willst du in Bath?“

Louise knetete die Hände. „Ich möchte gern in Begleitung von Elfreda Tante Rose-Ann einen Besuch abstatten. Sie hat Lilian in dem halben Jahr, das sie bei ihr verbracht hat, sicher gut kennengelernt und kann mir etwas über sie sagen. Vielleicht hat sie ihr etwas anvertraut, das bedeutsam für uns ist. Je eher, desto besser.“

„Ausgeschlossen!“

„Sie hat mich eingeladen!“ Es klang trotzig wie bei einem Schulkind.

„Du hast dich eingeladen. Woher sonst dieser Zufall?“ Peters Stimme klang spöttisch und ungewohnt. Das war nicht seine Art, so mit ihr zu reden. Wieder ein Zeichen, dass er sich verändert hatte. Warum blickte er sie so finster an? Wie sollte sie mit ihren Gefühlen umgehen?

„Schluss jetzt!“

Sein Tonfall machte sie fassungslos. War das wirklich der Mann, den sie noch bis vor ein paar Tagen glaubte, bedingungslos zu lieben? Konnte sie sich derartig getäuscht haben? Sie öffnete den Mund und schloss ihn wieder. Widerstand keimte in ihr auf. Was erlaubte er sich? Noch nie in ihrer Ehe hatte ein Streit sie persönlich verletzt. Glaubte er, er könne über sie bestimmen? Man konnte über alles reden. Argumente vortragen und verwerfen. Aber alles mit dem nötigen Respekt. Hatte Lilians Anwesenheit ihn verwirrt, dass er ihr gegenüber plötzlich verletzend wurde und sich nicht dafür interessierte, was sie fühlte?

Obwohl es erst Vormittag war, war sie hundemüde. Die vergangene Nacht hatte sie sich stundenlang unruhig im Bett hin und her gewälzt und war erst im Morgengrauen eingeschlafen. Kein Wunder bei der Nachricht, die ihr Schwiegervater überbracht hatte. Dass sie darüber schweigen musste, machte es nicht leichter. Sie hätte natürlich mit Peter sprechen können, aber er war ja wie von Sinnen. Mit ihm zu reden, war nicht möglich. Das hier war das beste Beispiel.

Sah er sie denn nicht? Was sollte nur aus ihr werden? Eine innere Stimme sagte ihr, sie solle ihre Erkundigungen da intensivieren, wo Lilian zuletzt gelebt hatte. Das war in Bath. Noch immer hatte Tante Rose-Ann einen messerscharfen Verstand. Zudem hatte sie viel Zeit, Beobachtungen zu kommentieren. Lautstark, wie sie das bereits seit jeher gemacht hatte. Sehr zum Leidwesen ihrer Mutter, Lady Ada Hayn.

Louise hatte Elfreda gleich von ihrer Idee geschrieben und dass es Entwicklungen gab, die sie nicht preisgeben dürfe. Postwendend kam die Antwort. Wann immer sie zu reisen beabsichtige, sie wäre zu allen Späßen bereit. Leider war es alles andere als belustigend. Beim gemeinsamen Besuch des Jahrmarkts mit Lilian hatte Elfreda sich ihr eigenes Urteil bilden können. Wie das ausgefallen war, deutete sich in ihrer indirekten Antwort an. Mit Elfredas Beistand konnte sie rechnen. Wahre Freundschaft war unbezahlbar und mehr als Glück.

Sie stand noch immer vor Peters Schreibtisch und betrachtete seine schlanken Hände, die ein Schreiben mit dem Brieföffner aufschlitzten. Es musste eine Rechnung sein, dem Gesichtsausdruck nach zu urteilen. Er legte sie zur Seite und griff nach einem weiteren Brief.

„Ist noch was?“ Seine Nasenflügel bebten.

Sie schluckte. So musste sich ein Schwerverbrecher vor dem Richter fühlen. Vier Jahre Knast. Der Nächste bitte. Nein. Nicht mit ihr. „Wo warst du gestern den ganzen Tag?“ Ihre Stimme klang düster und heiser.

Ruckartig hob er den Kopf. Nach einem Moment des Staunens lächelte er spitz. Er kratzte sich am Hals. „Männersache.“

Sie verzog den Mund. Das war nicht Peter, der hier sprach. Nicht der Mann, der voller Grundsätze war. Nicht der Mann des Glaubens. Und vor allem nicht der, den sie einst auf strittige Art und Weise kennen- und lieben gelernt hatte. Louise holte tief Luft und ging ans Fenster, das offen stand. Von hier aus hatte man die Pferdeställe direkt im Blick.

Gedankenverloren sah sie dem Pferdeknecht zu, der mit dem Auskratzen der Hufe einer Stute beschäftigt war. Die helle Blesse gehörte zu Cloud, einer ihrer beiden Stuten. Noch während sie darüber nachdachte, warum der Pferdeknecht sie säuberte, obwohl sie sie in letzter Zeit kaum geritten hatte, kam Lilian aus dem Stall, in ein elegantes dunkelrotes Reitkostüm gekleidet. Es stand ihr wirklich gut. Scully und Gibbs kamen angestürmt und sprangen freudig an ihr hoch. Sie blieb stehen, hockte sich hin und tätschelte ihr Fell. Als sie wieder aufstand, blickte sie zum Fenster hoch, wobei ein Lächeln ihre Lippen umspielte. Als sie Louise entdeckte, glitt diese nur einen Hauch zurück, doch das genügte. Lilian hatte sie nicht hier erwartet.

Louise drehte sich um. „Könntest du mir bitte meine Frage beantworten. Wo warst du?“ Sie verschränkte die Arme vor der Brust.

„Spielt das eine Rolle?“

„Ja.“

Er stockte kurz, bevor er antwortete: „Ich bin in Bath gewesen.

Mein Freund Donald ist dort Antiquitätenhändler." Sie spürte, wie ihn die Sache belastete. „Wir hatten ein langes Gespräch. Wegen des Gebetsbuches aus St. Mary. Es ist eine Rarität. Etwas ganz Besonderes. Noch kann er den Wert nicht genau beziffern, aber er fürchtet, dass man beim Verkauf für den Rest seines lausigen Lebens finanziell ausgesorgt hat."

„Oh." Sie schnappte nach Luft. „Das wusste niemand?"

„Haben wir je darüber nachgedacht? Es lag schon immer in der Kirche. Jeder wusste davon, doch den Leuten hier ist es heilig. Keiner käme auf die Idee, es zu stehlen, um es zu verscherbeln. Es würde auffallen, wenn jemand plötzlich vermögend ist. Wer mit wenig Geld aufgewachsen ist, kann doch gar nicht damit umgehen. Ist ja bekannt, dass Langfinger gleich wieder klamm sind."

„Königin Catherine Parr war die letzte Frau des Königs. Ob sie zu ihren Gebeten Geheimnisse geschrieben hat?"

„Deine Fantasie geht mit dir durch."

„Denkst du, der Dieb wird es deinem Freund zum Verkauf anbieten?"

„Weiß nicht. Hier in Gloucestershire ist man zu nah dran. Ich fürchte, er geht eher nach London. In der Hauptstadt gibt es viele solcher Händler. Das macht es schwerer, die Spur zu verfolgen." Er nahm einen neuen Brief und setzte den Brieföffner an. Ein Geschenk seiner Mutter aus Silber mit einem Pferdekopf als Griff.

„Dann werde ich mich erkundigen, warum ausgerechnet zu diesem Zeitpunkt Lilian hier um Unterschlupf gebettelt hat."

Die Spitze des Brieföffners verrutschte und bohrte sich in die Hand. Er stöhnte auf. Mit einem Ruck knallte er den Brief samt Öffner auf den Schreibtisch. „Nichts wirst du. Sie hat nichts damit zu tun." Er zerrte ein Tuch aus seiner Hosentasche und drückte es auf den Blutstropfen, der aus der Wunde quoll. Missmutig zog er die Brauen zusammen.

Louises Mitleid hielt sich in Grenzen. „Und du weißt das?", schnaubte sie. „Was macht dich da so sicher?"

Statt einer Erklärung hörte sie nur den Befehl: „Du wirst nichts unternehmen!"

Verstört verließ sie Peters Arbeitszimmer. Wie benommen ging sie nach oben. Dann machte sie kehrt und läutete nach einem der Dienstmädchen. „Ich möchte für zwei, nein, drei Tage verreisen."

Das Mädchen nickte. „Wann?"

„Morgen früh." Sie fühlte sich gemein. „Kein Wort zu irgendjemand! Du findest den Koffer im obersten Fach im Schrank."

Das Mädchen knickste und verschwand Richtung Treppe. Jetzt musste sie nur noch Elfreda und Tante Rose benachrichtigen und eine Mietkutsche bestellen. Ein Schmunzeln überflog ihr Gesicht. Tante Rose-Ann würde Augen machen, wenn sie morgen vor ihrer Tür stand. In diesem Moment durchquerte Ms Beecroft die Halle. Ihr gehetzter Gesichtsausdruck machte Louise stutzig. „Ms Beecroft", murmelte sie, „ist etwas nicht in Ordnung?"

Die Gouvernante sah sie mit rotgeweinten Augen an und warf die Hände in die Luft. „Jacob ist weg. Ich kann ihn nirgendwo finden!"

Louise durchfuhr ein Schreck. „Weg? Wie kann er denn weg sein?" Ihre Stimme überschlug sich. „Seit wann ist er verschwunden?"

„Seit einer Stunde. Wir haben im Kinderzimmer gespielt. Er war ganz vertieft in sein Spiel mit den Soldatenfiguren. Ich musste mal dringend wohin. Als ich zurückkam, war er weg."

Ihr Herzschlag beschleunigte sich. „Eine Stunde? Sie haben ihn allein gelassen? Warum blieb kein Dienstmädchen bei ihm, wie ich es angewiesen habe?"

„Ich war nur wenige Minuten nicht im Zimmer."

Louise fuchtelte mit den Händen in der Luft. „Ja, was stehen Sie denn jetzt herum? Trommeln Sie die Dienerschaft zusammen. Wir müssen ihn suchen." Sie sah sich suchend um. „In welchen Zimmern oben haben Sie schon nachgesehen?"

„Im kleinen Salon und in den Gästezimmern. Aber dort war er nicht." Sie begann zu weinen. „Mylady, es tut mir so leid. Er kann doch nicht weit sein."

Louise empfand Mitleid mit der sonst so zuverlässigen Erzieherin. Sie legte eine Hand auf ihren Arm. „Schon gut. Jetzt machen wir uns alle auf die Suche. Ich läute nach dem Personal." Sie schluckte. Ihre Reise zu Tante Rose-Ann oder besser gesagt ihr Brief mit der Ankündigung ihres Kommens musste zurückstehen. Jacob ging vor. Hoffentlich war ihm nichts passiert!

Innerhalb kurzer Zeit durchkämmte das Hauspersonal jedes Zimmer. Selbst die Küchenhilfen und Scheuermädchen wurden angewiesen, mitzuhelfen. Gill und ein paar Dienerinnen suchten die Zimmer in der ersten Etage ab, Archie und zwei weitere Diener die verschiedenen Salons, die Bibliothek und das Speisezimmer. Ein Diener wurde zusätzlich in der Halle postiert, um den Haupteingang und die Seitenportale im Auge zu behalten. Mrs O'Donnell wies die Küchenmädchen an, in den Wirtschaftsräumen nachzusehen.

Ihr Schwiegervater erschien kurzzeitig an der Brüstung der Galerie und erkundigte sich lautstark, was da für eine Unruhe im Haus sei.

„Hat jemand bereits die Schlafkammern der Dienstboten durchsucht?", fragte Louise mit zitternder Stimme, ohne auf ihn zu achten. Ihre Knie wackelten bedenklich wie Pudding. Wo war Lilian überhaupt? Konnte sie nicht mithelfen bei der Suche? Ach, wäre doch Peter jetzt hier und könnte sie beruhigen.

Gill, die gerade an Lord Cherleton vorbei die Treppe herunterstürmte und sich mit den Schuhen fast im Kleid verfing, blieb atemlos vor ihr stehen. „Nichts! Er ist wie vom Erdboden verschluckt."

Louise schlug die Hände vors Gesicht. Sie begann zu weinen. Er konnte sich doch nicht in Luft aufgelöst haben. Ihren kleinen Jacob musste doch jemand gesehen haben! „Was ist mit dem Stall?"

Gill zog die Schultern hoch. „Soll ich mal rübergehen?"

„Ja." Sie beschloss, selbst nochmals im Kinderzimmer nachzusehen und stieg die Treppe hoch. Noch immer stand ihr Schwiegervater oben am Geländer und sein Kinn mahlte hin und her. Sie wich seinem fragenden Blick aus und eilte in den Seitenflügel. „Jacob", rief sie verzweifelt und stieß die Tür zum Kinderzimmer auf. Das Holzpferd mit dem echten Ledersattel stand an der Seite, Figuren, die wohl eine Truppe darstellen sollten, lagen zerstreut auf dem Teppich und ein runder Tisch mit Stühlen stand in der Nähe der Fenster. Rechts davon an der Wand gab es einen verschlossenen Sekretär, an dessen Vorderklappe eine Schiefertafel angebracht war. Ihr Mund war ausgetrocknet und in ihren Ohren jagte der Puls wie ein dumpfes Gewittergrollen.

Louise schloss die Tür und faltete die Hände. Sie betete in einer Inbrunst, wie sie es in den letzten Tagen nicht mehr getan hatte. Hatte sie überhaupt zuletzt mal ehrlich mit ihrem Herrn im Himmel gesprochen? In ihrer Eifersucht und Enttäuschung hatte sie nur noch sich selbst gesehen. Jacob, ihr Juwel, ihr Augapfel, war in den Hintergrund geraten in ihrem Desaster voller wirrer Empfindungen. *Herr, vergib mir, wo ich schuldig geworden bin. Ich habe nur das Schlechte in allen Menschen gesehen. Nicht ihr Gutes, nur meines. Bitte, bitte, schenk, dass ich mein Kind wiederfinde! Lass ihm nichts passiert sein! Du weißt, was er Peter und mir bedeutet. Er kann doch nichts dafür, dass mein Leben aus den Fugen geraten ist. Bitte, Herr, erhöre mein Gebet!*

Erschöpft ließ sie sich auf den Teppich sinken und nahm eine der Figuren in die Hand. Es war ein Mann in Uniform mit schwarzem Helm, roter Jacke und heller Hose. Im Zimmer war es ganz still. Nur leises Vogelgezwitscher drang durch die geschlossenen Fenster. Sie stöhnte auf und sog die warme Zimmerluft in sich auf, um der Enttäuschung Herr zu werden.

Da, was war das? Sie hob den Kopf und lauschte in die Stille. Es hörte sich wie ein Seufzen an. Dann war es wieder weg. Jetzt wieder. Sie könnte schwören, dass es direkt hier im Raum gewesen war. Ganz in der Nähe der Fenster. Sah sie bereits Wahnbilder? Langsam stand sie auf, strich sich ihr Kleid glatt und ging auf Zehenspitzen zu den Fenstern. Ihr Herz schlug wie wild. Als sie neben dem Vorhang stand, mahnte sie eine innere Stimme, nach unten zu blicken. Dann sah sie den kleinen Fuß. Mit einem Aufschrei schob sie den schweren Brokat zur Seite. Jacob lag eingerollt wie eine kleine Katze zwischen Wand und Vorhang und schlief fest. Louise ließ sich neben ihm nieder und nahm ihn in den Arm. Dann fing sie hemmungslos an zu schluchzen.

Beim Fünf-Uhr-Tee hatte sich die Aufregung im Haus etwas gelegt. Jacob war inzwischen mit Ms Beecroft zu den Hühnern gegangen, deren Stallung hinter den Pferdeställen lag. Es gab kleine Küken, die ihn begeistern würden.

Louise nippte an ihrem schwarzen Tee, den sie gern mit Zucker und Rahm genoss. Jacob musste wohl müde vom Spielen gewesen sein und hatte sich in Beecrofts Abwesenheit einfach hinter den Vorhang gelegt, wo er eingeschlafen war. Dankbar, dass ihr Gebet eine unverhoffte Erhörung gefunden hatte, biss Louise in einen Scone. Sollte sie die Aufregung als Zeichen vom Himmel verstehen, nicht zu verreisen? Was sollte aus ihrem Vorhaben mit Tante Rose-Ann geschehen? Sie musste doch endlich mal etwas über Lilian erfahren, um zu verstehen, was hier geschah. Nachdenklich blickte sie in die Teetasse. Ihr Leben war so glanzlos und trübe geworden wie die milchig süße Brühe.

Die Tür ging auf und Gill erschien. „Möchten Sie mit Mylord sprechen? Er fragt nach Ihnen."

Ihr Gesicht verdunkelte sich. „Nicht jetzt." Entschlossen stand sie auf. „Ich muss noch etwas erledigen." Sie würde zuerst Elfreda schreiben und ihre Tante benachrichtigen. Dann würde sie Peter mitteilen, dass ihr Plan unumstößlich war.

15

Lilian verwünschte die Standuhr, auf der die Zeit nicht voranrücken wollte. Der Tag hielt nichts als Langeweile für sie bereit. Sie saß im Salon und blätterte in einem Magazin. Ihr Blick fiel auf das Pärchen in neuester Mode. Er im Frack und gut sitzender Hose, die in ebenso eng anliegenden Stiefeln steckte. An anderen Tagen hätten die goldbestickten Ballerinas des Models sie enthusiastisch werden lassen und zum Kauf animiert. Dazu die Hochsteckfrisur mit einer Feder … fantastisch! Aber heute konnte sie weder der Medici-Kragen noch das Canezou begeistern. Selbst wenn das Ganze noch mit einem diamantbesetzten Diadem gekrönt gewesen wäre – es hätte nichts daran geändert, dass sie sich völlig durcheinander fühlte. Richtiggehend kaltgestellt.

Gill hatte ihr anvertraut, dass die Hausherrin schon am frühen Morgen mit der Kutsche verreist sei. Niemand wusste, wohin. Was war mit ihr los? Die ersten Tage war sie zuvorkommend und verbindlich gewesen. Trotzdem sah sie aus wie ein gehetztes Reh, blass um die Nase und irgendwie verändert. Sie würde sich doch nicht wegen des beschädigten Grabs grämen? Lächerlich! Sicher hatte Louise keine Ahnung und noch weniger Interesse, was den Diebstahl betraf.

Wenn der Verkauf des Buchs planmäßig lief, konnte sie hier endlich ausziehen. Obwohl – Peter war nicht zu verachten. Er hatte angebissen. Sie schmunzelte. Noch war nicht aller Tage Abend und der Gedanke an ein Abenteuer rief ein Kribbeln im ganzen Körper hervor. Der Alte war auch nicht zu verschmähen. Nicht ganz so attraktiv, ein bisschen zu gesetzt, aber eine exzellente Partie. Sie spürte, er war ihr zugetan. Wäre doch nicht die schlechteste aller Lösungen und allemal ein Erlebnis wert. Lady Lilian Cherleton. Wenn der Name mal keine Ansage war. Sie hätte für alle Zeiten ausgesorgt und würde höchstwahrscheinlich früh Witwe werden. Womöglich würde sie noch schwanger werden. Solange Hugh nicht mehr auftauchte, dürfte dieser Plan gelingen. Einzig der Gedanke, mit ihrer Cousine in einem Haus zu wohnen, ließ sie erbeben. Die Bezeichnung Haus war maßlos untertrieben, wenngleich es dazu den Vorteil hatte, dass man sich nicht täglich begegnen musste. Nur verwandt blieben sie so oder so.

Draußen hörte man Pferdegetrappel. Neugierig geworden warf sie die Zeitschrift auf einen Stapel Zeitungen und trat ans Fenster. Eine aufgewirbelte Staubschicht tänzelte in der Vormittagssonne um das angebundene Pferd vorm Stall, doch vom Reiter war nichts zu sehen.

Wie konnte Louise wegfahren, ohne sich um ihre Gäste zu kümmern? Sie beschloss, Bradley zu suchen. Er musste mit den Jungs irgendwo draußen sein. Gestern waren sie den ganzen Tag unauffindbar gewesen. Ob sie etwas Neues von Hugh wussten?

Ein warmer Wind schlug ihr entgegen, als sie aus der Seitentür trat, die zu den Stallungen führte. Ein Stalljunge löste gerade den Sattel des Pferdes und legte ihn beiseite. Lilian ging zur offenen Stalltür. Fliegen surrten im Sonnenlicht und sie sog den dampfenden Luftstrom ein, der nach draußen strömte. Schon als kleines Mädchen hatten Gerüche von Stalldung und verschwitzten Pferden beruhigend auf sie gewirkt.

Sie blieb in der Tür stehen, eine Hand an die Zarge gelegt, und wartete einen Moment, dass sich ihre Augen an das dämmrige Licht im Stall gewöhnten. Es war alles still. Links und rechts des Ganges waren die Boxen. Sie vermutete, dass etwa zehn Stuten und Hengste hier untergebracht waren, darunter mindestens ein Fohlen, das sie draußen auf der Weide gesehen hatte. Wahrscheinlich waren die Tiere jetzt auf der Koppel.

Ein vertrauter Schattenriss tauchte vor ihr auf. Er musste sie schon vorher gesehen haben, denn er kam direkt auf sie zu und klopfte sich mit der Hand über Arme und Brust. Der Lichtkegel, der hinter ihr in den Gang fiel, zeichnete Flusen in die Luft.

Lächelnd blieb er vor ihr stehen. Ihr Puls beschleunigte sich. Seine Reitkleidung war ziemlich staubig. Schweiß rann ihm über Stirn und Schläfen, und sein nasses Haar klebte in Kringeln am Kopf. Sein Körper verströmte einen maskulinen Geruch, den sie nur zu gern in sich aufsog. Lilian fand ihn unwiderstehlich attraktiv und wusste sofort: Jetzt war ihr Moment gekommen.

Peter räusperte sich. „Willst du ausreiten?“ Seine Stimme klang belegt.

Er war genauso nervös wie sie. Wie sonst konnte er diese Frage stellen, wo sie doch in einem hauchdünnen Mousselinkleid vor ihm stand. Je nach Sonnenlicht wirkte es durchsichtig. Womöglich war das jetzt der Fall. Das machte es ihr leichter. „Ich habe dich gehört.“

„Mich oder Attila?“ Ein Lächeln umspielte seine Lippen. Er hob eine Braue.

Sie legte den Kopf schief und sah zu ihm hoch. „Das Pferdchen.“ Ihre Augen leuchteten. Ihn umgab ein Duft von Amber, würzigem Muskat und Bergamotte, der sich mit seinem Schweiß vermischte. Zaghaft legte sie die Hände vor die Brust und mit einer Hand umklammerte sie die Brosche, die auf der Schleife befestigt war. Sein intensiver Blick machte sie zunehmend unsicher. Ein Prickeln versetzte sie in eine Dimension ohne Raum und Zeit.

„Ich wusste gar nicht, dass du dich für Pferde interessierst.“

Sie genoss den Anblick seiner breiten Schultern, die sich hoben und senkten. Durfte sie das aussprechen? Was konnte sie schon verlieren? Sie wollte doch gewinnen. Jetzt. Ihn. „Eher für den Reiter.“

Die Luft war zum Zerreißen gespannt. Er stand dicht vor ihr. Nur ein Hauch von Anstand trennte sie. Sie wusste, sie hatte ihn. Wie konnte er sich sonst derart intensiv in ihre Augen versenken? Für gutes Benehmen einen Moment zu lange. Sein warmer Atem war spürbar nah. Jetzt hob er seine Rechte und berührte ganz zart ihre Wange. Ein wohliger Schauder durchlief sie und sie wünschte, die Welt und der Moment möchte stehen bleiben. Sie schloss die Augen und ließ die Arme sinken. Die innere Stimme, die ihren gesunden Menschenverstand beschwor, war plötzlich verstummt. Etwas Riskantes, Unheilvolles und zugleich Begehrenswertes drängte hervor und gewann die Oberhand.

Flüsternd hielt sie ihm ihre Lippen entgegen. „Louise ist heute weg.“

Doch nichts geschah. Er sog die Luft scharf ein, als habe er einen Hieb bekommen, und nahm die Hand weg. Was hatte er denn? War das nicht Zeichen genug? Lilian öffnete die Augen. Sein weicher Gesichtsausdruck war einem unbewegten gewichen.

Er trat einen Schritt zurück und sah mit zusammengepressten Lippen an ihr vorbei.

„Oh!“ Sie hätte sich ohrfeigen können. Warum hatte sie den Namen seiner Frau genannt? Das musste ihn irritiert haben. Der Zauber des Augenblicks hatte sich in eine peinliche Situation verwandelt. Wie sie ihre Cousine hasste! Als erlebe sie wie Eva plötzlich ihre Nacktheit, verschränkte sie die Arme vor der Brust. Ein heftiges Gefühl erfasste sie, das ihren Magen zusammenzog. Ein Albtraum. Ihr wurde heiß und kalt.

„Entschuldige, ich habe zu tun.“ Er stiefelte an ihr vorbei nach draußen.

Wie betäubt stand Lilian noch immer da. Sie hörte, wie er mit dem Jungen sprach und ihm Anweisungen für die Hufpflege gab. Dann verloren sich seine Schritte. Ihr Kopf dröhnte. Unschlüssig verharrte sie im Gang und biss sich auf die Lippen. Eine Fliege versuchte, sich auf ihren Arm zu setzen. Wütend schlug sie mit der Hand nach ihr und beschloss, ins Haus zu gehen. Irgendwie musste sie sich beruhigen.

Die Halle war menschenleer. Das brachte sie auf eine Idee. Sie blieb vor dem Rauchsalon stehen und horchte, ob sich jemand im Zimmer befand. Als sie nichts hörte, drückte sie vorsichtig die Klinke herunter. Die Tür war nicht verschlossen. Sie ging leise hinein und zog die Tür hinter sich zu. Ihr Blick fiel auf die Getränke, die auf einem kleinen Tisch standen. Die Beschriftung der verschiedenen Cognacs sagte ihr nichts. Noch nie hatte sie sich damit beschäftigt, geschweige denn einen getrunken. Den Männern nach zu urteilen, ging eine beruhigende Wirkung davon aus. Entschieden griff sie nach einem Glas, entfernte den Pfropfen einer Flasche mit goldfarbenem Inhalt und schüttete sich ein. Sie roch kurz daran und kippte mit einem Schluck, wie sie es bei den Männern gesehen hatte, alles hinunter.

Mit der Schärfe des Brandes hatte sie nicht gerechnet. Prustend und nach Luft japsend knallte sie das Glas auf den Tisch. Es brannte in ihrer Kehle und die Augen tränten. Mit dem Handrücken wischte sie sich über den Mund. Als der erste Schreck vorbei war, wartete sie auf die Wirkung, doch nichts geschah. Das Zögern dauerte nur wenige Sekunden und sie verteidigte sich, dass der Zweck manchmal die Dinge heiligte, bevor sie sich nachschenkte. Diesmal war sie auf das Brennen gefasst und es war nicht mehr ganz so schlimm.

Eine Idee stieg in ihr auf. Sie huschte in ihr Zimmer, um ein paar Münzen zu holen. Vielleicht würde sie damit leichter herausfinden, wo Louise steckte … Als sie die Treppe wieder hinunterging, um Gill zu suchen, setzte die Wirkung des Alkohols ein. Ihr Kopf fühlte sich plötzlich an wie von einem Wattebausch umhüllt. Ihre Füße waren seltsam bleiern.

„Gill", rief sie in einem Anflug von Übermut durch die Halle, „Gill, wo steckst du denn?"

Tatsächlich erschien Gill. „Mylady?" Sie blieb vor Lilian stehen.

„Sag mir sofort, wo Louise ist!"

Gill sah auf ihre Füße und schwieg. Lilian griff nach ihrer Hand und drückte zwei Münzen hinein. „Jetzt kannst du dich bestimmt wieder erinnern." Sie grinste heuchlerisch.

„Nach Bath."

Lilian schnappte nach Luft. „Was will sie da?"

Gill schüttelte den Kopf. Als Lilian ihr noch eine Münze gab, blickte sie auf. „Sie hat ihre Freundin mitgenommen. Sie wollen bis morgen bleiben."

Es war leicht, eins und eins zusammenzuzählen. Lilian fasste sie am Arm. „Ach? Zu Lady Rose-Ann Smythe?" Das war ja mehr als interessant.

Es war nur ein Flüstern. „Mylord weiß nichts davon."

Sie lächelte vielsagend. Eine Stimme sagte ihr, dass es jetzt besser war, das Mädchen gehen zu lassen. Der Cognac begann, seine volle Wirkung zu entfalten. Jeder Schritt war schwierig. Am nächsten lag die Bibliothek. Die könnte sie noch erreichen und ungestört dasitzen, um die peinliche Situation im Pferdestall zu vergessen. Und um zu grübeln, was es mit Tante Rose-Ann zu besprechen gab.

Eines der Mädchen musste ihr ins Bett geholfen haben. Die Erinnerung daran war nebulös. Der gestrige Tag lag irgendwie weit weg in ihren Erinnerungen. Sie läutete nach Gill, die ihr ins Kleid half und beschloss, beim Frühstück mit ihrem Bruder zu reden. Hoffentlich war er mal nicht bei einem Pferdehandel oder Rennen. Und hoffentlich gab es endlich gute Nachrichten, ob man einen Antiquitätenhändler gefunden hatte.

16

„Und Sie, Mrs Nicols, unterstützen das auch noch? Was sagt denn Ihr Mann dazu?“ Lady Rose-Anns Augen funkelten. Ihr Kopf schwang herum. „Bei allem Verständnis, Louise, aber das geht entschieden zu weit.“ Sie hielt mit zwei Fingern ein Likörglas, in dem sich die Lichtstrahlen der Nachmittagssonne brachen. Der kleine Glaspokal besaß einen elegant geschwungenen Stiel und bestach mit einer Gravur, die Onkel Charles’ Wappen zeigte, umrahmt von einer verschnörkelten Kartusche. In der Mitte las Louise das Monogramm „RAS“. Rose-Ann Smythe.

Ihre Tante steckte die Nase in den Honiglikör und sog das süßliche Bukett in sich auf, wobei sie unablässig ihre Nichte musterte. „Nun, was kannst du zu deiner Entlastung sagen?“ Ohne ihre Antwort abzuwarten, setzte sie das Glas an die Lippen, schloss die Augen und kippte die goldfarbene Flüssigkeit in sich hinein.

Wenn sie gehofft hatte, sie würde mit ihrem überfallartigen Besuch bei Tante Rose-Ann auf Verständnis stoßen, so hatte sie sich gründlich getäuscht. Ernüchtert hockte Louise auf der Sesselkante, den Rücken durchgedrückt und mit der besorgtesten Miene, die sie aufsetzen konnte. Sie rieb die Handflächen an dem changierenden Baumwollstoff ihres Reisekleides trocken. Die Fahrt hierhin war schon ein Abenteuer für sich gewesen. In der Frühe, kaum dass es hell wurde, hatte sie anspannen und sich zu Elfreda ins Dorf bringen lassen. Niemand vom Dienstpersonal hatte eine Ahnung, wohin ihre Reise tatsächlich ging.

Elfreda war eingeweiht und hatte Lust auf ein Abenteuer. Zwar hatte sie zu bedenken gegeben, dass es gewagt und an der Grenze des Erlaubten sei, wenn nicht sogar darüber … Aber bevor sie ihre Freundin allein ziehen ließ, hatte sie sich entschieden, sie lieber zu begleiten. „In guten wie in schlechten Tagen“ galt ihrer Meinung nach nicht nur für die Ehe, sondern auch für Freundschaft. Da musste die eigene Meinung schon mal hintenanstehen.

„Ich sehe dir an der Nasenspitze an, dass du Ärger mit Peter hast.“

Louise verschränkte trotzig die Arme. „Warum?“

War das ihre elegante Tante, die auf Konventionen bedacht war und als eine Meisterin im Geplauder jede ihrer Freundinnen schlug? Wie konnte sie so eine direkte Frage stellen? Ihr Besuch musste sie mächtig durcheinandergewirbelt haben. Sie wirkte misstrauisch. Louise war enttäuscht.

„Ich hab den ganzen Tag in der Postkutsche verbracht. Sogar

die Pferde wurden getauscht. Jetzt sitze ich hier und du machst mir Vorhaltungen."

„Wie gesagt, ich finde, das geht zu weit. Wenn dein Mann damit nicht einverstanden ist, kannst du nicht wegfahren!" Ihre Tante schüttelte den Kopf.

„Was hätte ich deiner Meinung nach tun sollen?" Es klang wie ein Hilfeschrei. Sie wandte demonstrativ den Kopf. Das Mobiliar erinnerte an Ashdown House, wo sie als Kind manchmal zu Gast war. Der Landsitz der Smythes wirkte von Weitem wie ein Kricketball auf einer Wiese. Ausgefallen wie die niederländische Architektur, die sie als kleines Mädchen überhaupt nicht interessiert hatte, war auch die Einrichtung. Es war wie so oft in Adelsfamilien: Ein Vorfahr hatte bei einer Reise dieses und jenes bewundert – und es zu Hause mit allen denkbaren Mitteln nachbauen lassen. Vermutlich hatte ihre Tante einige der Schränke und Wandteppiche bei den Umzügen mitgenommen.

An der gegenüberliegenden Wand stand ein extravagantes zweisitziges Sofa aus Walnussholz mit hoher Rückenlehne, bespannt mit einem Stoff, der Jagdszenen darstellte. Louise war sich sicher, dass es schon damals in Ashdown House gestanden hatte. Obwohl es streng verboten war, hatte sie heimlich mit dem Kindermädchen auf diesem Möbelstück gesessen, wenn niemand im Zimmer gewesen war. Nicht auszudenken, was passiert wäre, wenn sie erwischt worden wären. Das Mädchen wäre sofort entlassen worden.

Louises Blick wanderte zu einer Kommode, über der ein weiteres besonderes Schmuckstück hing: ein mit Gold eingefasster Spiegel. Die filigranen Ornamente am Rahmen zogen sie heute magisch an, sodass sie den Blick kaum abwenden konnte. Welcher Künstler hatte so fragile Arbeiten gefertigt? Er musste begnadet gewesen sein.

Ihre Tante schien nachzudenken. Sie straffte die Schultern. „Wer hat euch gesehen?"

Louise kam sich vor wie beim Verhör. Aufgrund des fehlenden Schlafs fröstelte sie. „Niemand. Wir sind mit zugezogenen Vorhängen gereist."

„Donnerwetter." Ihre Tante wechselte mit Elfreda einen bedeutsamen Blick. Elfreda runzelte die Stirn. Sie schien gedankenverloren und griff sich an ihre ansehnliche Rolle, zu der sie ihr hüftlanges Haar aufgesteckt trug. Höflich sagte sie: „Lady Smythe, es betrifft nicht in erster Linie Louise, sondern Lilian."

O diese lästige Übelkeit! Louise wollte ihr mit einem Sprung aus dem Sessel zuvorkommen, doch vergebens. Hilflos schlug sie sich die Hand vor den Mund. Mit letzter Kraft hielt sie die Lippen aufeinandergepresst und schluckte die saure Brühe herunter. Es brannte fürchterlich in der Kehle. Elfreda eilte herbei und schob einen Arm unter ihren, um sie zu stützen.

Ihre Tante musterte sie aufmerksam und schüttelte den Kopf. „Dafür nimmst du den weiten Weg auf dich? Das hättest du mir schreiben können."

Louise nickte und verkniff sich eine Antwort. Das Brennen im Hals hörte nicht auf. Erst als Tränen hervorquollen, tastete sie nach einem Tuch in ihrer Rocktasche und tupfte sich über die Augen. Ihre Beine zitterten derart, dass sie mithilfe ihrer Freundin wieder in den Sessel sank. Diesmal lehnte sie sich erschöpft zurück. Für vornehme Attitüden fehlte die Kraft.

„Du bist schwanger!" Mit einem schweren Seufzer und einem wissenden Blinzeln schüttete ihre Tante sich noch einen Likör ein. „Kein Wunder, dass du nichts anrührst. Mrs Nicols, aber Sie doch?" Ohne abzuwarten, goss sie ihr nach und hob dann das Glas.

Louise war hin- und hergerissen, ihr zu widersprechen, doch sie gab sich geschlagen. Sie verzog gequält den Mund und sah in Rose-Anns rundes Gesicht, das noch immer mädchenhafte Züge aufwies. Nachdem die Tante das Glas ohne abzusetzen geleert hatte, tastete sie nach Louises Hand und lachte breit. „So, Kind, nun bin ich aber sehr interessiert, was du mir zu sagen hast."

Elfreda starrte sie an. Diese Art der Menschenkenntnis war für sie neu. Doch dann nickte sie Louise aufmunternd zu und griff nach einem der frisch gebackenen Scones, deren Duft im Speisezimmer hing. Es roch wie damals in der Schlossküche in Berkshire.

„Tante Rose-Ann", begann Louise stockend, „du bist meine letzte Rettung. Ja, ich bin schwanger. Du musst mir glauben, dass ich mich freue." Sie sah zu Elfreda, Zustimmung erhoffend, und ihr Blick verlor sich. „Weshalb ich gekommen bin, ist Lilian. Seit sie von dir weg ist, wohnt sie bei uns. Ich dachte, es sei nur ein kurzer Besuch, vielleicht ein paar Tage, wie es üblich ist. Dann kam Bradley dazu und brachte noch Freunde mit. Glaub mir, unser Haus steht ihnen offen. Doch dann …" Louise berichtete erst stockend, dann ausführlich und ohne Unterbrechung.

„Ich ahnte es", warf ihre Tante einmal dazwischen, wobei sie nach dem Likör schielte, es sich dann aber anders überlegte. Sie winkte eine Dienerin zu sich und flüsterte ihr etwas ins Ohr. Als sie Briefpapier und Tinte erhalten hatte, kritzelte sie eine Notiz darauf, verschloss das Kuvert und überreichte es der jungen Frau. „Heute noch. Es eilt!"

Dann wandte sie sich wieder Louise zu. „Entschuldige, das duldete keinen Aufschub." Mit einer Handbewegung bedeutete sie ihr, weiterzusprechen. Selbst als eine andere Dienerin hereinkam und die Kerzen des Leuchters anzündete, unterbrach ihre Tante sie nicht.

Nachdem sie geendet hatte, erhob sich ihre Tante und lief im Zimmer auf und ab. Louise bemerkte die Empörung in ihrem Gesicht. Es war ein Ausdruck, den sie noch nie an ihr wahrgenommen hatte. Irgendwann blieb sie vor ihrer Nichte stehen. „Du bleibst hier. Zumindest bis morgen", bestimmte sie. „Und Sie, Mrs Nicols", sie blickte zu Elfreda, „sind selbstverständlich ebenfalls mein Gast."

„Danke", hauchte Elfreda und warf ein: „Mein Mann weiß Bescheid."

Die Tante schmunzelte und wandte sich wieder an Louise. „Man wird sich Sorgen machen auf Sudeley Castle. Ich habe einen Boten beauftragt, meine Nachricht zu überbringen. Das erspart dir Ärger." Sie räusperte sich. „Es wird Zeit fürs Dinner. Was haltet ihr davon, wenn wir nach dem Essen eine Runde spielen und dann noch ein bisschen musizieren? In deinem Zustand, mein liebes Kind, ist ein Besuch in der Abbey Church wahrscheinlich nicht die beste Idee. Heute Abend ist da ein Konzert von Thomas Chilcot."

„Der Name sagt mir nichts", meinte Elfreda und musterte das milchige Spiegelbild des Kronleuchters in der Fensterscheibe.

„Er war Organist hier in Bath und hat auch selbst komponiert. Sogar Texte von Shakespeare hat er vertont. Ich war noch ein Kind, als er starb." Sie lächelte und drückte geziert die Hände auf den Brustkorb. „Es heißt schon in der Bibel, der Prophet gilt nichts im eigenen Land. Chilcot ist da eine Ausnahme. Wie du weißt, liebe ich Cembalo. Das ist mein Instrument. Nicht, dass ich es meisterhaft beherrsche, aber vor allem höre ich es gern." Sie sagte das mit einer Leichtigkeit, dass man es glauben musste.

In der Tat erinnerte sich Louise an grässlich langweilige Stunden im Musikzimmer bei Tante Rose-Ann. Alle mussten immer zuhören. Selbst Kinder verschonte sie nicht vor falschen Tönen. Als der Klavierlehrer so etwas wie Takt und Pausen unterrichtete, musste sie gefehlt haben. Sie war schon damals von ihrer eigenen Genialität überzeugt gewesen. Ein Wunder, dass sie ein Konzert besuchte, dazu noch das eines berühmten Mannes.

„Tante Rose-Ann, geh nur", warf Louise ein. Sie wollte ihr doch nicht den Abend verderben. Ihr Cembalospiel war kein Genuss. Da konnte es im Konzert nur besser sein.

„Ich bitte dich, Louise. Ich bin schon groß. Wenn ich wollte, würde ich hingehen. Heute will ich den Abend mit euch genießen. Und bis nach einer Partie Whist wird mir eingefallen sein, wie wir die Kuh vom Eis kriegen."

Die Köchin hatte sich alle Mühe mit der Cottage Pie gegeben, aber heute wollte es Louise einfach nicht schmecken. Immer wieder stieg ihr gallige Brühe hoch. Als ihre Tante in den kleinen Salon bat, lagen die Karten schon spielbereit auf dem Tisch.

„Wer ist die vierte Spielerin?", fragte Elfreda mit großen Augen.

„Meine Nachbarin." Tante Rose-Ann blickte zur Standuhr. „Sie kommt in einer halben Stunde. In dieser Zeit können wir noch ein wenig Louise zuhören. Ich habe das Gefühl, sie verschweigt mir noch was."

Louise errötete. „Ich habe versprochen, nichts zu sagen", stotterte sie, ertappt wie ein Brotdieb, der auf dem Markt im Vorübergehen die Hand ausgestreckt hatte.

„Wenn du möchtest, dass ich dir helfe, darfst du nichts verheimlichen." Sie zwinkerte ihr zu. „Wir sind hier doch nicht beim Fünf-Uhr-Tee!"

Elfreda zog die Brauen hoch und seufzte. Nach kurzem Zögern entschied sich Louise, von Lord Cherletons Erkundungen zu berichten. „Lilian hat dir etwas vorgespielt, Tante Rose-Ann. Hugh ist nicht gestorben. Wir wissen nur nicht, wo er sich momentan aufhält."

Der Aufschrei beider Frauen ging ihr durch Mark und Bein. Louise musste ihrer Tante erst noch einen Likör einschenken und dann alle Einzelheiten erzählen. Selbst die Vermutung, dass die Apotheke in Bath eine Rolle beim Reitturnier gespielt haben könnte, ließ sie nicht aus. Tante Rose-Ann war ganz still geworden. Ihre wachen grauen Augen, fand Louise, hatten starke Ähnlichkeit mit denen ihrer Mutter. Sogar die Frisur passte. Auch ihre Mutter hatte es geliebt, mit unzählbar vielen Locken und aufgetürmten Hochsteckfrisuren andere zu beeindrucken, wie es die Mode vorgab. Bedauerlicherweise war von Tante Rose-Anns ehemals leuchtendem Braunton nur ein pomadiges Grau übrig geblieben.

„Ms Murphy!“ Keine von ihnen hatte die Dienerin gehört, die in der Tür stand und nochmals ihre Ankündigung vortrug. „Verzeihen Sie, Mylady. Ms Murphy.“

Hinter ihr trat eine kleine drahtige Person ein, die einem General alle Ehre gemacht hätte. Die Tante winkte, sie möge an den Tisch kommen.

„Sandra, bring uns noch vom Likör. Du weißt schon“, zwinkerte sie ihr zu, „und einen Tee für meine Nichte.“ Sie griff nach den Karten, mischte sie und verteilte an jede dreizehn Karten. „Jetzt entspannen wir uns“, bestimmte sie. „Nach dem Spiel geht ihr beide schön schlafen. Und wenn ihr ganz brav seid, ist mir bis morgen früh was Grandioses eingefallen.“

Ohne wirre Träume gehabt zu haben, erwachte Louise am nächsten Morgen. Kurz musste sie überlegen, wo sie sich befand. Kaum dass sie sich aufgesetzt hatte, meldete sich ihr Magen. Sie beschloss, im Bett zu frühstücken und ließ sich vom Hausmädchen Tee, ein paar Scheiben Toast und Erdbeermarmelade bringen. Allein der Gedanke an Butter bereitete ihr Unbehagen. Die Frage der Dienerin, ob nicht doch gebratene Würstchen oder kalte Bratenscheiben gewünscht würden, ließ ihren Magen rebellieren. „Nein, bitte auch keine gegrillten Tomaten und keine gebratene Blutwurst.“

Eine Stunde später betrat Louise angekleidet und frisiert den

Salon. Elfreda saß über eine Stickarbeit gebeugt und sah erfreut auf. „Wie geht es dir heute Morgen?"

„Danke. Seit dem Frühstück fühle ich mich besser. Wo ist Tante Rose-Ann?"

„Eines der Mädchen sagte, sie sei weggefahren."

„Seit wann kauft sie selbst ein?" Louise setzte sich ihrer Freundin gegenüber. „Was Bath aus ihr gemacht hat!", lachte sie. „Früher hätte sie keinen Fuß vor die Tür gesetzt. Wozu gab es Personal?"

„Das Mädchen war ebenso überrascht."

„Was machen wir jetzt? Wollen wir uns die Stadt ansehen? Das Wetter ist herrlich."

Elfreda ging zum Fenster. „Wolkenloser Himmel. Die Sonne wird brennen. Wir nehmen die Schirme mit."

Kurz darauf traten sie mit Hüten und Schirmen gewappnet ins Freie. Elfreda war noch nie in Bath gewesen und staunte über die stattlichen Häuser, die in der Nachbarschaft von Tante Rose-Anns Villa standen. Alles war großzügig angelegt.

„Ich hatte es gar nicht mehr so in Erinnerung", meinte Louise. „Erst jetzt wird mir bewusst, dass wir in einer Kurstadt sind. Da wird einem nie langweilig. Vor Jahren bin ich mit meinen Eltern hier gewesen. Ich muss damals ein Backfisch gewesen sein. Als ich die Scharen von alten Leuten sah, die Wohlbefinden durch Bäder suchten, glaubte ich, ich sei im alten Rom." Sie schlenderten die Bathwick Street hinunter und bogen in die Beckford Road ab. „Die Therme hat man inzwischen restauriert."

„Dann verstehe ich deine Tante", lachte Elfreda und genoss den warmen Westwind, der ihren Schal in der Luft tanzen ließ. „Wie prächtig die Gärten sind!" Sie zeigte auf Rabatten mit Rosen, Lavendel und Hortensien inmitten von weitläufigen Grünflächen. Dann wieder haushohe Rhododendren und unzählige Sträucher mit Sommerflieder. „Der Anblick ist ein Geschenk Gottes."

„Jedes Frühjahr schreibt mir meine Tante einen Brief und berichtet, wie atemberaubend der blaue Zauberteppich unter den Bäumen ist“, scherzte Louise und verdrehte amüsiert die Augen.

„Zauberteppich?“

Sie überquerten die Straße und gingen Richtung Brücke. Louise hatte Mühe, mit den federnden Schritten ihrer Freundin Schritt zu halten.

„Die Bluebells. Sie duften betörend und der gesamte Waldboden ist mit einem Zauber in Blau und Grün ausgelegt. Einmal habe ich es miterlebt, das ist aber schon Jahre her. Du glaubst, es gibt nichts Faszinierenderes, wenn die Sonne über den Bäumen steht und die Strahlen das blaue Blütenmeer ins Licht tauchen. Ein erhabener Moment.“

„Das soll es auch in den Buchenwäldern der Chiltern Hills geben. Nahe London …“

„Warte!“ Louise hielt Elfreda am Arm fest. „Ist das nicht …? Ich glaub es nicht!“ Sie drehte sich um und hielt ihren Schirm Richtung Rücken, dass man sie von hinten nicht erkennen konnte. „Dreh dich um“, befahl sie ihr in ungewöhnlich scharfem Ton, dass Elfredas argloses Gesicht zu einer Maske erstarrte.

Gehorsam wandte sie sich um. „Was jetzt?“

Louises Herz raste. Sie starrte geradeaus. „Ich habe Lilian gesehen.“

„Lilian? Hier?“ Elfreda hatte sich wieder gefasst. „Ich weiß nicht“, meinte sie steif und legte ihre Hand auf Louises Arm. „Du siehst Gespenster.“

„Ich schwör's.“

Elfreda flüsterte: „Kam sie uns entgegen?“

„Nicht direkt, aber sie stand an der Kreuzung. Ich hab sie erkannt. Sie blickte zurück zur Postkutschenstation. Wahrscheinlich ist sie da ausgestiegen. Sie schien zu überlegen, wo sie hinwollte.“

Das Wiehern der Pferde schallte bis zu ihnen herüber. Überall polterten Kutschen und Landauer, die einen kamen von der Station, die anderen waren am Ziel angelangt. Inmitten des Gewusels von Reisenden hörte man die Befehle der Kutscher.

„Geht's hier zu den berühmten heißen Quellen?"

„Nein, das ist in die andere Richtung."

„Du glaubst, sie will zu deiner Tante?"

Louises Gesicht nahm einen verdrießlichen Ausdruck an. „Ich fürchte, ja."

„Ist sie uns nachgereist?!"

Es würde sie nicht wundern. Dienerinnen ein Geheimnis anzuvertrauen, war genauso, als ob man auf dem Markt eine Neuigkeit ausrufen ließ. „Wahrscheinlich hat ein Dienstmädchen geplaudert. Die dummen Dinger können ja nichts für sich behalten."

„Sie hat sie bestochen!"

„Nur Gill wusste, dass ich nach Broadway reise." Dort hatte sie die Kutsche gewechselt. Trotzdem war Lilian hier. Man konnte es ihr noch nicht mal verdenken. Jeder Penny zählte. Wie auch immer die Zusammenhänge waren, Lilian war in der Stadt und würde wahrscheinlich in der nächsten Stunde bei Tante Rose-Ann läuten. Es sei denn, sie hätte ein anderes, unbekanntes Ziel. Da sie aber nicht über irgendwelche Mittel verfügte, war es naheliegend, bei ihrer Tante zu essen und womöglich noch zu übernachten.

Louise wandte den Kopf und spähte am Sonnenschirm vorbei. Da kam sie. Hatte sich aus dem Gedränge der Reisenden und Diener entfernt und kam geradewegs auf sie zu. Louises Kopf schnellte zurück. Schnell erfasste sie, dass sie neben einem großen, offen stehenden Tor standen. Ohne lange zu überlegen, hakte sie sich bei ihrer Freundin unter und zog sie zum Portal. Mit dem Rücken zur Straße blieben sie hinter einem stattlichen gemauerten Pfeiler stehen.

„Nicht umdrehen! Halt den Schirm so, dass sie deinen Kopf nicht sehen kann!“

Die Vormittagssonne knallte ihr ins Gesicht. Die Helligkeit schmerzte in den Augen. Das mussten sie für ein paar Minuten ertragen. Währenddessen konnten sie nachdenken, ob sie schnurstracks wieder heimgingen oder noch einen Schlenker durch den Park machten.

„Ist sie weg?“ Elfreda drehte sich langsam um. Sie sah die Straße hoch und hinunter. Kinder an den Händen ihrer Mütter oder Erzieherinnen brüllten, weil sie lieber auf der Straße hüpfen wollten. Elegante Damen staksten über die Steine und musterten von oben herab die ungezogenen Knirpse, während Männer mit Karren und Vieh an ihnen vorbeieilten.

Sie hatten ihr genügend Zeit gegeben. Louise drehte sich ebenfalls um. „Ja.“

Als könne sie Gedanken lesen, meinte Elfreda: „Lass uns noch einmal durch den Park hier gehen. Die Römischen Quellen oder die Pulteney Bridge können wir uns noch am Nachmittag ansehen.“

Louise zweifelte, ob sie noch länger hierbleiben wollte. Ihr Gewissen meldete sich. Wie würde Peter reagieren, wenn sie noch einen Tag dranhängten? Zu gern würde sie mit Elfreda in den Geschäften stöbern, die beidseitig die Brücke säumten. Dafür war die Pulteney Bridge weltberühmt. „Gut. Gehen wir.“

Ihr Spaziergang verlief schweigend. Als sie wieder vor dem Haus ihrer Tante standen, klopfte Louises Herz ungestüm. Das schmiedeeiserne Tor stand offen und wies den Weg zur gepflegten Villa, deren Fassade aufwendig gestaltet war. Noch bevor ein Diener die Haustür öffnete, schallte die Stimme ihrer Tante durchs Haus. Lilian war also da.

Die Begrüßung von Lilian verlief förmlich. Louise und Elfreda lächelten zwar, aber es lag eine unausgesprochene Warnung in der Luft. Tante Rose-Ann dagegen tat, als sei sie über alles erhaben. Freundlich bat sie zum Mittagessen ins mit Zierfiguren überladene Speisezimmer. Sie setzte sich neben Lilian, sodass sie Louise und Elfreda gegenübersaß. Nach einer Weile wusste Louise, warum sie diesen Platz gewählt hatte. Sie konnte ungehindert zwinkern oder das Gesicht verziehen, was die Unterhaltung amüsant machte. Oder bedeutete ihnen mit einem Blick, einfach mal den Mund zu halten.

Der Tisch bog sich fast unter den Köstlichkeiten, die die Köchin gezaubert hatte. Für jeden Geschmack war etwas dabei: gebratenes Huhn, eine knusprige Shepherd's Pie mit gehacktem Lamm und Geschmortes vom Schwein. Dazu Platten mit verschiedenen Gemüsesorten und einer Schüssel mit Salat. Eine Dienerin legte ihnen auf.

Lilian gab sich erstaunt, Louise und Elfreda vorzufinden. „Ich dachte, du bist zu Tante Gemma gereist", plauderte sie und zog die Stirn kraus.

„Wie kommst du denn darauf?"

Lilian hob die Schultern. „Ich meine, eine der Dienerin hätte es erwähnt." Sie tunkte ein Stück Fleisch in die Zitronensauce auf ihrem Teller und schob es in den Mund.

„Wirst du jetzt wieder hier einziehen?", fragte Louise und zog die Augenbrauen in schwindelnde Höhen.

Fast hätte Lilian sich am Huhn verschluckt. „Ich …"

„Moment!" Der Alt ihrer Tante donnerte über den Schweinebraten hinweg. Das arme Tier, wenn es noch gelebt hätte, hätte sich bestimmt vor Schreck geduckt und das Ringelschwänzchen eingezogen. „Ich will hier kein Streitgespräch, verstanden? Bevor wir weiterreden, möchte ich von dir wissen", sie sah Louise unverwandt an, „ob Elfreda dabei bleiben soll."

Louise wurde immer kleiner. Ihr Kinn begann zu zittern und sie blinzelte aufsteigende Tränen fort. Sie kam sich vor wie ein Halsabschneider vor den ehrwürdigen Richtern des Supreme Court. Was würde jetzt passieren? Sie schielte zu Elfreda und nickte. „Unbedingt."

„Und du, Elfreda?"

„Ja."

Tante Rose-Ann lehnte sich zurück und legte ihre Hände gefaltet auf den rundlichen Bauch. Jeder, den sie an ihre füllige Brust drückte, musste das Gefühl haben, gleich zu ersticken. Trotzdem wirkte sie beweglich und versprühte selbst im Alter noch Lebenslust.

Louises Mutter hatte einmal erzählt, dass König Georg III. ihre Tante als junger Mann während eines Balls in London geküsst habe und sie seitdem hypochondrische Züge zeige. Als er eine andere zu seiner Herzensdame erwählte, glaubte Rose-Ann, ständig eine neue Erkrankung zu haben. Was dazu führte, dass sie das ganze Jahr über, und sei es noch so heiß und stickig, ein Samtcape überm Kleid trug, wenn sie das Haus verließ.

Die Tante wartete, bis alle ihre Bestecke beiseitegelegt hatten. Zu guter Letzt nahm sie noch einen Schluck Rotwein, bevor sie das Wort an Lilian richtete. „Lilian, du bist seit ein paar Jahren mit Hugh Wilkinson verheiratet." Sie machte eine Pause. „Stimmt das?"

„Was soll die Frage?!" Lilian starrte sie an. Ihr Kehlkopf tanzte. Ein Mann hätte ihren Schmollmund womöglich hinreißend gefunden. Louise sah darin den Widerstand und ihren inneren Kampf mit der Wirklichkeit. „War", presste sie schließlich hervor.

Ihre Tante kniff die Augen zusammen. „Das ist also wahr?"

Nur Louise bemerkte das Glitzern in ihren Augen. Während Elfreda auf ihren Lippen herumbiss, bat Louise in einem stummen Gebet, das Gespräch möge besonnen verlaufen. Viel zu wenig hatte sie in letzter Zeit davon Gebrauch gemacht. Die stärkste Waffe, Gottes Hilfe, hatte sie hintenangestellt.

Lilian sperrte den Mund auf. „Nein … ja." Ihre Augen spiegelten Panik.

„Was nun, mein Kind?" Ihre Tante lächelte.

Louise wurde heiß und kalt. Die Wahrheit war ganz nah. Sie saß ihr gegenüber.

Der blonde Lockenkopf senkte sich Richtung Tischkante. Es war nur ein Hauchen. „Ja."

Pragmatisch wie ihre Tante war, ließ sie Kaffee, Tee und Zitronenkuchen bringen. Die Stille im Zimmer wurde von einem permanenten Klimpern geteilt, das beim Berühren des Tassenrands mit dem Löffel entstand. Sie rührte unablässig. Der Zucker musste sich längst aufgelöst haben.

„Warum?"

Lilian zuckte die Schultern, ohne aufzusehen.

„War das deine Idee?"

Sie schüttelte den Kopf. Louise bemerkte, dass Lilians Hände den hellen, mit bunten Blättern und Vögeln bestickten Voilestoff ihres Kleides zu einem Faltenmeer zerknüllten.

Elfreda und Louise aßen schweigend. Lilians Gebäck lag noch unberührt auf dem Teller. Ihre Tante hatte in der Aufregung ihr Stück Kuchen mit der Gabel in viele gleichmäßige Stücke zerteilt, ohne etwas davon zu essen.

„Du hast mich monatelang belogen. Ich habe mit dir gelitten, weiß ich doch, wie es ist, wenn der Ehemann plötzlich verstirbt." Ihre Tante wischte sich verstohlen über die Augen. Sie schluckte. „Wo ist Hugh jetzt?"

„Ich weiß es nicht. Wirklich!" Lilian sah auf. Eine Träne rollte über die Wange und zog eine verstörende Spur in ihrem engelgleichen Gesicht. Louise betrachtete Lilians Hände, die jetzt miteinander rangen.

„Kind“, sagte Tante Rose-Ann plötzlich sanft und griff über die Tafel. Sie streichelte Lilians unruhige Hände. „Willst du nicht reinen Tisch machen?“

Durch die geöffneten Fenster drang Hufgeklapper. Es erinnerte sie an daheim. Ja, es war an der Zeit zurückzukehren. Louise dachte an Jacob, der sie bestimmt vermisste. So wie sie ihn. Und Peter. Ihr Herz wurde schwer beim Gedanken an ihn. Was sollte jetzt werden? Ach, könnte ihr Leben jemals wieder gelingen ... Sie legte ihre Hand auf den Leib. Manchmal meinte sie, ein Flattern zu bemerken. Nur ein ganz feines. Wie die Hoffnung, dass vielleicht doch noch alles gut werden würde. Irgendwann.

„Es tut mir leid, Tante Rose-Ann.“ Lilian schlug die Hände vors Gesicht. Noch immer hielt sie den Kopf gesenkt. Sie hatte alle an der Nase herumgeführt. „Verzeih mir. Bitte, Louise, glaub mir, ich wollte das nicht.“

Elfreda sah von Lilian zu Louise. Beider Blicke trafen sich. Irgendwo draußen riefen Kinder nach einer Katze.

Trotz des Sommertages begann Louise zu frieren. Ihre Zähne klapperten. Sie schaute zu Lilian. In ihr vertrautes Gesicht. Was sie auch tat, sie sah immer rein und makellos aus. Jeder glaubte ihr. Nur sie selbst konnte nichts sagen. Jetzt, wo ihre Befürchtung ausgesprochen war. Lilian hatte um Verzeihung gebeten. Doch so einfach ging das nicht. Was sollte sie antworten? Konnte sie ihr jemals verzeihen? Lilian und ihrem hinterhältigen Lächeln? Louise wusste es nicht.

17

„Mama! Komm, spiel mit mir!“ Jacob griff nach Louises Hand und sah an ihr hoch. Sie ging in die Hocke und umarmte ihn, während hinter ihr der Kutscher den Pferden befahl und sich das Gefährt in Gang setzte. Das Vogelgezwitscher war lauter denn je und es roch nach Gras und Heu.

Es war, als sei sie gar nicht weg gewesen und habe den Besuch in Bath nur geträumt. Doch beim Blick auf den Koffer, der neben ihr stand, wusste sie, dass es wirklich war. Lilian war sofort samt Gepäck ins Haus gegangen. Louise drückte den Rücken durch. Das lange Sitzen in der Kutsche war eine Qual. Elfreda war in Winchcombe ausgestiegen. Allein durch ihre Anwesenheit war sie ihr eine Stütze gewesen. Als langjährige Freundinnen brauchte es keine Worte, um einander zu verstehen.

Alle Blätter an Bäumen und Sträuchern schienen ihr zuzuwinken. Dass das Zurückkehren ihre Seele berührte, war neu. Sie würgte den Kloß im Hals herunter und gab Jacob einen Kuss. „Ich möchte erst deinen Vater begrüßen.“ Als sie sich aufrichtete, wurde ihr kurzzeitig schwarz vor Augen. Ihr Kreislauf meldete sich wieder.

Beecroft seufzte und legte liebevoll die Hand auf Jacobs Schultern. „Heute werden wir uns Ameisen ansehen“, schmunzelte sie und zwinkerte Louise zu. „Hinter dem Pferdestall gibt es welche. Irgendwo muss ein Nest sein. Oder ein Ameisenhaufen? Wir machen uns auf die Suche. Du wirst begeistert sein.“ Während sie Jacob an der Hand nahm und mit ihm auf dem Kiesweg in Richtung Ställe verschwand, trat Louise in die Halle, die eine aristokratische Kühle ausstrahlte. Im Sommer war das sehr angenehm, in der kalten Jahreszeit konnte es dagegen ungemütlich sein. Auf der langen Rückfahrt hatte sie überlegt, wie Peter ihr wohl begegnen würde. Es würde sie nicht wundern, wenn er sich ziemlich frostig zeigte.

Die meiste Zeit hatten sie in der Kutsche geschwiegen. Elfreda wusste, dass in Louises Kopf vieles durcheinandergeraten war, und die Schwangerschaft hatte es noch verstärkt. Sie kannte sie und ließ sie mit ihren Gedanken allein. Die überstürzte Reise nach Bath würde Peter und ihren Schwiegervater nicht freundlich gestimmt haben. Trotzdem, redete Louise sich ein, hatte sie handeln müssen. Einfach nur abwarten, bis die Katastrophe alle überrollt hatte? Nein.

Peters Gesicht drängte sich vor ihr inneres Auge. In all den zurückliegenden Jahren war er ihr ein liebevoller und aufmerksamer Ehemann gewesen. Zudem ging er, was sie besonders an ihm schätzte, gerecht und fürsorglich mit den Sorgen der Bediensteten und Pächter um. Diesmal war es aber anders. Er benahm sich zu fürsorglich bei Lilian. Dafür konnte es nur einen Grund geben: Er war ihr verfallen.

Wie konnten Männer nur derart kopflos sein? Hatten sie keinen Verstand? Den benutzten sie offensichtlich nur für Pferderennen, Kricketspiele oder Geschäfte. Bestes Beispiel waren Bradley und seine Freunde. Hatte sie sich in Peter derart getäuscht? Drehte sich jetzt das Schicksal und nahm ihr den Mann? Er schien der Ansicht, seine Freundlichkeit gehöre allen Leuten. Bei Lilian war er sich offenbar nicht bewusst, dass sie ihn umgarnte wie eine Spinne, die ihr Fangnetz ausspannte.

Louise fand Peter am Schreibtisch, über Bücher gebeugt. Als sie das Büro betrat, sah er auf. Sie blieb in der Tür stehen, mit beiden Händen ihren Schal umklammernd, und wartete darauf, dass er reagierte. Seine Stimme klang rau, als er zu ihr trat und ihr einen Kuss auf die Stirn hauchte. „Da bist du also wieder."

Sie schluckte. „Es war wichtig. Lebenswichtig." Sämtliche Knochen taten ihr noch weh, besonders ihr Rücken schmerzte. Hoffentlich hatte ihr Bauch keinen Schaden genommen.

Er hob die Brauen. „Für dich?"

„Für uns alle." Ob es glaubwürdig klang? Was hatte sie erwartet? Dass er sie himmelhochjauchzend und liebevoll empfing? Sie räusperte sich. „Darf ich dir alles erklären?"

„Ich bitte darum." Er wies auf einen Sessel neben dem Sekretär. In seine Stirn hatte sich eine steile Falte eingegraben. Er ließ sich wieder auf den Stuhl fallen und legte die Hände gefaltet auf den Tisch. Sie erfasste seine Anspannung an den Knöcheln, die weiß hervortraten.

Louise fühlte sich schuldig, seine Gefühle missachtet zu haben. Trotzdem war sie immer noch der Meinung, dass ihre Reise richtig gewesen war. Sie erzählte Peter, was sie bewegt hatte, nach Bath zu fahren, und ließ auch nicht aus, dass Lilian, ohne von ihrem Plan zu wissen, die gleiche Idee gehabt hatte. „Tante Rose-Ann habe ich es zu verdanken, dass Lilian ihre Lügen zugegeben hat."

Ihr Kinn zitterte. Am liebsten würde sie es ihm gar nicht sagen. Aber wenn sie sein Verständnis haben wollte, durfte sie nichts verschweigen. „Sie … sie hat uns alle um Verzeihung gebeten. Aber … ich weiß nicht, ob ich ihr vergebe."

„Mmh." Er presste die Lippen zu einem Strich. Sein Blick war ihr unangenehm. Es lag etwas Schmerzhaftes darin. Um seine Augen hatten sich Fältchen gegraben. Gütiger Himmel, was war mit ihm passiert? War das wirklich alles richtig gewesen? Er stand auf und ging zum Fenster, den Blick in die Ferne gerichtet. „Sie ist mit dir zurückgekommen?"

„Ja."

„Wo ist sie jetzt?"

„In ihrem Zimmer."

Peters Rücken wirkte gebeugt, als sei die Nachricht eine schwere Last für ihn. Eine Spur von Mitleid durchdrang sie. „Mich wundert, dass ein Mann wie Luke seiner Frau die Reise einfach erlaubt hat?!", sagte er.

Louise rang nach Atem. Luke ließ Elfreda Freiräume, die nicht jeder Mann seiner Gattin gewährte. Diese Fahrt nach Bath etwa, die er, wie Elfreda verriet, mit einem „Wie schön für dich" kommentiert und unterstützt hatte. Er kam selbst viel herum, hatte Geschäftskontakte und kannte seine Frau, die unter ihrer Kinderlosigkeit litt. Mit einer Reise würde sie auf andere Gedanken kommen. Und was konnte einem Mann Besseres passieren als eine zufriedene Ehefrau? Warum verstanden viele Männer das nicht? Peter war auf dem besten Weg gewesen, sich in diese Riege einzureihen. Was war passiert, dass er jetzt wie ein Fremder auf sie wirkte? Sie blinzelte aufsteigende Tränen weg.

„Er vertraut zumindest seiner Frau", gab sie spitz zurück. „Elfreda hat sich untadelig verhalten. Sie war meine Stütze." Das saß. Sollte er doch denken, was er wollte.

Peters Stimme klang ärgerlich, als er – noch immer ihr den Rücken zugewandt – sagte: „Wir wissen doch, dass Hugh lebt. Wozu das Ganze?"

„Du meine Güte! Lass es mich doch erklären." Erneut stiegen Tränen in ihr auf. Peters blauer Rock verwischte zu einer ultramarinblauen Brandung. „Meine Tante hat etwas herausgefunden. Sie ist zu Apotheker Cartwright gefahren. Dort ..."

„Moment mal", unterbrach er sie und drehte sich um. „Cartwright? Ist das nicht zufällig Verwandtschaft von unserem Cartwright?" Er rieb sich den Nacken.

„O ja." Louise verkniff sich eine sarkastische Bemerkung und atmete innerlich auf. Endlich ein Satz ohne Vorwürfe. „Sein Vater führt die Apotheke. Meine Tante hat erfahren, dass kürzlich in der Apotheke eingebrochen wurde. Den Dieb hat man auch schon gefasst."

Er sah müde aus. „Aha." Es klang amüsiert. Ein fades Lächeln spiegelte sich in seinem Gesicht. „Will deine Tante jetzt Jones Konkurrenz machen?"

Sie fing an zu schluchzen. Er begriff gar nichts und machte sich auch noch über sie lustig. „Du wunderst dich nicht? Der Einbrecher hat Kräuter wie Hopfen, Baldrian in großen Mengen und Johanniskraut mitgenommen. Mittel, mit denen man Pferde sowohl beruhigen als auch vergiften kann."

„Louise!" Er rief sie zur Ordnung. Plötzlich wirkte er nicht mehr eine Handbreit kleiner. „Was gehen uns Bradleys oder Graham Cartwrights oder der anderen Geheimnisse an? Tatsache ist, dass Lilian uns alle belogen hat. Dann noch der Diebstahl in St. Mary." Seine Wangen glühten und seine Augen funkelten gefährlich. „Ich will dir jetzt mal was sagen. Lilian wird abreisen. Die Männer ebenfalls – und alles ist gut. Sie werden sich etwas anderes überlegen müssen, um ihren Lebensunterhalt zu bestreiten. Frage mich bitte nicht, wo sie heute wieder sind! Das kann dir und mir von nun an egal sein. Sie hat ihr Gastrecht verwirkt, verstehst du?"

Peter hatte sich in Rage geredet. Noch immer war er laut. Er zeigte sich von einer verstörenden Seite, die sie bisher nicht gekannt hatte. Wie ein wund geschossener Rehbock. Die Enttäuschung über Lilian musste riesengroß sein.

„Und damit du es gleich weißt", fuhr er fort, „Hugh ist nicht mehr im Land. Ich war unterwegs, vielleicht erinnerst du dich", es klang vorwurfsvoll und beißend, „dass dein Ehemann seine Aufgaben wahrnimmt, und habe mit honorigen Männern des Parlamentes gesprochen. Meine erste Annahme, Hugh sei mit einer Expedition nach Ostindien aufgebrochen, hat sich nicht bestätigt. Dagegen wurde mir versichert, dass er sich dem Militär angeschlossen ..."

„Er ist doch kein Soldat!", warf sie dazwischen, weil sie das nicht glauben wollte.

„Doch. Ich glaube, er ist gerissener als ein Wolf. Er befindet sich schon auf dem Festland mit den Truppen, um unsere Armee beim gemeinsamen Kampf von Engländern, Portugiesen und Spaniern gegen die Franzosen zu unterstützen."

„Er kann gar nicht kämpfen."

Er kräuselte unwillig die Stirn. „Das wird man ihm schon beibringen."

„Ob das gut geht?" Zweifel machten sich breit. Hugh in einer stattlichen Uniform? Er würde sich darin gefallen haben ... aber exerzieren, Befehlen gehorchen? Das wäre das Letzte, was er gemacht hätte.

„Ich hoffe es für ihn." Peter machte eine Pause und betrachtete sie nachdenklich. „Und für Lilian."

Wieder dieser Name. Es tat so weh. Begriff er es nicht? „Das hätte er nie gemacht. Ich kenne ihn. Warum sollte er das tun?", sagte sie zitternd.

„Du kennst ihn?" Er lachte trocken. „Wenn du dich da mal nicht täuschst. Wie damals."

Sie rang nach Luft. Er erinnerte sie an diesen verhängnisvollen Abend. An ihr Desaster. Wie konnte er so etwas tun! „Du liebst mich ja gar nicht. Hast mich nie geliebt. Und jetzt wirfst du mir sein Versagen vor."

Peter machte einen Schritt auf sie zu. „Louise", es klang gequält, „das sollte doch kein Vorwurf sein. Nur die Feststellung, dass Hugh sich nicht geändert hat. Und dass er sich niemals in die Karten sehen lässt."

Warum nahm er sie nicht in den Arm und sagte ihr, dass sie das

Wichtigste in seinem Leben sei? Dass er sie liebte? Enttäuscht hob sie die Hände, dabei glitt ihr Schal zu Boden. War er ein Sinnbild für die Liebe, die sich aus ihrem Leben verflüchtigte?

Beide bückten sich, um ihn aufzuheben. Dabei berührten sich ihre Hände kurz. Nach einem Räuspern klang seine Stimme wieder ruhig und besonnen. Er schien sich gefasst zu haben. „Es ist die einzige Möglichkeit, ehrenvoll zurückzukehren. Als Kämpfer für unser Land."

Louise spürte, wie ein empörender Groll in ihr aufstieg. Zeigte er jetzt Verständnis für Hughs Entscheidung? Oder wollte er ihr nur verdeutlichen, dass er wirklich keinen Ausweg mehr gesehen hatte? Warum stellte Hugh sich nicht dem Friedensrichter? Peter könnte ein gutes Wort vor Gericht für ihn einlegen. Außerdem stammte Hugh aus einer angesehenen Familie, was den Richter milde stimmen könnte. Eine Gefängnisstrafe war immer noch besser als der Tod auf dem Schlachtfeld. Als Soldat. Oder war es vielleicht doch wahr? Warum sollte Peter sie belügen? Die Gewissheit lag manchmal ganz nah.

„Ich werde Jones beauftragen, nach den Männern suchen zu lassen", sagte Peter unvermittelt. „Wir wissen doch, wer ihre Kontaktleute sind. Pferdezüchter und Kricketspieler. Da wird sich bestimmt jemand an sie erinnern und eine Idee haben!"

Sie dachte an Tante Rose-Ann. An Cartwright. Plötzlich fiel ihr ein Satz ihrer Tante ein und sie musste lächeln.

„Das findest du witzig?", empörte er sich.

Sie schreckte auf. „Natürlich nicht. Meine Tante hat eine Bemerkung gemacht. Sie sagte, die Cartwrights seien noch entfernt mit Thomas Chilcot verwandt."

Er sah sie mitleidig an. „So? Muss ich ihn kennen?"

„Nein. Er war Komponist. Es reicht, wenn Tante Rose-Ann seine Stücke verhunzt."

Lilian rang lange mit sich. Genau genommen die gesamte endlos dauernde Kutschfahrt von Bath nach Sudeley Castle. Da musste sie ihrem Gewissen Platz einräumen. Gefangen im Inneren der geschlossenen Karosse gab es kein Entkommen. Vis-à-vis mit den beiden, die mit dem Rücken zur Fahrtrichtung saßen. Es wurde so gut wie nichts gesprochen. Weder Elfreda noch Louise sagten etwas, während die Kutsche über Stock und Stein rumpelte. Bilder aus ihrer Vergangenheit blitzten auf – wie Briefe, die man aus einer verschnürten Schachtel holte und betrachtete.

Hatten sie sich abgesprochen? Das wäre ihnen zuzutrauen. Schweigen konnte ebenso quälen wie verletzende Worte. Hätte Louise wenigsten die Nase gerümpft! Oder gesagt, wie sie über ihre Entschuldigung dachte! Die beiden Freundinnen redeten nicht einmal miteinander.

Stundenlang starrte Lilian zum Fenster hinaus. Ab und zu traute sie sich, einen Blick auf Louise und Elfreda zu werfen. Dann hatte sie den Eindruck, dass beide durch sie hindurchsahen. Mal hielten sie die Augen geschlossen, mal sahen sie aus dem Fenster. Genau wie sie. Eine innere Stimme mahnte sie, die beiden nicht anzusprechen.

Irgendwann aßen sie von Tante Rose-Anns Reiseproviant. „Bitte", sagte Louise, als sie aus einem Korb kalten Braten und Obst nahm und ihr reichte. „Danke", hauchte sie und damit erschöpfte sich schon das Gespräch. Außer dem Klappern von Geschirr und dezenten Kaugeräuschen hörte man nur das rhythmische Schlagen der Pferdehufe. Gelegentlich schaukelte die Karosse, wenn sie durch Schlaglöcher fuhr.

Erst hatte Lilian geglaubt, man wolle sie mit dem Schweigen bestrafen. Nichts sagen war manchmal schlimmer als eine Standpauke. Ihr ganzer Mut, den sie anfangs hatte, um Louise Fragen zu stellen, schwand von Stunde zu Stunde. Ihr Selbstvertrauen, ihre aufgesetzte Unverfrorenheit stürzten in sich zusammen. Die Hügel und Ebenen, die sie passierten, spiegelten ihr Inneres wider.

Immerhin hätte Louise ihr Vorwürfe machen können. Die Kabine wäre ideal gewesen, weil sie nicht wegrennen konnte. Im schlimmsten Fall hätte sie dem Kutscher ein Zeichen gegeben, er solle anhalten, sodass sie fliehen konnte. Doch nichts dergleichen war geschehen. Nach Stunden innerlichen Ringens entschied Lilian sich, reinen Tisch zu machen. Sie musste es loswerden, das schlechte Gewissen, das ihr kaum noch Luft zum Atmen ließ.

Nachdem sie sich frisch gemacht hatte, stand Lilian vor der Tür zu Peters Büro. Gill hatte ihr versichert, die Herrin sei hier zu finden. Wenn sie es nicht jetzt tat, würde sie niemals mehr den Mut finden. Unzählige Male hatte sie in ihrem Zimmer die Sätze wiederholt, die sie sich zurechtgelegt hatte. Sie presste für einen Moment ganz fest die Augen zusammen, um sich voll zu konzentrieren.

Ihre Cousine hatte in Bath nichts, rein gar nichts gesagt zu ihrer Entschuldigung. Ganz komisch hatte sie geguckt. Skeptisch und aufbegehrend. Sie war ihr bestimmt noch böse. Musste sie ihr nicht vergeben, wenn sie darum bat? Wo war ihre christliche Erziehung geblieben? Jetzt unterschied sich Louise nicht von anderen Leuten. Wo sie doch sonst immer ihre Frömmigkeit zur Schau trug. Trotzdem musste sie es wagen, ihr und Peter gegenüberzutreten. Peter würde ihr das sicher verzeihen. Dann … ja, was dann? Ihre Handflächen waren feucht. Sie wischte sie am Kleid ab, schloss die Augen und holte tief Luft. Zaghaft klopfte sie an die Tür.

Eine Stimme rief: „Ja bitte!“

Nicht einmal in dem Moment, als sie damals mit Hugh erwischt worden war, hatte sie sich derart hilflos gefühlt wie jetzt. Sie drückte den Griff nach unten. Das Dröhnen in ihren Ohren war lauter als das Donnergrollen eines nahen Gewitters. Die Tür schwang auf.

Louise und Peter standen vor dem Schreibtisch. Ihr Gesicht war gerötet und blickte sie vorwurfsvoll an. Peter fuhr sich mit einer Hand durch die Haare. Er wirkte gehetzt und zugleich irritiert.

„Du?“ Louises Blick wurde starr.

„Darf ich stören?“, fragte sie zaghaft.

„Das tust du bereits.“ Ihre Cousine knüllte den Schal in den Händen.

„Ich kann auch …“

„Nein!“

Es gab keinen Weg zurück. „Ich … ich möchte mich in aller Form für mein Verhalten entschuldigen.“ Ihr Nacken schmerzte, genau wie ihre Zehen, in denen es kribbelte. Ob das von der Reise kam?

„Für welches Verhalten?“, fragte Peter. Sie war sich ganz sicher, dass er genau wusste, wovon sie sprach.

„Du erzählst mir nichts Neues!“, fuhr Louise dazwischen.

Erst jetzt bemerkte sie deren gerötete Augen. Es brauste in ihrem Kopf. Musste Louise das sagen, in einem Ton, der ihre Verzweiflung deutlich machte? Was war zwischen ihnen vorgefallen? Hatten sie sich gestritten? Doch wohl nicht ihretwegen?

Ihr Blick flatterte. „Peter …“ Sie sah starr an ihm vorbei. Es war mehr ein Flüstern. „Ich wollte das alles nicht.“ Sie senkte den Blick. Die Gardinen lagen auf dem Boden auf. Die Mädchen hatten die Falten nicht klar angeordnet. Brokat in Schwarz und Gold traf auf blankpoliertes Parkett.

„Komm, setz dich. Du auch, Louise.“ Er wies auf die Sessel.

Gehorsam setzte sie sich neben Louise, während er sich an den Sekretär lehnte.

„Warum hast du uns nicht die Wahrheit gesagt?“

Hatte sie geglaubt, er würde dabei hämisch grinsen, so täuschte sie sich. In seinen Augen lag Schmerz und Verwirrung. Im Geist sah sie sich mitsamt ihrem Gepäck wieder in der Kutsche sitzen. Jetzt würde sich entscheiden, wie es weitergehen würde. Zum ersten Mal seit Jahren schoss ihr der Gedanke durch den Kopf, ein stilles Gebet zu sprechen. Sie konnte sich gar nicht mehr erinnern, wann sie mit ihrem Herzen ein echtes gesprochen hatte. All die Jahre war sie überzeugt gewesen, dass Gott etwas für Alte oder Unglückliche war, nicht jedoch für junge und erfolgreiche Leute. *Bitte, Vater im Himmel, hilf mir! Schenk, dass ich nicht einfach weggeschickt werde. Wohin soll ich denn gehen?*

Ob ihre Gedanken überhaupt bei Gott ankamen? Oder brauchte man dafür den Reverend, damit ein Gebet erhört wurde? Sie wusste wenig von den Gebräuchen der Gläubigen oder der Kirche. Dieses Thema hatte sie schon lange nicht mehr interessiert. Genauso wie die innere Stimme, die sich ganz selten mal bei ihr meldete. Eine Stimme, die in der Kutsche stundenlang mit ihr gesprochen hatte. Die sie dazu bewegt hatte, jetzt und hier zuzugeben, dass in ihrem Leben einiges fürchterlich falsch gelaufen war … und dass sie am liebsten alles rückgängig machen würde.

„Unsere Situation hatte sich zugespitzt. Es war grausig …“

„Unsere? Wen meinst du damit?“, fauchte ihre Cousine. „Kannst du vielleicht mal lauter sprechen?!“

Sie sah, wie es in Louise arbeitete. „Die Bank schaltete schließlich die Gerichtsbarkeit ein.“ Es fiel ihr schwer, verständlich und hörbar zu reden. Ihr Mund war ausgetrocknet wie die Sahara. „Da … da hatte Hugh diesen Plan. Ich erzählte, dass ich dir geschrieben hätte, und weihte Bradley ein. Und das brachte ihn auf neue Ideen. Wisst ihr, er ist hoch verschuldet, genau wie wir. Hugh und Bradley, sie sind aus demselben Holz geschnitzt.“

Sie breitete ihre Verzweiflung vor ihnen aus, wie sie den Lügen geglaubt hatte, die ihr einflüsterten, nur mithilfe der Betrügereien sei ihr Leben wieder ins Lot zu bringen. Sie wollte nicht ärmlich leben. Hier auf Sudeley Castle sei sie freundlich empfangen worden. Bradley ebenfalls. In diesem wunderschönen Schloss kam ein Einfall zum anderen und als sie mit dem Küster von St. Mary ins Gespräch kamen, erfuhren sie zufällig von dem Gebetbuch der Königin. Schnell merkten sie, dass es sich um ein einmaliges Buch handelte. Nachfragen, wo es aufbewahrt würde, sei ihnen zu heikel gewesen. Als sie den Sarkophag bemerkten, dachten sie, dass es nur einen Platz gäbe, wo es versteckt sein könnte.

„Ich dachte, ich helfe einem Menschen in Not. Eine Bitte, eine Einladung und dann das."

Selbst gemachte Fügung, wollte ihr Inneres sarkastisch sagen. Ihre alte Natur suchte sich den Weg. Sie verbot sich die Bemerkung.

„Wer hatte die Idee?", fragte Louise verzweifelt und legte die Handflächen an die Wangen. „Ist es das, was du nach all den Jahren von mir willst?"

Lilian überlegte. In einsamen Stunden hatte sie in Gedanken viele Briefe verfasst, in denen sie ihr Leben zu erklären versuchte. Keinen davon hatte sie je zu Papier gebracht, keinen abgeschickt. Nie hatte sie sich auf den Weg zu ihrer Cousine gemacht, um alles zu erklären, auszusprechen und um Aussöhnung zu bitten. Vielleicht wäre alles anders geworden, wenn sie ehrlich mit Louise und mit sich selbst gewesen wäre. Dann hätte sie nicht nur die Verwandte, sondern auch die Freundin von Louise werden können. Mit ihren Lügen hatte sie alles vermasselt. Irgendwie brachte sie mit ihrer Anwesenheit alles durcheinander. Immer machte sie, was sie wollte – bis sie merkte, dass es aus dieser Geschichte, aus ihrem finanziellen und persönlichen Unglück kein Entrinnen mehr gab. Hier auf Sudeley Castle hatte sie gehofft … ja, was hatte sie gehofft? Peter zu umgarnen? Louise zu demütigen? Luft zu holen, um zu wissen, wie es weiterging?

Ein Räuspern von Peter brachte sie in die Wirklichkeit zurück. Sie spitzte den Mund. In ihrer Magengegend brannte es. Ihr widerstrebte es, ihn zu verraten, doch wie sollte sie es je wiedergutmachen können?

„Bradley hatte die Idee."

„Und ich glaubte, er hätte gute Absichten." Louise sah ihren Mann an. „Und du hast mir noch empfohlen, die Einladung auszusprechen." Ihre Stimme bebte. Der Vorwurf war nicht zu überhören, worauf er sie mit einem befremdlichen Blick bedachte. Wahrscheinlich war sie Mittelpunkt eines Streites zwischen den Eheleuten gewesen.

Lilian fühlte sich, als ob Tonnen von Blei auf ihr lasteten. „Er wusste gleich, wo man es für viel, ja sehr viel Geld verkaufen könnte, um uns allen ein Leben unter unseren Verhältnissen zu ersparen. Seine Freunde, die inmitten von reichen Pferdekäufern und Kricketspielern ihre Zeit verbrachten, waren mit anderen Absichten gekommen und plötzlich von dem Lebensstil begeistert. Bradley und ich sind nicht unschuldig daran. Da reifte der Plan."

„Annähernd dreihundert Jahre stand der Sarkophag für jedermann zugänglich da. Und dann kommst du und dein Bruder …" Louises Stimme versagte.

„Sie haben ihn geschändet", stellte Peter fest und schüttelte den Kopf.

Lilian nickte und sah Louise von der Seite an, die den Kopf gesenkt hielt. Mit einem Mal wurde ihr bewusst, dass sie viel zu spät ihr Verhalten von damals bedauert hatte. Dieser blöde Ball! Seit Jahren trug sie den Rucksack der Schuld mit sich herum. Ihre Ehe war auf einem amourösen Abenteuer gegründet worden, ermuntert von den Erwartungen der Gesellschaft. Das Spiel mit dem

Feuer hatte ihr Spaß gemacht – das bestritt sie gar nicht. Immer hatte sie es darauf angelegt, so heil wie möglich aus allen Eskapaden herauszukommen, ohne auch nur einen Gedanken daran zu verschwenden, was sie angerichtet hatte.

Sie streckte den Arm aus und berührte Louise an der Hand. „Ich bitte dich nochmals um Verzeihung. Auch für damals." Sie schluckte den Kloß in ihrem Hals herunter. „Es sollte ein Spiel sein. Es wurde ein gefährliches, das ich unterschätzt habe."

Louise blickte auf. In ihrem Blick lag etwas, das Lilian Hoffnung gab. Doch sie schwieg.

„Lilian", sagte Peter mit warmer, vertrauter Stimme und wartete, bis sie ihn ansah, „es ehrt dich, dass du reinen Tisch gemacht hast. Vieles, was passiert ist, zieht sich wie ein roter Faden durch dein Leben. Fehlentscheidungen oder wie du es auch nennen möchtest."

„Du hast dich in mein Leben eingemischt", zischte Louise. Darauf konnte Lilian nichts erwidern, hatte ihre Cousine doch allen Grund, ihr böse zu sein. Trotzdem hatte sie das Gefühl, dass Louises gewissenhaft konstruierte Fassade Brüche bekam. Sie zeigte jetzt ihr wahres Gesicht.

Peter wiegte den Kopf hin und her. „Im Nachhinein betrachtet, war deine Koketterie mein, nein, *unser* Glück." Er trat auf seine Frau zu und hob ihr Kinn. In seinem Blick lag eine Innigkeit, die sich Lilian immer für ihr eigenes Leben erhofft hatte. „Niemals liegt Segen darauf, dass man sein Glück auf den Kummer eines anderen aufbaut. Nicht wahr, Louise?"

Louise sah ihn mit tränengefüllten Augen an. Sie konnte nur nicken. Lilian biss sich auf die Lippen. In ihrer Brust wurde es eng. Sie hatte Mühe, gefasst zu bleiben, und stand auf. Da war noch etwas zwischen den beiden, das sie nichts anging. Was auch immer das war, solche Momente hatte es zwischen ihr und Hugh nie gegeben.

Ihre schlimmsten Befürchtungen, gedemütigt aus dem Raum zu gehen, hatten sich nicht bestätigt. Trotzdem war sie völlig durcheinander. Peter schien ihre Abbitte angenommen zu haben. Aber Louise?

Sie sollte wohl besser gehen, dachte sie, und erhob sich. Ihre Knie zitterten. „Danke", hauchte sie. „Danke." Mehr fiel ihr beim besten Willen nicht ein. Dann taumelte sie aus dem Zimmer.

Den Rest des Tages verbrachte Lilian in ihrem Schlafzimmer. Zu sehr hatte sie die Situation mitgenommen. Sie lag auf dem Bett und starrte an die Decke. Wie würde ihr Leben weitergehen? Ob sie noch hierbleiben durfte? Jetzt, wo Hugh weit weg war und sie niemanden hatte … Auf Bradley konnte sie nicht zählen. Er war mit sich selbst beschäftigt. Für seine drei Freunde gab es allenfalls nur ein Thema: Spaß und Geld oder wie man es ohne Anstrengung beschaffen konnte. Wenn sie sich stark genug fühlte, würde sie Bradley von ihrer Erkenntnis berichten. Sie würde sich von seinen irrigen Plänen lossagen und hoffentlich einen Platz finden, wo sie leben konnte.

Vielleicht kam Hugh bald wieder zurück. Welcher Feldmarschall konnte einen Soldaten gebrauchen, der aus absurden Gründen ins Schlachtfeld zog? Echte Männer waren dort gefragt, die ihr Leben gaben, wenn es darauf ankam. Die sich ihrer Verantwortung bewusst waren. Mancher Bauernsohn hatte mehr Schneid als ihr Mann. Den konnte sie sich beim besten Willen nicht als Kämpfer vorstellen. Höchstens als Plünderer in den Häusern seiner Feinde.

18

Aus der Empfangshalle waren Stimmen zu hören. Es klang nach einem Wortgefecht. Jemand schien ziemlich unzufrieden und lärmte dermaßen, dass es durch die geschlossene Tür bis ins Speisezimmer drang. Louise saß noch am Frühstückstisch und ließ sich von Hausmädchen Muriel Kamillentee einschenken. Den vertrug sie im Moment am besten. Kaffee und ihr heißgeliebter Ceylon-Tee irritierten ihren Magen, weshalb sie sich für Kamille entschied. Eine Männerstimme, die sie schon mal gehört hatte, aber beim besten Willen nicht zuordnen konnte, ließ sie aufhorchen.

„Wer ist gekommen?", fragte sie das junge Mädchen.

„Ich kenne ihn nicht. Er müsse unbedingt zu Mr Morris, hat er gesagt. Aber Archie wollte ihn abwimmeln. So früh am Morgen würde er keinen Besuch empfangen, hat er ihn belehrt."

„Dann sollte er Mr Morris' Wunsch respektieren."

Muriel schoss die Röte ins Gesicht. „Nein … äh … Er hat ihn gar nicht gefragt. Wollte ihn nur nicht stören. Ich glaube, er schläft noch." Sie kicherte und stellte die dampfende Teetasse hin, dass ein Teil der heißen Flüssigkeit auf die Tischdecke schwappte. „O Ma'am, tut mir leid. Ich decke neu ein. Warten Sie …" Mit hektischen Bewegungen begann sie, Teller und Tassen zusammenzuräumen. Der Henkel einer Teetasse hielt ihrem Eifer nicht stand und fiel in eine Schüssel voller Obstmus aus Blaubeeren, die in diesem Jahr sehr früh gereift waren.

Hatte ihr denn noch niemand gesagt, dass sie ihre Meinung über die Familie oder Gäste zurückhalten musste? Innerlich empört, verbot Louise sich, die Stimme zu heben. „Bitte geh jetzt."

Die Dienerin hielt inne. Ihre Miene wirkte angespannt und

Louise befürchtete, sie würde jeden Moment in Tränen ausbrechen.

Louise berührte sie am Arm. „Archie hat alles richtig gemacht. Du kannst jetzt beim Bügeln helfen. Ich komme allein zurecht." Sie sah ihr hinterher, als sie zögernd das Speisezimmer verließ. Das Mädchen war erst wenige Wochen im Haus und noch unsicher. Schon einige Teile des alten, goldumrandeten Porzellans waren in ihren Fingern zerbrochen. Vielleicht sollte Mrs O'Donnell sie erst in der Küche anlernen. Mit Töpfen und Pfannen konnte sie nicht so viel anstellen und die Köchin würde schon achtgeben, dass sie sich nicht verbrühte oder in den Finger schnitt.

Keine fünf Minuten und einen Toast später stand Muriel nach Luft japsend wieder vor ihr. „Er weigert sich zu gehen. Jetzt will er mit Ihnen sprechen!"

„Mit mir? Warum? Er kann mit meinem Mann reden."

„Mylord ist nicht im Haus." Sie rückte ihre verrutschte Haube zurecht.

„Weißt du, wo er zu finden ist?"

Ihre Hände zerknitterten die Schürze. „Keine Ahnung. Er ist mir Ihrem Schwiegervater ganz früh weggeritten. Bitte kommen Sie. Ich weiß nicht, was ich tun soll", jammerte sie. „Mr Skinner hat Archie einfach beiseitegeschoben!" Ihre Augen funkelten angesichts der Frechheit.

„Skinner?" Sie stieß einen Seufzer aus. Wo hatte sie den Namen schon mal gehört?

„Ich …"

Weiter kam sie nicht, da stand er bereits mit hochrotem Kopf im Türrahmen. Als er Louise erblickte, zog er seinen Hut. „Mylady", sagte er und verbeugte sich mit einem süffisanten Grinsen.

In der Schrecksekunde begriff sie, wer da drüben stand. Sofort dachte sie an die Begegnung mit ihm und ahnte Schlimmes. Er wollte den Schuldner noch antreffen. Mittags war Bradley Morris hier genauso wenig anzutreffen wie abends. Skinner kannte die Gewohnheiten seiner Schäfchen. Er trug exakt die gleiche Kleidung wie damals. Komische Zufälle gab es. Oder besaß er nur diesen einen Anzug mit dem graukarierten Rock, dessen Ärmel am Ellenbogen abgewetzt waren? Merkwürdig passend für seine Arbeit, bei der er sich auch Platz schaffen musste, um ans Ziel – in diesem Fall Geld – zu kommen. Da musste er die Ellenbogen gebrauchen.

Das hier war alles andere als ein Maßanzug. Vielleicht geerbt oder geliehen. Skinner sah aus, als habe er einen Wachstumsschub gehabt. Die Hose endete über den Knöcheln und gab den Blick auf hagere Unterschenkel frei. Der Staub an seinen Schuhen musste älter als einen Tag sein. Zwischen Absatz und Schuhsohle klebten eingetrocknete Erdklumpen.

Sie erhob sich langsam. „Matthew Skinner! Da haben Sie aber Glück gehabt."

„Glück?" Er verzog den Mund und grinste geheimnisvoll. Sein längliches Gesicht wurde von einer auffälligen Nase beherrscht. Er mochte mittleren Alters sein und das Flackern seiner Augen verriet, dass er es kaum abwarten konnte, sein Opfer zu fressen – wie eine Eidechse, die ihr Opfer erst zerzauste und durcheinanderschüttelte, bevor sie es genussvoll herunterwürgte. Skinner hielt sich reglos, bis sie vor ihm stand.

„Lassen Sie uns in die Bibliothek gehen", sagte sie und schritt an ihm vorbei. In der Halle befahl sie einem Dienstmädchen, das mit Abstauben beschäftigt war, im Speisezimmer nachzusehen, ob Bradley inzwischen sein Frühstück einnahm.

„Bitte", hieß sie Skinner mit einer Handbewegung eintreten. Hier in diesem lichtdurchfluteten Nebenraum der Bibliothek hielt sie sich besonders gern auf, denn durch die Fenster hatte sie einen freien Blick auf Gehölze und Bäume im Garten, fast, als stehe sie mittendrin. Sie wies auf einen Sessel, doch Skinner blieb vor dem Fenster stehen.

„Ein wahrhaft besonderer Platz", sagte er und ließ seinen Blick schweifen. In diesem Teil der Gartenanlage war nichts verwildert oder dem Zufall überlassen. Weder hochgewachsenes Gras noch kranke Pflanzen störten die Leidenschaft, mit der hier ein vollkommener Gartentraum verwirklicht wurde. Vogelgezwitscher drang durch die Scheiben, ein Wechsel zwischen Rufen und Melodie. „Ich bin überwältigt, welche Kraft von der Gartenanlage ausgeht. Muss viel gekostet haben."

Erstaunt, dass Skinner die fast mystische Atmosphäre des Raumes bemerkt hatte, setzte sie zu einer Antwort an, doch dazu kam sie nicht mehr.

„Mylady", hörte sie das Mädchen hinter sich, „Mr Morris ist heute noch nicht zum Frühstück erschienen."

Hatte er wieder mal zu lange gefeiert? Sie sog tief Luft ein. Es war gleich Mittag. „Und die anderen Herren? Haben die gefrühstückt?"

„Nein. Es war noch niemand da."

„Geh zu Archie. Er soll Mr Morris ausrichten, er habe Besuch. Wir erwarten ihn hier."

Während das Mädchen verschwand, plauderte sie mit Skinner über den Rückschnitt von Gehölzen. Sie wunderte sich, dass ein Mann wie er sich in Gartenpflege auskannte.

„Mein Vater war Gärtner", erklärte er und mit einer Leichtigkeit, die sie ihm nicht zugetraut hätte, plauderte er über Pflanzzeiten, das Licht, die Wirkung des Mondes und Tricks, wie man mit geheimen Waffen Erdflöhe vertrieb.

Im Türrahmen erschien Archie und machte mit Hüsteln auf sich aufmerksam. „Mr Morris ist nicht in seinem Zimmer."

Louise schürzte die Lippen. „Wissen Sie, ob er vielleicht das Haus verlassen hat?"

„Nein, aber ich kann gern nachsehen."

Wenig später änderte sich die Miene von Mr Skinner, als Archie das Ergebnis seiner Nachforschungen verkündete: „Leider befindet er sich nicht im Haus."

Aus seiner ausdruckslosen Miene konnte sie nicht lesen, was er darüber dachte. Wie gut. Es reichte, dass sie sich entsetzte. Nicht gefrühstückt und nicht auffindbar. Wahrscheinlich war er spazieren gegangen. Ein Gang durch die Natur konnte im Kopf Wunder bewirken. Manchmal sortierten sich wirre Gedanken von allein, wenn man ihnen nur Raum und Ruhe gab. Er musste geahnt haben, dass Skinner wiederkam.

Sie schluckte. Es war eine unangenehme Situation, die ihr trotzdem ein Schmunzeln entlockte. „Mr Skinner, ich fürchte, ich kann Ihnen im Moment doch nicht weiterhelfen."

Er sah sie verwundert an und schnappte nach Luft. „Was meinen Sie, wo ich ihn finden kann?"

„Ich habe nicht die geringste Ahnung."

Skinner zog die Stirn zusammen, dass eine steile Falte sie in zwei Teile zerschnitt. Er wirkte ärgerlich und straffte die Schultern. „Das hat er mit Absicht gemacht. Jemand muss mich angekündigt haben."

Louise blickte zum Fenster, als könnte sie sich vom wolkenlosen Himmel Antwort erbitten. Skinner würde sich einen anderen Plan überlegen müssen, Bradley zu finden. Mit ihrem freundlichsten Lächeln komplimentierte sie ihn hinaus. „Sie entschuldigen, Mr Skinner, ich bringe Sie selbst zur Tür." Beim Abschied musste sie Mr Skinner in die Hand versprechen, ihn umgehend zu benachrichtigen, falls Bradley doch wieder zurückkehrte.

Louise beschloss, zum Pferdestall zu gehen. Sie wollte selbst mit dem Stallmeister reden. Vielleicht hatte er Gespräche der Männer mitbekommen, was das Ziel oder ihre Pläne anging. Was war das für ein Tag mit merkwürdigen Zufällen! Ausgerechnet heute Morgen waren ihr Mann und ihr Schwiegervater ausgeritten, Morris spurlos verschwunden und dieser dubiose Schuldeneintreiber aufgetaucht. Wo steckte überhaupt Lilian? Fehlte nur noch, dass sie nach dem gestrigen Gespräch auch noch unauffindbar war. Heute würde sie sich über nichts mehr wundern.

Auf der Ostseite des Gebäudes lagen die Stallungen. Sie durchquerte die Halle, wo ihr Gill entgegenkam. Als sie fast vor ihr stand, griff Louise nach Gills Arm. „Warte! Sieh in den Gästezimmern nach, ob Mr Cartwright, Mr Barr und Mr Thurgood noch schlafen."

Gill, die auf heikle Aufgaben meist mit Verlegenheit reagierte, wurde wie erwartet puterrot.

„Ob sich das schickt oder nicht, braucht dich nicht zu interessieren. Wenn die Herren Einwände haben, sag ihnen, ich erwarte sie zum Lunch. Es ist gleich Mittag." Sie zwinkerte ihr zu, trat ganz nah an sie heran und senkte die Stimme. „Ich bin die Herrin hier und mache die Ansage." Wenn es die Gäste nicht interessierte, dass sie sich bereits länger, als der Anstand erlaubte, auf Sudeley Castle eingenistet hatten, gab es keinen Grund, sie nicht an die Regeln im Haus zu erinnern.

„Sehr wohl, Mylady", erwiderte die Dienerin höflich und lief nach oben.

Durch einen Seitenflügel führte ein langer Flur direkt zu den Stallungen. Vermutlich hatte einer der Ahnen eine Schwäche für Ölgemälde gehabt. Links und rechts des Ganges, zwischen zahlreichen schweren Türen aus Eiche, hingen Bilder mit Hortensien, Mohn, Pfingstrosen, Gartennelken und vielen anderen Blühern, die Louise nicht benennen konnte. Besonders auffällig oft kamen die Hasenglöckchen vor, sowohl in Sträußen wie als einzelne Blume gemalt. Vielleicht sollten die farbenfrohen Gemälde von der düsteren Stimmung des Flurs ablenken.

Louise genoss die Schönheit der Bilder, während sie über dicke Teppiche lief. Als sie die Tür, die nach draußen führte, öffnete, musste sie kurz innehalten. Die strahlende Helligkeit der Mittagssonne blendete ihre Augen. Vor dem Pferdestall polierten ein paar Burschen Sattel und Zaumzeug.

„Wo finde ich Mr Bag?"

Einer der Stallburschen schnalzte mit der Zunge und wies auf den Pferdestall. „Er sieht gerade nach Eagle. Er lahmt etwas."

Sie betrat den Stall, der fast leer war. Die meisten Pferde standen tagsüber auf der angrenzenden Koppel. Staubkörner flimmerten in den Lichtkegeln, die durch die oberen Öffnungen fielen. Ganz in ihrer Nähe hörte sie eine Männerstimme beruhigend sprechen. Beim Näherkommen sah sie Bag, der einen Huf des Hengstes betrachtete, während er mit der Hand vorsichtig am Bein des Tieres entlangstrich.

„Mr Bag, darf ich Sie stören? Ich würde gern mit Ihnen sprechen."

Der Mann nickte und stellte den Huf vorsichtig auf dem Boden ab. Dann wandte er sich um und kam aus der Box. Ein Lächeln flog über sein Gesicht. „Lady Cherleton!"

„Gibt's Probleme?" Sie betrachtete das Pferd.

„Tja, ich bin ratlos." Er deutete auf Eagle. „Ihr Mann und Ihr Schwiegervater haben sich schon früh auf den Weg gemacht, um einen Viehdoktor zu holen."

„Ah. Beide?"

Er zuckte die Schultern. „Vielleicht haben sie auf dem Weg noch eine andere Verhandlung."

Sie seufzte und lachte dann höflich. „Ja, wahrscheinlich. Aber deshalb bin ich nicht hier. Ich möchte Sie nur fragen, ob Mr Morris heute Morgen ausgeritten ist?“

Bag fuhr sich mit dem Handrücken über die Stirn, dass eine schmutzige Spur zurückblieb. „Nicht ausgeritten, er hat die Kutsche genommen. In aller Herrgottsfrühe, kaum dass es hell war.“ Der letzte Satz klang vorwurfsvoll. Er musste ihn aus dem Schlaf gerissen haben.

„Wohin wollte er?“

„Äh … Moment … Ja, jetzt fällt es mir wieder ein. Ich meine, nach Winchcombe.“ Er kratzte sich am Kinn und kräuselte tadelnd die Lippen. „Genau. Winchcombe.“

„Hat er gesagt, was er dort will?“

„Nein.“ Er drehte den Kopf zur Box. Der Hengst war unruhig. Er warf ständig seinen Kopf zur Seite. „Tut mir leid, Mylady. Wenn Sie entschuldigen … Ich muss nochmals zu Eagle. Hoffentlich …“

In diesem Augenblick betraten zwei Männer den Stall. Als Louise die Silhouetten sah, wusste sie sofort, wer es war: Peter und ihr Schwiegervater. „Danke, Bag. Ich brauche Sie nicht mehr.“ Sie ging ihnen entgegen. Peter machte in seinem Reitkostüm eine eindrucksvolle Figur. Erst als sie dicht vor ihnen stand, schienen beide zu begreifen, dass es Louise war.

„Du?“, wunderte sich Peter und nahm seinen Hut ab. „Was machst du denn hier?“

Sie erzählte knapp vom Besuch Skinners und dass Bradley noch vor Tagesanbruch die Kutsche genommen habe, um nach Winchcombe zu reisen. „Ich hoffte, der Stallmeister könnte mir mehr sagen.“

„Lass uns erst mit Bag über den Hengst sprechen. Wir sehen uns gleich beim Lunch. Unsere Gäste wissen sicher, was er vorhat.“

Zurück im Haus läutete Louise nach Gill. „Hast du die Herren geweckt?“, fragte sie. Die Vorstellung, wie die Dienerin in deren Zimmer stand und in müde und verwirrte Gesichter sah, amüsierte sie. Männer wollten genauso wenig wie Frauen im Schlaf überrascht werden, um sich mit zerzausten Haaren und spärlich bekleidet zu präsentieren.

„Ihr Gepäck ist weg!“ Sie riss die Augen weit auf und griff sich an ihr Spitzenhäubchen. „Ich fürchte, die Herren sind abgereist.“

„Abgereist? Was redest du da?“, entgegnete Louise und spürte, wie ihr Puls sich beschleunigte. „Wie kommst du denn auf diese absurde Idee?“

„Eines der Küchenmädchen hat erzählt, sie habe bei Sonnenaufgang die Kutsche gehört. Das hat mich beunruhigt und ich habe nochmals nachgesehen. Erst hab ich gar nichts kapiert. Aber dann!“ Sie japste nach Luft und die Verzweiflung in ihrer Stimme klang echt. „Sie haben alles mitgenommen. Die Schränke sind leer.“

„Bei allen dreien?“

„Ja.“

Wo um Himmelswillen waren die Männer hin? Hatte Bradley geahnt, wer ihm auf den Fersen war? Selbst wenn Bradley gewarnt worden war, ergab es keinen Sinn, dass die anderen sich ebenfalls davonmachten.

Beim Lunch saßen Peter, ihr Schwiegervater und Louise bereits am Tisch, als Lilian hereinkam. Sie murmelte eine Entschuldigung und setzte sich ihr gegenüber an den Platz, den das Personal für sie eingedeckt hatte. Lord Cherleton und Peter unterhielten sich über den Hengst, der ihnen große Sorgen bereitete.

„Gegen Abend wird hoffentlich der Pferdedoktor da sein“, murmelte ihr Schwiegervater. „Wir sind erst beim alten Bell gewesen. Er kann ja nicht mehr herkommen. Aber er hatte auch keine Idee, was das sein könnte. Jetzt haben wir nach Scott geschickt." Die Bestürzung über den kranken Hengst war in seinem Gesicht zu lesen. Es war sein Lieblingspferd, das er zwar nicht mehr oft ritt, weil seine Gicht ihn ärgerte, aber das Tier war ihm über die Jahre ans Herz gewachsen. Manchmal, wenn er wie heute einen Ausritt wagte, hatten seine gequälten Finger Mühe, die Zügel zu halten. Aber er beschwerte sich nicht, sondern ignorierte mit abgeklärter Beherrschung die Schmerzen. Manchmal konnte sie beobachten, wie er in stillen Momenten seine Finger bewegte und knetete.

Während die Männer über Wunden und Verletzungen von Pferden grübelten, betrachtete Louise ihre Cousine, die ungewöhnlich still war. Sie sah aus, als habe sie geweint. Sie wirkte wie die Anmut in einer griechischen Tragödie. Was war geschehen? Was hatte sie aus der Fassung gebracht, sie, die in jeder Lebenslage die Nase zum Himmel gerichtet trug? Mit Lilians Anwesenheit kamen Erinnerungen vergangener Jahre hoch. Sie lehnte sich zurück und ließ ihren Gedanken freien Lauf ...

Es war ein herrlicher Sommertag auf Blackberry Manor gewesen, wo sie für ein paar Tage mit ihrer Familie zu Besuch gewesen war. Lilian und sie hatten am Flussufer gespielt. Sie mussten etwa zehn oder elf Jahre alt gewesen sein, schlaksig und noch Kinder an der Grenze zur Jugend. Bradley, Lilians kleiner Bruder John, der inzwischen in Wales lebte und kaum Kontakt zur Familie pflegte, und ihre Brüder Philip und Patrick hatten sich die Zeit damit vertrieben, Fische zu fangen. Die Jungen wollten wie ihre Väter Forellen mit Fliegen fangen. Lilian und sie versuchten es ebenfalls.

Fröhlich plaudernd folgten die Mädchen ihnen ins Wasser. Lilian rutschte unmittelbar auf den glatten Steinen aus. Für kurze Zeit verschwand sie gänzlich unter der Oberfläche. Louise hatte immer noch das Bild vor Augen, wie Lilian nach hinten platschte und auf dem Rücken liegen blieb. Ihre Arme bewegten sich, aber sie wirbelten nur Wasser auf. Mit aufgerissenen Augen und dem geöffneten Mund wirkte sie wie ein Barsch, der nach Sauerstoff schnappt. Ihr Haar umschlang sie in der Strömung wie ein Heiligenschein, in dem sich die Sonnenstrahlen brachen. Dieser Anblick hatte sich in ihr festgebrannt.

Der Nachmittag war sorglos gewesen, bis Lilian ausrutschte. Hätte sie nicht geistesgegenwärtig ihre Hand gepackt und sie mit letzter Kraft hochgezogen, hätte das Spiel am Fluss böse geendet. Als Lilian prustend auftauchte und nach Luft japste, bogen sich die Jungen vor Lachen. Keiner von ihnen hatte auch nur einen Finger bewegt, um sie aus dem Fluss zu retten. Lilians Augen spiegelten Todesangst. Ihre Brüder und Cousins hatten den Unfall zwar gesehen, aber ignoriert.

Lilians Mutter stand am Fenster, als sie mit tropfnasser Kleidung nach Hause kamen. Sie rümpfte die Nase über das ungebührliche Verhalten ihrer Tochter. Die Kinder wurden streng ermahnt und durften fortan nicht mehr am Fluss spielen.

Dass niemand ihr gedankt hatte, wurde Louise erst jetzt bewusst. Als Kind war ihr das gar nicht aufgefallen. An diesem Tag hatte sie Lilian hilflos und verletzlich gesehen. Weder davor noch jemals danach hatte ihre Cousine Schwäche gezeigt. Bis heute.

Ein Klirren brachte Louise in die Gegenwart zurück. Der schnellen Reaktion von Peter war es zu verdanken, dass die Fleischplatte nicht auf einer anderen Schüssel zerbrach. Muriel erstarrte und fing einen Augenblick später lauthals an zu heulen. Gill, die auf der anderen Seite die Soße auffüllte, zischte ein Drohwort und gab ihr mit den Augen einen Wink, sofort das Speisezimmer zu verlassen. Daraufhin hielt das Mädchen inne, wischte sich mit der Schürze über die Augen und zog die Nase hoch. Inzwischen war Gill zu ihr geeilt, packte ihre Kollegin am Arm und zerrte sie aus dem Raum. Noch bevor sich die Tür hinter ihnen schloss, hörte Louise eine Schimpftirade, die über das Mädchen hereinbrach. Dann verloren sich die Stimmen in der Halle.

Louise sog tief den Duft des Bratens ein, der vor ihr stand. Sie nahm sich selbst eine Scheibe vom Roastbeef, träufelte von Mrs O'Donnells köstlicher Fleischsoße darüber und griff nach dem Yorkshire Pudding. Ob Lilian etwas zum Verbleib der vier sagen konnte? Irgendwie hoffte sie, dass Peter endlich das Thema anschnitt.

Das tat stattdessen ihr Schwiegervater. „Hast du eine Idee, wo dein Bruder sein könnte?", begann er mit einem Lächeln im Gesicht, als wollte er seiner Sorge die Strenge nehmen.

Lilians Miene wirkte wie versteinert. „Er hat einen Brief geschrieben. Er lag vor meiner Tür", sagte sie leise. „Darin steht, dass er und seine Freunde nach London wollen."

„Na, was für ein Zufall." Lord Cherleton verzog den Mund und reckte das Kinn.

„Wahrscheinlich lag er seit Stunden da", stellte Peter verärgert fest. „Sie sind offenbar noch vor uns weg." Lilians Antwort musste ihn derart aufregen, dass er sich seine Empörung anmerken ließ. Das war ganz und gar nicht seine Art und zeigte, wie ihn die Geschichte mitnahm.

„Ich fürchte, du hast recht." Ihr Schwiegervater warf seine Serviette auf den Teller. „Ich verstehe nicht, was das soll. Hat denn heutzutage kein Mann mehr Anstand? Sich heimlich aus dem Staub machen! Was soll das? Haben wir ihnen etwas getan? Lilian, sag, hat Bradley keine Erklärung abgegeben?"

Die Hitze im Zimmer setzte Louise zu. Sie nahm die Serviette und fächelte sich Luft zu. „Sie haben zehntausend Gründe, das Weite zu suchen", warf sie dazwischen. „Mit ihrer Art von Aufrichtigkeit." Wenn ihre Mutter noch lebte, würde sie die Hände über dem Kopf zusammenschlagen und es skandalös nennen, was hier vorging. In Louises Kopf begann es zu brausen. Ihr wurde schwindlig. Hoffentlich kippte sie nicht gleich vom Stuhl. Sie griff nach der Tischkante. Verzweifelt versuchte sie, tief einzuatmen, und hoffte, dass die Schwäche damit vorbeiging.

Lilians Kinn begann zu zittern. Sie versuchte noch, ihre Tränen zurückzuhalten, aber dann brach sie in Schluchzen aus. „Nein“, presste sie hervor und starrte die Männer an, als habe sie den Verstand verloren. „Oh, es tut mir so leid! Ich … ich werde euch helfen, sie zu finden. Das Gebetbuch …“

„Genau!“ Peter stand auf. „Ich bin gespannt, was sie uns dann zu erzählen haben. Wir dürfen keine Zeit verlieren. Sonst sind nicht nur die Gebete der Königin umsonst gewesen.“

In diesem Moment sackte Louise zur Seite. Sie fühlte wie durch eine Nebelwand plötzlich zwei starke Männerhände, die sie auffingen, bevor die Nacht wie eine schwarze Woge über ihr zusammenschlug.

Nach dem Mittagessen zog sich Lilian in ihr Zimmer zurück. Ihre Cousine war im Moment gesundheitlich nicht stabil. Wahrscheinlich folgte ihr Körper den Gesetzmäßigkeiten der Natur und machte mit Brechreiz oder Fressattacken auf den erwarteten Nachwuchs aufmerksam.

Mit Unbehagen griff sie nach dem Schreiben, das sie schon mehrmals gelesen hatte. War es Bradley tatsächlich egal, was sie von seinen Plänen hielt und ob sie sich gekränkt fühlte? Er hätte es ihr ins Gesicht sagen sollen! Vielleicht hätte sie ihn umstimmen können. Natürlich war es schwierig, ihm mit Argumenten beizukommen. Man konnte doch auch auf anständige Art und Weise zu Geld kommen. Hatten sie denn bei den Kricketspielen nichts gewonnen? Oder beim Pferdehandel keinen Gewinn erzielt?

Eine ganze Stunde lang lag sie auf ihrem Bett und grübelte, ob Bradley sie nur benutzt hatte. Bis jetzt hatte sie gedacht, sie würde Männer verstehen, aber anscheinend war das Gegenteil der Fall. Selbst das Denken ihres Bruders konnte oder wollte sie nicht mehr begreifen. Sie spürte, wie die Schuld an ihr und ihrer Selbstachtung nagte. Es war wie eine Macht, die über sie bestimmen wollte. Aber sie war sich sicher, mit ihrem Geständnis auf dem richtigen Weg zu sein, um wieder frei zu werden.

Lilian gönnte sich noch einen Tee, bevor sie nach unten ging. Als sie in den Salon kam, war sie überrascht, Peter dort anzutreffen. Er sah sie mit traurigen Augen an. Sie blieb in der Tür stehen. Mit ihm hatte sie nicht gerechnet, denn tagsüber war er selten im Haus.

Er stand auf und kam ihr entgegen. „Komm, setz dich."

Sie ließ es zu, dass er sie zum Sofa führte, und sank in die weichen Polster. Wie sollte sie diese Wandlung verstehen? Wollte er sie tadeln, was ihr Benehmen im Stall betraf? Sie verschränkte die Arme vor der Brust und schlug die Beine übereinander. „Ja?"

„Was ich dir jetzt sagen muss, tut mir wirklich leid."

Seine Worte bewirkten, dass die Gewissensbisse, die sie eben überkommen hatten, verschwanden. Es tat ihm leid? Er hatte sie doch gar nicht geküsst. Fast hätte sie gelacht.

Was wollte er? Sie hatte sich doch bereits entschuldigt. Sie blickte zur Seite und sagte herablassend. „Am besten vergessen wir das."

Er schüttelte den Kopf. „Du missverstehst etwas. Es betrifft Hugh."

Lilian schwand die Farbe aus dem Gesicht. Hatte er den Schwindel aufgedeckt? Gütiger Himmel! Ihr Lügengebilde war zusammengebrochen. Sie spürte es. Gab es noch etwas zu retten? Ihr Inneres mahnte sie, ihm entgegenzukommen. Der Ring um ihre Brust wurde fester und fester. Zögernd ließ sie die Arme in den Schoß sinken, doch sie konnte kaum atmen. Sie griff nach der Sofakante, als könne sie sich dort festhalten, und krallte die Nägel in den Stoff. Nein, eine Wilkinson gab nicht auf.

„Er ist tot", stieß sie hervor.

„Ich weiß."

Das war ja noch mal gut gegangen! Louise hatte nicht geplaudert. „Was willst du dann?" Die Enge um ihre Brust löste sich nur langsam. Sie saß ganz still und lauschte den Befehlen des Stallmeisters an seine Burschen, die durch ein offen stehendes Fenster in den Salon tönten.

„Lilian, das hier ist keine Lüge, verstehst du? Es ist die schreckliche Wahrheit."

Was redete er für ein wirres Zeug? Gerade fing sie an, sich wieder zu fangen.

„Ich muss dir leider sagen, dass dein Mann gefallen ist. Bei der Schlacht von Vitoria."

Es brauste in ihren Ohren. Gefallen? Tot? Hugh war tot! Jetzt war er richtig tot. Es klang so unwirklich. Sie musste sich anstrengen, ihre Stimme unter Kontrolle zu halten. „Woher … wie hast du es erfahren?" Ein Chaos aus Schmerz und Aufregung machte sich in ihr breit.

Er schluckte. „Mithilfe von Reverend Eltringham. Er wartet draußen."

„Eltringham? Wie kann er wissen …?"

„Ich war heute im Dorf. Friedensrichter Jones hatte mich benachrichtigt."

Sie schlug die Hände vors Gesicht und begann zu schluchzen. Hugh war auf dem Schlachtfeld gestorben und sie hatte zur gleichen Zeit versucht, den Mann ihrer Cousine zu verführen. Das war doch absurd.

„Bist du sicher, dass es Hugh ist?" Sie konnte und wollte das nicht glauben. Vielleicht war es eine Verwechslung.

„Wir wissen noch nicht alles. Er hatte sich dem Militär angeschlossen. Das ist dir bekannt?“

Sie fühlte sich unfähig zu antworten. Er verstand doch nichts vom Schießen. Ohne ernstlichen Grund hätte er sich nie in Gefahr begeben.

„Aber dass er auf der Flucht vor seinen Gläubigern war?“

Lilian nickte und zog die Nase hoch. Wenigstens erwartete er jetzt keine Erklärung zu ihrem Verhalten und ihren Lügen. Sie schämte sich unendlich.

Peter stand auf und zog einen Brief aus seiner Weste, warf einen Blick darauf und steckte ihn gleich wieder weg. „Am Abend werde ich noch Näheres zu den Umständen sagen. Du musst dich ausruhen. Vielleicht kann Louise …“ Er stockte und presste die Lippen zusammen. Ohne ein weiteres Wort verließ er den Salon.

Kurz darauf kam eines der Dienstmädchen und half ihr aus dem Sessel, um sie ins Schlafzimmer zu begleiten. „Soll der Reverend gleich nach oben kommen?“

„Nein, später“, flüsterte sie. „Ich muss jetzt allein sein.“

„Soll ich nach Doktor Finister schicken? Er kann Ihnen Laudanum verabreichen.“

Sie nickte. Das klang gut. Es war besser als ein doppelter Cognac. Sie wollte sich nicht noch ein Jahr schwarz anziehen. Die letzten Wochen waren schlimm genug gewesen. Hoffentlich würde sie nie mehr aufwachen.

19

„Geht es dir besser?“

„Ja. Ich habe heute Nachmittag ein paar Stunden geschlafen. Jetzt fühle ich mich ausgeruht, als hätte ich die ganze Nacht im Bett gelegen. Deswegen kann ich jetzt nicht schlafen.“

Louise saß im Bett, ein dickes Kissen im Rücken, und sah von ihrem Buch auf. *Pride and Prejudice* war erst Anfang des Jahres erschienen, aber der unbekannte Autor hatte es geschafft, dass die Auflage jetzt schon vergriffen war. Elfreda wollte sich auch noch ein Exemplar kaufen, aber es war überall ausverkauft. Natürlich würde sie ihr Buch ausleihen, aber erst, nachdem sie es ausgelesen hatte. Vor ein paar Tagen hatte sie die Lektüre begonnen und seitdem ließ sie die Geschichte nicht mehr los. Wahrscheinlich war es anderen Leserinnen auch so ergangen. Es hatte sich in Windeseile herumgesprochen, was für ein sensationelles Buch es sei. Die Bücherläden waren daraufhin regelrecht gestürmt worden.

„Was ist mit Luke? Er wollte sich doch in Bristol umhören.“ Peter schlug die Bettdecke zurück und ließ sich ins Bett fallen. Der heutige Tag war lang und anstrengend gewesen und er wirkte immer noch angespannt. Auffällig war sein entgegen der Gewohnheit zerzaustes Haar. „Hat Elfreda nichts erzählt?“

„Elfreda?“, murmelte Louise. Die Buchstaben verschwammen vor ihren Augen. „Ich treffe mich morgen mit ihr.“

Ihr Herz war schwer. Sie fühlte sich Peter nah und doch irgendwie fremd. Seit Lilian ihre Fühler nach ihm ausgestreckt hatte, war etwas passiert, das sie kaum benennen konnte. Eine unsichtbare Wand stand zwischen ihnen. Etwas hielt sie zurück, ihm alles zu sagen, was sie dachte und fühlte.

Bis vor Kurzem hatte sie sich bei ihm gut aufgehoben gewusst. In seiner Gegenwart konnte sie sich fallen lassen und sein, wie sie war. Er war so etwas wie ihr Zuhause gewesen. Doch inzwischen hatte sich das geändert. War ihr Buch, das sie in den Händen hielt, der Ersatz für Peter, der ihr entglitten war? Die jahrelange Vertrautheit war jäh unterbrochen.

Und Lilians Entschuldigung? Ja, natürlich, ihre Cousine hatte gesagt, es tue ihr leid. Aber war die Reue echt gewesen? Sie hoffte es. Trotzdem konnte sie nicht einfach zur Tagesordnung übergehen. Das Schlimme war, Peter hatte sich auf Lilians Seite gestellt. Das tat am meisten weh.

Andererseits hatte Peter in der Bibliothek ihre eigene Verletzlichkeit gespürt. Vor Lilian hatte er sich zu ihr bekannt und so getan, als sei alles gut zwischen ihnen. Eine Stimme mahnte sie, ihm zu glauben. Doch ein Flüstern in ihrer Brust stellte Peters Wahrhaftigkeit infrage. Sie wusste tief in ihrem Inneren, dass er es ernst meinte. Trotzdem zweifelte sie. Was er zu Lilian gesagt hatte, das Akzeptieren ihrer Entschuldigung, klang ihr zu einfach. Wem sollte sie glauben?

Louise fühlte sich getrieben und das äußerte sich darin, dass ihr Nacken und die Schultern schmerzten. Im Moment war ihr Kreislauf stabil. Wenn die letzten Tage und Wochen nicht derart verwirrend und anstrengend gewesen wären, hätte sie sich auf einer Welle der Glückseligkeit wiedergefunden. Das kleine Wesen in ihrem Bauch war ein lebendiges Zeichen ihrer Liebe. Wie lange hatte sie für ein weiteres Kind gebetet – und endlich war es wahr geworden! Warum musste ausgerechnet in dieser Zeit ihr Leben aus dem Takt geraten? Die ganzen Jahre, seit sie mit Peter verheiratet und Jacob auf der Welt war, hatten sie in Harmonie und Zuversicht gelebt. Hier an diesem Ort, der ihr mehr als vertraut war, an dem ihr Herzschlag schneller wurde, wenn er zu ihr kam, fragte sie sich, wie es jemals wieder innig zwischen ihnen werden könnte.

„Ich werde morgen zuerst mit Jones sprechen und auch nach London reisen, um mich umzuhören. Wenn Elfreda nichts weiß, muss ich doch noch mit Luke reden."

Sie schalt sich, weil sie nicht einfach sagen konnte: „Komm, lass uns alles vergessen und neu anfangen." Ihre Zweifel und Empörung hatten selbst den Wunsch nach einem Gebet verdrängt. Noch immer fühlte sie sich mit ihrem Schmerz alleingelassen. Auch von ihrem himmlischen Vater, dem sie sonst all ihre Sorgen anvertraut hatte. Aber leider gab es im Leben Höhen und Tiefen. Vertrauen musste jeden Tag neu gelebt werden. Erst in schwierigen Situationen, hatte Reverend Eltringham einmal gesagt, könne man erkennen, dass der Glaube zum Tragen komme.

Davon spürte sie heute leider nichts. Sie fühlte sich müde, den Kopf voller unruhiger Gedanken. Warum machte ihr Mann nicht den ersten Schritt? Warum nahm er sie nicht ganz einfach in den Arm? Dann wäre alles so leicht.

„Hörst du mir überhaupt zu?"

„Natürlich." Sie hatte Mühe, sich zu konzentrieren, und fühlte sich wie gelähmt. Was hatte er gesagt? Ihren eigentlichen Wunsch, mit Peter zu reden, konnte sie nicht umsetzen. Ja, es gelang ihr nicht einmal, die Hand nach ihm auszustrecken.

„Hugh ist gefallen."

Jetzt war sie hellwach. „Er ist tot?" Ihre Stimme klang fremd, als rede jemand anderes. „Woher weißt du das?"

„Ich habe einen Brief bekommen."

Sie konnte gar nichts sagen. Es rührte sie und doch nicht so, wie sie gedacht hatte. Nicht so tief. Es tat ihr einfach nur leid, dass er so früh sterben musste. Das hatte sie ihm nicht gewünscht. Sie hoffte, dass Gott gnädig war. Und dass Hugh Frieden gefunden hatte. Frieden mit Gott.

Seine Hand berührte sie am Arm. Sie zog ihn weg.

„… morgen früh." Seine Bettdecke raschelte.

Sein Tonfall war sachlich gewesen und auf ein liebevolles Wort würde sie heute vergeblich warten. Resigniert warf sie ihm einen kurzen Blick zu und legte das Buch beiseite. Er hielt die Augen geschlossen. „Gute Nacht." Dann drehte sie sich zur Seite, zog die Decke über den Kopf und wollte nur noch vergessen und schlafen.

Am nächsten Morgen fiel gleißendes Sonnenlicht in den Salon. Die Fensterfront machte es fast unmöglich, einen Schattenplatz zu finden. Bisher hatte Louise es genossen, wenn der Tag hell und strahlend begann, heute jedoch fand sie es unerträglich.

Sie hatte geglaubt, es würde sie nicht treffen, als sie von Hughs Schicksal erfuhr. Doch ihr Innerstes ließ ihr keine Ruhe. Das Gesicht in der Dunkelheit damals kam ihr in den Sinn. Oder war es ein Schattenriss gewesen? Klären ließ sich das jetzt nicht mehr. Stundenlang hatte sie in der Nacht wachgelegen und Peters Schnarchen gelauscht. Mehrmals war sie versucht gewesen, ihn zu wecken, damit er sich zur Seite drehte, es sich dann aber verboten.

Jetzt schmerzte das Licht in den Augen und in ihr wollte keine Fröhlichkeit aufkommen. Tränen hatte sie keine für Hugh, eher Mitleid. Louise holte ihren Stickrahmen und begann, Umrisse in eine Blüte zu verwandeln. Es war ungewöhnlich still im Salon. Sie spürte, wie die filigrane Arbeit ihre Fantasien bewegte.

Bradley und seine Freunde waren tatsächlich nicht mehr im Haus. Die leeren Stühle am Frühstückstisch hatten es deutlich gezeigt. Ihr Wunsch war in Erfüllung gegangen und hatte trotzdem einen merkwürdigen Beigeschmack hinterlassen. Wahrscheinlich lag es daran, dass sie einfach abgereist waren. Oder geflüchtet? Und möglicherweise … nein, sie verbot sich, ein schnelles Urteil zu fällen. Für jeden galt die Unschuldsvermutung, bis die Beweise etwas anderes sagten. Tatsächlich für jeden? Sie bezweifelte es.

„Hier bist du!“ Lilian betrat den Salon und setzte sich ihr gegenüber. Ihr schwarzes Kleid raschelte und Louise nahm es gleichgültig zur Kenntnis. Lilians Trauerkleidung – was ging es sie an? Ihre Kostüme waren eine einzige Fassade, die sie je nach Laune für ihre eigenen Anliegen aufbaute.

„Du weißt es schon?“, fragte Lilian. Sie sah blass aus und hatte Ringe unter den Augen. Als Louise nickte, fuhr sie fort: „Du glaubst gar nicht, wie oft ich mir das zuletzt ausgemalt habe. Jetzt ist es wahr und trotzdem unwirklich. Trotzdem, er hat es nicht verdient.“

„Mir tut es auch leid“, sagte Louise mit unbehaglicher Miene. „Das einzig Tröstliche ist, dass er den Heldentod gestorben ist. Er hat seine nationale Pflicht erfüllt.“

„Held“, flüsterte Lilian nur und verstummte, als könne sie das Wort nicht mit ihrem Mann in Zusammenhang bringen. Sie kräuselte geistesabwesend die Stirn.

Louise ließ Tee bringen, den sie schweigend tranken. Der Heldentod war nicht das einzig Tröstliche, dachte Louise. Sie hatte es gesagt, um Lilian zu beruhigen. Viel tröstlicher wäre es zu wissen, dass er mit Gott versöhnt war, als er starb.

Ihr kam ein Gedanke und sie legte den Stickrahmen beiseite. Wenn ihr jeden Tag wie heute zumute wäre, würde sie keinen Kreuzstich mehr schaffen. Im Augenblick konnte sie mit viel Fantasie sogar ihre Cousine verstehen. „Gestern wollten die Handwerker den Steinsarg reparieren“, erklärte sie. „Willst du mit in die Kirche?“

Louise stand auf. Wenn Lilian wie gewöhnlich kein Bedürfnis verspürte, in die Kapelle zu gehen, konnte sie ja hier sitzen bleiben. Nach belanglosem Geplauder stand ihr heute nicht der Sinn.

Lilian hob die Schultern. Offenbar hatte sie keine bessere Idee. „Ich gehe mit dir.“

Als sie das Gotteshaus betraten, meinte Louise, in den durch die bunten Fenster einfallenden Lichtstrahlen letzte Staubkörner des Steins zu erkennen. Wahrscheinlich war es Einbildung, aber den Gedanken fand sie tröstlich. Nichts deutete mehr auf den Frevel am Sarg hin.

Bestimmt hatte Peter die Handwerker bestellt. Er wusste, wer gute Arbeit leistete. Die hier war perfekt gelungen. Die Königin hatte ihre ewige Ruhe wiedergefunden. Schweigend blieb Louise neben dem Steinsarg stehen. Fast zärtlich strich sie über den kalten Marmor, als nähme sie nochmals Abschied von dieser besonderen Frau.

„Ich habe sie immer bewundert", sagte sie. „Zweimal war sie verheiratet und man erzählt, sie habe sich dann in einen Mann verliebt, von dem sie hoffte, er würde sie heiraten. Thomas Seymour. Dann kam der Antrag des Königs."

„Ein Heiratsantrag vom König?" Lilian war neben sie getreten und schien tief beeindruckt. „Ich hätte genauso entschieden. Was konnte ihr Besseres passieren? Mehr Geld, mehr Einfluss und mehr Ehre."

„Wenn es so einfach gewesen wäre", seufzte Louise und sah ihre Cousine an. Lilians hochgestecktes Haar gab den Blick frei auf ihr Gesicht. Ganz gleich, welche Frisur sie trug, sie sah immer makellos aus. „Der König pflegte ja ungeliebte Gattinnen auf schreckliche Art zu beseitigen. Statt einer Liebesheirat mit Seymour wählte Catherine Parr dann eine, die sie als Fügung von oben ansah und der sie Folge leistete. Eine Vernunftehe, wie sie viele Frauen eingingen. Sie hat sich allerdings in ihrer Ehe mit Henry VIII sein Vertrauen und seinen Respekt verdient. Ich weiß nicht, ob ich diese Hingabe besessen hätte. Stell dir vor, sie regierte auf sein Geheiß in seiner Abwesenheit das Land! Er muss mit ihrer Arbeit sehr zufrieden gewesen sein. Es war bekannt, dass ihre Stiefkinder sie geliebt haben."

„Sie hatte keine eigenen?“

„Erst später, als sie nach dem Tod des Königs endlich Thomas Seymour heiraten konnte. Diesmal aus Liebe. Wie du weißt, ist sie kurz nach der Geburt ihres ersten Kindes gestorben.“

„Wie schrecklich!“

Lilians betroffene Mimik rührte Louise. „Ich finde, sie war irgendwie außergewöhnlich. In ihrem Buch *The Lamentation of a Sinner* hat sie sogar den Papst kritisiert. Zudem verwendete sie darin Begriffe wie Sünde und Errettung. Du kannst dir vorstellen, was das bedeutete.“

Lilian verzog den Mund und schüttelte den Kopf.

„Sie hat sich viel mit dem christlichen Glauben auseinandergesetzt“, fuhr Louise fort, „und sogar mit dem König darüber diskutiert. Für eine Frau und selbst als Königin war das ziemlich gewagt. Ich würde sagen, zu waghalsig! Fast hätte das für sie ein böses Ende genommen, weil es Leute gab, die das als Häresie ansahen. Und der König war wohl ebenfalls davon überzeugt. Womöglich haben seine Hofräte ihm eingeredet, sie nehme sich zu viele Freiheiten. Um nicht wie ihre Vorgängerinnen einen sinnlosen Tod zu sterben, musste sie sich ihrem Mann öffentlich unterwerfen. Aber was blieb, waren ihre Übersetzungen von Psalmen und ihre Gebete, die als Andachtsbücher gedruckt wurden.“

„Männer haben schon immer eine bizarre Gabe besessen, ihre Frauen gefügig zu machen“, murmelte Lilian und sah enttäuscht drein. Ob sich die Bemerkung auf ihre Ehe mit Hugh bezog, konnte Louise nicht beurteilen.

Plötzlich hörten die beiden Frauen ein Räuspern hinter sich und schraken zusammen. Sie hatten geglaubt, sie seien allein in der Kirche.

„Ich wollte Ihre Andacht nicht stören“, schmunzelte Reverend Eltringham und trat näher. „Mylord hat mir berichtet, dass Königin Catherine Parr wieder in Ruhe schlafen darf. Ich wollte mich nur vergewissern, wie weit die Handwerker gekommen sind." Er strahlte die beiden Frauen an und für einen Moment blieb sein Blick an Lilian hängen. Louise registrierte es mit Unbehagen. Hoffentlich blieb er vor Lilians Launen verschont.

Aus den Augenwinkeln beobachtete sie Lilians Reaktion. Doch zum ersten Mal seit ihrer Ankunft hatte Louise das Gefühl, dass ihre Cousine ein ehrliches und zögerndes Lächeln zeigte. Vielleicht war es das würdevolle Auftreten des Reverends, das diese seltene Wirkung zeigte.

„Sie stören uns nicht, Reverend", sagte Louise. Sie wusste nicht viel über den Geistlichen, außer dass er im Dorf wohnte und innerhalb der Gemeinde hohes Ansehen genoss. Er hatte vor ein paar Jahren das Amt von Reverend Freeman übernommen, der aus Altersgründen ausgeschieden war. Von seinem Vorgänger hatten die meisten Leute hier nicht viel gehalten, denn er hatte versucht, ihnen den Glauben mit Zwang und Gebrüll von der Kanzel einzutrichtern. Eltringham hatte also ein schweres Amt angetreten und wunderte sich anfangs, dass viele Kirchenbänke sonntags leer blieben. Dank seiner zugewandten Art schaffte er es jedoch, dass selbst die Aufmüpfigsten nach und nach wiederkamen.

„Im Gegenteil", fuhr Louise fort, „es tut gut, Sie zu sehen. Sie kennen meine Cousine? Lilian wurde Ihnen beim Ball vorgestellt."

Er deutete eine Verbeugung an. Einzig sein weißer Kragen am Hals unterbrach die Schwärze, die von seinen Haaren über die Kleidung bis zu den Schuhen reichte. „Ich erinnere mich. Selbstverständlich stehe ich Ihnen wie Familie Cherleton als Seelsorger zur Verfügung."

Lilian nickte, als sei ihr die Sprache abhandengekommen, und flüsterte nur: „Danke, Reverend."

„Sie hat ihren Mann verloren. Im Baskenland. Die Nachricht

kam gestern", erklärte Louise und sah zu Lilian, die jetzt die Augen geschlossen hatte und sich an einem Pfeiler festhielt.

„Lady Wilkinson, mein Beileid", sagte Eltringham leise. „Ich wünsche Ihnen jetzt viel Kraft. Wenn ein junger Mensch in die Ewigkeit abgerufen wird, ist es nochmals schwerer zu begreifen. Der Krieg macht vor niemandem halt."

Lilian bestätigte seine Worte mit einem Kopfnicken und sah ihn an. Sie wusste nicht viel über die Kämpfe. In der Regel diskutierten Männer darüber, wenn sie unter sich waren, um die Frauen und Mütter nicht zu beunruhigen. Oder weil sie meinten, Frauen würden die politischen Zusammenhänge nicht verstehen. Seit geraumer Zeit waren die Feldzüge fern und nah das Thema in den Rauchsalons und bei Digestifs.

Er trat zu ihr. „Kann ich noch etwas für Sie tun?"

Sie schüttelte den Kopf. „Er ist wohl, kaum, dass er das Festland betrat und an der Front ankam, im Kampf gefallen. Der Brief war eine Weile unterwegs, wie ich dem offiziellen Schreiben entnehmen kann."

„Sie dürfen sich gern bei mir melden. Wie gesagt, ich möchte Sie hier nicht in Ihrer Andacht stören."

„Das tun Sie nicht. Louise und ihre Familie sind mir ein großer Trost", erwiderte Lilian und verstummte. Dann sog sie tief Luft ein und sagte: „Vielleicht können Sie doch etwas für mich tun. Würden Sie sich dafür einsetzen, dass mein Mann in heimischer Erde bestattet werden kann? Ich glaube, er hätte es so gewollt."

„Ich werde noch heute ein Schreiben verfassen. Eine Überführung ist zwar nicht üblich, aber ich werde nichts unversucht lassen."

Louise bemerkte die seltsame Wehmut, die Lilian ergriffen hatte. Eine Bestattung in der Heimat als letzte Ehrerbietung. Eltringham stand immer noch vor ihr, die Hände gefaltet und sah sie mitleidig an. Eine fast unerträgliche Stille hatte sich in St. Mary ausgebreitet. Es hing eine Spannung in der Luft, die Louise nicht zu deuten wusste.

Um dem Schweigen ein Ende zu bereiten, schlug sie einen entspannten Ton an. „Ist das nicht schön? Der Sarkophag sieht wie neu aus. Und ich hoffe, dass jetzt auch noch das Gebetbuch wiedergefunden wird."

Lilian sah Louise dankbar an und rieb sich die Arme, als fröstele sie. „Reverend, was macht das Buch so wertvoll? Es wurde doch sicher in großer Auflage gedruckt, von der bestimmt noch ein paar Exemplare irgendwo zu finden sind", meinte sie zaghaft.

Louise ergriff ihre Hand und zwinkerte ihr zu. „Ich glaube, wir sollten unsere Zeit nicht damit verbringen, darüber zu spekulieren, wer noch eines besitzt."

Eltringham nickte kurz. „Doch um Ihre Frage zu beantworten: Es ist das persönliche Gebetbuch der Königin gewesen. Nicht das Exemplar, das Mrs Miller oder Lady Sowieso gekauft hat. Das macht es zu etwas Besonderem. Und vor allem ihre privaten Notizen darin."

„Ich habe versprochen, dass ich helfe, es zu finden", sagte Lilian. Es funkelte in ihren Augen. Eine einsame Träne rollte über ihre Wange. „Wahrscheinlich hat sie es besonders gepflegt."

Louise glaubte, dass Lilian es ernst meinte. Nachdenklich verfolgte sie die nasse Spur in Lilians Gesicht. „Es ist ein Kunstwerk", sagte sie ruhig, „sowohl vom Inhalt als auch vom Äußeren. Ich fürchte, es hat bereits einen neuen Besitzer gefunden." Ihrem plötzlichen Drang, Lilian zu umarmen, um sie zu trösten, wollte sie nicht nachgeben. Allein die Tatsache, dass ihr überhaupt das Bedürfnis gekommen war, verwunderte sie.

„Wahre Handwerkskunst ist bewundernswert, nicht wahr? Verzeihen Sie, Mylady, aber was das Buch angeht, da bin ich voller Zuversicht. Möge sein Inhalt dem Dieb zum Segen werden."

Louise bezweifelte das, aber sie hoffte es zugleich. Plötzlich wurde ihr bewusst, dass sie dringend ins Haus zurückkehren musste. Elfreda würde sicher bald eintreffen und sie hatte keinem der Diener Bescheid gesagt, wo sie zu finden sei. Sie reichte dem Reverend zum Abschied die Hand.

„Mylady", wandte er sich anschließend wieder an Lilian. Sein Blick war herzlich. „Ich möchte Sie zu unserem Gottesdienst heute Nachmittag einladen." Eltringham ging noch einen Schritt näher, sodass sie zu ihm aufblicken musste. „Darf ich Ihnen vielleicht zuvor St. Mary zeigen? Sehen Sie, das Holzgebälk dort unter der Decke …" Er hatte gleich eine Anekdote parat und wies zu den dunklen Balken am Gewölbe. Lilians Gesicht hellte sich auf. Sie nickte und schien interessiert, während er lebhaft drauflosplauderte.

Louise freute sich, dass Lilian sich von den freundlichen Worten des Reverends ansprechen ließ, und nickte ihr zu, bevor sie das Gotteshaus verließ. Zum ersten Mal an diesem Tag hatte sie das Gefühl, nicht mehr betäubt und angeschlagen zu sein.

Elfreda war tatsächlich bereits im Haus, als Louise zurückkehrte. Sie musste unmittelbar vor ihr angekommen sein, denn sie stand noch in der Halle und unterhielt sich mit Archie. Der rosafarbene Batist ihres Kleides harmonierte wunderbar mit den rosa-weißen Pfingstrosen, die ihren Hut schmückten. Ihre Arme waren sonnengebräunt, wahrscheinlich durch unachtsame Spaziergänge hervorgerufen. Trotzdem, fand Louise, sah sie gesund aus und versprühte sogar bei diesem Gespräch mit Dienstboten eine unbändige Lebensfreude.

Zwei Dienstmädchen waren im hinteren Bereich vor der Treppe damit beschäftigt, den Teppich zu reinigen, und sahen auf, als Louise eintrat. Sie nickte ihnen freundlich zu. Als Elfreda Louise bemerkte, beendete sie das Gespräch und kam mit ausgebreiteten Armen auf sie zu.

„Wie schön, dass du gekommen bist", freute sich Louise und umarmte die Freundin. „Gehen wir hinunter zum See?"

Elfreda nickte bereitwillig und beide verließen die Halle wieder durch den Haupteingang. Vorbei an den Stallungen führte ein Weg durch einen der Gärten, der wiederum an ein Cottage grenzte, das dringend repariert werden musste. Hier wohnte der Schmied mit seiner Familie. Vor dem Haus spielten Kinder und eine schwangere Frau trat gerade aus der Tür. Sie trug einen Korb mit Wäsche hinüber zur Wiese. Die Dales wuchsen jedes Jahr um ein Familienmitglied und selbst unter kinderreichen Sippen wunderte man sich hinter vorgehaltener Hand, wie es der Frau gelang, die Kinder sauber und einigermaßen ordentlich zu kleiden. Als Mrs Dale zu ihnen herübersah und grüßte, winkte Louise ihr freundlich zu.

„Wie geht es dir?", wollte Elfreda wissen und wandte ihren Kopf von der Frau zu Louise. „Freut sich Peter?"

„Natürlich freut er sich", sagte Louise mit belegter Stimme, überrascht von Elfredas Frage. Sie schluckte. „Mir geht es wirklich gut. Heute ist mir weder übel noch schwindlig." Von der schrecklich langen Nacht wollte sie nichts sagen.

Elfreda hakte sich bei ihr unter. „Manchmal, bitte verzeih mir meine Offenheit, manchmal habe ich das Gefühl, dass dich etwas beschäftigt. Oder täusche ich mich?"

Louise fühlte sich ertappt und wurde verlegen. „Ich … ich kann nicht offen darüber sprechen." Sie machte eine Pause und flüsterte, obwohl sie nicht befürchten musste, dass irgendjemand mithörte: „Nicht heute."

„Musst du auch nicht. Wenn du aber jemand zum Reden brauchst, sollst du wissen, ich bin für dich da." Sie streichelte liebevoll mit der freien Hand über Louises Arm. Die beiden Frauen lächelten sich an.

„Ich habe es gespürt. Ich kenne dich", erklärte Elfreda.

Vermutlich war das der Grund, weshalb sich Louise in ihrer Gegenwart so wohlfühlte. Ihre Vertrautheit mit Peter war das eine, aber manche Themen konnte man nur mit einer Freundin besprechen. Es gab wahrscheinlich nicht viele Ehemänner, die sich stundenlang über Frisuren, modische Stoffe, monatlich wiederkehrende Nöte oder unumgängliche Einladungen austauschen wollten.

„Gestern hat Lilian erfahren, dass Hugh gefallen ist."

Elfredas Miene wurde ernst. „Ein Jammer. Wie nimmt sie es auf?"

„Sie ist sehr tapfer. Ich denke, es tut ihr schon sehr leid."

„Sie war wohl nicht glücklich mit ihm."

Die Feststellung deckte sich mit ihrer. Trotzdem schwieg sie.

„Wie sieht ihre Zukunft aus?"

Louise warf ihr einen vielsagenden Blick zu. „Es ist zu früh, um eine Entscheidung zu treffen."

Elfreda zögerte. „Geht es dir denn gut?"

„Ja", murmelte Louise, „was das angeht, ja. Ich hege keine Gefühle mehr für ihn. Das ist alles Vergangenheit."

Sie gingen schweigend den Kiesweg entlang. Der See lag direkt vor ihnen. Elfreda bückte sich, um einen Stängel zu pflücken. Während sie ihn zerrupfte, fragte Louise: „Hat dein Mann in Bristol Neuigkeiten erfahren?"

„Luke?", gab Elfreda zurück, als habe sie mehr als einen Ehemann. „Ja, ich glaube schon. Er wollte mir nichts erzählen, meinte, es würde mich beunruhigen."

„Nun komm schon, du weißt mehr. Was ist es?"

Elfreda lachte und warf ihren Kopf zurück. Sie wirkte fröhlich, fast unbeschwert. Wenn sie das in der Gegenwart ihres Mannes machte, musste er von ihrer Anmut bezaubert sein. In ihren Wangen bildeten sich Grübchen, wenn sie lachte.

„Die Stadt leidet noch immer unter dem Handelskrieg mit Frankreich. Und der liegt ja schon zwanzig Jahre zurück“, begann Elfreda und warf den Halm weg. Sie rieb sich die Augen. „Luke kennt eine Menge Leute dort. Händler aller Art. Jemandem wurde ein besonderes Buch angeboten. Durch einen Mittelsmann. Es klang geheimnisvoll. Luke wusste sofort, dass es nur das Gebetbuch sein konnte.“

Louise wurde übel. Sie ahnte, es war verloren. „Und?“, stöhnte sie auf.

Elfreda hatte eine Bank direkt in Ufernähe entdeckt und bedeutete ihr, sich zu setzen, bevor sie ebenfalls Platz nahm. „Ich weiß nicht warum, aber allem Anschein nach sind sie noch nicht ins Geschäft gekommen. Ob der Händler geahnt hat, dass es heiße Ware ist? Ich habe keinen blassen Schimmer.“

Louise zog die Augenbrauen hoch. „Du meinst, er hat es nicht abgekauft?“

„Luke hat’s mir nicht erzählt. Ich weiß es nur von einem Gespräch mit einem Mann, dessen Namen ich nicht kenne. Zufällig habe ich das Gespräch … äh … nicht belauscht, sondern unfreiwillig mit angehört.“

Jetzt war es Louise, die schmunzelte. Sie dachte an Elfredas immerwährenden Drang, mustergültig zu leben. „Ach, dann weiß es Peter sicher.“

„Nein. Er kann es ihm noch nicht erzählt haben, denn er musste am nächsten Tag nach Liverpool. Ich erwarte ihn erst morgen.“

„Darf ich es Peter sagen? Es könnte wichtig für ihn sein.“

„Von mir aus. Aber besser, du sagst nicht, von wem du es weißt. Es wäre mir lieber.“

Louise nickte und starrte auf das grünblaue Wasser, in dem sich das Ufer mit Federgras, Mähnengerste und Riesensegge spiegelte. „Hoffentlich ist Bradley nicht schon über alle Berge und sein Brief nur eine Täuschung. Dann ist es hoffnungslos, jemals das Buch wiederzubekommen."

„Glaubst du, sie sind immer noch zu viert unterwegs?"

„Ich weiß nicht. Das fällt doch auf. Aber da war noch ein Turnier, von dem sie sprachen. Ob sie daran teilnehmen? Es wäre gefährlich. Aber trotzdem – sie brauchen ja Bradley als …", Louise hob die Hände und bewegte die Zeigefinger, „… als Schiedsrichter." Das letzte Wort klang sarkastisch.

„Du meinst, er ist noch in der Gegend?" Peter sah Louise aufmerksam an. Er hatte ihrem Bericht aufmerksam gelauscht und zog an seiner Zigarre. Zum Glück fragte er nicht, woher sie ihr Wissen bezog. Sein Blick war unergründlich und Louise musste plötzlich an die erste Zeit ihres Kennenlernens denken, in der sie sich in seine meergrünen Augen verliebt hatte. Augen voller Wärme und Liebe. Augen, die das widerspiegelten, was in seinem Herzen vor sich ging.

An die Fensterscheiben trommelte der Regen ein monotones Lied. Schon am Nachmittag hatten sich Wolkenberge aufgetürmt und Schwüle in die Cotswolds gebracht. Gegen Abend war das Wetter gänzlich umgeschlagen und ein heftiges Gewitter entlud sich über Häuser und Felder. Lilian war am Nachmittag allein ausgeritten und hatte es gerade noch rechtzeitig zurück geschafft, bevor der Regen einsetzte. Kurz darauf war es fast Nacht geworden, während sich Blitze, Donnergrollen und Schauer abwechselten.

Hier in der Bibliothek war es gemütlich. Peter hatte beim Abendessen vorgeschlagen, im Herrenzimmer noch einen Brandy einzunehmen. Da ihr Schwiegervater noch überraschend Besuch bekam und Lilian, vom Ausritt erschöpft, sich auf ihr Zimmer zurückgezogen hatte, bat er stattdessen Louise in die Bibliothek. Vielleicht weil er wusste, dass sie sich gern hier aufhielt? Seit Tagen war es ihr erstes vernünftiges Gespräch unter vier Augen.

Louise räusperte sich. „Ich vermute es. In Moreton-in-Marsh soll am Sonntag noch das letzte wichtige Kricketspiel ausgetragen werden."

„Das ist doch in der Nähe von Chastleton House", stimmte er zu. „Ich denke, da brauchen sie aber zwei Stunden mit der Kutsche."

„Wahrscheinlich. Als Duett scheinen sie erfolgreich. Barr legt gewisse Spielzüge an den Tag, die Bradley zu seinem Vorteil auslegt. Ich frage mich allerdings, wie er es schafft, dass der zweite Schiedsrichter ebenso entscheidet."

„Da hast du aber gut aufgepasst." Er sah sie verblüfft an. „Nun die Antwort auf deine Frage. Es ist ganz einfach: Er ist befangen. Im schlimmsten Fall ist es eine abgekartete Sache. Ich möchte das Bradley einfach nicht zutrauen." Er drückte die Zigarre an den Aschenbecher, damit die Asche abfiel „Nicht deinem Cousin."

„Er fühlt sich über alle Vorwürfe erhaben. Das lässt ihn kalt. Ich bedauere, mit ihm verwandt zu sein." Der Qualm brannte in ihrer Kehle. Warum sagte sie nicht, dass es sie störte, wenn er in ihrer Gegenwart rauchte? Außerdem schmeckten seine Küsse dann fad. Sie kniff einem Impuls folgend die Lippen aufeinander. Was hatte sie für merkwürdige Gedanken? Nein, vom Küssen war sie weiter entfernt als der Mond von der Erde.

„Louise", sagte Peter plötzlich in einem Ton, der ihr durch und durch ging. Hatte er ihre Gedanken lesen können oder hatte sie laut gedacht? Es schnürte ihr die Kehle zu, als er seine Zigarre in den Ascher legte, sich zu ihr herüberbeugte und nach ihrer Hand griff. Sein Blick war tiefgründig. Als sie nichts erwiderte, stand er auf, ohne ihre Hand loszulassen und setzte sich neben sie. „Was ist los? Warum sprichst du nicht mit mir?"

„Ich spreche doch mit dir!" Sie wollte nichts zugeben. Sie konnte nichts anderes als halsstarrig sein. Die Kälte, die sie zum Zittern brachte, kam nicht von ihrem Batistkleid mit den kurzen Ärmeln. Nein, sie fror innerlich. Ihre Zähne schlugen aufeinander. Mit aller Kraft versuchte sie, das Beben zu unterdrücken, damit Peter es nicht bemerkte.

„Du weißt genau, was ich meine."

Sie war bereit für den Gegenangriff. „Hast du mir nichts zu sagen?" Das Zähneklappern wollte nicht aufhören.

„Ich habe alles gesagt. Du deutest die Dinge, wie sie dir als wahr erscheinen. So ist es aber nicht."

Sie schluckte. „Wie ist es dann?", würgte sie hervor. In ihr brodelte es wie eine Fontäne, die aus den Tiefen der Erde nach oben schoss. Gleich würde sie aussehen wie Lilian in der Kirche. Nein, viel schlimmer. Ach, warum musste sie schon wieder an Lilian denken? „Sie ist an allem schuld", schluchzte sie auf. Und dann weinte sie hemmungslos. Ihre Haare lösten sich aus der Hochsteckfrisur und klebten in wirren Strähnen in ihrem feuchten Gesicht.

„Louise", flüsterte er und reichte ihr ein Taschentuch. Sie schnäuzte sich und hob vorsichtig den Blick. „Louise", setzte er erneut an, legte den Arm um sie und zog sie an sich. „Ich möchte dir sagen, dass es mir aufrichtig leidtut. Deiner Cousine mache ich noch nicht mal einen Vorwurf. Es ist einzig mein Versagen." Er neigte den Kopf und legte seine Wange auf ihr Haar. „Dabei hätten wir beide allen Grund, Gott zu danken."

Seine Wärme vertrieb ihr Frösteln. Was für ein Gefühl der Geborgenheit! Sie genoss den Augenblick. Doch dann kehrte die alte Sturheit zurück und sie wandte den Kopf ab.

Er ließ sie trotzdem nicht los. „Wir brauchen uns doch. Wir lieben uns. Das ist doch so, oder etwa nicht?" Seine freie Hand hob zärtlich ihr Kinn, dass sie ihn ansehen musste. Seine smaragdgrünen Augen verschmolzen mit ihren. „Aber das allein genügt nicht, um miteinander auszukommen. Wir brauchen ein gemeinsames Ziel, das uns verbindet. Nur dann wird unsere Ehe mit Fürsorge, Liebe und Treue erfüllt. Haben wir uns in letzter Zeit mal gefragt, welche Rolle der Glaube in unserem Leben spielt? Wir haben einst gelobt, den anderen höher zu achten als uns selbst. Nur so werden wir uns entfalten und doch die gleiche Ausrichtung haben. Schwierig wird es, wenn einer von uns stehen bleibt oder einen anderen Weg einschlägt. Das kann stärkste Gefühle erschüttern. Dann wird unsere Liebe nicht mehr zusammenhalten und wir können nicht mehr füreinander einstehen." Seine Stimme wurde ganz leise. „Das, Louise, wäre mir fast passiert."

Der letzte Satz hallte in ihr nach. Lange sagten sie beide nichts. Ihr war, als hätten Peters Worte die Zeit verzaubert und angehalten. Im Flur hörte sie Schritte, die sich näherten und wieder entfernten. Ihr Blut pulsierte. Kein einziger Satz fiel ihr ein, den sie jetzt sagen konnte. Dafür war sie viel zu verwirrt.

Wie zwei Ertrinkende, die es ans sichere Ufer geschafft hatten und nun entkräftet die Rettung zu begreifen hofften, saßen sie da und hielten einander fest.

„Wir bekommen ein Kind", fuhr er fort, „das macht mich wahnsinnig glücklich, und Jacob wird ein stolzer großer Bruder sein. Und zugleich bin ich auf mich selbst zornig, dass ich dir Anlass gegeben habe, an mir zu zweifeln. Ich hätte es besser wissen müssen."

Zuerst wusste sie nichts zu erwidern. „Es tut mir auch leid", sagte sie plötzlich, einem Impuls folgend und aus tiefster Überzeugung. „Was war ich für ein Schaf. Ich habe alles getan, damit unsere große Liebe nicht zusammenhalten kann."

Er drückte sie im Sessel nach hinten und beugte sich über sie. Überrascht sah sie ihn an. Sein Duft war neu. Er musste sich unterwegs ein neues Duftwasser gekauft haben. Wunderbare Aromen stiegen auf, die sie an Minze, Rosmarin und Lavendel erinnerten. Als seine Lippen ihre berührten, dachte sie an einen Ausflug ans Meer, als sie noch ein Kind gewesen war. Auf einmal war sie sich ganz sicher, dass ihre Liebe neu belebt werden konnte. Was machte es schon, dass sein Kuss nach Tabak schmeckte? In diesem Augenblick war er köstlicher als alle vorangegangenen.

20

„Ist alles in Ordnung?" Louise betrachtete das Gesicht ihres Schwiegervaters, das ihr fahl und angespannt vorkam. Ob ihn die Gicht wieder plagte? Sie warf einen flüchtigen Blick auf seine Hände. Bei ihm ging eine Veränderung der Wetterlage manchmal mit Schmerzen und Schwellungen der Gelenke einher. Das gestrige Gewitter hatte Abkühlung gebracht, doch heute Morgen erinnerten nur noch ein feiner Wind und einige Wolken an den Wetterumschwung. Sie blickte zum Fenster.

„Louise hat recht", bestätigte Peter und stellte die Teetasse ab. „Außerdem hast du noch nichts gegessen! Du weißt, wie es einem ergeht, wenn man nicht richtig frühstückt." Er zwinkerte Louise gut gelaunt zu und für einen Moment blieben seine Augen an ihr hängen. Nach einer wundervollen Nacht war sie in seinen Armen erwacht und bei der Erinnerung durchflutete sie ein wohliger Schauer. Er sah sie immer noch unverwandt an, als habe er ihre

Gedanken erraten. Eine zarte Röte bedeckte ihre Wangen und sie lächelte zurück.

Die Leere und Niedergeschlagenheit, die sich in letzter Zeit in ihr breitgemacht hatten, waren verschwunden. Louise war glücklich und erfüllt von der Wende, die ihre Aussprache bewirkt hatte. Sie legte eine Hand auf ihre kleine Wölbung am Bauch und horchte in sich hinein. Noch konnte sie nicht mehr als ein Schwingen oder Flattern bemerken. Ihre Vorfreude auf die kommenden Monate war unendlich groß. Mit Peter an ihrer Seite würde die Zukunft wunderbar werden.

Ihr Schwiegervater seufzte tief und zuckte die Achseln. „Mein Magen", erklärte er knapp und drehte den Toast gedankenverloren hin und her. Die Gelenke des Zeige- und Ringfingers seiner linken Hand waren gerötet und geschwollen. „Nein, Louise, nicht was du denkst."

„Ein trockenes Brot? Vater, jetzt iss endlich. Muss ich mich denn um alles kümmern?", neckte Peter mit einem frechen Schmunzeln.

„Wenn es nur meine Gicht wäre." Er winkte ab und kräuselte die Stirn. „Jones hat mich gestern noch besucht. In Gloucester wurde ein Mann verletzt aufgefunden. Er muss unglücklich gestürzt sein. Ein Unfall, sagte der Friedensrichter. Nachdem er aus seiner Ohnmacht erwachte, hat man versucht, ihn zu befragen. Er kann sich nicht genau erinnern. Noch nicht mal an seinen Namen. Doch die Beschreibung des Friedensrichters passt nur auf einen. Jetzt haltet euch fest: Ich vermute, es ist Thurgood."

„William?", entsetzte sich Lilian, die bisher schweigend ihr Spiegelei verzehrt hatte und dabei war, gebratene Würstchen auf ihrem Teller in mundgerechte Stücke zu schneiden. „Was macht er in Gloucester?"

„Wir wissen es nicht", erklärte Lord Cherleton, „er war allein."

„Ist er sich sicher, dass es Thurgood ist?" Louise kniff die Augen zusammen. „Warum waren die anderen nicht bei ihm? Man lässt doch seinen Freund nicht im Stich."

„Jones ist der gleichen Ansicht. Nach Gesprächen mit Dorfbewohnern muss davon ausgegangen werden, dass Thurgood tatsächlich allein unterwegs war. Noch sind die Zusammenhänge nicht klar."

Peter verstand die geografische Stelle besser. „Gloucester liegt auf dem Weg nach Bristol oder umgekehrt", erklärte er. „Könnte natürlich auch der Weg nach Bath sein, denn bei Rodway Hill gabelt sich der Weg. Von da aus sind es nur wenige Meilen nach Bath oder aber nach Bristol."

Bristol? Er könnte theoretisch der Unbekannte gewesen sein, der dem Händler dort das Gebetbuch angeboten hatte. Louise betrachtete ihre Hände, die schmal und wohlgeformt in ihrem Schoß lagen, und seit ewigen Zeiten nicht mehr auf einem Pianoforte gespielt hatten. Wie kam sie ausgerechnet jetzt auf diesen Gedanken? Ihre innere Hochstimmung hatte offenbar das Verlangen nach Musik gefördert. „Hat er seinen Namen genannt? Wenn er am Kopf verletzt ist, würde es mich nicht wundern, wenn er wirres Zeug redet."

„Er hat Narben an einer Wange und am Oberarm. Aber keine frischen. Die Beschreibung stimmt mit ihm überein. Blond, blauäugig und an einem Arm Narben einer alten Verletzung, nicht wahr?"

„Das ist der mit der Narbe." Ihr Schwiegervater nickte und verschränkte die Arme. „Hoffentlich wird sein Kopf wieder gut."

Louise sah auf. Seine finanzielle Situation könnte die Wahl eines Arztes beeinflussen. Wenn er sich überhaupt einen leisten konnte.

„Wo ist er jetzt?", fragte Peter. „Hat er irgendein Buch bei sich gehabt?"

Ihr Schwiegervater zuckte mit den Schultern. „Die Familie des

Pfarrers hat sich seiner angenommen. Er hat versucht, seinen Namen zu nennen, aber viel hat man nicht aus ihm rausgekriegt. Sein Blutverlust war doch größer, als zunächst angenommen. Sobald er sich einigermaßen erholt hat, erfahren wir hoffentlich mehr."

„Dieses Gebetbuch wäre sicher aufgefallen. Vor allem einem Reverend!", warf Louise dazwischen. Sie war erleichtert, Thurgood in guten Händen zu wissen. Die Männer sahen sich an, als wären sie fest davon überzeugt, dass das gesuchte Buch inzwischen an einen Interessenten verkauft worden sei.

„Onkel John, ich habe versprochen, euch zu unterstützen", sagte Lilian mit Nachdruck und sah ihn mit großen Augen an. „Ich werde mitkommen. Vielleicht kann ich etwas bewirken." Sie meinte es ernst, daran hatte Louise keinen Zweifel.

Als die Tischgesellschaft sich auflöste und die Männer das Speisezimmer verließen, erhob sich Lilian, um ihnen zu folgen. Louise hielt sie mit einer Hand zurück. „Warte, Lilian, ich möchte dir noch was sagen."

Sie blickte sie verwundert an. Louise konnte sich gut vorstellen, dass jetzt die wirrsten Gedanken in ihrem hübschen Köpfchen umherschwirrten. Nach ihrer Abfuhr in Peters Büro hoffte sie wohl kaum noch auf ein Gespräch mit gütigem Ausgang. Vielleicht stimmte ihre Trauer sie gnädig.

„Ich möchte dir verzeihen", sagte Louise mit belegter Stimme, „und ich nehme deine Entschuldigung an. Glaub mir, das fällt mir nicht leicht." Sie schluckte. Ihr Mund war wie ausgedörrt. „Lilian, ich will dir nicht mehr böse sein. Ich weiß, dass ich selbst Fehler gemacht habe, und ich will endlich wieder frei sein von aufreibenden Gedanken und Gefühlen."

Lilian hielt den Kopf gesenkt, während Louise redete. Langsam sah sie auf. In ihren Augen glitzerten Tränen. Plötzlich machte sie einen Schritt auf Louise zu und umarmte sie. Louise wusste erst gar nicht, wie ihr geschah, doch dann drückte sie Lilian fest an sich. „Wir wollen uns von nun an das Leben nicht mehr gegenseitig schwer machen, nicht wahr? Als Cousinen sind wir miteinander verwandt. Aber lass uns auch gute Freundinnen werden."

Im Hintergrund hörte Louise, wie ein Dienstmädchen hereinkam und Teller wegtrug. Zögernd befreite sie sich aus Lilians Umarmung und sah sie lächelnd an. „Jetzt zieh dich um. Ich fürchte, man wird sich sonst ohne dich auf den Weg machen."

Eine halbe Stunde später stand Peter mit Rock und Hut in der Halle. „Bist du dir sicher, dass du nicht doch mitfahren möchtest?", fragte er.

Louise schüttelte den Kopf. „Vater wird euch begleiten. Zu dritt seid ihr eine gute Gruppe. Ich fürchte, ich werde die Kutschfahrt eher anstrengend als genüsslich finden. Also, mach dir um mich keine Sorgen."

Sein Gesicht war ungewöhnlich ernst. Irgendetwas war seit dem Frühstück passiert. „Ist dir eine Laus über die Leber gekrochen?", fragte sie. „Du schaust so komisch!"

Er schritt durch die Halle, ohne ein Wort zu sagen. Auf und ab.

Sie faltete nervös die Hände. „Gefällt dir mein Vorschlag nicht?"

„Nein." Er blieb vor ihr stehen und sah sie eindringlich an. „Eben hat mich eine schlimme Nachricht erreicht. Ich wollte dich nicht damit belasten. Du hättest es noch früh genug erfahren."

„Was ist passiert?"

„Eades ist heute Nacht gestorben."

Sofort erinnerte sie sich an ihre Fahrt mit Lilian, bei der sie den Verwalter mit Bradleys Freunden hatte streiten sehen. Ihre Lippen zitterten. „Eines natürlichen Todes?"

„Du fragst Sachen! Ja!" Er kräuselte die Stirn. „Du hast absurde

Ideen. Wer sollte ihm denn nach dem Leben trachten? Einem alten Mann?"

„Entschuldigung, es tut mir leid. Ich dachte an eine Begebenheit draußen, als ihn zwei Männer bedrohten. Zwei, die später unsere Gäste waren."

Er schob das Kinn vor. „Das sagst du mir jetzt?"

„Es gab keinen Anlass, sie zu beschuldigen. Eades hat bestimmt nur deine Rechte verteidigt. Du weißt doch, dass keiner ungefragt auf den Feldern herumstreunen darf."

Er sah sie eindringlich an. „So war er. Ergeben und aufrecht."

Sie seufzte und rang sich ein Lächeln ab. „Vielleicht sind Jacob und Ms Beecroft noch da. Dann mache ich mit ihnen einen Spaziergang."

Auf der Treppe hörte man Schritte. Lilian kam die Stufen herunter. Sie hatte sich ein schwarzes Reisekleid angezogen und trug einen grauen Umhang über dem Arm. Auf ihren Locken thronte ein kleiner mit Rosen bestückter Strohhut, der mit einem schwarzen Band unter dem Kinn zu einer Schleife gebunden war. Peter drückte Louise einen flüchtigen Kuss auf die Stirn. „Bis später."

Noch während sie die Halle durchquerten, kam ihr Schwiegervater außer Atem herbeigeeilt. Er war in dunkles Tuch gekleidet und hielt seinen Hut in der Hand. „Ich denke, wir werden eine Weile unterwegs sein", erklärte er. „Ach", drehte er sich zu Archie um, „hol mir noch meinen Gehstock. Heute ist nichts mit mir los. Übrigens, rechne nicht mit uns zum Lunch. Wir werden in einem Gasthaus essen."

Als die Kutsche den Kiesweg entlangholperte, winkte sie ihnen nach. Diesmal hatte sie, was Lilian anging, einen guten Eindruck. Wenn sie jedoch an das Gebetbuch der Königin dachte, wurde ihr schwer ums Herz. Hoffentlich konnten sie es noch finden.

An diesem Vormittag hatte Louise zum ersten Mal seit Langem das Gefühl, frei zu sein.

Beecroft und Jacob hatten bereits das Haus verlassen. Sie beschloss, hinunter zum See zu gehen. Die Gedanken an den Verwalter schob sie beiseite. Die frische Luft würde ihrem Kreislauf guttun. Heute war es nicht so heiß wie in den letzten Tagen, bevor das Gewitter sich entlud und die Temperatur erträglicher wurde.

Schon als sie an den üppigen Rosenbüschen vorbeikam und den unwiderstehlichen Duft der Blüten in sich einsog, konnte sie die Gouvernante und Jacob erkennen. Sie hockten im hohen Gras und schienen irgendetwas entdeckt zu haben. Auch als sie fast bei ihnen stand, waren sie in ihr Spiel versunken.

Jacob bemerkte sie als Erster und schrie vor Freude auf. „Mama!" Er rannte auf sie zu und stürzte in ihre Arme.

„Was macht ihr?", fragte sie.

Beecroft war aufgestanden und kam auf sie zu. „Lady Cherleton", lachte sie, „wir suchen eine Blindschleiche."

„Igitt", entsetzte sich Louise mit einem Augenzwinkern.

„Mama, ich hab sie gesehen. Jetzt fangen wir sie. Sie tut doch gar nichts, nicht wahr, Ms Beecroft?"

Die Gouvernante lachte noch immer. „Nein, sie ist vollkommen ungefährlich. Also, wollen Sie uns helfen und mitsuchen?"

Bevor Louise antworten konnte, sah sie Gill auf sich zueilen. Keuchend blieb sie vor ihr stehen. „Entschuldigen Sie, Ma'am, aber es ist Besuch gekommen. Ihre Tante, Lady Smythe."

Louise kräuselte die Stirn und riss den Mund auf. „Tante Rose-Ann? Das glaube ich nicht! Sie ist in den letzten Jahren nicht ein einziges Mal hier gewesen. Ihre Leiden, ihr … ach, was weiß ich nicht alles … ich fasse es einfach nicht!" Was hatte die alte Dame nicht alles als Entschuldigung angeführt.

Weiterhin rührte sich die Dienerin nicht. „Was tust du denn noch hier, Gill? Starr mich nicht so an! Mit offenem Mund! Das schickt sich nicht. Sag ihr, ich komme.“ Das Mädchen wurde knallrot, presste die Lippen aufeinander und lief zum Haus zurück. Louise ging vor Jacob in die Knie. „Süßer, ich muss leider wieder zurück. Ich hoffe, ihr findet das scheußliche Tier.“ Nach einer kurzen Umarmung eilte sie hinter Gill ins Haus. Lachend schüttelte sie immer wieder den Kopf. Dies heute war ein besonderer Tag. Ein Tante-Rose-Ann-Tag.

„Kind, willst du mir keinen Platz anbieten?“

„Entschuldige, Tante Rose-Ann. Ich bin ein bisschen durcheinander.“ Louise seufzte tief und wies auf das Sofa. Nachdem ihre Tante das Samtcape abgelegt und Archie den Koffer ins Gästezimmer geschafft hatte, bat Louise sie in den kleinen Salon. Sie hatte nicht die geringste Ahnung, was ihre Tante zu diesem Überraschungsbesuch veranlasst hatte. Verwundert blickte sie auf die Tasche, die sie neben sich stellte. Am liebsten hätte sie gefragt, was es damit auf sich habe und warum das Personal sie nicht auf ihr Zimmer getragen habe.

„Ist was passiert?“, fragte Louise schließlich.

Endlich ließ sich Tante Rose-Ann aufs Sofa sinken. Ihre grauen Locken tanzten um ihr rundes Gesicht. Noch immer thronte der gigantische Reisehut auf ihrem Kopf.

„Willst du nicht erst den Hut abnehmen?“, fragte Louise und verkniff sich ein Lachen über die Aufgeregtheit ihrer sonst so beherrschten Tante.

„Oh!“ Ihre Tante rollte mit den Augen, löste die Schleife unterm Kinn und setzte ihr Wagenrad ab. „Wo ist das Mädchen? Ich kann das teure Teil doch nicht den ganzen Tag hier herumliegen lassen.“

Louise läutete nach einer Dienerin, die gleich darauf hereinstürzte, als habe sie vor der Tür gestanden, und den Hut entgegennahm. „Bring uns noch Tee und Scones."

„Ja, Mylady", sagte sie artig und knickste.

Als sie die Tür hinter sich geschlossen hatte, fuhr ihre Tante fort: „Ich hatte Besuch." Ohne weitere Erklärung kramte sie in ihrer Tasche und zog einen Stickrahmen hervor. Ihre Tante liebte es, dramatisch zu sein und Zuhörer auf die Folter zu spannen. Wahrscheinlich besuchte sie zu oft aufregende Theaterstücke.

Für die Verständigung war Handarbeit sicher hilfreich und so griff auch Louise nach ihren Stickarbeiten. Normalerweise dachte sie sich eine Geschichte zu den einzelnen Motiven aus. Oder stellte sich vor, mit Stichen ein Bild zu malen. Das brauchte sie jetzt nicht. Zwischen Kreuz-, Vor- und Schlingenstichen erzählte ihre Tante von einem Besucher, der vor zwei Tagen plötzlich vor ihrer Tür stand. „Bradley."

„In Bath? Bei dir? Hast du ihn gleich erkannt? Was wollte er?"

Tante Rose-Ann warf den Stickrahmen beiseite und fuchtelte mit den Armen in der Luft. „Langsam, Kind, langsam! Natürlich wusste ich gleich, wer er ist. Dieses typische Grinsen." Sie lachte auf und biss sich auf die Lippen. „Er wollte nur ein Dach über dem Kopf. Ein Bett für eine Nacht. Er habe kein Geld, erzählte er mir, was mich allerdings sehr verwunderte. Ich solle kein Aufheben um ihn machen und er wolle kein Geschwätz. Was glaubt er denn, wer ich bin?" Sie seufzte. „Er schien ziemlich unter Druck zu stehen."

„Kann ich mir vorstellen." Der Faden war ihr aus der Nadel gerutscht. Sie ließ den Rahmen sinken. „Er ist nicht mehr hier", erklärte Louise und hob bedauernd die Schultern. Dann griff sie nach der Schere und schnitt den Faden ab, um eine andere Farbe einzufädeln. Wenn nicht die Gier in Bradleys Augen leuchten würde, könnte man ihn durchaus für einen attraktiven Mann halten.

„Dachte ich mir." Ihre Tante nickte. „Natürlich durfte er bleiben. Gleich am nächsten Morgen ist er wieder ausgezogen. Habe gleich gemerkt, dass er sich getrieben fühlte." Sie hielt einen blauen Faden in die Höhe und betrachtete ihn voller Stolz. „Echte ägyptische Baumwolle! Sechsfädig. Sieht das Garn nicht fantastisch aus?" Sie griff wieder nach dem Rahmen und setzte ihre Arbeit fort.

Sie benutzte auch langstapelige Baumwolle. Wen interessierte das? Jetzt versagte Louises Fantasie gänzlich. „Hat er gesagt, wo er hinwill?"

Ihre Tante schüttelte den Kopf. „Er hat mir überhaupt nichts erzählt, nur von früher geschwatzt." Sie kräuselte die Lippen. „Er wollte offenbar von seinen wahren Beweggründen ablenken. Und ich habe so getan, als würde ich nichts merken."

Louise nickte. „Er und ein paar Freunde waren wegen Kricketturnieren und Pferderennen zu Besuch bei uns. Leider ist, seit sie weg sind, auch das wertvolle Gebetbuch von Königin Catherine verschwunden. Wir vermuten …" Sie hielt inne und überließ es der Fantasie ihrer Tante, was daraus geworden sein könnte. Nein, noch mehr Durcheinander und Ränkespiele wollte sie nicht miterleben.

„Wie aufregend!" Die Augen ihrer Tante nahmen einen spitzbübischen Ausdruck an. „Ich wusste gleich, dass ich am richtigen Ort bin."

„Er hat nichts von einem Mr Thurgood, Mr Barr oder Mr Cartwright erzählt?"

„Nein." Sie sah auf ihre Hände und schien nachzudenken. „Sagtest du Thurgood? So heißt doch mein Apotheker. Er hat einen Sohn. Vielleicht auch mehrere. Ich glaube, sie haben acht Kinder."

„Das verwechselst du, Tante. Die Cartwrights haben eine Apotheke. Oh, Tante Rose-Ann, die Sache ist wirklich seltsam."

Ihre Tante legte das Stickwerk beiseite und nippte am Tee. „Ah, schön abgekühlt. Wie köstlich." Dann stopfte sie sich ziemlich undamenhaft gleich mehrere Scones in den Mund. „Du musst mir unbedingt deinen kleinen Sohn vorstellen", nuschelte sie. „Und das Haus zeigen! Nein, wie hast du es schön hier!"

Louise überlegte. Wahrscheinlich hatte Bradley Bath als Zwischenstation genutzt, um seine Spur zu verschleiern, und war schon über alle Berge. Dass das Gebetbuch einem Antiquitätenhändler angeboten worden war, konnte durchaus sein. Geografisch und zeitlich passte das zwar alles zusammen, denn der direkte Weg von Sudeley Castle nach London wäre erheblich kürzer gewesen. Nur – falls Bradley es bereits versetzt hatte, wo bewahrte er das Geld auf?

„Ich freue mich, dass du endlich mal gekommen bist, Tante Rose-Ann. Du hast dich die letzten Jahre immer entschuldigt, du könntest keine langen Kutschfahrten mehr ertragen."

Ihre Augen leuchteten. „Manchmal bedarf es eines Wunders."

„Warum hast du nicht geschrieben?"

„Das hätte mir zu lang gedauert."

„Versteh mich nicht falsch. Du musst dich nicht ankündigen." Ein geheimnisvolles Glitzern machte sich in Lady Smythes Augen breit. Louise fiel es sofort auf. „Warum bist du tatsächlich gekommen?"

Sie grinste wie ein Honigkuchenpferd. „Er hat etwas bei mir vergessen."

21

Die Felder und Hügel mit ihren grünen Flächen sahen aus wie weiche Teppiche, über die sie am liebsten gehüpft wäre, so leicht war ihr ums Herz. Ab und zu veränderte sich die Landschaft, wenn kleine Wälder auftauchten. Lilian saß still da und ließ voller Dankbarkeit die Bilder an sich vorüberziehen.

Die Kutsche rumpelte seit geraumer Zeit nach Süden Richtung Brockhampton. Noch spritzte die eine oder andere Wasserlache wie eine Fontäne hoch, wenn die Wagenräder hindurchratterten. Die Temperatur war angenehm warm, aber Lilian war froh, dass die Sonne noch nicht ihre volle Kraft entfaltet hatte. Nach einer anfänglichen Unterhaltung waren alle drei verstummt. Ihr Onkel und sie blickten aus dem Fenster, während Peter mit geschlossenen Augen vor sich hindöste. Gleich würden sie in dem Dorf sein. Vor ihnen waren schon die ersten Häuser zu erkennen. Bestimmt stand das Pfarrhaus nahe der Kirche, wie üblich.

Ihr Onkel hielt sich ein Monokel vors Auge, kniff ein Auge zusammen und zeigte nach draußen. „Ich kann die Kapelle sehen. Wir sind da."

Peter öffnete die Augen, streckte den Rücken gerade und griff nach seinem Hut. In diesem Moment hörten sie den Kutscher rufen und das Gefährt blieb stehen. Als die Wagentür geöffnet wurde, ließ sich Lilian heraushelfen. Mit einem Handgriff überprüfte sie ihre Frisur, die – heute zu einer Rolle hochgesteckt – unter dem Hut hervorguckte. Während die Männer ausstiegen, öffnete sich die Haustür des Pfarrhauses und ein junger Geistlicher trat heraus. Er kam auf sie zu und streckte ihnen freundlich die Hand entgegen.

Nach den üblichen Höflichkeiten bat er sie ins Haus. Seine

hübsche hochschwangere Frau servierte ihnen eine Erfrischung, bevor sie eine Tür hinter der Küche öffnete, die zu einer düsteren Kammer führte, die ein Bett fast vollständig ausfüllte. Das schmale Oberlicht brachte nur spärliche Beleuchtung.

„Wir haben den Stall umgebaut. Jetzt ist es ein Zimmer mehr", entschuldigte sich die junge Frau. „Im Obergeschoss haben wir die pflegebedürftigen Eltern meines Mannes untergebracht. Deshalb leben wir ein wenig beengt."

Lilian hatte Mitleid mit der Pfarrfrau, die bestimmt von morgens bis abends, vielleicht sogar nachts in die Pflege eingebunden war. Hier gab es kein Dienstpersonal, das beim Waschen oder Wechseln der Bettwäsche behilflich war.

„Ein Bauer fand ihn am Bach liegend", erklärte der Reverend, „und hat ihn zu mir gebracht. Er hatte eine Wunde am Kopf und war verwirrt."

„Du hast vergessen, dass er nach Branntwein stank!", warf seine Frau dazwischen.

„Was ändert das?", knurrte er mit schmalen Augen und suchte verzweifelt Haltung zu bewahren. „Wir wollen ihm helfen."

Ihr Onkel runzelte die Stirn. „Wie haben Sie herausgefunden, dass er bei uns wohnte?"

„Ich habe unseren Friedensrichter eingeschaltet", erklärte der junge Geistliche. „Und wie ich sehe, hat er sich umgehört."

Die Männer verständigten sich, dass zuerst ihr Onkel und anschließend Peter zu Thurgood hineingingen. Ihr Onkel kam nach kurzer Zeit wieder heraus. „Er hat zwar gemerkt, dass mit ihm gesprochen wurde, hält aber die Augen geschlossen", berichtete er. „Auf meine Fragen hat er keine Antwort gegeben. Er wurde nur unruhig."

Peter blieb etwas länger im Zimmer. In der Küche hörte man ihn Unverständliches reden. Als er wieder in der Tür erschien, zuckte er die Schultern. „Er ist es", meinte er, „ich habe ihn zweifelsfrei wiedererkannt. Aber er redet nicht. Lilian, willst du zu ihm? Vielleicht hast du mehr Glück."

„Was meinen Sie mit Glück?", fragte der Reverend und zeigte mit einer Hand an die Zimmerdecke. „Ich dachte, Sie überzeugen sich, ob er der Gesuchte ist."

Peter nickte. „Das haben wir. Es ist William Thurgood, unser Gast. Wir hoffen, von ihm etwas über den Verbleib eines Gebetbuches zu erfahren."

Damit hatte er das Interesse des jungen Pfarrers geweckt. Während Peter ihm die Geschichte von Catherine Parr erzählte, trat Lilian mit klopfendem Herzen ans Bett. Hinter ihr schloss jemand die Tür. Sie sah den Körper nur schemenhaft, aber er hatte die Konturen von William. Die Decke reichte bis an seine Schultern. Sein Kopf war bandagiert und er atmete schwer.

„William, ich bin es, Lilian", begann sie und hoffte auf eine Reaktion, doch er schwieg. Sie beugte sich über ihn. Nur an den Augenlidern erkannte sie ein Zucken, das sie als Wahrnehmung deutete. Wie konnte sie ihn dazu bewegen, mit ihr zu sprechen? Konnte er überhaupt reden?

„Dir wird nichts passieren", log sie, „es wird alles gut. Wenn du mir sagst, ob du es hast, hilfst du dir selber." Sie musterte sein Gesicht, bemerkte das Beben der Nasenflügel und wie er den Mund plötzlich schloss. Dann kam ihr eine Idee. Durfte sie das? War das nicht ein wenig skandalös? Vielleicht. Es war ihre Chance. Sie nahm seine Hand in die ihre. „Hörst du mich? Dann drück meine Hand." Nach einer endlos langen Minute kam ein schwacher Druck. Ihr Herz begann zu hüpfen. Es funktionierte. „Ich frage dich jetzt etwas. Willst du ja sagen, drück einmal. Bei nein zweimal."

„Kannst du sprechen?" Sie musste wissen, ob er auch zweimal drücken konnte.

Er erwiderte zweimal den Druck.

„Hast du das Gebetbuch?"

Wieder zweimal.

„Bradley?"

Einmal.

„Bist du dir sicher?"

Sie spürte, dass er nur einmal drückte.

„Danke. Ich werde mich für dich einsetzen." Um ihr Versprechen zu bekräftigen, zwackte sie ihm die Hand und legte sie ihm wieder auf den Bauch. „Gute Besserung." Sie stand auf. „Ich muss jetzt gehen."

Die Männer und die Pfarrfrau saßen am Küchentisch und sahen sie neugierig an. „Na, Lilian, hat er dich auch ignoriert?", fragte Peter und stand auf, ohne ihre Antwort abzuwarten. Lord Cherleton brauchte die Hilfe des Reverends, um wieder auf die Beine zu kommen. Er ließ sich seinen Stock reichen.

Lilian schluckte. Weshalb hatten sie sie mitgenommen, wenn sie doch gar nicht an ihrer Hilfe interessiert waren? Sie machte einen Schmollmund, was der Pfarrfrau sofort auffiel. „Mylady, Sie haben noch nichts berichtet."

Wieder lagen alle Blicke auf ihr. Vor Aufregung war ihr Mund ganz trocken. In ihrem Hals pulsierte das Blut. „Er hat angezeigt, das Buch sei bei Bradley."

„Sieh mal einer an!", wunderte sich ihr Onkel und griff nach dem Monokel, das noch auf dem Küchentisch lag, und steckte es in seine Jackentasche. „Mit dir spricht er! Hat er gesagt, wo wir meinen Neffen finden?"

„Nein." Es kam wie aus der Pistole geschossen und Lilian war sich bewusst, dass es weder die Wahrheit noch eine Lüge war. Sie hatte versäumt, ihn zu fragen. Ihr Stolz verbot, nochmals hineinzugehen. Und niemandem würde sie erzählen, dass sie erst gar nicht gefragt hatte. Das war die Strafe für die beiden Cherletons, die ihr nichts zutrauten. Noch nicht mal Peter.

Es war fast Mittag und Peter meinte, in der Nähe sei ein Gasthaus. Sie durchfuhren die Hauptstraße von Brockhampton und mehrmals sinnierte Peter laut: „Hier, glaube ich, stand es!“, nur um enttäuscht festzustellen, dass es ein ganz normales Haus war. Erst als sie schon fast aus dem Dorf herausfuhren, sahen sie es.

Tatsächlich dauerte es nur wenige Minuten, bis sie *The Craven Arms* erreichten. Ein kleines efeuberanktes Haus mit einem verrosteten Schild vor der Tür. Als habe der Kutscher ihre Wünsche erraten, blieb die Karosse davor stehen. Wahrscheinlich hatte er den Auftrag, danach Ausschau zu halten. Er sprang leichtfüßig vom Kutschbock, trat an die Eingangstür und prüfte, ob sie sich öffnen ließ. Sie schwang auf. Inzwischen hatte Peter die Kutschtür selbst entriegelt und half seinem Vater und Lilian heraus.

Die Gaststube war nur spärlich beleuchtet, aber die nette Wirtsfrau servierte ihnen sofort die gewünschten Biere und einen Tee und bat um ein wenig Geduld, bis das Essen fertig wäre. Dann verschwand sie in der Küche.

Peter nutzte die Pause, um seine Überlegungen auszusprechen, wie sie weiter vorgehen wollten. „Also, Thurgood ist außer Gefecht gesetzt. Bleiben noch Barr, Cartwright und Bradley. Wenn wir davon ausgehen, dass Bradley tatsächlich im Besitz des Buches ist, können wir die Spuren zu den anderen erst mal vernachlässigen. Wer aber hat das Buch dem Händler angeboten? Wenn wir in dem Antiquitätenladen in Bristol nachfragen, könnte es Klarheit zur Person bringen. Natürlich kann Bradley den rotbärtigen Cartwright vorgeschickt haben. Mit seinem Vollbart und seiner näselnden Aussprache fällt er ja überall auf.“

„Ganz zu schweigen von unserem schlecht getrimmten hutzeligen Barr. So eine Hohlgans fällt doch auch aus der Reihe!", rief ihr Onkel mit so viel Inbrunst dazwischen, dass Lilian laut auflachte. „Man wird ihn an seiner Whiskeyfahne erkennen."

„Meint ihr, dass wir gar nicht zu dem Händler zu fahren brauchen?", fragte sie.

„Hier, meine Dame", kam eine resolute Stimme von hinten. Dicke, aus aufgerollten Ärmeln hervorquellende Arme stellten einen bis an den Rand mit Eintopf gefüllten Teller vor sie hin. Lilian erkannte darin Gemüsesorten wie Möhren, Lauch, Bohnen, Sellerie und Zwiebel. Er roch fantastisch. „Da!" Die Wirtin hielt ihr einen Löffel vor die Nase, um gleich wieder zu verschwinden. Sofort kehrte sie zurück und bediente die Männer.

Lord Cherleton sprach ein Tischgebet und während sie aßen, meinte Peter: „Wir sollten uns auf Bradley konzentrieren."

„Finde ich auch", stimmte Lilian zu. „Er ist der Anführer des Kleeblatts. Was nützt es, wenn wir hören, es sei Barr oder Cartwright gewesen? Davon wissen wir immer noch nicht, wo sie sich aufhalten. Vielleicht ist Barr sogar nach Hause geflüchtet, also nach North Yorkshire."

„Nur kleine Kinder rufen nach Mami", fabulierte Lord Cherleton und stellte sein dunkles Malzbier mit einem Knall auf den Tisch.

„Vater, du hättest dir ein Ale bestellen sollen. Anscheinend ist das dunkle hier doch geistiger als angenommen." Peter grinste Lilian an und raunte: „Er verträgt so oder so keines."

„Dunkelbier ist angenehm im Gaumen", verteidigte Lilian ihn. Sie hatte es sogar selbst mal probiert. Es schmeckte süß. „Es soll gesund für die Verdauung sein."

Peter musste großen Hunger haben. Innerhalb kürzester Zeit hatte er die Suppe ausgelöffelt. Mit zufriedener Miene lehnte er sich zurück. „Lilian, du hast erzählt, am Sonntag sei noch ein wichtiges Kricketspiel, an dem Bradley und Barr teilnehmen wollten."

„Du könntest die Turnierleitung warnen." In ihrem Tonfall lag große Besorgnis.

Einen Moment lang blieb sein Blick an ihr hängen. Sie merkte es sehr wohl, hatte aber nicht mehr die Absicht, ihm zu schmeicheln. Ihr Entschluss, das frühere Verhalten hinter sich zu lassen, war fest und entschieden. Daran würde auch Hughs Tod, der noch einmal mehr ihr Innerstes angerührt hatte, nichts ändern. Ihre Hand glitt gedankenverloren über die rustikale Tischplatte, die sauber war, aber Macken und Risse zeigte. „Ist es sinnvoll, bis dahin zu warten? Ich finde, wir lassen wertvolle Zeit verstreichen."

Die abgestandene Luft im Schankraum machte Lilian müde. Auch ihr Onkel und Peter wirkten erschöpft. Einen Augenblick lang sprach keiner ein Wort. Lilian schob ihren leeren Teller zurück und stützte ihren Kopf in die Hände. Sie hätte nicht gedacht, dass man in dieser Spelunke derart gut kochen konnte. „Letztens fiel die Bemerkung, in diesen Tagen sei in Hawling ein Pferderennen. Ist das weit von hier?"

Peter schüttelte den Kopf. „Klingt gut, Lilian. Ich bin dafür. Was meinst du?", wandte er sich an seinen Vater, der auf sein leeres Glas starrte. „Hawling Manor liegt nur ein paar Meilen östlich. Ich nehme an, dass das Turnier wie gewöhnlich in der Nähe ist."

„Von mir aus", stimmte ihr Onkel zu und fuhr sich mit der Hand über die verschwitzte Stirn. „Selbst wenn wir falsch liegen, was soll's?"

Kurz darauf saßen sie wieder in der Kutsche und lauschten dem einschläfernden Rattern der Räder. Lilian stellte fest, dass ihre Gedanken seit der Aussprache mit Louise kaum mehr um sie selber kreisten. Nie hätte sie es für möglich gehalten, dass sie sich für etwas anderes als sich selbst interessierte. Eine Ruhe hatte sich in ihr ausgebreitet, die fremd und doch wohltuend war. Fast friedlich, als habe sie eine lange Fehde gewonnen. Den Kampf hatte Hugh im Feldzug nicht gewinnen können.

Lilian seufzte. Ihre Trauer um Hugh war eher die Wehmut, selbst gescheitert zu sein. Vielleicht weil ihre Verbindung nicht von tiefen Gefühlen geprägt gewesen war? Aber wahrscheinlich war er genauso enttäuscht gewesen, ihr nicht alles vorschreiben zu können. Es konnte sogar sein, dass sie für ihn eine Art Trophäe gewesen war. Jeder hatte ihn um sie beneidet. Das wusste sie. So etwas spürte eine Frau. Sie hatte sich immer als Gewinnerin gefühlt und alles unternommen, um diesen Eindruck weiterzuvermitteln. In den letzten Tagen hatte sich dieser Drang verändert. Ihr Augenmerk war nun auf andere Dinge gerichtet, vor allem auf die Menschen um sie herum. Im Stillen tat sie Hugh Abbitte, dass sie ihn nicht aufrichtig geschätzt hatte. Es gab für nichts eine Garantie. Weder für die Liebe noch für Gesundheit oder Zufriedenheit. Doch dank ihrer veränderten Sichtweise fühlte sie sich heute als Siegerin.

Der Turnierplatz lag etwas außerhalb von Hawling. Schon von Weitem waren die Zelte der Teilnehmer und eine Vielzahl von Kutschen zu erkennen. Über dem Platz hing der typische Geruch von Pferden und Dung. Er weckte in Lilian den Wunsch, sich in den Sattel zu schwingen. Ausreiten war aufregend und gab ihr ein Gefühl von Freiheit.

Überall waren Pferdeknechte und Helfer am Werk, die Zäume und Sättel mit Fett einrieben, Pferdeäpfel zur Seite fegten, Wassereimer trugen und Strohballen verteilten. Dazwischen mischten sich Züchter und interessierte Käufer. Weiter vorn erspähte Lilian die Rennstrecke, an deren hinterem Ende sich eine große Menschenmenge drängte.

Ihr Onkel und Peter wurden von vielen Leuten begrüßt. Wenn

sie an ihren Einsatz bei dem Pferderennen in Cheltenham dachte, wo sie absichtlich mit den Männern geflirtet hatte, damit man den Pferden unauffällig gewisse Arzneien und Kräuter verabreichen konnte, wurde sie heute noch rot. Hoffentlich erinnerte sich niemand an sie. Nicht auszudenken, wenn sie angesprochen würde! Ihr Puls beschleunigte sich. Diesen Aspekt hatte sie zuvor gar nicht bedacht … Womöglich hätte sie sich sonst anders entschieden und wäre auf Sudeley Castle geblieben.

Im Hintergrund knallte der Startschuss. Hufgeklapper übertönte die anfeuernden Rufe. Bald wurde das Dröhnen der Hufe schwächer, während die Begeisterung der Menge zunahm. Lilian versuchte, einen Blick auf die Rennbahn zu erhaschen, doch die Leute ringsumher versperrten ihr die Sicht. Jubel brandete auf. Ein Pferd hatte sich wohl als besonders turnierfähig erwiesen.

Sie stellte sich auf die Zehenspitzen. Der Tross an Männern, Reitern und Pferden setzte sich Richtung Zelte in Bewegung. Sie würden gleich hier bei den Ställen ankommen. Dann begann das große Feilschen.

Peter blieb stehen und gab seinem Vater ein Zeichen, haltzumachen. Lilian, die ihnen folgte, war ebenfalls stehen geblieben. Was war da vorn los? Mühsam versuchte sie, zwischen beiden hindurchzuspähen, was ihr gelang. Nur wenige Meter vor ihnen inmitten einer Gruppe von Männern stand er. Bradley.

„Psst", raunte Peter und warf einen Blick über die Schulter. Er wies nach rechts, wo sie sich hinter ein paar Büsche stellen konnten, ohne direkt von Bradley gesehen zu werden. Gleich bei den Gehölzen hatten zahlreiche Zuschauerinnen ihre Verpflegung auf Tischen ausgebreitet und unterhielten sich. Eine gelöste Atmosphäre herrschte unter den zumeist mit auffälligen Hüten ausstaffierten Frauen. Lilians eigene Stimmung war dagegen auf dem Tiefpunkt angelangt.

Sie war dankbar, dass sie nicht von Bradley bemerkt worden war. Er war ihr Bruder und würde es immer bleiben, doch mit seiner Art, an Geld zu kommen, befand er sich auf einem komplett falschen Kurs. So empfand sie es heute. Dabei hatte sie ihm früher fleißig dabei geholfen und alle Bedenken und Warnungen zurückgewiesen. Nie zuvor hatte sie den Abstand, der zwischen ihrem Bruder und ihr entstanden war, stärker gespürt.

Der offiziell als Pferdehandel bezeichnete Markt entwickelte sich immer mehr zu einem Rennen, bei dem – sie hatte es selbst gesehen – der Reiter und sein Pferd mit einem Batzen Geld geehrt wurde. Natürlich nur im Verborgenen. Anscheinend war diese Art von Wettbewerb erlaubt.

„Ich vermute, Bradley gehört zu dem Stall dort", flüsterte Lord Cherleton und deutete auf einen Händler, der die ganze Zeit nicht von Bradleys Seite wich. Lilian erinnerte sich an ein Gespräch der Freunde über Lord Derby, der vor über dreißig Jahren bereits in seinen Reden beanstandete, dass die Preise bei solchen Rennen vermehrt nach Italien und Frankreich gingen. Die Pferdezüchter sollten sich doch bitte um den Fortschritt ihrer Zuchterfolge kümmern. Ob sein flammender Appell Gehör gefunden hatte, konnte sie nicht beurteilen.

Peter drehte den Kopf zu ihr. „Du sprichst ihn gleich an", raunte er ihr zu. Mit einer Augenbewegung forderte er sie auf, ihn und seinen Vater zu begleiten. Lilian folgte seinem Blick. Bradley saß jetzt in einer kleinen Gruppe von Männern, die sich angeregt unterhielten.

„Und dann?", flüsterte sie mit flachem Atem.

„Bittest du ihn um ein Gespräch."

Kritisch zog sie die Augenbrauen hoch. „Was soll ich denn sagen?"

„Nichts. Das überlässt du uns."

Ihre Wangen glühten vor Aufregung und ihr Herzschlag beschleunigte sich. Sie genoss einen kurz aufkommenden Wind im Gesicht. Fast geräuschlos näherten sie sich Bradley. Als sie ihn fast erreicht hatten, wandte sich Peter nach links und ihr Onkel nach rechts, während sie direkt vor den Männern stehen blieb. Als hätten sie sich abgesprochen, verstummte das Gespräch. Alle Augen waren auf sie gerichtet. Es rauschte in ihren Ohren. Wie von fern vernahm sie Gesprächsfetzen der Besucher. Von den Zelten drang Wiehern der Pferde herüber. Irgendwo musste ein Kind hingefallen sein. Es schrie wie am Spieß nach seiner Mutter. Bradley wurde bleich und rang nach Luft. Peter und Onkel John hatten sich unbemerkt hinter ihm postiert.

„Hallo Bradley", lächelte sie bedrückt, „entschuldige, aber darf ich dich kurz sprechen?"

Er hatte sich schnell gefasst, setzte sein berüchtigtes süffisantes Lächeln auf und wies auf die Männer neben ihm, die ihn verwundert ansahen. „Meine Herren, wer kann der schönsten Frau auf Erden widerstehen? Sie entschuldigen mich?"

Während die Männer lachend zustimmten, stand er auf und kam auf sie zu. Er hatte getrunken, das roch sie, als er vor ihr stehen blieb. Sein Haar war strähnig und seine glasigen Augen besaßen einen unnatürlichen Glanz. „Was kann ich für dich tun, Schwesterherz?"

Sie vergaß, dass sie alles Weitere Peter und ihrem Onkel überlassen sollte. „Wo ist das Gebetbuch?"

Er lachte hart. Seine Gesichtsfarbe wechselte ins Dunkelrot. „Du spionierst mir nach? Was soll das?" Mit großer Sorge bemerkte sie seine aufkeimende Wut. „Ich hab es nicht. Hat sich in Luft aufgelöst. Wollte nicht bei mir bleiben." Er verzog den Mund, trat einen Schritt zurück, als könne er sie jetzt besser ansehen und hob hochmütig das Kinn. Wenn Skinner jetzt vor ihm stünde, würden ihm diese Flausen schnell vergehen.

In diesem Moment schwante ihr, warum sie sich zurückhalten sollte. Er wirkte unberechenbar. Angst ergriff sie und ihre Hände und Knie fingen an zu zittern. Plötzlich schnellten Männerhände nach vorn, packten Bradley und zerrten ihn in Sekundenschnelle aus der Menge zur Seite.

Lord Cherleton baute sich vor ihm auf. „Du sagst mir augenblicklich, wo das Buch ist. Sonst vergesse ich mich."

Bradley blieb wie erstarrt stehen. Nur seine flackernden Blicke, die zwischen Peter und ihrem Onkel hin und her wanderten, zeigten seine Angst. Von den Männern, bei denen er gesessen hatte, machte keiner Anstalten, ihm beizustehen.

„Du hast es verkauft?" Ihr Onkel stand bebend und breitbeinig da, als sei er beim Duell und wolle gleich die Waffe zücken.

Er schwieg. Lilian raffte allen Mut zusammen und rüttelte ihn am Arm. „Bradley, das ist kein Spiel, hörst du?"

Eine kräftige Hand hob sein Kinn an. Es war Peters. In diesem Moment ballte Bradley die Faust und hieb Peter ins Gesicht. Mit einem Aufschrei torkelte Peter ein paar Schritte nach hinten und hätte fast einen Mann dabei umgeworfen. Er griff sich an die Augen, wobei er nach Atem ringend balancierte, um das Gleichgewicht zu halten. „Pass doch auf, du Trunkenbold", empörte sich dieser und wandte sich ab. Peter rieb seine linke Gesichtshälfte, die knallrot und angeschwollen war. In dem Tumult war seine gelbgraue Schleife aufgegangen und baumelte über Weste und Rock. Letzterer klaffte auf und abgerissene Fäden erinnerten an eine bis dahin elegante Knopfreihe.

Lilian trat zu ihm hin. Sie war erblasst, als fürchte sie, gleich auch einen Hieb abzubekommen. „Soll ich einen feuchten Lappen holen?" Überall bei den Zelten standen Wasserkübel. „Zum Kühlen?"

Hinter sich hörte sie Bradley aufschreien. Als sie sich umdrehte, trafen sie wütende Blicke. Ihr Onkel hatte ihren Bruder in den Schwitzkasten genommen.

„Du sagst jetzt sofort, wo du es hast!"

Das hätte sie dem alten Lord nie zugetraut. Insgeheim bewunderte sie ihn wegen seiner blitzschnellen Reaktion.

Bradley stöhnte und zögerte immer noch. Lord Cherleton versetzte ihm einen Knuff. Endlich machte ihr Bruder den Mund auf. „Ich habe es nicht. Hab ich doch eben schon gesagt. Im Postmaster könnt ihr euch davon überzeugen. Dort, im Gasthof, sind meine Sachen."

Peter gab ihm einen leichten Schubs, dass er ein paar Schritte torkelte. Dann wandte er sich ab, noch immer eine Hand an der Wange. „Glaubt ihr ihm?", flüsterte Peter und sah sich argwöhnisch um, ob sich ihr Streit bald herumsprechen könnte.

Ihr Onkel hob Schultern und beide Hände. Lilian sah Bradley nach, der zu den Männern zurückkehrte, und nickte unglücklich. Sie ahnte, dass er die Wahrheit kannte.

Die Rückfahrt nach Sudeley Castle verlief schweigend. Lilian sah kurz in die versteinerten Gesichter der Männer, die ihr gegenübersaßen. Dann senkte sie den Kopf. Sie war traurig, dass die Reise erfolglos gewesen war. Das Buch war unrettbar verloren.

Vielleicht konnte man noch herausfinden, wer es gekauft hatte. Es war bestimmt für viel Geld weggegangen. Nur ein reicher Mann hätte die Chance, dem Käufer einen noch höheren Betrag zu bieten und ihn zu einem Verkauf zu bewegen. Die Chance war gleich null. Wer eine riesige Summe ausgab, um eine Rarität zu erwerben, würde sie nicht gleich wieder aus der Hand geben. Der ideelle Wert überwog den tatsächlichen. Bradleys Hinweis auf das Gasthaus war lächerlich. Er hätte nie sein Versteck verraten. Sie kannte ihn.

Als Lilian die Halle betrat, fiel ihr auf, dass Louise Besuch hatte. Die Tür zum Salon stand offen. Elfreda und Reverend Eltringham saßen mit ihr am Tisch. Ihre Gesichter waren ernst. Tante Rose-Ann hatte es sich in einem Sessel bequem gemacht und starrte auf ihren Stickrahmen, den sie wie ein Schutzschild in der Hand hielt. Sie hatten bestimmt schon vermutet, dass ihre Unternehmung nutzlos war.

„Lilian", Louise kam auf sie zu und nahm ihre Hand, „Reverend Eltringham würde gern mit dir reden."

„Mit mir?" Was hatte er denn mit Bradley zu tun? Wollte er ihr jetzt seinen geistigen Beistand anbieten? Das hatte er doch bereits in St. Mary getan. Sie sah momentan keine Notwendigkeit für ein vertrauliches Gespräch, obwohl sie seine Gegenwart als sehr angenehm empfand. Heute war vielleicht nicht der richtige Zeitpunkt dafür.

Er war aufgestanden und blieb vor ihr stehen. Seine dunklen Augen blickten sie voller Wärme an. An jedem anderen Tag hätte sie ihn ebenso bedeutungsvoll angesehen, doch irgendetwas hielt sie davor zurück. „Was halten Sie davon, wenn wir in die Bibliothek gehen?"

Weder Elfreda, Louise und Tante Rose-Ann noch die Männer wollten sie vor der Aussprache retten. Lilian schluckte. Sie war ja nicht gerade auf den Mund gefallen, aber musste das jetzt sein? Sie hatte sich noch nicht mal frisch gemacht. Und das dunkle Leder ihrer Schuhe war von Staub bedeckt.

„Wenn es denn sein muss", murmelte sie und ließ sich von ihm in die Bibliothek führen.

„Möchten Sie sich setzen?"

„Nein. Sagen Sie mir, was ist hier los? Ich verstehe im Moment überhaupt nichts!" Er musste aus eigenem Antrieb gekommen sein. Sie bemerkte zwischen den Barthaaren eine tiefe Narbe an seinem Kinn. Ob er deshalb einen Bart trug?

Stuart Eltringham stand vor ihr und faltete die Hände. „Ich muss Ihnen die traurige Mitteilung machen, dass die sterbliche Hülle Ihres Mannes nicht überführt werden konnte. Er wurde in fremder Erde beigesetzt."

In ihrem Kopf brandete es. „Ich habe es befürchtet", flüsterte sie, „dass man keine Ausnahme gemacht hat. Trotzdem wird er nicht vergessen sein."

Er sah sie durchdringend an. Seine kaffeebraunen Augen strahlten grenzenloses Vertrauen aus.

„Ja", sagte Eltringham, „unser aller Fürbitte für Sie wird Ihnen Trost und Zuversicht spenden. Gott will Ihnen nahe sein."

Sie sah wieder in seine Augen. „Aber wie …?" Weiter kam sie nicht. Ihre Knie zitterten bedenklich und mit einer Hand versuchte sie noch, sich an seinem Arm festzuhalten.

Reverend Eltringshams Reaktion kam sofort. Er umfasste sie, bevor ihr Kopf an seine Brust sank und alles um sie herum im Nebel der Ohnmacht verschwand.

22

„Das hat sie doch mehr aufgeregt, als wir alle dachten", sinnierte Tante Rose-Ann und ihr Blick blieb an Louise hängen. „Kreidebleich war sie!" Sie nippte an ihrer Erfrischung. Im Salon surrten ein paar Fliegen, die sie mit einer Handbewegung vom Gebäckteller verscheuchte.

„Wo sind die Männer denn alle hin? Kaum gibt es ein Problem, sind sie verschwunden!" Sie hielt für einen Moment inne und zog die Augenbrauen zusammen. „Wo bleibt denn der Doktor? Ich dachte, du hättest ein Mädchen nach ihm geschickt." Lilian schlief jetzt, trotzdem hielt sie es für sinnvoll, dass der Arzt nach ihr sah.

„Hab ich gemacht", entgegnete Louise, „aber man muss ihm doch auch Zeit geben zu kommen!" Sie fragte sich zwar auch, wo er blieb, aber vielleicht war er noch bei einem anderen Patienten. „Er muss auch nach Peters Auge sehen. Es ist richtig zugeschwollen."

„Hat er es nicht gekühlt?" Als Louise mit den Schultern zuckte, gab sie sich selbst die Antwort. „Kenn ich! Keine Zeit … Was kommt, das geht … Die üblichen Antworten."

Männer taten sich manchmal schwer, eine Unpässlichkeit einzugestehen. Dabei war Doktor Finister ein erfahrener Mediziner. Er hatte der Frau des Viehhändlers mal das Leben gerettet. Als alle dachten, sie leide plötzlich an altersbedingter Verwirrtheit und seltsamen Anzeichen, hatte er die blaue Zunge und den geschwollenen Arm richtig gedeutet. Louise wunderte sich heute noch, dass er mit einem spektakulären Verband aus Heublumen und einem stundenlangen Bad des Armes in heißem Heublumenwasser den fast sicheren Tod verhindert hatte. Das hatte sich bis in entlegenste Winkel der Cotswolds herumgesprochen. Vielleicht hätte er Hugh retten können, wenn er bei ihm hätte sein können. Aber der Krieg war auf dem Festland und weit weg.

„Der Reverend war heute irgendwie sehr gesprächig", fand Louise, „nach der Aufregung um Lilian. Er hat uns ausgiebig erklärt, dass Hugh bei dem Gefecht von Vitoria im Baskenland unter Oberbefehlshaber Wellington sein Leben verloren hat."

„Ja", pflichtete ihre Tante bei, „er war sehr einfühlsam, findest du nicht? Wie schade, dass Hugh den Sieg nicht mehr miterleben durfte." Sie zog ihre Brauen in schwindelnde Höhen und sah sie angriffslustig an. „Du hast Eltringham mit Fragen gelöchert."

„Das deutest du falsch", erwiderte Louise mit festem Blick,

„bei allem Kummer verstand ich nicht wirklich, weshalb britische Truppen in Spanien kämpfen."

Tante Rose-Ann zog den Schal, der um ihre Schultern lag, enger. „Er hat es gut erklärt. Wir Frauen sind ja nicht über alles informiert. Eltringham hat darauf hingewiesen, dass Napoleon bereits seit ein paar Jahren um die Vorherrschaft im Handel rang. Angefangen hatte es mit einer Wirtschaftsblockade gegen Großbritannien. Später kämpften Portugal, Spanien und Großbritannien gegen Frankreich."

„Die Schlacht bei Vitoria hat Tausende Soldaten ihr Leben gekostet", sagte Louise mit Bedauern und dachte an das Leid, das damit über ebenso viele Familien hereingebrochen war. „Wellingtons Truppen haben eine Menge Kriegskanonen erbeutet, hat der Reverend gesagt. Die Zahl von mindestens 152 geisterte durch die Lande. Und damit endete Napoleons Überlegenheit in Spanien."

„Das hast du dir gut gemerkt." Ein Lächeln flog über das Gesicht ihrer Tante.

„Ist ja bekannt, dass du dich für Geschichte interessierst", meinte Elfreda, die das Gespräch bis dahin schweigend verfolgt hatte. Sie zwinkerte ihrer Freundin amüsiert zu.

Tante Rose-Ann machte einen erschöpften Eindruck, rieb sich den Nacken und schwieg. Nach einer Weile fuhr sie fort: „Wellington musste trotzdem ziemlich wütend auf seine Soldaten gewesen sein", fand sie, „vielleicht wären wir das auch an seiner Stelle gewesen. Statt die Fliehenden zu verfolgen, haben sie lieber Wertgegenstände geraubt, die von den Franzosen bei der Flucht zurückgelassen worden waren."

„Diese Tatsache machte schneller die Runde, als ihm lieb war", ergänzte Louise.

Sie seufzte. Hugh hätte sie das auch zugetraut. Es tat ihr leid, dass ihm kein langes Leben beschieden war, aber tiefere Empfindungen für ihn gab es nicht mehr. Zu sehr hatten die Ereignisse der letzten Jahre ihre Gefühle geprägt. Peter war ihr Ehemann, was ihr in letzter Zeit ganz besonders bewusst geworden war. Hugh war Vergangenheit. Er war Lilians Mann gewesen und hatte seine Bestimmung im Soldatenleben gefunden. Es war sein Schicksal. „Möge er in Frieden ruhen“, sagte sie laut.

Tante Rose-Ann sah sie an und nickte. „Liebes, wie geht es dir?“

„Gut. Besser als ich dachte.“

Die Tante ergriff ihre Hand. „Das beruhigt mich. Ah“, sie drehte den Kopf, weil Stimmen auf dem Flur zu hören waren, „ich glaube, der Arzt ist da.“

„Ich möchte kurz mit ihm sprechen.“ Louise verließ den Salon und begrüßte Doktor Finister in der Halle. Nach einer kurzen Unterredung ließ er sich von einem der Mädchen ins Obergeschoss führen. Louise kehrte zu Elfreda und Tante Rose-Ann zurück.

„Wenn er gerade im Haus ist, kannst du ihn doch …“, begann ihre Tante, doch Louise schnitt ihr das Wort ab.

„Es gibt keinen Anlass zur Sorge“, bestimmte sie. „Kinderkriegen ist keine Krankheit.“

„Ich meine ja nur“, murmelte sie kleinlaut. „Und was ist mit dir, Elfreda? Brauchst du vielleicht …?“

„Ich bitte dich!“, empörte sich Louise und hob entschuldigend die Schultern. „Elfreda, so ist sie, meine liebe Tante.“

Tante Rose-Ann ignorierte ihre Bemerkung und lächelte breit. Auch Elfreda schmunzelte. „Es sieht ganz so aus, als ob ich ihn doch bald bräuchte. Noch ist es zu früh.“

„Du meinst ...?“

Mit einem vielsagenden Blick schwieg Elfreda. Ihre Tante dagegen richtete sich kerzengerade auf und sah aus, als ob sie jeden Augenblick vor Entzücken jubeln würde. Anscheinend hatten die beiden während ihrer Abwesenheit Neuigkeiten ausgetauscht.

Dass Elfreda ihrer Tante etwas anvertraute, was sie als ihre Freundin noch nicht einmal ahnte, verwunderte sie. Aber was machte das schon? Wenn es sich als Gewissheit herausstellte, wäre das großartig!

Während Louise freudig aufsprang und ihre Freundin drückte, wurde die Tür geöffnet und Doktor Finister erschien. „Sie schläft. Ich habe ihr Laudanum verabreicht. Und Ihr Mann wird in ein paar Tagen wieder normal aussehen. Morgen komme ich wieder." Er lüftete seinen Hut. „Einen guten Tag noch, die Damen!"

Nachdem der Arzt gegangen war, kam Archie herein und flüsterte Louise ins Ohr, sie möge in die Halle kommen, dort warte ihr Mann auf sie.

„Entschuldigt mich bitte", sagte sie und folgte ihm hinaus. Peter stand beim Treppenaufgang mit seinem Zylinder in der Hand. Ob er noch mal wegwollte? „Warum kamst du nicht herein?"

Ihre Augen blieben an seiner blonden Mähne hängen. Sein Haar lag heute in besonders weichen Wellen, vielleicht weil es zu lang war. Er sollte dringend einen Barbier bestellen. Sie fand ihn immer noch gut aussehend mit seiner hünenhaften Statur und seinem entschlossenen und aufmerksamen Blick. Das Veilchen am Auge machte ihn nicht unansehnlicher.

„Ich möchte es noch nicht allen sagen", erklärte Peter und zeigte Richtung Salon. „Wir haben erfahren, dass Barr sich noch in der Nähe von Cheltenham aufhält."

Dann konnte er nur mit Bradley unterwegs sein, überlegte Louise. Es schnürte ihr fast die Kehle zu. „Und Cartwright?"

Peter hob die Schultern und grinste. „Wir müssen abwarten. Es ist denkbar, dass er bald wieder in der Apotheke seines Vaters steht. Wir haben Zeit. Der Friedensrichter von Bath wird uns benachrichtigen, sobald er ihn vernommen hat."

Beim Abendessen fehlte Lilian. Sie fühlte sich zwar besser, aber

Doktor Finister hatte ihr für den Rest des Tages Bettruhe verordnet. Die Aufregung hatte ihr wohl ziemlich zugesetzt.

Am nächsten Tag kam Eltringham nachmittags vorbei und Lilian konnte ihn im Salon empfangen. Als Louise ihn für abends zum Dinner einlud, nahm er die Einladung mit glänzenden Augen an. Lilian bat um Verständnis, dass sie aufgrund ihrer Schwäche das Abendessen nochmals in ihrem Zimmer einnehmen wollte.

„Ich bin froh, dass die Aufregung sich legt“, meinte Lord Cherleton, schob seinen halbvollen Teller zurück und tupfte sich mit der Serviette über den Mund. „Immerhin steht doch die Trauer um Hugh noch im Raum.“ Er seufzte tief. „Manchmal treffen wir leider falsche Entscheidungen.“ Es musste ihm auf den Magen geschlagen sein.

„Und damit tun sich Wege auf, die wie im Fall von Hugh ein Leben zerstören“, grübelte Peter und zog die Stirn kraus.

„Meinst du nicht“, unterbrach ihn Louise, „dass die Länge des Lebens vorherbestimmt ist? Wenn Gott bereits vor unserer Geburt weiß, wie unser Leben verläuft, dann steht doch auch der Tag unseres Todes fest.“

„Du sagst das mit einer Bestimmtheit, die du woher nimmst? Wir wissen es nicht. Lass uns nicht die Zeit mit unnützen Fragen vergeuden.“

Ihr Blick fiel auf Eltringham, der nur nickte und schwieg.

Ihr Schwiegervater sah sie vielsagend an. „Aber was wir mit unserem Leben anfangen oder welche Richtung wir einschlagen, das können wir selbst bestimmen.“ Er machte eine Pause, als wolle er seine Ansicht prüfen. „Meistens zumindest“, schränkte er ein. „Lilian hat jetzt keinen Mann mehr. Statt eines Erbes ist ihr Vermögen weg und ihre Zukunft ungewiss.“

Hugh war einen achtbaren Tod gestorben, das mochte ihre

Cousine ein wenig trösten. Sie würde Zeit brauchen, alles zu verarbeiten. „Wir können ihr hier ein Stück Heimat anbieten", sinnierte Louise laut, überrascht von ihrem eigenen Vorschlag. „Bis sich ein neuer Horizont für sie auftut."

Elfreda nickte. „Die Nächstenliebe gebietet es, nicht wahr, Reverend? Ich könnte sie vielleicht in naher Zukunft in unserem Haus beschäftigen", schlug sie mit einem wissenden Blick zu Louise vor, den nur die Frauen verstanden. „Natürlich nur, wenn sie das möchte."

Louises Augen blieben an Eltringham hängen. Ihm schien der Vorschlag zu gefallen. In seinen Augen lag ein heimliches Strahlen, das sie noch nie bei ihm erlebt hatte.

„Kann ich Sie gleich mal unter vier Augen sprechen?", wandte der Reverend sich mit gesenkter Stimme an ihren Schwiegervater.

Dieser riss für einen Moment die Augen weit auf, um dann mit einem Augenzwinkern zu antworten: „Natürlich, mein Lieber. Wir können uns gern in die Bibliothek zurückziehen. Peter wird im Rauchsalon auf uns warten."

„Bevor die Herren gehen", meinte Tante Rose-Ann mit einem vielsagenden Lächeln, „habe ich noch eine Überraschung!" Sie zögerte, bis alle Augen auf sie gerichtet waren, dann griff sie in eine Seitentasche ihres Kleides und zog ein Buch hervor. Ihr Gesicht glänzte vor Aufregung wie eine Speckschwarte. „Tataa", rief sie. „Bitte schön, mein lieber Reverend."

„Wie … wie geht das denn?", rief Lord Cherleton, ohne den Blick von dem Gebetbuch zu nehmen. „Wir reißen uns die Beine aus und du präsentierst uns das Juwel einfach so beim Lammbraten!"

Sie beachtete seine gespielte Entrüstung nicht. Mitten in das Gelächter sagte sie: „Hatte ich nicht erwähnt, dass Bradley etwas vergessen hat? Ach, das wisst ihr Männer ja wahrscheinlich noch gar nicht! Er hatte für eine Nacht meine Gastfreundschaft in Anspruch genommen, ist allerdings überstürzt abgereist. Und das hier", sie hielt das kleine Buch wie eine Trophäe hoch, „hat er einfach liegen lassen. Womöglich hat er es zu spät bemerkt, um zurückzukehren, oder er hat sich nicht getraut." Stirnrunzelnd fuhr sie fort: „Mich wunderte, dass ein Kerl wie er sich für Literatur interessiert! Als Kind war er ganz schlecht im Lesen, wie mir Ada früher klagte. Deshalb hab ich es mir überhaupt näher angesehen." Sie hob die Hände zum Himmel und begann zu strahlen.

Louise wusste, jetzt war Tante Rose-Ann in ihrem Element. Wie beim Kränzchen mit ihren Freundinnen. „Tja, er musste damit rechnen, dass man ihm auf den Fersen war. Kinder, was für eine aufregende Zeit! Wenn ich das bei meiner Teegesellschaft erzähle!" Der Redeschwall ihrer Tante wollte nicht enden. Vielleicht war sie einfach nur glücklich, endlich mal eine Familie um sich zu haben.

Wie würde Bradleys Zukunft aussehen? Wenn er glimpflich davonkam, könnte er wieder auf die Beine kommen und einer Arbeit nachgehen. Dann würde er hoffentlich wieder mehr Respekt vor dem Eigentum anderer Leute haben. Die englische Gerichtsbarkeit würde ihn und seine Freunde bald gefasst haben. Ob es helfen würde, Jones zu bitten, seine Ermittlungen einzustellen? Wahrscheinlich konnte ein gutes Wort von Peter oder ihrem Schwiegervater die Strafe mildern.

Tante Rose-Anns Überraschung rief eine euphorische Stimmung hervor. Ihr Schwiegervater ließ den besten Wein aus dem Keller holen und Eltringham schlug einen Dankgottesdienst für den kommenden Sonntag vor. Irgendwann verließen die Männer den Raum. Elfreda nahm die Einladung an, über Nacht zu bleiben. Sie hatte wohl schon am frühen Abend eine Ahnung gehabt und ihrem Mann eine Nachricht geschickt. Louise konnte sich nicht erinnern, in den letzten Tagen und Wochen derart aufgekratzt gewesen zu sein. Es war weit nach Mitternacht, als sie müde und glücklich im Bett lag und trotzdem noch eine ganze Weile brauchte, bis sie endlich einschlief.

Am nächsten Morgen war Louise überrascht, dass Lilian am Frühstückstisch saß. „Du hättest im Bett frühstücken können. Fühlst du dich besser?“

Lilian nickte. Ihre Augen glänzten, als hüteten sie ein Geheimnis. Louise verkniff es sich, Fragen zu stellen. Vielleicht kam es auch vom Laudanum. Arznei brachte manchmal die kuriosesten Begleiterscheinungen hervor. Warum nicht auch einen rätselhaften Blick? Wenig später ging Lilian wieder nach oben. Womöglich fühlte sie sich doch noch etwas schwach und wollte sich schonen.

Elfreda verabschiedete sich nach dem Frühstück und versprach, sich wegen Lilian zu melden. Sie wollte erst mit ihrem Mann sprechen.

„Ich vermisse Tante Rose-Ann“, meinte Louise beunruhigt, als Elfreda weg war, und wies auf das unbenutzte Gedeck. „Sie ist noch gar nicht aufgestanden. Die Mädchen haben ihr auch nichts aufs Zimmer gebracht.“

„Mich wundert das nicht“, lachte ihr Schwiegervater, „ist sie doch als Letzte nach oben gegangen. Sie muss eine kräftige Natur haben.“ Er blickte Peter und Louise an, die ihm gegenübersaßen. „Heute Nachmittag gebe ich das Gebetbuch in treue Hände. Reverend Eltringham wird es wieder an seinen Platz legen. Ich glaube, er wird durch die Kirche tanzen.“ Dabei zwinkerte er mit den Augen, bevor er wieder ernst wurde. Er räusperte sich und senkte die Stimme. „Was ich jetzt sage, muss unter uns bleiben. Bitte bewahrt es so lange als Geheimnis, bis es eines Tages laut gesagt werden darf. Den Zeitpunkt bestimme allerdings nicht ich.“

„Dann ist es kein Geheimnis mehr“, warf Louise ein und sah

ihn ungläubig an. Wollte er bewusst Anvertrautes ausplaudern? Der Gedanke daran machte sie nervös.

Lord Cherleton winkte ab.

„Du sprichst in Rätseln, Vater“, sagte Peter und sah Louise mit einem schelmischen Blick von der Seite an. „Ob er wieder heiraten will? Er vergisst, dass wir ihn als Großvater mehr als zuvor brauchen.“

„Nicht ich, mein Sohn.“ Er machte eine bedeutungsvolle Pause. „Am späten Abend hatte ich noch eine interessante Unterredung mit unserem Reverend. Er trägt sich mit dem erfreulichen Gedanken zu heiraten. Das Besondere ist, die Auserwählte weiß noch nichts von ihrem Glück.“ Er lächelte breit. „Und“, er hob den Zeigefinger, „er hat bei mir um ihre Hand angehalten!“

Peter lachte laut und schüttelte den Kopf. „Jetzt machst du es aber spannend, Vater! Das klingt etwas absurd. Ich habe keine Schwester mehr, die zu verheiraten wäre.“

Er hob die Brauen. „Du vergisst, Louise hat noch eine Cousine. Lilian. Eltringham ist davon überzeugt, sie sei die Richtige …“

Louise glaubte, sich verhört zu haben. Er hatte sich in Lilian verliebt! Sein bewegendes Vertrauen rührte sie und weckte trotzdem Bedenken.

„… und die Gespräche mit ihr hätten ihn vollends überzeugt. Es müssen eindringliche Konversationen gewesen sein.“ Er verdrehte die Augen. „Bei Lilian und Hugh konnten wir miterleben, dass nur ein Wimpernschlag sie von der Fügung trennte. Manchmal vergessen wir, wie rasch alles vorüber sein kann.“

Louise kräuselte die Lippen und Peter sah ihn mit entsetztem Blick an.

„Jedenfalls will er die Trauerzeit abwarten“, ergänzte ihr Schwiegervater und verschränkte die Arme vor der Brust.

„Hoffentlich hat er sich nicht in ihr hübsches Gesicht verguckt“, zweifelte Peter und hustete. „Nicht, dass das Schicksal wieder grausam zuschlägt. Bei ihm.“

„Du glaubst, es würde keine gute Ehe?“ Lilian, so hoffte Louise, würde aus ihren Fehlern lernen. Sie hatte den Eindruck, dass sich etwas in ihr verändert hatte. Zum Guten. Es rührte sie, dass Lilian nun doch eine Zukunft in ihrem Kummer sehen durfte.

„Eltringham sagte, er vertraue auf Gott. Das tut er zwar schon von Berufs wegen, aber wie jeder normale Sterbliche wird auch er bei dieser Frage allerlei Zweifel haben. Doch seine Gewissheit oder eher der Glaube scheint größer zu sein, dass diese Ehe sein Weg ist.“

Das war tatsächlich eine bemerkenswerte Entwicklung. Und Lilian wusste nicht, dass sie auf wundervolle Weise umworben wurde? Wie aufregend!

„Was ist, wenn sie Nein sagt?“ Louise drehte an ihren Locken und genoss es, ihre langen Haare ausnahmsweise wie einen Schleier zu tragen.

„Sie kann sich entscheiden. Aber ich bin mir fast sicher …“ Ihr Schwiegervater verstummte.

Louise nickte. Es war zumindest eine Chance. Der Reverend wollte sie ergreifen, wenn er Lilian zu Frau nahm. Was ihre Vergangenheit betraf, so musste Lilian selbst entscheiden, ob sie alles erzählte. Sie selbst würde keine weiteren Enthüllungen bieten und ihre Verlässlichkeit nicht mehr infrage stellen.

„Wir werden sehen.“ Lord Cherleton legte den Kopf schief. „Wenn es tatsächlich so sein sollte, kann sie vielleicht bis zur Hochzeit hier leben? Ich habe den Eindruck, eure Spannungen haben sich gelegt. Oder sehe ich das falsch?“

Er war ein guter Beobachter. „Du hast recht. Womöglich braucht man sie bis dahin als Erzieherin?“ Louise biss sich auf die Lippen, um nicht loszuprusten. „Ich höre mich beizeiten um.“

Louise lehnte sich zufrieden zurück. In ihrem Bauch flatterte etwas. Sie genoss es, dass Peter ihre Hand ergriff und mit den Lippen berührte. Diesen erfüllenden Augenblick ihrer Liebe würde ihr niemand nehmen können. Er sah sie freudestrahlend an, als sei sie ein wunderbares Geschenk.

Heute fühlte sie sich wirklich wie eine Gewinnerin. Die Zukunft stand ihr offen, auch wenn es für nichts eine Garantie gab. Sie lächelte ihn vergnügt an.

ZU DIESEM BUCH

Wie schön, dass Sie sich mit mir auf eine Reise nach England ins 19. Jahrhundert aufgemacht haben. Die Geschichte um Louise und ihre Cousine Lilian ist frei erfunden. Aber zahlreiche Namen, Orte und Begebenheiten, die im Roman vorkommen, sind authentisch. Diesen historischen Hintergrund möchte ich Ihnen gern etwas näher erklären.

Sudeley Castle ist ein berühmtes Schloss in England, vielleicht auch deshalb, weil es neben seinem grandiosen Garten, man spricht von 1200 Hektar, die einzige auf privatem Grund stehende Kirche Großbritanniens beherbergt, in der eine Königin begraben liegt. Catherine Parr, die letzte Ehefrau des berüchtigten Königs Henry VIII, starb am 5. September 1548 auf Sudeley Castle und man begrub sie in der Kirche St. Mary, wo ihr Grab im Laufe der Jahrhunderte in Vergessenheit geriet.

Englischen Informationen zufolge sollen vier Königinnen im Garten spaziert sein, weshalb man den Queens Garden auch das Herzstück nennt: Anne Boleyn, Elizabeth I, Lady Jane Grey und Catherine Parr.

Der christliche Glaube spielte in Catherine Parrs Leben eine bedeutende Rolle. Sie schrieb Bücher und Gebetbücher. Das war für eine Königin ungewöhnlich und gefiel längst nicht allen. Lordsiegelbewahrer Bischof Stephen Gardiner befürchtete Arges, als er von den Ansichten und Auslegungen Königin Catherines hörte. Ihren Eigensinn in Glaubensfragen nutzte er, um ihren Mann König Henry VIII von einem Prozess gegen sie wegen Ketzerei zu überzeugen. Catherine gelang es, durch öffentliche Demut ihren Mann zu besänftigen und damit ein Gerichtsverfahren zu verhindern, das sie wahrscheinlich das Leben gekostet hätte. Von ihr ist ein Gebetbuch erhalten, in dem sie neben den Psalmen eigene Gedanken notierte. Gerade Letzteres macht es so wertvoll.

Sowohl die Kirche als auch das Schloss Sudeley Castle wurden im Bürgerkrieg, der bis 1649 dauerte, zerstört und verfielen. Erst im 18. Jahrhundert endeckten Besucherinnen, dass in dem Sarkophag in St. Mary eine Königin lag. Er muss wohl schlicht ausgesehen haben, ohne die heutige Verzierung, sonst hätte der eine oder andere Wanderer das Steingrab schon früher aufgespürt. Möglicherweise gab dies den Impuls, dass später Schloss und Kirche wieder aufgebaut und restauriert wurden.

Heute werden im Schloss noch Liebesbriefe Catherine Parrs an ihren letzten Ehemann Thomas Seymour ausgestellt und ebenso von ihr veröffentlichte Bücher. Ihr Gebetbuch hat mich fasziniert und deshalb wurde es Teil des Geschehens, das ich meinen Leserinnen und Lesern in der Geschichte um Louise nur zu gern vorgestellt habe.

Boughton House liegt nahe von Kettering in der Grafschaft Northamptshire und gehört heute der Familie des Herzogs von Buccleuch. Lord Coxon dagegen gibt es nur in meiner Fantasie. Das Herrenhaus Boughton House ist ein über die Landesgrenzen hinaus bekannter Landsitz, auf dem seit 2014 jährlich das christliche *Greenbelt Festival* stattfindet.

Entlang der Küste im Nordosten Englands liegt Bamburgh Castle. Ferries House dagegen habe ich erfunden. Es ist der fiktive Landsitz von Hugh und Lilian Wilkinson, ebenso wie Blackberry Manor, wo Lilian aufwuchs.

Tatsächlich ist *The Craven Arms* ein noch heute bestehendes Gasthaus aus dem 16. Jahrhundert, das sich in Brockhampton, Cheltenham, in Gloucestershire befindet. Dort einzukehren, ist sicher ein besonderes Erlebnis. Auf der Website kann man bereits einen Blick ins Haus und in die Speisekarte werfen: www.thecravenarms.co.uk

Auch die monumentalen Bäume, von denen im Roman die Rede ist, gibt es immer noch und sie sind nach wie vor eine Reise nach Gloucestershire in England wert.

Ashdown House, das ich mir als ehemaligen Landsitz von Tante Rose-Ann ausgedacht habe, ist ein in der Tat ausgefallenes Herrenhaus, das es noch heute gibt. Es stammt aus dem 17. Jahrhundert und fällt durch seine holländische Architektur auf.

Hawling Manor ist ein historisches Herrenhaus nahe Hawling. Ob allerdings Pferderennen dort ausgetragen wurden, ist mir nicht bekannt.

Die Leserinnen und Leser mögen mir verzeihen, dass ich im Roman Pferderennen bereits um 1813 in Cheltenham stattfinden lasse. Laut Wikipedia wird der *National Hunt Chase Challenge Cup* erst seit 1860 ausgetragen und der *Cheltenham Gold Cup* als Flachrennen seit 1819. Cheltenham liegt knapp zehn Meilen von Sudeley Castle entfernt und genießt das Ansehen einer reichen Stadt. Bereits Anfang des 18. Jahrhunderts wurde sie durch ihre mineralhaltigen Quellen ein über die Region hinaus bekannter Badeort.

Königin Anne (1665–1714) war eine Pferdenärrin und ihr schreibt man überhaupt den Beginn der Wettrennen zu. Glaubt man der Geschichte, so hat sie bereits 1711 ein erstes Rennen veranlasst. In Ascot wurde just 1813 – also in dem Jahr, in dem mein Roman spielt – durch das House of Commons (Unterhaus) im *Act of Enclosure* die öffentliche Nutzung des Geländes für den Pferdesport beschlossen. Und schon 1768 gab es die erste Rennwoche in Ascot.

Bei den Pferderennen allgemein ging es da eher verhalten zu und richtige Wettbüros kamen erst etwa Mitte des 19. Jahrhunderts in Mode. Flachrennen werden seit 1815 erwähnt.

In 1813 war die Sportart Kricket in Großbritannien bereits weit verbreitet. Auf alten Gemälden und Zeichnungen ist zu sehen, dass die Turniere gesellschaftliche Ereignisse und willkommene Zerstreuungen waren. Vom *Winchcombe Cricket Club* hat man einen herrlichen Blick auf Sudeley Castle. Wer nicht selbst spielen möchte, kann dort essen und anderen beim Spielen zusehen.

In meiner Geschichte liebt Tante Rose-Ann die Musik des Organisten und Komponisten Thomas Chilcot, den es tatsächlich gab. Er wurde 1707 in Bath geboren, wo er lebte und bis zu seinem Tod 1766 wirkte. Zudem leitete er ein Musikgeschäft und organisierte Konzerte. Seine Bekanntheit als Stadtmusiker öffnete ihm die Türen zu adligen Familien. Er wurde zum Ehrenbürger von Bath ernannt, wo er bis zu seinem Tod als Organist in der Abbey Church arbeitete.

Oberbefehlshaber Wellington, auch bekannt als Arthur Wellesley, 1. Duke of Wellington, befehligte tatsächlich die Truppen, die während der napoleonischen Kriege gegen Frankreich kämpften.

Mein besonderer Dank gilt meiner Lektorin Eva-Maria Busch für ihre Unterstützung. Die Zusammenarbeit war von freundschaftlicher Verbundenheit geprägt und hat mir viel Spaß gemacht. Dass sie mit meinem Roman *Mond über Sudeley Castle* ihre berufliche Laufbahn abschließt, erfüllt mich mit Freude und Dankbarkeit.

Ingrid Kretz

Ingrid Kretz

Die Erben von Snowshill Manor

Hardcover
ISBN 978-3-7655-0960-5
auch als E-Book erhältlich

England, Anfang des 19. Jahrhunderts: Die junge Catherine wird für einige Monate nach Snowshill Manor geschickt. Das feudale Landgut gehört der Familie von Lord Darabont. Als Gesellschafterin der Lady nimmt Catherine am bunten Leben der High Society teil. Sie wird zu Bällen und Teegesellschaften eingeladen und gleich von mehreren Verehrern hofiert. Aber bald merkt sie: Es ist nicht alles Gold, was glänzt.

Insbesondere das Haus der Darabonts scheint voller Geheimnisse zu stecken. Wie kommt es, dass der älteste Sohn des Lords spurlos verschwunden ist? Warum will sich keiner an ihn erinnern? Und wer ist die junge Frau auf dem Gemälde, das Catherine auf dem Dachboden entdeckt?

Das Buch hat mir ausgezeichnet gefallen. Missgunst, Neid und Machtgier hatten keine Chance gegen Menschlichkeit und Liebe.

mabuerele, lovelybooks.de

Leseprobe zu
Die Erben von Snowshill Manor

1

Sommer 1805, Cotswolds

„Du wirst ihn nicht mehr treffen!"

Catherine sah deutlich die grimmige Miene ihres Vaters mit der steilen Falte über der Nase vor sich. Er stand dicht vor ihrem Sessel. Eine Strähne seines dunklen Haares, das er streng nach hinten gekämmt trug, fiel wie ein Peitschenhieb in sein Gesicht. Beschämt zuckte sie zusammen, als habe er ihre riskanten Gedanken lesen können.

„Es gilt, die weibliche Tugend zu bewahren." Sir Jonathan Satchmores Bass füllte den Salon wie eine Gewitterwolke aus. Es hörte sich an, als habe der Erzbischof von Canterbury ein neues Dekret verkünden lassen. „Töchter wissen nie, was sie wollen! Wo kämen wir denn hin, wenn sie Gefühle vor der Hochzeit zeigen? Heiraten ist eine Angelegenheit, die Eltern für ihre Kinder arrangieren. Arrangieren *müssen!*"

Dann war es still im Salon. Lady Margaret, Catherines Mutter, hielt ihre Hände ehrenhaft im Schoß gefaltet und schüttelte den Kopf. Ihr Augenspiel verriet, dass sie ihre Enttäuschung nicht verbergen konnte. Die für ihr Alter viel zu früh verblichenen, einstmals roten Haare umleuchteten ihr Gesicht im Kerzenlicht wie ein Heiligenschein.

Catherine seufzte und warf ihrem Vater einen flehentlichen Blick zu. Offensichtlich war er heute in Redelaune und hatte mehr als einen Satz gesprochen, bevor er wieder abrupt in Schweigen verfiel, wie es seine Art war. Sie hoffte, dass die Angelegenheit damit vom Tisch war. Tatsächlich wandte er sich ab und ließ sich gegenüber seiner Frau in den Sessel sinken.

Unter ihren gesenkten Lidern bemerkte Catherine rote, hektische Flecken auf den Wangen ihrer Mutter. Sie biss sich auf die Lippen und starrte auf den Kamin an der Wand gegenüber, den man angesichts der zunehmend warmen Temperaturen draußen nicht mehr befeuerte. Sie fröstelte, aber eher von der Atmosphäre, die sich im Salon ausgedehnt hatte. Warum war ihr Vater um ihre Ehre besorgt? Sie musste ein für alle Mal klarstellen, dass da nichts Unerlaubtes geschehen war! Es gab nichts, für das sie sich schämen musste.

„Percy hat lediglich meine Hand gehalten. Ja, nur gehalten! Mehr ist nicht gewesen, glaub mir. Er hat bei unserem letzten Treffen einfach meine Hand genommen. Ich kann doch auch nichts dafür und außerdem …“ Sie schlang ihren Schal noch fester um ihre Schultern und presste dabei die Hände vor die Brust.

Ihre Mutter neigte den Kopf etwas zur Seite und hob die Brauen. „Beim letzten Treffen?“ Die Stimme klang leise und unaufgeregt, aber Catherine glaubte zu wissen, was hinter ihrer fast ausdruckslosen Miene vorging. Die Mutter konnte Gefühle gut verbergen, doch an ihren gefalteten Händen traten die Knochen auffällig weiß hervor. Sie waren jetzt krampfhaft ineinander verschlungen. Zudem weckte der flatternde Atem ihrer Mutter die Befürchtung, sie könne augenblicklich in Ohnmacht fallen.

Catherine hätte sich ohrfeigen können, dass sie sich verplappert hatte, und die Röte kroch ihr ins Gesicht. Dabei war die Begegnung draußen bei den Beeten aufregend gewesen. Noch nie in ihrem Leben hatte ein Mann – abgesehen von den männlichen Verwandten – ihre Hand gehalten. Zumindest hatte bis dahin kein männliches Wesen außerordentliches Interesse an ihr gezeigt.

Bei einem Ausritt vor drei Tagen hatte sie eine kleine Rast eingelegt. Dabei hatte sie Percy von Weitem entdeckt und war irgendwie in die Nähe der Beete gelangt, wobei sie den Anschein erweckte, sie müsse kurz absitzen. In diesem Moment hatte er sie wahrgenommen, sich innerhalb kurzer Zeit an einer Rabatte mit üppigen Rosen zu schaffen gemacht. Anschließend hatte er ihr zu ihrer Überraschung einen Strauß anmutigster Rosen überreicht. Fasziniert von ihm und dem Strauß, hatte sie ihre Nase bewundernd in die Blüten gesteckt und deren süßen, weichen Duft tief in sich aufgesogen. Er hatte ihr den außergewöhnlichen Farbverlauf an der Blüte erklärt, deren gelbe Mitte nach außen blasser, fast weiß wurde. Dann hatte er ihr tief in die Augen geblickt und gesagt, ihr zauberhaftes Äußeres sei gleich dieser Rose: Ihr Charakter, kaum sichtbar nach außen, entfalte sich erst bei näherem Kennenlernen und berausche ihn, wie diese Rose sie. In diesem Augenblick war es um sie geschehen gewesen.

Und doch hatte sie den Strauß verlegen ins Gras gelegt und gemeint, sie könne unmöglich damit nach Hause reiten. Sie ließ offen, ob es war, weil sie nur noch eine Hand für die Zügel frei hatte, oder weil sie zu Hause eine Erklärung dafür abgeben müsste. Nein, sie durfte den Strauß nicht annehmen. Nicht auszudenken, wenn ihre Mutter sie darauf angesprochen hätte. Percy hatte daraufhin ihre Hand genommen und ihr in die Augen geschaut. Seine Ohren glühten. Kein weiteres Wort war über seine Lippen gekommen und sie hatte wohl genauso verlegen dagestanden. Irgendwann hatte sie ihm die Hand entzogen und war einfach aufs Pferd geklettert. Wie im Traum war sie zurückgetrabt.

Offenbar hatten ihre Eltern Wind davon bekommen. Und

irgendwie konnte sie Vaters Reaktion verstehen. Percy war der Sohn des Gärtnermeisters und sie die Tochter des angesehenen Sir Jonathan Satchmore. Da konnte man so viele Jungmädchenträume haben, wie man wollte, aber eine Verbindung zwischen ihnen war undenkbar. Nein, *skandalös.* Es war am besten, sie gab klein bei. Vater konnte ihr zum Glück nicht hinter die Stirn sehen, was sie wirklich dachte und fühlte.

Artig nickte sie. „Kann ich jetzt gehen?“ Sie stand auf und klimperte mit den Liddeckeln. Damit hatte sie ihn immer beschwichtigen können, wenn sie als Kind eine Dummheit gemacht hatte.

„Setz dich. Vater ist noch nicht fertig“, antwortete Lady Margaret knapp. Ihre Stimme kam einem erstickten Krächzen gleich.

Ihr Vater spielte mit der Hand an seinem grauschwarzen Schnauzbart. Seine Stimme klang wieder besonnen, als habe es den Aufruhr von eben gar nicht gegeben, wobei ein Lächeln über sein Gesicht glitt. „Eine Luftveränderung wird dir guttun. Stell dir vor, mein Freund Lord Darabont hat eine Einladung geschickt! Seine Frau braucht offensichtlich dringend eine Gesellschafterin und ich möchte ihm entgegenkommen, indem ich dir erlaube, sie für ein paar Wochen, womöglich sogar ein paar Monate, zu besuchen.“